U0909493

炮

政治"荷尔蒙"

ZHENGZHI HEERMENG

当代中国官场小说

毕四海 著

陕西师范大学出版社

目录

自　序

人性的花朵

毕四海

我认为，人性最美丽的花朵是在官场里开放的，政治领域里也有人性最诡异多姿的裂变，真诚和善良在这里会更加让人感动。因此，政治小说也是大有可为的，叙述官场人生百态的故事搞得漂亮了同样也能够流芳百世。

回忆一下我的这个理念是从什么时候萌芽、到什么时候形成的呢？好像是从 1998 年的春天万物复苏开始破土、到了 1999 年惊蛰的时候它就长成了一棵顽固的树木。这个年头里我参加了许多货真价实的政治活动，比如动真格的县级选举，比如参与调查复杂的贿选案件，比如亲身经历了中国最高规格的国家机关的大选举。那天，在人民大会堂第十三排二十八号当我把写着我心目中的国家主席的那张选票投进红色票箱的时候，我确实很激动，我感受到中国的民主已经升起在东方的地平线上。就在那个时刻，我的这个理念突然变得十分清晰起来，出于职业的本能产生这个理念的许多生动的故事也随之在眼前过起电影来……

原来一直被作家们视为枯燥的文学沙漠的这个地方，许多作家不知道是出于畏惧还是厌恶而惟恐避之而不及的、中国古老的文学行当一直对此十分冷漠十分不成气候的这个政治领域，竟是如此地瑰丽多姿，如此地充满了命运的跌宕起伏，如此地聚集了那么多的男人和女人在这里演义着如此美妙的故事。从来都是被古今中外的作家们视为宠儿的人性，这个一会儿是天使一会儿又变成了魔鬼的精灵，在政治领域里却原来也会大显身手，也会像在财富面前、生死面前、情爱面前那样产生剧烈的“物理反应”和“化学反应”，甚至在这个地方人性所发生的裂变、蜕变、量变、质变比其他任何领域还要来得更加丰富多彩，更加灵魂化，更加具有社会的文化的内涵，更加具有文学的本质意义。

从人性和性格、从情节和细节、从文学的新意和深意、从小说的本体和其他，我不能够不去看重政治领域，或者说是官场也未尝不可。我在最近的一篇创作中曾经很真诚地写下这样一段文字：……如果说，把经济比做大自然的秋天，把文化比做大自然的春天和夏天，那么，我觉得把大自然的冬天和社会生活中的政治联系在一起是很自然的事情。因为二者之间存在着某种对应，冬天是枯萎和生机并存的，冬天是需要生物的蛰存和伪装的，政治难道不是这个样子吗？当然，作为大自然四个链条之一的冬天，作为地球村的一个季节，冬天是绝对不可或缺的，失去了冬天的大自然是根本不可能存在下去的。冬天，毫无疑问也是支撑大自然大厦的一根支柱，和春天、夏天、秋天具有同样的重要性。没有冬天的蕴藏、积蓄，没有冬天的化腐朽为神奇，没有冬天的破旧立新，怎么会有春天的万物复苏、夏天的满目葱茏、秋天的丰美收获呢？同样，没有政治这个三维中的一维，一个国家的大厦肯定也会倾斜倒塌的……

深邃而崭新，同时又具有丰富人性内涵的理念对于我实在是太重要了。

作为一个作家，我走的是这样的一条路线，先有生活，先有人物，先有性格，先有故事，然后经过时间的酿造，蒸发，经过人性的思考，抽象出我的观念，我的“理论”，我的思想王国里一些闪电。如果某几条闪电击中了我的神经，让我亢奋起来，让我的疲倦的眸子变成了电灯，让我夜不能寐，这个时候，许多相应的故事积累、经历积累、情感积累、生命积累就会纷纷出笼，汇聚到某条思想闪电的大旗，思想的“精子”和生活的“卵子”结合了受孕在我的“子宫”里。经过许多时日的折磨，我的一个“儿子”就会呱呱坠地。从1998年的秋天开始一直到2002年的全国人代会，我的许多个政治小说就是在这样的过程中产生的。《都市里的家族》，《轮回》，《老家的“九九”大案》，《选举》……一直到完成于人代会上的《政治“荷尔蒙”》。三年的时间里，我写了三十多万字的政治小说。大部分都收入在了这个集子里了（当然不包括我的已经出版的长篇小说《财富与人性》，也不包括正在修改的长篇小说《权力与人性》）。

于是，有的评论家就把我叫做“政治小说家毕四海”了，媒体上也陆陆续续地出现了几十篇评论文字，有的说我“写出了政治中瑰丽多变的人性，突破了政治小说社会学的单边局限，他的官场小说中于是就有了文化，有了人的命运，有了经济，有了人性的结构……”有的说我“他把官场中、商场中、情场中的许多个自然人当做典型性格来精心刻画，于是，这些个自然人就变成了政治人、经济人、文化人，可贵的是，这些人大部分还都是‘圆形人’。”

当然，也有好心的朋友，甚至是师长，他们或著文或当面劝说我，“写这些个东西很可能有社会效应，也会有很多读者的，但是，从文学上来说是不是会伤害你业已形成的本来不错的局面？写政治，从来都是费力不讨好的买卖呀”。“还是写写你的乡村文化吧，文化怀旧，文化关怀从来都是文学最长久的主题，最永远的先锋，比如你的《皮狐子路》”。“我还是喜欢你的《东方商人》，有经济有文化有家族有人性……”

远利而近义，薄谋而厚德，好商场、情场而恶官场，挖掘人性而掩埋政治，这就是我们赖以生存的几千年的文学传统，谁都不能够拔着自己的头发离开这个雄厚的大地。我实际上已经接受了上面的规劝，我已经从仓库里拿出了、修好了、架起了我的另一翼——文学本体意义上的乡村怀旧，我现在的心态、情感、我对眼下的思维判断也逼迫着我“重操旧业”。很快，《民间故事1、2、3》，《女人的田野》，《千佛山》就会出笼的。

但是，我的还很强健的另一翼——对政治人性的挖掘、对官场文化的透析——仍旧还在进行着顽强地飞行。我没有办法放弃它。越来越多的故事、人物、性格、细节越来越雄辩地证明着我的这样的理念：在人性裂变、蜕变的广度和深度上，官场里起码不比商场、情场来得清淡，来得平庸，来得枯燥。在人物命运的跌宕起伏上，官场里起码不比商场、情场来得乏味，来得千篇一律，来得苍白。官场里，真善美的人性花朵每天都在开放，人格的魅力在这里比在其他任何地方都会让我们更加感动。而这些东西，正是古老的文学永远追逐的主题。我有什么理由放弃它呢？况且，还有那么多来自官方的来自民间的读者对于我的政治小说给予了充分的认同。一位市委书记在全国人代会期间自掏腰包二十八元八角买了我的《财富与人性》，他还说了一句很好的话：中国的政治变数是世界上最丰富多彩的，开掘它，我觉得会产生传世之作。

最艳丽的花朵往往开放在贫瘠险峻的悬崖峭壁上，人性最深邃的内核是不是也蕴藏在这片好像是最回避人性的地方？

二〇〇二年四月一日

1 政治“荷尔蒙”

一

我叫你大姐吧。

你倒是应该叫我大姐，你属牛，我属鼠，金毛老鼠，哈哈。

你很神秘。

也许吧。说不明白是怎么神秘起来的。至于我本人嘛从来都是身份明确的，四方京剧团一级演员，副团长，花旦。获过三次梅花奖。代表作品……算了，那些个破玩意儿今天你也不感兴趣。

我在省人代会上发现了一个秘密，你和古水书记很铁，比那些个小市长小副省长什么的都铁。

我和他是朋友嘛。20 多年了……他和我在一起，放松，开心，舒服。就像毛泽东和那些个警卫员，随便，亲热，都是人的样子。毛泽东和那些官儿就不是那么一回事了。多大的官儿都是老百姓变来的不是？毛泽东对老百姓的样子，说明他的血管里还淌着本来的血。有的官儿架子很牛，他的血液变质了。

我和你在一起，也放松，也开心，也舒服。

看把你美的。老弟，你还不够格。

我知道。

给你提供个把故事什么的，我倒是十分乐意。下雨的日子里，我也想说话。

……

二

春天里，尤其是烟雨迷茫杨柳依依的日子，男人与男人交谈的最好话题往往是女人和性，而如果交谈的对象是一个女人并且是性感十足风韵娇好的女人那么这个话题就不大好谈了，特别是和上官雪儿这样的女人坐在林业大厦的酒吧里尽管他是一个对女人的大腿和乳房很有研究的准黄色作家也根本没有办法把话题引到那上面去，应该说上官雪儿是最有资格谈论男人和女人、谈论性、谈论风月场的女人，她具有风流女人最好的硬件和软件，可是，作家认为，她对那些东西没有兴趣，她已经把自己培养成了一个彻头彻尾、彻里彻外、从血液到骨头的政治女人（此话作家绝非是在这里浮夸或者污蔑上官女士。四方省的官场不是一个很小的官场了，这个官场服务着八千万百姓，这个官场活动着三万名县处级以上的官员，许多副省长市委书记在这个官场里可以无人知晓，但是，如果说四方官场竟然还有的官儿不知道神秘女人上官雪儿那是绝对不可能的），所以，当他在这个春天的日子里邀请上官雪儿到林业大厦的“篁竹酒吧”小酌，话题开始就是政治、官场、什么什么大洗牌的时候，他是一点儿都不感到扫兴的，“象嘴里吐不出狗牙来”嘛。再说，他请她喝53度茅台想得到的可不是他的在地摊上十分畅销的小说里比比皆是的什么女人的叫春什么姐妹花什么丈母娘初会俏女婿，他想得到的就是这个女人最富有的，她最富有的就是四方官场的角角落落，坑坑麻麻，起起浮浮，连环套，八卦阵，阳谋和阴谋，权力和人性。对于四方官场，她真的是天上的事情知道一半，地上的事情全部知道。把他这个准黄色作家和这个神秘的政治女人拉在一起的起因是这样的，他在北京的一个酒店里碰到了《人民文学》的李敬泽先生，李先生“命令”他写一个政治小说，李先生说他的一个准黄色小说故事很一般，但是里头有一个闪光的东西，那就是关于政治“荷尔蒙”的说法很有意思。不妨进行一点深入研究，不妨用这个套子套出一些好的故事来。最后，李先生诱惑力十足地说，说不定阁下这样的政治小说也可以登上文学的大雅之堂。他想，四方官场的人们如果读到他的这段文字，那么对于最近一段时间以来他和神秘女人走得很近乎就不会想三想四了。

外面的飘飘忽忽的烟雨和摇摇摆摆的杨柳给这个六朝故都江北重镇披上了伤感的绢纱，绢纱覆盖着长江岸畔著名的唐塔，唐塔一共有七座，它们排的座次和位置恰恰照应着天上的七子星座，所以它们又叫七星塔。七星塔坐落在一片竹林里，“篁竹修修，七星凿凿，长江浩浩，四方阔阔”，这是吴冠中的一副山水画的本意，那副画就是写此地此景此情的。作家看着窗外的景致不无遗憾地说，烟雨美景，窈窕淑女，君子好逑。这才是最好的话题，我们偏偏却要谈论什么官场……女人说，其实，政治从来就是离不开女人的。我们今天谈论四方官场，主谈者就是女人，话题的切入点也是女人。作家说，上官先生，这些东西可不是你的专长。女人说，那是你还没有读懂读好我这本大书厚书。其实，凭着女人的本能和直觉，我在关注和研究四方官场的时候，从来就没有放弃女人。他说，那实在太好了。小说家最忌讳的就是纯粹。写政治要是纯粹了那简直就是灾难。同样写男女写性纯粹了那也是苦难。女人说，不过，我谈的女人和阁下写的女人具有本质的区别。我故事中的女人也有大腿也有乳房也会叫春也会淫荡，但是，她们表现出来的一切绝对是男人混官场的晴雨表，她们的舒展和开放绝对是官场里的男人已经把政治“荷尔蒙”转化成雄性荷尔蒙的标志。作家感觉到了一种别样的深刻，但是他

还不大懂得女人的意思。他说，你能不能把这些思想化成故事？（女人举起高高的夜光杯，让醇厚的玉液顺着她的上面通道进入血管。她高贵的丹凤眼变得扑朔迷离起来。这样子的女人真的没有办法不叫男人想入非非。可是，在四方官场关于这个女人如何如何地神秘、如何如何地举足轻重、和某位大人物如何如何地关系密切可以说是漫天飞扬，但是关于这个女人上床和床上的故事作家却实在没有听到什么。）女人用沙哑的性感浓厚的声调说，这样的故事实在太多了，过去的日子每天都在发生着。今年的春天和夏天，更是这种故事的丰收季节。现在，这种故事已经开始大面积收获了，这个季节里，权力部门进行着人工政治“荷尔蒙”的合成，手握人权的官员也在生产着这种东西。政治“荷尔蒙”在这样的季节里注入到每一个官员的血管里。你只要是一个官员，就无法拒绝它的注入。这种东西是通过官员的思维传播的。你只要还想着做官升官它就会顺着你的思维注入到你的血管里。它是一种好东西，它可以让萎靡不振者激情澎湃，三天三夜不睡觉照旧精力充沛，让你有足够的脑力去谋划，去思考，去争取，去给古水书记写万言书（四方省已经有三个政治才子因为万言书而坐直升飞机上来了）。它可以让鲁莽者江山易性生发出当年韩信甘受胯下之辱的本事，把最难送的礼送进最“想当婊子又想立牌坊”的官员门里。它可以增加智慧，让你玩起各种权术来潇洒自如。它可以让头顶飘起雪花来的官员马上去焗油从而变得头发黑油油青春不流走，它可以让已经在高干病房里泡起三丈蘑菇的官员突然健步跨出医院。……我还惊奇万分地发现，这种政治“荷尔蒙”还可以迅速地转化成为男性官员的雄性激素和女性官员的雌性激素。我仔细地观察了许多官员，我发现——我得承认，我主要是从男性官员的女人的变化上得出我的“上官定律”来的——如果某位男性官员的性伙伴还是他的夫人，那么，他夫人最近的日子里肯定得到了自己50岁男人雨露的滋润，爱的耕耘，要不，她灰暗的面庞怎么会突然容光焕发，眼角的鱼尾纹怎么会突然舒展，僵硬的腰肢怎么会突然风摆杨柳，呆滞的眸子怎么会突然水灵起来？如果某位男性官员的性伙伴已经不是夫人而是情妇了，那么，他的情妇这些日子里肯定会更加风情万种，丰腴的大腿会更加细腻白润，尖挺的乳房会更加颤颤酥软，走起路来步子会更加呈现八字状态表明着男人侵入的猛烈和频繁。如果这些女人出现这样的症状，那么，她们的男人高升的日子就不会太远了。

作家被这个女人的宏论搞得目瞪口呆。

作家急切地说，上官先生，你简直就是官场的爱因斯坦。你的宏论惊世骇俗。你有故事支持你的理论吗？

女人说，四方官场已经发生的和正在发生着的就是对我的发现的最好支持。

一壶茅台，几碟小菜。官场千古事，都付笑谈中。长江流水幽幽去，几番烟雨飘飘来……

三

南方市市委书记牛林第一个进入上官雪儿的故事叙述中，也必然地成为作家的这个小说情节框架的来龙去脉之一。没有牛林“不放卫星反插白旗”的传说，恐怕也就没有后来“五颗明星”的出人意料跌宕起伏，当然就更不会有夏天里古水书记的“超级表现”了……传说毕竟是传说，官场里的许多传说是没有办法证实的，但是，没有办法证实的传说后来事态的发展又往往说明“自古小道出深宫”——所有的传说几乎都不是空穴来风。关于牛林的这个传说是在去年的一个大雪纷飞的日子里发生的。那天，四方省委书记古水满怀期待、充满自信地驱车来到南方市，他准备着收获一颗“卫星”，他相信牛林是会给他一颗“卫星”

的。从哪一个角度来说古水都不会对这个收获产生怀疑。四方省需要这颗“卫星”，他个人也需要这颗“卫星”。明年是一个非比寻常的年头，自己的恩师、某位大人物前几天就来了一个电话，小古呀，你的政治曙光终于又出现在东方的地平线上了，要干出几件出彩的事儿来才好。昨天我看到你的大师兄腰包鼓起来了，今年财政收入300个亿，不得了哇。上边最感兴趣就是这个数字。什么产值，那是可以吹牛的。你怎么样？古水感觉着自己的血管被恩师注入了春风，血液在血管里伴随着春风呼啸起来。他的每一根神经都亢奋了，他几乎是不假思索地就说，我的大师兄再八面使风也是在我的下游嘛，四方省不会低于350个亿的，请老领导放心。说实话，放下电话古水还真的感觉到了一股冷风吹进了心头。350个亿你有把握吗？已经在财政收入第一把金交椅上连续坐了五个年头的你今年会不会被大师兄掀翻在地呢？都是可恶的日本人的“农产品进口配额”，可恶的纽约“9·11”让我的出口损失了10个亿，那可是白花花的美金，算下来就是80多个亿的人民币呀。也许，形势并没有我估计的那样子悲观，牛林的南方市不是形势大好而且越来越好吗？只要牛林给我报出80个亿，给我放上一颗财政收入的“卫星”，产生良好的连锁反应，350个亿还是会让我稳坐第一把金交椅的。在那个温馨的、荷兰杜鹃开的血红的冬日的夜晚，四方大学中文系教授的妻子给他端来一杯高级茉莉香茶并给予他的嫣然一笑，和她的被乌克兰英捷尔法勒公司出产的专门让40岁女人的胸脯挺拔起来的那种“果冻”搞得尖挺无比颤动不停的奶子，还真的让我们省委书记心猿意马起来。久违了的雄性激素迅速分泌，他几乎没有再借助什么录像什么伟哥就把妻子搞成了一个法国的荡妇。他听说法国的女人下了床高雅得像莱茵河里的白帆而上了床则像发情的春猫。事毕，他想，我的雄性十足到底是来源于本能呢还是恩师的电话以及对牛林的期待？

那天，牛林前面开路领着古水书记的车子向宾馆里进发的时候就碰到了一个不好的兆头，一匹断了腿的老花狗趴在马路中央就是不让开或者说已经没有能力躲开了。后来，牛林和上官雪儿说了这个兆头，上官雪儿马上说，恶狗挡路，预后不佳。好在恶狗不恶，腿瘸尚可走路。这是闲话。书归正传。

古水搂着牛林的膀子率先向宾馆会议室走来，随从们识趣地落在后边和领导保持着适当的距离，太远则显得失礼太近则犯忌。

老伙计，还像当年那样天天缠绵夜夜风流吗？古水悄悄地问。

牛林和牛夫人的如胶似漆是有名的。当年，牛林和古水都在那座四方巡抚衙门里做着青年官儿，古水是团省委书记，牛林是组织部长。古水是一个舞迷，凡省城有点品位有点档次的舞会必定落不下他的翩翩身影。他的夫人就是跳舞跳上的。而牛林却从来不出席任何舞会。人们传说牛部长在别的男人搂着不属于自己的女人跳舞的时候正在搂着自己的虽然出身农村却风流无比俊俏无比的女人进行实质性恩爱呢。人们的这个传说是真的，40岁之前的牛林只有一个爱好，那就是决不虚度每一个夜晚。官儿做的大了，牛林还是会拼命地从省城从外地赶回自己的爱巢，那里还有绿草殷殷、春水涣涣等着他呢。可是，爬上四十岁以后，牛林却迅速地衰落了。官场里也有黄段子在流行。有段子形容官场里的男人云：三十不浪四十浪，五十正在浪尖上，六十还要浪打浪。牛林对于这个段子很不以为然，他说，男人的库存是有数的，三十岁上你支出完了，四十岁上肯定不会再有戏。

所以，对于老领导、老朋友的戏言牛林只能够报以苦笑。

但是，这样的搂抱这样的戏言足以证明市委书记牛林和省委书记古水的关系非同一般。他们的关系在四方官场是一个公开的秘密，加之南方市在四方省举足轻重的位置，在这个非比寻常的年头，四方官场就传开了一个这样的定数：如果提拔一个省官，那铁板钉钉就是牛林。

别人都认为是定数的这个定数，认为还不一定就是定数的只有上官雪儿一人。她说，那要看牛林会玩不会玩儿。官场里只有变数，从来就没有定数。也许，成也萧何败也萧何。

古水继续搂着牛林的肩膀悄悄说，上头过几天就要来人了，准备选拔五名地市级干部充实到省委、省政府、省人大去。

牛林急忙说，我们王市长可是最好的人选。

古水狡猾地说，南方市只能有一个人到省里去呀。

牛林莫名其妙地摇头。

古水又说，看来老兄对那个曾国藩也是很有研究的了。

牛林本人是大老粗，那有书记那么多那么大的学问。我不明白你的意思。

古水说，那你就是无师自通……当年，曾国藩不停地向朝廷举荐干才，又是"汇保"，又是"特保"，又是"密保"，从1856年开始三年间，他就向朝廷举荐了上百个大大小小的官儿。其中包括那个宰辅之才李鸿章。

牛林说，兄弟们跟着我干，我不能够光顾着自个升官，忘了他们。

古水沉思片刻说嗳，这就符合了曾国藩的那句有名的古训——自立立人，自达达人。曾国藩还有一句名言，"合众人之私，成一人之公"。我的理解就是，从政的人想升官并不一定就是坏事，只要你拿着它作为动力之一好好干，这样的"私"多了就会变成"公"。我需要的就是这个"公"。

牛林说，这个曾老头倒是说实话。我认这个理。

古水说，所以，这几年里你就拼了命地给我输送人才。光你给我"密荐"的就有四五个吧？

牛林说，我们干的好嘛，南方是革命大学校嘛。

古水缓慢地摇头，说，这仅仅是一个方面……还有另外一个方面，我也很够哥们的，是不是，老兄？

牛林说，谢谢。真的很感谢。感谢领导对兄弟们的提携。

古水说，现在，你也应该“私”一下了。我的“公”也需要你的“私”。

牛林立马表现出了一副憨态可掬的样子，他总是这个样子，关键时候总是要本能地“憨厚”。他说，嘿嘿，我就盼着领导学会曾老头的这一招哩。

古水说少给本书记玩“贫”的……那也要看老兄够不够哥们了。

牛林问书记有什么指示？臣子一定肝脑涂地，在所不辞。

古水意味深长地看了老朋友一眼，没有说明白。他想这个憨种心里头精的猴一样，还要我挑明吗？

从车子到会议室充其量也就是一百步，可是，政治往往产生奇迹的就是这一百步而不是一百公里。

例行公事，认真汇报。

牛林发现，古水书记对于他方方面面的、每一个行当都有几个闪光点的、汇集了秘书们和他智慧心血的汇报好像心不在焉。眼神飘飘忽忽，表情散淡迷离。他有点猜不透书记的心思了。

古水到底还是打断了牛林的汇报，单刀直入地问，牛书记，南方市今年的财政收入肯定超过去年。去年你们是 70 个亿，今年该突破 80 亿大关了吧？

牛林并没有读懂当时古水书记那双高深莫测的、老猫一样幽黄的、深深藏在浓黑的卧蚕眉下像两孔老山里的古泉的眸子，他只是感觉着书记眸子里有着某种急切的期待。可是，他从来都是实话实说，这是他的个性也是他给自己定的铁律。古书记，今年财政收入的数字还没有报上来，但是，我敢肯定，我们的日子不太美妙。出口美国的劳动密集型产品受到严重冲击直线下降，出口日本的大蒜大葱无公害蔬菜受到了日本方面的配额限制也几乎损失大半。南方市又是一个资源型的老工业城市，随着资源的逐渐枯竭，收入也大幅度下滑。今年还连着给机关事业单位长了两次工资……老王呀，我觉得保住去年的水平就阿弥陀佛了。牛林去看王市长。王市长夫唱妇随地鸡啄米一样地点头，牛林松了一口气，官场上有句俗话，老婆汉子一个调，皇帝来了也不尿。可是，他犯了一个致命的错误，此刻，他应该去看省委书记古水而不是去看他的官场里的“老婆”，他不知道古水此刻的面庞发生了什么样的风云变幻。记者们录音的录音，速记的速记。古水想着明天四方的各级媒体那么一报，肯定会出现恶性连锁反应。他书生的白净面皮一片一片地发青变紫，太阳穴的青筋也蚯蚓一样拱了出来。脸皮沸沸冒火，自己对自己很不满意。曾公一生把张衡的名言——不患位之不尊，而患锋之不藏——奉为座右铭，我也学而时习之，却总是学不来，遇事锋芒毕露，一张面皮写得明明白白。古水呀古水难怪你成不了大气候。想着沉住气不发火，心火却还是冲上了脑门子。难道我真得到了更年期?

牛林，你怎么变成了庐山会议上的彭德怀，专门唱起了政治反调?古水的尖刻是有名的，不过对牛林从来没用过。这一回也亮出来了。牛林分明感觉着书记的每一个字都是一阵冰雹，都是一把霰弹。

牛林很委屈地说，古书记，你不是经常教导我们，宁愿丢掉十次乌纱帽，也不能吹牛一回?我可是实话实说。

古水几乎是一个字一个字地说，我们四方今年不可能不突破350个亿，你们南方今年不可能不突破80亿大关。牛林同志，我的估计不会错的，我也作过调查研究。我还要告诉你，这是政治。

牛林面临着利益的时候往往是一头憨牛，面对着是非的时候往往又是一头撞南墙的倔牛，他挺直了粗粗的牛脖子，说，我汇报的是财政收入，不是什么政治。我们吃亏就吃在我们的政治太多了不是?

古水像一棵历尽沧桑的柏树一下子站立起来，单薄的身板神经质地摇晃了几下才站稳。上官雪儿说，……可以这样说，当时古水身上的每一个细胞都充满了失望，充满了对老部下老朋友的不理解，牛林你为什么在我的关键时刻和你的关键时刻犯混呢?凭着你的政治才干政治经验凭着你我的关系甚至单纯为了你的政治利益你都没有一个理由不知道我的苦心，没有一个理由不来一个“梅花报春”呀。古水甚至还有一点儿委屈地想我让你放这个“卫星”也是给你一个机会，这样的机会我给四方省我的任何一个封疆大吏他们都不会回报我这样的难堪和沮丧，这是肯定的。想到这里，一股热血冲上古水的脑门子，他竟然没有和任何人打一声招呼就拂袖而去了，留下了一屋子的大小官员，偌大一个会议室死静死静的，只有细菌在活动。那个留着一缕山羊胡子的王市长惊慌失措拉着牛林的袖子好像在哀求着什么却又一句话也说不出来，牛林明白老伙计的意思是让他十万火急地去请书记回来，牛林却成了孔庙里的泥塑圣人一动不动，也没有任何表情。古水回到省城的当天晚上就把上官雪儿叫到了他的书房里，要听她的代表作《锁麟囊》。烦了累了难了他都要听她的戏。上官雪儿说，书记大人好像变成了军阀，我也变成了唱堂会的。他苦笑着陪不是，说，大姐，委屈你了，习惯了，听听就好，就平静了，放松了。上官雪儿说，你还是品品曾国藩的对联吧。

书记书房的堂壁上真的挂着同治九年五月曾国藩作的那副对联，古水求大书法家欧阳中石给他书写，镶裱在韩国红木框内——战战兢兢，即生时不忘地狱；坦坦荡荡，虽逆境亦畅天怀。

古水却不想去看它，说，我还是想听《锁麟囊》。

四

山水大酒店。

省城的大酒店可谓多如牛毛，有品位有特色有风采的却没有几个，这个地方属于其中的凤毛麟角。门口古老的牛车木头轱辘，屋顶的披拂的山草，桃木窗棂贴着的老绵纸，高高的站在门口的酒幌子，进了门迎接你的巴蜀怪才魏明伦先生专门为这个酒店撰写的山水赋，坐下来可以让你尝到原汁原味的山野水鲜，都会让你感受到一种山村老家的怀旧。

那个日子也是春雨春风调匀了来，桃花杏花一团一团地开。不过，作家那次请的不是神秘女人而是他们文学界的狐朋狗友。《文人》报社的狗屁诗人，狐臭评论家，只有一个嗜好便是给女人洗内裤的中性人吕社长。还有几个不大出名的美女作家。喝什么？你放心，绝对不是什么茅台什么五粮液，连假的也不是。他们只配灌酒店免费的扎啤。这群无聊文人正在胡吹海谤、云天雾罩的时候，作家在省人代会上认识的四方大学经济学院教授郝芝小姐款款走近他的身旁。他这个准黄色作家对某些大腕的经济学家不大敢恭维，他认为他们都是一些官方传声筒，他们最大的本事就是“鹦鹉学舌”。可是，对于眼前的这个小姐却是一个例外，他还是兴趣“昂”然的。她把东方古典丰韵和西方开放的性感融合得妙极了，一般的女人都是把性感表现在大腿上把风韵表现在眼睛上而这个小姐恰恰相反。他感觉，她在省人代会上绝对是出水的芙蓉，高挑污泥浊水之上的一朵白莲。让他把她和其他的所谓的经济学家划清了界限的还有一点，那就是她的对西方文学的了如指掌。他不是给她拍马屁，这方面的造诣她一点点也不比那些专门研究西方文学的专家逊色。说句吹牛的实话，那天，那位著名的经济学大腕要拜访作家，作家溜之乎也却来到了郝芝小姐的房间和她整整神聊了半天的哈姆雷特。

她显然看到了作家，说，您，请客?

他们这些小子非要请我吃饭，你说烦不烦呀。他说。

她优雅地向每一位牛鬼蛇神点头致意。

如此美妙的小姐如此抬举他们，他们如何能够消受的了，一个个牛鬼蛇神便一个个受宠若惊。

奇迹发生了，只见郝芝小姐对着柜台那么轻轻地一招手，收银小姐便拿下一瓶茅台还有两盒软包中华烟，也是款款地分明地向他们走来。

茅台放在了他们的杯盘狼藉的桌子上，中华烟也放在了他们的目瞪口呆的眼皮子底下。郝芝小姐轻轻地说，毕老师，各位老师，你们慢慢用，我还有客人，失陪了。作家如坠五里雾中了……我和她没有什么呀就是我多少地有点什么人家也对我绝对地没有什么呀凭我的五短身材凭我的准黄色作家的庐山真面貌凭我的囊中羞涩凭人家的风韵气度学养凭人家的修长的身材丰美的大腿水灵灵的大眼睛白润的象牙一般光洁的脖子亭亭颤颤的酥胸我和人家人家对我又能有什么呢？只有一点，我和她都是这一届的省人大代表。但是这一点怎么能够让人家给我和我的牛鬼蛇神送茅台敬中华呢?

牛鬼蛇神们只有牛鬼蛇神的逻辑和思维。

中性社长说，毕先生，眼前发生的事情只有一种解释，人代会上，你对她进行了全方位多元化的服务，包括洗裤头洗乳罩什么的。

狐臭评论家开口便是理论，老毕，肯定的，你向她释放了很多的荷尔蒙。

狗屁诗人每一句话都是诗，啊，如此世俗物质金钱的世界呀还有一个女人不要我们的一个铜板，太阳从西边升起来了，啊，女人的茅台，女人的大中华!

牛鬼蛇神们开始疯狂地就好像抢夺的不是茅台中华而是女人身上的某些关键部位那样贪婪地享用起来。毕作家却仍旧坠在五里雾中不能够自拔，一直到了桌子上没有了一滴酒一筷子菜一支烟（文人们请客吃饭从来都是不用打包就一点也不会浪费的）一直到了他来到柜台买单时他才明白。

收银小姐把钱推给他，说，先生，您的账，我们厅长已经给您结清了。

他问你们厅长！什么意思？谁是你们厅长？

就是刚才给您上酒上烟的郝厅长呀，小姐说。

你没有搞错吧，她是教授，只是一个教授而已，作家大声说。

小姐说，不会错的，她就是我们的厅长。这个大酒店就是我们农业厅的。

五

“篁竹酒吧”里，作家听完了牛林的第一个故事，忍不住把自己在山水大酒店的奇遇也说了出来。

看来，官场里什么怪事都会发生哟，作家说。

官场里没有怪事。一切的一切都是有来龙去脉的，女人说。

这还不怪吗？一年前的这个时候她还是一个教授，仅仅是一个教授，还和我大骂腐败，还和我嘲笑某些官员的低劣，还在向我标榜女教授的清高。一年后这个时候的她，她怎么就一个跟头云翻成厅长了呢？作家问。

外面的烟雨变成了千丝万缕的曲曲弯弯的银线，把大地天空人间编织得如梦似幻。上官雪儿说，世界静悄悄得好像什么都没有、什么也不会发生，可是，什么都是在这样的世界里这样的烟雨迷茫中发生的。纽约的“9·11”，中东的你杀我我杀你，日元汇率的狂跌等等，郝芝也正是在这样的世界里这样的烟雨迷茫中莫名其妙地——对，就是这个词儿最准确——被古老板看中，坐上直升飞机，嗖，一下子登上了好多人爬了几十年也爬不上来的位子。作家的心理失衡了大叫她凭什么就凭着是一个女人？上官雪儿说，这是一个。他说，光女人恐怕不大行吧，肯定还要丰韵绰绰，肯定还要学富五车，文雅高洁。毕竟不是土八路了，一个老母猪也好。毕竟是四方大学 80 年代初的本科生嘛，还是蛮有眼光的。但是，我敢说，床上功夫也错不了，离开这个肯定也没戏。神秘女人听了作家酸溜溜的话只是淡淡一笑，笑里包含着某种蔑视。她说，你、你们作家这个样子写官场、理解官场肯定没戏。俗，俗不可耐。现在的官场不是这个样子了，我们的古老板不是这个样子。我和古水很熟，熟了 20 多年了。他爱喝四方羊肉汤爱吃四方辣子鸡他穿 42 的鞋子他的衬衣号码是 110X95……省委书记也是人，也不能不让他喜欢女人尤其是漂亮女人，可是，当官的、尤其是大官，喜欢不等于上床。官场中人形成了这样的共识，当官不能上错床，上错床很危险。要女人不要江山的毕竟很少。古水绝对不是。况且，政治这玩意儿可以催生雄性激素，也可以扼杀雄性激素。古水官场并不春风得意呀，他的头上一直笼罩着某种阴影。政治阴影是可以让男人阳痿的……我可以打包票，古水除了他的夫人没有和任何女人发生过上床的或者床上的故事，当然也就没有你们想象的那样，郝芝的直升飞机是用女人的色相打造的。那，那这个郝芝到底是哪一阵东风把她送上天的呢？上头她有人？作家问。上官雪儿若有所思地慢慢摇头，说，她来自纯粹的知识分子家庭。作家又问难道她是一个政治天才？上官雪儿说，她是很有头脑，对中国的经济、市场也有独到见解。不过，政治天才还算不上，她的这些东西也还不足以让她坐上直升飞机。作家承认自己犯迷糊了，问，郝芝小姐的奥妙到底在哪里呢？请教了。上官雪儿不无卖弄地喷出一个漂亮的烟圈儿，看着它半天没有作声。烟圈散尽了关子卖弄够了才说，先说次要的，第一，她的第一学历是博士，博士如今在官场是很吃香的。四方这几年升起来的新星大都是高学历。第二，她是一个女人，官场缺女人。政治意义上的缺。不是你们作家意义上的缺。第三，她不是中共党员。这三条缺一不可。三条同时具备了还不行，还有一条最重要的。缘分。

作家问，什么意思，还是男人和女人那些个破事？

女人没有去理作家的茬儿，自言自语地说，这个现象我研究了十年了，我终于可以肯定了，官场上确实存在着缘分，就叫它政治缘分吧。比如这个郝芝，通过我，不过就是在省人代会期间到古水书记的房间里坐了那么十三分钟，不多不少，整整十三分钟。而我和古水认识相知整整二十三年了。我发现，就是那十三分钟让古水在政治上对郝芝的赏识大大超过了我。他们的眼睛碰出了电火花。而我和他没有，我们可以什么都谈却就是碰不出电火花。通过我认识古水的也有十七八个县官市官了，得到提拔重用的也有十一二个人了，我发现，碰不出电火花不行。我注定了可以造官，却不能当官。

最善于编故事的作家被上官雪儿的故事深深吸引了，他从心底里佩服这个女人对官场的研究，感觉，悟性。什么地方都有学问呀，官场更是如此。谁能够想到，一个小小的四方京剧团的副团长竟然把四方官场钻得如此透彻，如此独到，如此深刻。作家问，上官先生，您是从什么时候，在一种什么情势之下开始进入四方官场的？这个女人又吐出一串银白色的烟花，说，无可奉告……不过，我可以透露一点，古水当小官的时候我们就是朋友，官做的大了，我们还是朋友。古水是一个好人，官做的再大也没有忘记老朋友。作家说，于是，你就变成了一些人的桥梁，你就开始为一些人穿针引线。一些人通过你进入了某某的视野，而这是至关重要的。我明白了，你成就了很多人。你的名声也越来越大。神秘女人表情复杂地看着作家，皮笑肉不笑的样子。

作家狡猾地抛“砖”引“玉”，说，再大的官也是人嘛，是人都有倾诉欲不是？

女人点点头，说这个倒是真的。

作家继续套话，常在河边站，哪能不沾水？大领导嘴角透一点风撒一点气，就是大秘密哟。

作家终于套出了女人的倾诉欲，她说，闲聊还真的没少聊出一些真货来……我理解领导，有些敏感的事情在没有出炉之前绝对不能和局内人说，尤其不能和副手们说，他们不可靠。只有和我说说，我有几大优势：1. 我可以满足领导的倾诉欲。2. 领导说我还有点意思，看人还真的有点准。3. 最好的是，我在局外，不犯忌。4. 我又不贪财，领导成不了乌纱帽批发商，我也成不了乌纱帽零售商。我还有一个大优点，嘴严，我的嘴严很高明，我好像什么都敢说，实际上却是什么都没有说出来。有一次领导夸我，说，其实，曾国藩也有很多朋友，形成了他的庞大的幕府。什么郭松焘、冯卓怀，什么李元度、陈士杰者流。从办湘军到打太平天国，从小小的六品到官升一品，什么计划什么阴谋怎么用人他都要和朋友们说说……老弟，你难道没有这种感觉吗？我说的任何事情都超过了保密期，或者根本还没有发生。不过，真正的秘密我今天可以向你透露一二……知道不，郝芝的政治缘分还有用，说不定她还能升。还有，郝芝的那个前夫，就是四方大学经济学院的院长毕了斋，最近和咱们的沈副书记套瓷套得很近乎。看来他要下海，也想到官场里来捞点鱼鳖虾蟹了。

作家说，不可能，绝对不可能。你又在猜了。我和毕了斋很铁。他这个人，第一，对官场深恶痛绝。所以郝芝再漂亮也要拜拜。他公开宣布，我要的是纯粹的女人，我不要女官员。他甚至连一张入党申请书都不会写。第二，此人一贯对商场嗤之以鼻，所以，和那个房地产大老板的哥哥从不犯来往。

上官雪儿两只手袖起来，说，老兄，你看人还是毛嫩了一点，历史了一点。你等着瞧好了，毕了斋上戏了。

女人脱下了红色毛衣，露出了圣罗兰衬衣，大概没有带乳罩，仍然尖挺的乳房颤颤地好像要红杏出墙。准黄色作家强迫着自己收拢住心猿意马和已经露出色迷迷本相的眼神，期待着女人说下去。

我差一点给忘了，你的嘴巴严，作家用挖苦激她。

女人说，我的嘴巴只对古老板负责。其他人，狗屁。

作家问，你真够神秘的，你有特异功能，没准能够看到别人的秘密？

人呀，关注什么就会看到什么，想什么就会有什么，嘿，我也给你来点黄的。你知道吗，你的一家子，铁哥们，毕了斋，抛弃了漂亮的政治女人郝芝，却挎上了那个著名的“离婚专业户”，性感母猫沈兜兜。沈兜兜的邻居往往半夜三更被母猫的叫春惊醒。

准黄色作家真正地呆掉了，他想，我的那些地摊小说简直就不值一提。它们太浅薄了，就是赤裸裸的动物性，而人家的男男女女里却有政治。深刻。谁不知道沈兜兜就是沈副书记的千金？谁不知道沈兜兜身高 1 米 78，体重 80 公斤？谁不知道沈兜兜嘴巴上长着一圈黑胡子？谁不知道毕了斋是上海人唯美主义者，省城高雅潇洒男人的标本？谁不知道毕了斋三个月前还在四方晚报上写文章，说什么知识分子学问搞不出来了，还可以去发财，做生意。如果生意也做不成了，那就干脆去种地。只有当你只剩下乞丐一条路的时候，你才可以去当官，你的人格和良心才能够原谅你的堕落。

看来，政治这个东西比鸦片厉害，一旦上瘾，什么洋相都会出现，作家说。

六

毕了斋驾驶着红色别克缓缓行驶在南郊的丘陵地带。他们今天要去拜访省城著名的易经大师乌有。前面出现了一座小山就像北方官宦人家的坟冢，山上有青竹也有苍松翠柏。

了斋，那山就是船山吧？车子后边的沈书记问。

是的，书记。山不在高，有仙则灵，王羲之，朱熹，冯玉祥，都在山上住过。如今乌有先生也住在山上。毕了斋说。他的嗓子有点沙哑，眼前偶尔还会冒出金星，腿肚子酸酸的。他知道什么原因，都是那个母猫搞的，非要叫我吃下三颗伟哥，折腾了半夜。你可以睡觉，我还要伺候你的老爹。……眼下的我都有点认不得原来的我了。过去，来往的都是鸿儒。今天，交往的却成了达官。其实，两个我都是我。过去那个“两耳不闻窗外事，一心只读圣贤书”的我是真实的。今天这个“机关算尽太聪明，只图一朝跳龙门”的我也绝对是真实的。我的上去六代的祖宗既是文章灿烂的进士，又是身受皇恩的吏部尚书嘛。读书做官，在中国是永远不会分家的。我的血管里肯定还在流淌着出仕入相的基因。去年12月北京政界一个朋友的一席话放出了我心瓶里的一个“魔鬼”，它好像从来没有存在过，只有我自己知道，它虽然藏得很深很久，但是毕竟存在。并且藏得越深越久，一旦放它出来，它会拼命地张牙舞爪。朋友说，官场又要权力大洗牌了。伙计，不要永远钻在学术的象牙塔里了。如今可是一等人搞政治，二等人搞经济，三等人才做学问呀。老兄的博士学位，老兄的才智，老兄的三十出头，在学术界也许只能给你成就三分，到了官场里这些东西就要大大升值了，它们会让你成就十分。应该到这个大机遇里搏一搏，说不定会弄个副省长呢。回到省城，他又悄悄地去找了房地产大老板的哥哥，哥哥一听，喜出望外，说，你终于要走正道了，咱们毕家缺的就是官儿。干吧，我是你的强大的经济后盾。要多少有多少。哥哥也很赞同他的黄色路线，哥哥当即给了他几万元，让他先去敲开沈兜兜的芳心。想不到，什么东西都抬不起这个女人的眼皮，她要的是直奔主题。美国捎来的真正的伟哥，博士学位的头衔，风度翩翩的身材，让性感母猫百分之百地心满意足。马上郑重其事地推荐给老爹，老爹也很满意，一来让人犯愁的闺女有了希望，二来他也看出来闺女这次相中的决非等闲之辈，说不定修理修理调教调教提携提携就会成为一个人才。打仗就要招兵买马，做官就要笼络人才。他不像古水，对曾国藩最多算半瓶子醋却是三句话不离曾，言必称文正。他呢，任何场合任何时候，口中从来没有曾文正，曾文正的学问、修养、官场绝学却是融化到了血液中了。什么“场面做大，才能群雄影从”，什么“毛羽不丰，不可以高飞”，什么“有求于上，委婉而言”，什么“为宦不能得罪巨室”，什么“大事苦争，小事放松”等等他都细细揣摩，为我所用。尤其是曾文正的“藏锋”一法，他更是修炼到了家。曾氏云，自古以来讲凶德致败的道理大约有两条，一是长傲，二是多言。历代公卿，败家丧命，也多是因为这两条。所以，沈副书记的谦虚、慎言是很有名的。有一次，一个市长叫了他一声“沈书记”，他马上说，你的称呼不对，应该叫“沈副书记”，记住了啊。可是，曾文正的“藏锋”是为了“露锋”，“躬身入局”，他也是心领神会的。现在，他认为自己的“场面”已经做大了，他觉得自己的“大事”已经来临了，他必须“苦争”。昨天晚上他就书录了曾文正的两句诗用来自勉——去年此际赋长征，豪气思屠大海鲸。

沈书记，来船山您一定很有感触吧？

沈书记却闭上了眼睛，养起神来。毕了斋想，你问了不该问的事。君就是君，臣就是臣。尽管臣日了君的闺女。

他眼前头又有金星冒出来。他在心里骂骚货。他想去想那个女人在床上的样子，却想起了他在女人身子上说的那些骚话。他感觉到了满足，当年在郝芝身上日都要伪装得很文，在这个女人身子上却是什么动物就来什么，很过瘾。男人日女人必须很动物才舒服才放松才本色。我的变化说明了人的斯文和动物的动物只是隔着一层窗户纸。

沈书记却开口了，了斋，你猜，此刻我在想什么？

毕了斋说，书记，我又不是乌有大师。

沈副书记的表情又习惯性地高深莫测起来，本来好看的葱管一样的鼻子向上耸，本来双眼皮的大眼睛向下缩于是皱起了许多折子。很标准的普通话也变得阴阳怪气，他说，我产生了一种情绪厌烦了官场的污染。你看看那个某某人，不管怎么说你也是一个副省长嘛还是什么常委，在古老一面前那副嘴脸实在叫人恶心。不就是到了非常时刻不就是想当那个什么吗？德行。沈副书记毕竟不是曾文正，他的修炼还没有到家。他的这些话虽然很有潜台词但是“潜”得还是比较浅。

车子前面突然出现了一只白兔，毛茸茸，团团圆，两颗红玛瑙一样的眼珠滴滴溜溜转。车子刹住，白兔蹲在路中央不动一点害怕的样子也没有。毕了斋说书记好兆头，玉兔拦路，必报大喜。这可是乌有所著《易经实用大全》上说的呀。

书记打开车门钻出来，在马路上伸伸胳膊，微笑着向白兔走来。白兔等他只有一步之遥的时候才一蹦三跳地拐进竹林去。

毕了斋走近书记说那位某某人是一点戏也没有的。您在常委中排老三，他排老几？他的口碑，政绩，才干，简直和您是一个地上一个天上。他倒是有一个东西您没有。沈副书记瞪大了眼睛看着他，他半天才说，那个某某人喜欢穿破鞋。喜欢喝刷锅水。

什么意思？书记问。

毕了斋神秘兮兮地说，东大院都传出来了，他挎上了我的那个农业厅厅长。沈副书记一怔，问此话当真？

毕了斋说传得青枝绿叶，书记，这是一个可以利用的炮弹吧？我来发射。

沈副书记连连摇头，说，了斋呀……这话你最好还是不要说。这个炮弹你最好不要发射。如今这样子的炮弹打不倒别人说不定会打倒发射者自己。再说，那个某某人的夫人还是不错的，和我是老朋友了。

毕了斋赶紧说是的。书记，我听您的。沈副书记叹了一口气，说，了斋，你难道不知道，许多东西都是0，只有上头的意思才是1、2、3……官场的沉浮秋天的云，变化莫测呀。老一对他不错，也不知道这个大头走的谁的门子给了老一什么宝贝？他们很有政治缘分哪。

毕了斋说，那个神秘的女人倒是经常串某某人的门子。她和老一的关系非同一般呀。

妈妈的奶子，沈副书记骂出了属于他的专利的骂——这句骂在四方官场上无人不知——顺便还把路上的一个破礼帽踢到了壕沟里，说，如今是怎么了，有官，也有了僚，几乎每一个官员周围都围着那么几个人，穿针引线，出谋划策，搬凳子跑龙套。毕了斋说，书记，如今可是都在学习曾国藩呀，一个官儿跟着一群幕僚。沈副书记苦笑去看毕了斋，心里说，我不是也物色了你。

毕了斋吞咽下一口唾液，赶跑袭上心头的那匹风骚的母猫，说，书记，恕部下不敬了。我感觉着您眼前的情绪不对。您是最有实力最有前途最有把握的省长人选嘛。那个某某人他算什么？古老一也不一定真的那么欣赏他，老一最大的本事是什么？就是平衡。您的砝码比那个某某人的重上十倍，古老一不会掂量不出来吧。退一万步，就是古老一真的那么欣赏他，古老一也不能定乾坤嘛，定乾坤的肯定不在四方。书记，您能不能……书记在这个问题上您是不是有点老实了？只有活才能动，只有运才能成。运动的目标是很明确的，您不会不知道的。运动的法子也是很多的，什么“驴子”了什么“对虾”了只是其中的一种饵。

沈副书记面部冷漠，毕了斋有点失望，他从上面什么也读不出来。我的这些话可以说字字千金，我是在对牛弹琴呢还是在真神面前变戏法？你、你肯定是在装样子，摆出一副不吃腥的清高。你算了吧，我连你那样的闺女都睡了你他妈的还在我的面前装蒜。谁不知道你在四方局面做得很大，你的屁股后头跟着一群人，古老一为了你的局面不会不买你的账的。……我还是要装成一个什么也看不出来的雏儿，继续向你表现忠心。

毕了斋说，书记，一些事情我是可以办的……您不大方便。您知道，我的大哥是房地产大老板……

沈副书记终于说话了，了斋，我发现，你这个书生在政治上是很成熟的，也很敏感。你今天给我上了一堂很好的政治课。

毕了斋听不出书记是真诚的还是虚假的。只好苦笑。

沈副书记说，我说的都是实话。要不，咱们打道回府。有你这一课足矣。有你，我何必再去找那个易经大师？

毕了斋说，去去也无妨嘛。我听说古老一半个月前就去了。

人家正在做着更大的黄粱美梦哩。沈副书记说。

他有戏吗？书记。毕了斋问。

沈副书记说，古老一还是很有来龙去脉的呀……如果没有那场风波，那个大人物不倒台，古水就不是今天的古水了。那个大人物很看中他。古水这些年是比较窝囊。可是，凭着四方省在全国的位置和贡献，凭着他的资历，他是应该有个说法的。可是没有。看看他那一头白发，他曾经真诚地自我解嘲说我已经阳痿八年了。我信。政治这个东西，可以让你青春勃发，60岁了还红光满面还可以“爱河饮尽犹饥渴”。也可以让你早生华发，未老先衰，阳痿，早泄。……不过，能人还是能人，听说人家又挂钩了，绝对重量级的。我思量着，古老一的阳痿快好了。

毕了斋说，书记，您应该真诚地送佛上天。

沈副书记没有再说话也没有表现出什么表情。他上了车子。

车子又开动了，向着那座葱青葱青的坟墓一样的小山进发。

他们终于走进了山阴处那个青石板垒砌而成的小院。院子不大但很别致，几蓬翠竹葱茏，竹子下面还拱出了竹笋，尖尖的嫩瓣。几株夹竹桃开得正艳，白的如雪红的像火焰。两棵苏铁一公一母，也在开花。公的花朵像硕长的玉米穗子，母的花朵像……毕了斋产生了联想，像那个母猫开放的达到高峰的生殖器。这个母猫属于中吃不中看的女人，性器无一不是最好的，那个破厅长属于中看不中吃的女人，牌子还好但是玩意儿瘪瘪的干干的。苏铁是地球上惟一存活了几万年的生物了，它和早就灭绝了的恐龙生长在同一个年代。恐龙成了化石苏铁却还生机勃勃。毕了斋从苏铁的花朵联想到了男女，感到了冲动。这都是那个女人的功劳。这样的冲动和这样的环境实在不大协调，可是没有办法让现在的他不产生这样的联想。

青竹掩映之中，一座青石板叠成的草堂别具一格。墙壁全是石头，屋顶苫着山草。山草不死，做了屋顶还在青绿。不远处长江如练，缠绕着这个风水绝佳的地方。这时候，一个白发红颜、身穿土布衣衫、足蹬土布便鞋的清瘦老人已经站在了草堂的门口。老人说，贵人驾到，没有远迎，罪过罪过。毕了斋说，乌有先生，这位就是省委沈书记。沈书记说，副的。今天咱们不论什么官位，都是一些文化人，来先生雅堂一聚，听长江涛声谈谈易经，观满山翠绿论论人生，岂不快活？虽说是草堂，却绝非老百姓意义上的住房。里边的摆设，怕是十万二十万的也拿不下来吧，看红木紫藤，看奇石古瓶，看名人字画，白石的虾黄胄的驴子徐悲鸿的奔马，一律真品一律高贵。毕了斋看着想着突然问，先生，您的这些东西怕是价值连城了吧？您难道就不怕月黑风高夜，有贼山里来？沈书记斜了他一眼，心里说亏你还是博士，俗。乌有说，我不犯贼，贼不犯我。再说，失又何妨，失即为得。字画者天下之字画，天下者何处不是？毕了斋哈哈干笑掩盖住尴尬，说先生真是高人奇人耳。乌有说，高人奇人俱是人，人者，血肉之体，与万物无异也。沈副书记好像对草堂里的字画很感兴趣，久久地观赏着。乌有却直奔主题，说，先生，您来草堂好像不是来观赏字画的，您来找老朽，是来算卦的问前程的，不是吗？沈书记多少有点尴尬。毕了斋赶紧说，沈书记也是著名的书画家。乌有大笑，他的笑很特别，典型的皮笑肉不笑。沈书记说，我算什么书画家？我不过是顺道来看看先生的。看看一个老知识分子生活得怎么样。我是代表省委省政府来慰问老先生的。乌有竟然没有一个谢字。毕了斋说，乌有先生，沈书记从来都是很关心知识分子的，他喜欢和大文化人交朋友。沈书记说，是的。近朱者赤，我是想沾沾先生的仙气。乌有说，我是一个俗人，有什么仙气？毕了斋说，大俗即大雅。先生的大名，神名，可谓中华一绝。听说，连古书记都来找过您。乌有说，那个古水倒是一个俗人，喜欢直来直去。

沈书记没有什么不快，相反地倒有点放松了，说，谁让咱们是官场中人呢？实话实说，我和古水书记一个样，想问问后边的日子。

乌有说，先生，老朽早就准备好了。

沈书记显然大喜过望，说，先生，您为什么如此热心呢？

乌有说，老朽虽说是学问人，可是，天下最大的学问我以为就是天下。天下者，大官场也。所以，我对于官场之人，之事，之冷暖，之阴晴，之跌宕起伏，不敢不关注、热心。请。

乌有领着他们走进了里边的房间。里边的神秘，奇特，迷信让他们为之一惊。他们绝对都是第一次看到这样的东西。古老的北方黑槐树的巨大完整的根盘子做成的一张奇形怪状的桌子安放在屋子中央，桌子四周围着几把用恐龙化石做成的小椅子。桌子上，摆着三个龟盖，三支蜡烛，三把木头锥子，好像还有一个从地下挖出来的绿锈斑斑的灯盘。

沈书记按照吩咐，用木头锥子钻着坚硬的龟盖。因为有了官场的风云变幻无常，才有了什么易经，什么八卦，什么神秘主义。这样的认识随着我的官儿做的越大经历的官场变数越多也越来越明晰越来越顽固。一边钻着他一边想。

沈书记把钻好的龟盖小心翼翼地拿给乌有看，小心翼翼地问，我钻得还好吗？

乌有说，沈先生，只要用心去钻就好。

龟盖上的三个洞儿像二郎神的三只眼，黑洞洞地看着诚惶诚恐的沈副书记。看得他一阵阵心虚，看得他不能够不自嘲，沈某人呀沈某人，堂堂的三品朝廷命官，也来搞这等劳什子不显得你太有点儿小家子气了吗？可是，比我还要大的官儿不是也有人在搞这一套吗？这样一想，他又轻松了。

乌有用火柴把三支蜡烛点上，说沈先生，你慢慢地去用烛火烤这些个洞儿，你要烤得专心致志，尤其要排除官场里的私心杂念。最好是无欲无求。

毕了斋心里说，官场中人谁能够做到无欲无求呢，真的无欲无求了还来这里干什么呢？我劳心费神来帮着沈书记干这些活儿，就能实现我的目的了吗？好像应该没有什么问题的，换届就是权力的再分配，谁来分配，还用说吗？沈书记当然应该有一份。我把他那一份拿来不就成了？这是我大哥给我拿定的主意，昨天，他还到四方荣宝斋花了好大一笔钱买回来了十六副包括黄胄的七匹驴子在内的名画，他说，舍不得孩子打不着狼，瞅准时机，给姓沈的贡上。也给那些敢吃的“副省级”贡上。上头来人了，就要找他们谈话了。谁吃了腥谁不吐骨头？我说，哥，这种活儿你好像很熟。哥哥说，当官的傍大款，大清就开始了。他们傍我们，我们买他们。都有想头。

到了这个份上，沈书记也就只好按照乌有的吩咐去做。他把龟盖上的洞儿放到了烛火上去烤，烛光中，沈书记的神态非常专注，但是其中显然包含着某种企求。乌有说，殷商的时候，纣王曾经叫卜师来给他占卜，以测国家之兴亡。卜师看着兆纹说大王，你的江山就要亡矣。喜欢拍马屁的大臣说卜师在胡说八道，纣王也是一个喜欢麻醉自己的人，说你卜得不对。卜师知道应该怎么样子说才能保住自己的性命，但是，他还是说，大王，您还是准备后事吧。结果卜师被杀了。毕了斋说那是一个真正的卜师。沈书记烤好了龟盖送到了乌有的手中。乌有用放大镜对准了龟盖上的纹理。他慢慢地在一块准备好的鲜活的柏树皮上画出了三组“—”“——”的符号。沈书记和毕了斋屏息静气地看着老先生在画。沈书记颤声说，我不是纣王，您就实话实说吧。乌有慢条斯理地说，看来，冥冥之中确实存在着天机……这样的事情老朽八十有余了还是第一次遇到。毕了斋急迫地问，我们沈书记是上上卦？乌有说，我这里没有什么上上卦上中卦那些个骗人的鬼话。卦者，阴中有阳，阳中有阴。上中有下，下中有上。乾中有坤，坤中有乾。这才是易经。

沈书记眼巴巴地看着乌有。乌有徐徐运气，面庞分外红润。半天才说，啊……半月前，古水先生让上官先生陪着来到我这里，他得到的那三组八卦，和如今沈先生得到的这三组八卦竟然一个样子，怪哉，怪哉。

沈书记和毕了斋几乎是同时惊叫了出来。

乌有说，都是六个乾，三股风，一声雷。

老头儿闭上眼睛不想说话了。

沈书记说还求先生点拨一二。

老头儿不睁眼。不说话。

沈书记几乎哀求了，先生，您还是指点指点好吗？

过了许多时候，远处长江里传来了七八声轮船汽笛的长鸣，老头子才在他们眼巴巴的期待中一点一点地睁开眼睛，说，沈先生，您是官星高照，阴风劲吹。后天运做的好，会叫阴风在一声惊雷中消散。云过天晴。反之，一声惊雷，也会把六颗官星震落。罪过罪过，我泄露了天机。

七

四方省有一个城市紧紧依傍着长江的北岸，它就是南方市。有一个城市紧紧依傍着黄河的南岸，它就是北方市。有一个城市紧紧地贴着东海，它就是东方市。有一个城市紧紧地贴着淮河，它就是西方市。省城居中名叫四方。

今天，已经是三月三十号了，南方市竟然飘起了好多年没有遇到的大雪。雪花一片一片，六棱型，很大，但是很湿润，很柔软。大部分在空中就化了变成了迷迷茫茫的雨粉。也有的落到了地上，牛林书记的新家安在荒凉的东郊，那里有许多馒头似的土山粽子似的石头山气温比较低，所以雪花在这里没有融化而是给大地铺上了一层厚厚的洁白的毛毯。牛林书记今天似乎很有兴致，冒着风雪，挖坑，填土，在新整的院落里栽种着这个地方独有的紫梅。紫梅是木本植物，一棵一棵像梨树，像海棠。树干青绿，枝条柔柔。枝头上挂着一嘟噜一嘟噜的花朵，花朵好像是绸子缎子扎的很富贵。牛林栽种得很用心，蹲下来，把从石头山里抠来的鲜土一捧一捧送进很深的坑里，他掰碎了土块，他把熟土中的团粒结构围拢到树根底下。他很卖力气，头顶蒸腾着热气，雪花融化在他的头上，把他的板刷一般的头发打湿，打软。帮忙的，是一位高瘦的老人，穿着现在很少见的劳动布工作服。上边口袋印着“四方机厂”的字样。娘疼老儿，从屋子里端出一碗热气腾腾的蒸鸡蛋，立马逼着儿子吃下去。儿子却不耐烦，不答应，不抬头。

这里多好，爹，夜里听长江，白天看梅花。儿子说。

老头给梅花浇水，不吭声。

儿子又说，四方有什么呀，没有大江大河，一个城市没有江河根本就不是城市。是不是，爹？四方历来是兵家必争之地，却不适宜人类居住。

老头去擦眼睛。

老娘说，我就愿意搬家。儿子就是家。

儿子说，爹，我、我没有和你们商量，就把家搬到了南方。

老头子破着嗓子说，死了埋在长江边边？

老娘说俺喜着哩。

老头子又破着嗓子问，牛子，四方是咱们的老家，从你老爷爷那一辈开始咱们就住在四方……当不了大官回家咱们当小官还不能回家？

老娘撇了撇嘴，显然是嘲笑老头子的不明事理，说，儿子是国家的，国家叫他到那就到那。咱们是儿子的，儿子在那咱们就在那。

老头子生气了，说，你懂个六？我也是国家的不是？我现下还从四方开着钱哪。

儿子说，爹，你和娘留在四方，我不放心。

老娘很是配合儿子，说，牛子是个孝子。

老头子说，秀芳不是不来这个鬼地方吗？我和你娘跟着媳妇也一个样。

儿子说，我已经给她办了退休手续，闹气她还能闹多久？

老头子站在一棵紫梅旁边有点呆，半天，说，人家马上就是副厂长了，你给人家扔了？人家还能干个五年六年的你也不让人家干了？你崴在了这个鬼地方还要叫人家陪着你？

儿子的情绪和心态被老爹的话破坏得一塌糊涂。儿子埋头栽种梅花。白雪花，紫梅花，把如练的长江涂染成了吴冠中最好的水墨画。这个新开辟的小院落里却没有好的气氛和景致。儿子好像有满腹的牢骚话要喷涌而出，还是努力地吞咽下去，憋得他脖子上青筋暴露，血管里澎湃激荡。老娘最知道儿子的脾性，赶紧去熊老头，你别一口一个秀芳的，老婆随汉子，开天辟地都是这个样子。儿子混官场不容易，这是好的呢，要是充军到新疆，秀芳不去？儿子这是孝顺，尽忠又尽孝，才把两把老骨头搬了来。你知足了吧你。看来，老头有点怕老婆，嘿嘿笑起来，说，我没啥。退休金厂子会按月给我寄来。叫我说，儿子，你这个官做的也够大的了，不要不知足，祖上的坟顶早冒青烟了。这里好，风景好，空气好。秀芳会来的，她能不来？

小院的门执拗开了，只见满脸清秀的王市长提着一条长江鲤鱼一只船山乌鸡一瓶茅台还有给老人买的两件波司登羽绒服笑眯眯地走进来。说是温锅。先给老人请安，后夸书记孝顺。然后是大加赞赏好雪好花好院落。当然，最后是双双坐在小院子的青石桌子上消灭那瓶茅台。

雪花。

梅花。

茅台。

世界上还有比这些东西好的吗？

可是，两人喝着喝着还是牢骚满怀了，涨出来了，把这个美丽的小院子搞得垂头丧气了。老弟，他们不认真人，不喜欢真事。南方别的不敢吹，没有一件假事。你砸锅了我也跟着我不埋怨你，我佩服你，真正的共产党。血红像白家兔的是市长的眼睛，哇啦着的也是市长的舌头。书记的眼睛没有血红，却浑浊。兄弟，在南方安家的应该是我，不应该是你。听话，把老爷子老娘搬回去，把弟妹的退休手续撕了，给人家负荆请罪。人家跟着我们容易吗？狗屁光没有一点，倒是多守了许多空房。鸟，搂着也不成，阳痿。你去找古老板，不就是80个亿吗不就是请罪吗？

我去给你找。你先把家搬回去。四方的百年老户，为什么搬出来？市长真诚地说着酒话。这样的酒话来自心底。可是书记不买老伙计的账，破喉咙大嗓门，说，你算球吧你。71个亿就是71个亿，多一分也不报，咱们兄弟们不干缺德事，吹牛升官。不就是永远扎根在南方吗不就是老婆提前退休吗不就是给老婆扔了一个副厂长吗？这些破事还换不来我的吹牛。市长泪流满面，他就是这个德行，酒一多就哭。市长拉着书记的手，叫，好兄弟呀，你、你不高升，你，老天没有良心呀。书记酒也多了，两瓶茅台所剩无几了，可是，他心里明白，他说，老哥，我扎根，你走人。市长激灵了一下，问，我走人，到哪里去我？中央政治局还缺一个局长，国务院还缺一个院长，书记处还缺一个处长哈哈，他哭得笑得面孔七扭八歪。书记说，坐下，熊样。到北方市当书记去，老管到点了，我去找古老板，求他。我还可以请那个神秘的女人喝酒。你不要小看那个女人呀，她的程派颤腔一来古老板就服帖了。她成就了多少书记市长？

这样，太难为你了，兄弟，市长说。

咱们兄弟就是这条路了，书记说。

再一辈子，我还给你当市长，市长说。

书记说，狗屁，下一辈子，我说什么也不再干这个不是人干的活了。

市长说，明日个，我去请弟妹。

书记说，不，明天咱们飞机场开工，你我去剪彩。

市长尚漂亮的眼睛直勾勾地看着书记，说，那个活可是个世纪工程，没有五年六年的你别想拔出腿来。

书记说，我才45岁。

市长说，你前头三任书记都是干打雷不下雨。飞机场在人大可是胡子工程。

书记说，飞机场也许是我的政治克星，但是，飞机场一定是南方市第二次腾飞的支点。

市长给书记和自己斟满了酒，给书记和自己举起酒杯，说，为了咱们的飞机场，干！

夜里，牛林却又做了一个奇怪的梦。他爬山，不是南方市的小山，而是家乡的大山，他爬得气喘吁吁，他看到山顶上有一个紫檀木盒子。他想得到。他终于爬上来了，他抱着盒子，他勇敢地打开了它，里边竟是乾隆爷的圣旨——顺天应制，皇帝昭曰，牛林勤勉恭谨，政绩卓著，擢升其为四方巡抚，不日即任，钦此。下面是鲜红的传国玉玺。牛林感动得哭了，他叫，我说嘛，最终有人识文章。他去接那圣旨还要高呼谢主龙恩，圣旨忽然变成了赤裸的妻子。妻子向他哀怨地媚笑着，奶子向上耸，大腿向外劈。他感觉着一阵冲动，他要和妻子亲热。妻子说你行吗？他明白过来，他不行。他已经很长时间不行了。自己干的这个活真他妈的扼杀人性，让你分泌“荷尔蒙”的能力莫名其妙地衰弱下去。

八

老母猪的白肚皮上有多少个奶子，北方市的奶头子县就有多少座山头。而且这些个山头的名称也是叫奶头子山，分别叫做大奶，二奶，三奶，四奶，五奶……一直叫到三六一十八，十八奶子山才算完。于是，全部家产也就是趁这十八座奶头子山的这个穷得挂起铁锅当钟敲的县儿也就叫奶头子县了。有山并不可怕，可怕的是有像十八奶头子这样的山。一律青石板板迭起来，一律狼牙嶙峋，一律只有一些土缝缝长着一些山白草，“流流嘴”，“死人胡子”那样的和草秆子差不多的东西。十八座奶头子山上总共也许只有十三棵歪歪扭扭、遍身子长着“癞蛤蟆”、个头三尺树头子只有洗脸盆大小的老柏树，说它们老，是因为最小的那棵都有100岁了。这样的青石山绝对没有水，不像沙石山，山有多高水就有多高。奶头子山穷但是很有名，因为乾隆十八年皇帝确实来过此县。皇帝到山东曲阜去看闺女，路过十八奶头子山，差一点点被十八奶奶给劫了龙驾。这个十八奶奶就是名震大江南北的女杆子，她的孙女儿后来跑到山东占领了鲁南大山抱犊崮为王，搞了1923年名震全世界的“临城大劫案”，把58名洋人绑了票。那首气壮山河的民谣——要劫劫皇纲，要日日娘娘。老子就是草头王，十八奶头把我养——出处就是十八奶头子山，作者就是十八奶奶。乾隆龙颜大怒，为此县写下了“穷山恶水泼妇刁民”的千古名句。

这样的县当然就是货真价实的全国贫困县。

所以，当四方省农业厅新上任的女厅长上任伊时便选中了十八奶子来扶贫，并且还要亲自挂帅，并且还要把十八奶子和农业厅结成对子的时候，引起了全厅上上下下的一致反对也就不奇怪了。为此，那个神秘的女人还专门把她拉进了山水大酒店，给她讲了上面的故事。还从讲政治的高度劝她，妹子，如今的扶贫可是大有学问哟，谁都知道，摘掉一个贫困县的帽子起码你要官升一品。可是，你要是选错了扶的对象也会把你坑了，让你扶贫变成扎根。现在的北方市书记老管，当年就是省长助理了，他扶贫就是选了十八奶头子，结果如何呢？人们说，“老管老管，扶贫傻眼”，副省长没有升上，好赖一个地方粮票的副省变成了正厅，永远崴在了十八奶头子。十八奶头子——贫困县，一个永远摘不掉的铁帽子。你也摘不掉的。好妹妹，你赔不起呀。你只能赢，不能输。郝芝问，为什么？上官雪儿说，你还不明白？是谁把你送上直升飞机的？你万一跌下来会砸在谁的身上？

神秘女人津津有味地嚼着一包金黄的“鱼籽儿”的“绿乖乖”，压低了声嗓子神秘地说据我所知，后边你还有戏，有重头子戏。

郝芝说，大姐，你知道这好吃的“绿乖乖”是什么地方的山禽？它就是来自十八奶头子山。

上官雪儿笑了，说，吃倒是蛮好吃的。

郝芝说，我还是想去。

上官雪儿把那双丹凤眼瞪得溜直，说，明年就要大换届了，你是一个还有政治潜力的女人呀，这样的女人官场太少了，你要珍重自己。

郝芝说，官当不成了，我还可以回去做学问嘛。向人家美国总统里根学习学习。眼下这个官儿，对于我来说，就是“大年三十打了一个兔子，有它过年，没有它了也过年”。

郝芝还是一个猛子扎下去了。反正她又不是党组成员，她这个非党厅长你要是拿着真当那么一回事它就真是那么一回事，你要是不当一回事它也就不是一回事。看来，她是真的把它当成了大年三十的一只兔子而不是几品几品的官儿。她一个随从也不带，倒是坚决地要了100万元，几个副厅长痛快地答应了。她还带了铺盖卷儿，还有许多果树方面的书。从去年的三月份下去她就好像失踪了，她没有回来过一次。农业厅的官员们也没有一个人问过她，四方官场也好像默认了这个厅长的消失。只有一个人关心她，3月某日下午5时许，上官雪儿在古水的办公室里听到上头的考察组已经来到，准备提拔的副省级确定五人，且必须有一个非中共人氏，35岁以下，博士学位。她马上说，郝芝全部符合条件。我敢说，三者同时具备的四方省只有郝芝一人。古水书记笑了，说，郝芝干什么去了，我怎么见不到这个人了？上官雪儿说，她正在十八奶头子扶贫，她才是真正地扶贫。她够你的条件，任何人都不够。古水摇了摇头，说，起码还有一个人三者同时具备。上官雪儿急切地问谁？古水说，毕了斋。上官雪儿问你认识？古水又摇头，说，沈书记郑重其事推荐的。

上官雪儿的一颗心往下沉去，她当然知道沈副书记的分量，她想起了古水给她讲的一个故事，当年，局面已经做得很大的曾国藩密荐门生李鸿章出任江苏巡抚，曾国藩在密奏中说他的这个门生“才大心细，劲气内敛”。朝廷这时候已经很担心曾国藩的政治势力和军事实力了，已经很想对他来一番削弱了，可是，为了朝廷某种格局的平衡，稳定，还是准予了曾国藩的保举。这个时候的古水会不会学习 1856 年的朝廷为了什么什么而对沈某人让步三分呢？难说。

第二天，倒春寒，雨夹雪，雪带雨，风卷云，云生风。

上官雪儿还是急匆匆上了路，找了一辆满身漆着迷彩的军用吉普，亲自开车。她也穿着迷彩军服，披肩发用素白的丝绸手帕扎起来了，变成了马尾甩子，随着吉普在十八奶头子山间的沙土公路上盘旋、颠簸而摇摆，挑逗。十八奶头子有的还真的改变了模样。大奶头子不再是光秃秃的了，漫山遍野的栽种起了梨树，梨树栽种在一块一块青石板的中间，中间凿开了一个一个的圆坑，填满了黑油油的土。梨树开花了，大奶头子变成了粉红色的云团。云团中间，长条青石板形成了一面墙，墙上刷着这样的白字——当年左宗棠新疆栽树，下令：你砍我的树，我杀你的头。上官雪儿嘿嘿地笑了，停下车子，爬上了大奶头子。她抚摩着郝芝的笔踪，感觉着每一个字儿烫手。她钻进了山头的石板屋，屋子显然是新垒的，用青石板板一块块迭起来。石门石窗石桌子石凳子石头床。床上，还铺着山草。一盆紫梅放在床头，梅花开了，很香。一个老头站在门口，说，郝厅长和我盖的石屋，她在屋子里住了 33 天。山上没有一棵树的时候她住进来的，山上种满了树，她就搬走了，她上了二奶头子山，那个山上她要种红樱桃。上官雪儿下了大奶头子，又爬上了二奶头子。山上的樱桃树青枝绿叶，花还没有开，但是枝头挂满了一嘟噜一嘟噜的花骨朵，很密。二奶头子山上也有同样的标语墙，墙上刷的是这样的字——毛主席 80 岁那年种树 18 棵。山头上同样有一座青石板屋子，石门石窗石桌子石凳子石头床，床头放着一盆花，是盆栽樱桃，开花了，紫红，粉白。一个清秀的年轻人正在看书，看见来人了，腼腆地站起来，甜甜地笑，腮上展出两个酒窝。你们郝厅长呢？上官问。年轻人说，她给二奶头子山种满了樱桃，就上了三奶头子。给三奶头子山种满了核桃又上了四奶头子，那座山上她领着我们种的是苹果……我想，她现在大概在九奶头子山上。

吉普又上了九曲十八弯的沙土路。上官雪儿仿佛钻进了云彩里。有的云彩洁白，有的云彩墨绿，有的云彩粉红，有的云彩青紫。她分辨不出什么样的云彩是老天爷给她的，什么样的云彩是郝芝给她的。

我来得很对，对极了，她喊。

大山用同样的声音重复着她的喊声，不过给她的喊声增加了铜音。

她终于在九奶头子山找到了郝芝。

如果不是被许多山里汉子婆娘老人孩子众星捧月一般捧着，她实在是会认不出原来那个丰韵灼灼、气质高洁、一身书卷、满面真诚的女教授的。她想，我现在明白了什么是脱胎换骨了。飘逸的长发腰斩了变成了农村女人的半毛，乱蓬蓬的，像老鸦窝。粉白红润的面庞黑红了粗糙了暴皮了大山的风霜真厉害。风摆杨柳的腰肢过去是弱不禁风，如今正在扛着上百斤的石板爬山。纤纤瘦脚上的高跟鞋换成了黄色的军靴，丰满高耸的胸脯平坦了许多，高贵的职业女装变成了农村大嫂的大襟褂。当上官雪儿扑上前去握住她的那双钢挫一般粗糙坚硬干燥的手的时候，神秘女人哭了，郝芝，我害了你。我为什么要引着你当这个破官呢？郝芝也苦笑了，我真的后悔过。是呀，我这是何苦呢？可是，这个破官既然已经当上了，还有那么多的人认为我赚了天大的便宜，还有好朋友好领导觉得我欠了天大的情分，我就要多少地干出个样子来。神秘女人说，对。既然干上了这个破官，咱们就要好好走下去。好妹妹，后头的好戏又要开场了。郝芝一脸茫然。神秘女人搂着郝芝的肩头走进了九奶头子山顶的石屋里，里边还是郝芝的闺房。但是，没有香水的扑鼻没有化妆品的装饰没有欧式的樱桃木床没有华贵的床上六件套。两个女人只好坐在了石头凳子上，好在上面铺着玉米库库编制的蒲团。

好妹妹，你种树种傻了，种麻木了，种迟钝了。神秘女人说。

郝芝还是一脸茫然。

神秘女人说，昨天，上头的考察小组住进了长江宾馆。最中南海消息，要提拔省级干部，五名。他们正在一个一个地找副省级谈话，推荐，漫天撒网，捞大鱼哩。我敢肯定，这些日子，林子里肯定热闹起来了，百灵鸟拼命歌唱，山雀儿一个旋风冲天，没有尾巴的鹌鹑到处借尾巴把自己打扮得漂漂亮亮，皮狐子逢人就媚笑……我现在每天绝对都会有收获的，法国的圣罗兰，日本的资生堂，全部是全世界顶尖级的化妆品，那是应有尽有的。韩国的时装，泰国的白金首饰，那是时有进贡的。北京燕莎五千一张的购物金券那是会有人给姑奶奶送上门来的。怎么，你不信？老外了不是？我向你透露个秘密，就是那位有名的铁公鸡牛林，昨天也给我孝敬了金券一张。他要干什么？他给他的王市长运动来了。他的实话实说把好好的一个副省给实在掉了，他只好给人家王市长运动了，要不，两个人都会憋死在长江边上？可是，我放弃了一切来到十八奶头子找你，我要对你负责到底。怎么样，我够哥们吧？

你还是回去赶忙收获去吧，我死心了。十八奶子，我才完成了九个。什么时候十八奶子统统变成了真正的女人奶子，男人喜欢女人爱，可以养孩子，养老人，我再回去。郝芝说。

神秘女人眉头颤动，眼波流水，腮上酒窝出现，表明着她就要真正地办事了。她低声地说，好妹子，你这个人天生的官运亨通，闭着眼睛睡觉，天上也会掉下乌纱帽来，不大不小，正好掉在你的头上才合适。你的政治命运真的让我嫉妒死了。我告诉你，这一次，提拔的五人中，上头明确规定，必须有一人，第一，博士学位。第二，35岁以下。第三，非中共党员。看看，看看，这碗黄粱米饭是不是专门给你做的？

郝芝呆掉了。问真的？

真的。神秘女人说。

唉。郝芝叹气。为什么要叹气，叹的什么气，她自己也不明白。

不过，这碗黄粱米饭又好像不是专门为你做的，是专门为你们那个破碎的家做的，神秘女人高深莫测地说。

我糊涂了，你就饶了我吧，郝芝说。

妹子，如今你有了一个对手，他就是——

我知道了，我的前夫。对，他也够条件。

可是，他是一个混蛋，绝对的混蛋。现在，天降大任于我也，为了四方官场的纯洁，为了共产党还有真事，我必须请你出山，堵住那个混蛋的高升之门。

他好像对政治并不感兴趣。甚至对搞了政治的女人都不感兴趣。

那是历史了，妹子。现在，他的政治野心急剧膨胀，他——你别生气，为了巴结某某，竟然出卖男人的生殖器，泡上了性感女猫。他可是大有希望呀。

如果这个官场真的选拔这样的人，我情愿老在十八奶子种树，与这个官场决裂。

是不？你的书生气又来了。官场没有混蛋就不叫官场了。要紧的是要让更多的好人进来，这样的官场还是一个好官场。

我还是相信这个官场的，那个混蛋做的只是一枕黄粱而已。

那你跟我回去？

不。我发誓要让十八奶子变成花果山。

神秘女人说，你简直呆掉了。为什么？

郝芝说，我只是为了证明一个问题，我是有资格坐直升飞机上来的。

九

毕了斋是在一个明媚的春日的夜晚走进沈副书记的小楼的。

虽然他已经彻底读烂了沈兜兜那本黄书，可是，沈兜兜老爸的家他还是第一次来。

沈副书记表现得很热情，甚至很亲昵。他肯定知道了我和他女儿的那套破事，知道了我是怎么让他的女儿得到了动物的满足。我有点不大好意思。我知道沈副书记出了名的正，我说的这个正，仅仅是指绝对不花。他想。沈副书记把小保姆打发走了，亲自为他泡茶，拿出刚刚采摘的雨前龙井。其实，兜兜已经给我偷了好多。还为他削着美国来的苹果。他说书记我来。沈副书记说，别客气，咱们是一家人。他的话让他脸红了。他在心底里从来就没有真正地考虑过要娶兜兜，一次也没有。等他喝了一口醇厚的极品茶，沈副书记又说，了斋，我已经正式向考察组推荐了你，副省长人选。他的心被强烈地震撼了，他对自己说，你这个混蛋，你必须发誓，你要娶兜兜为妻。一时间，他不知道说什么好了。他赶紧从皮包里拿出一卷东西，打开报纸，现出一副国画。那是黄胄的五匹驴子。他双手捧着画捧给了沈副书记。沈副书记也不说什么，接过去，眯缝起眼睛，开始观赏。这是行家的读画品画。他的眼睛先是一条缝，继而这条缝越来越大，越来越圆，变成了一枚杏核的时候那灼灼的瞳孔就定格在了画面上。瞳孔里好像有一束束光线不停地射向画面，把画面上的驴子青草蓝天清泉瘦树一点一点地掠走，攫取。那分明是在吃画呀。他很注意地看着沈副书记的那双捧着画的修长白皙的手，它们开始的时候苍白没有血色，后来，它们慢慢地变着，先是从象牙般洁白的手指开始红润，这个红润开始也是淡淡的一层粉红，越来越红白，接着这个红白蔓延开来，向着手心渗透。扩展。这个过程足足进行了很长时间，沈副书记才开始由衷地激赏。

哎呀呀，真个精品上品珍品。那份天然妙趣渗透纸背。价值连城呀价值连城。要几十万吧？我可是拿不出来的，了斋。

书记，我是一分钱也没有花，是一个大文化人送的。当年，他和黄胄都在天津的团泊洼劳动改造。

那，那我只有友情后补了。

书记，您也不要什么后补，我只是求您一件事——

你说，你快点说嘛。

毕了斋说，我只求您快一点儿成为四方省的一省之长。

沈副书记微微摇头，说，命运未卜哟。

毕了斋沉思片刻说，听说那个某某专门跑到上头去了？

沈副书记点头，摇头，说，老小子去已经好几天了，带车去的。真个是要官不要脸了。

他没有戏，毕了斋很肯定地说，四方省百分之九十的官员，百分之九十的百姓都会投您的票。

沈副书记沉重地说，唉，可惜呀，百分之九十的官员和百分之九十的百姓都没有投我票的权力哟。

毕了斋赶紧说，所以，我给您送来了——您没有听说这样的顺口溜吗，骑着黄驴找门子，拉着齐虾进圈子。驴到成功摘桃子，送上龙虾换帽子。我给您打听好了，那个大人物最喜欢的就是黄胄的驴子了。事不宜迟，您就运动运动吧，他分明地叫出了沈叔。

沈叔显然把他也看成了知己，他都几乎要把底牌亮出去了，他想说我的运气还不错，考察组组长就是那个大人物的人。我不出门就可以把事办了。老小子呀，你是“机关算尽太聪明，反误了卿卿性命”。哈哈。可是，他突然想起了刻在心中的曾文正的名句——潜龙在渊，机关在心。他的这些溜到了嘴边的话最终还是变成了——呵呵，我想想，让我想想……

十

这一回的常委会肯定是狼烟四起，单单一个沈某某和一个叶某某，对于好几个事儿就尿不到一把壶里去。古水怎么办呢？当然是谈古论今，用曾国藩的“段子”来表明立场，影射别人。

好像你在遥控着似的。

遥控着不敢说，会议的走向，动态，与会者的立场，我绝对地猜个八九不离十。

算卦敢算到这一级的头上，也就是你。

那天，铅块般的乌云低垂着，好像马上就要砸到大地上来。高楼大厦害怕地低了头，弯了腰。那些法国梧桐中国黑槐要拔根逃跑却又挣扎不出水泥大地的死死纠缠，只好随着狂风悲哀地呜咽。天气一下子变得十分闷热，所有的生物都在盼着大雨的降临，冲刷。可是，风满楼，云遮头，夏天的雨却不知道躲在哪一片云彩里头。乌云，闷热，狂风，大地都在酝酿着惊雷的来临，却是天也寂寂，地也寂寂，雷也寂寂。上官雪儿在这样的夏日约了那位准黄色作家来到山水大酒店，说是回请。作家发现神秘女人的倾诉欲还是非常强烈的，她喜欢还没有掀起笼盖的时候炫耀她的“神”儿——预测笼里蒸的是什么包子或者什么馒头。今天，大概就是这样的日子。她一边大嚼特嚼来自十八奶头子山的满肚子都是金黄“鱼籽”的“绿乖乖”，大喝特喝用十八奶子山的酸枣酿造的酸枣汁，一边向作家大谈那个常委会如何如何。

您好像就是会议的参加者呀。如此绝密的会议到了您的嘴巴就变成了马路新闻。

嘿嘿，秀才不出门，便知天下事。我，不用参加。说句牛话，我，比参加者还要了解这个会议。兄弟，给我来瓶茅台，大姐就给你说说。

你没有搞错吧，今天可是你请客。

嘻嘻，我，算了，你不愿意听，我就喝酸枣汁。

作家赶忙说，大姐，不就是一瓶茅台吗？小姐，来一瓶53度的，国酒。

茅台上来了，一大杯足足三两灌进了神秘女人的肚子里。

神秘女人抹抹嘴巴，声音很低但是很清楚地说，你不知道，就是在昨天晚上，也就是常委会结束的当天晚上，古水又亲自打电话给我了，叫我到他家里去，还要带着《锁麟囊》的伴奏带。我知道他想什么了，我也能猜到白天的常委会会是一个什么样子了。我去了。古水浑身抽了筋一样歪靠在书房的沙发上，闭着眼睛，脸色晦暗，几部电话的插头都拔下来了。曾国藩的那副对联就挂在他的头顶，每一个字都好像一个黑洞，藏着神秘。他的夫人给我泡好了茶，轻轻地走了出去。古水问，大姐，我第一次听您唱程砚秋的传世名作《锁麟囊》是在什么时候？我说，20多年了，你当团省委书记，我当你的省青联副主席。那是一个夏天的晚上，在你的办公室里。我无意唱出了一个长西皮流水，唱的你眼睛拉长了。你说，这是什么派的？我说程派的名作，著名的"颤腔"。真好，真迷人，就好像是从你的心底里抽出来的青丝。你能够给我好好唱唱这个程派"颤腔"吗？你说。那天，我几乎把《锁麟囊》中所有的"颤腔"都唱完了。从那，你就迷上了京剧迷上了程派的"颤腔"。你说，是迷上了"雪儿"的颤腔。我说也对。什么时候你在官场烦了累了遭坎儿了你就把我招了来，给你唱上一段……今天还是老段子？古水说，对不起，我突然不想听《锁麟囊》了，我，你能唱曾国藩最喜欢的《击鼓骂曹》

吗？我说，那可是马连良的。好，我凑合一下吧。古水用手作鼓击打起来。我唱——骂一声曹阿瞒天良丧尽，翻手为雨覆手为云。挟天子令诸侯，结党羽不顾天伦……古水听得如醉如痴，嘴角歪斜，眼睛迷离。从古水的情绪异常我猜到了今天的常委会对于古水来说肯定日子不好过。作家同志，让我来给你描绘一下吧……常委会上，沈某某先想向老一表功，他晓得老一眼下最缺的是什么最想的是什么。他说，我亲自给中央电视台新闻部的制片人，名字我就不要说了，反正他有发稿权，打了电话，他和我还行，一个电话，他就来了，马上和我敲定，专门制作一条新闻，1分35秒，联播头条，报道四方省去年财政收入突破350亿大关，第一把金交椅，六连冠……这个事我要先做检讨，第一没有请示古书记，第二也没有和宣传部曹部长打招呼。我想，反正也是一个好事，所以就干了，也不知道合适不合适？这就是沈某某，什么时候都是谦虚到了骨头里，他检讨完了还像一个县长似的看着古水。古水向他投去了热烈赞许的眼波，说，老沈呀，谢谢，你干了一个大好事。沈某某谦恭地笑着向与会的每一个人点头示意。就在这个关头，那个叶某某不出所料地开了炮，打的是沈，命中的却是古水，他说，我认真地询问了财政厅的张厅长，我还实地调查了外贸，南方市，东方市，我可以很负责任地说，去年财政年，是我们的一个小年。我们的财政收入比上一个年度整整少了16个亿。也就是说，我们去年财政年的财政收入根本不到300个亿。350个亿？他摇着头，苦笑着，说，天方夜谭。这个东西，我们可是不敢吹牛呀。叶某某当然看到了古水越来越铁青的面孔和越来越尖刻的目光，他还是不动声色地说了自己想说的话。沈某某的面孔写出了痛苦表明着内心斗争的剧烈，终于他还是说了，老叶，我担心你的数字不怎么……准确，是不是？吹牛是很不好的，打埋伏也是不对的，对不对？还是那个实事求是好……退一万步，真的就是那个样子，我们也还要——讲政治，对不对？今年我们不能输给下游的那个省呀，人家300个亿，我们怎么办？不能叫古书记为难嘛，这就是政治。这个政治的潜台词大家不会不明白吧？我想，是不是这个样子，老叶，数字上我们今年留个窟窿，明年还可以再填上嘛。沈某某说得委婉，说得客气，既给古水打了先锋，又给了叶某某面子。可是，那个叶某某不会买账的，他斩钉截铁地说，我们这是在政治吹牛，不是在实账实算。叶某某是赤膊上阵，沈某某是绵里藏针，两个人水和火的对阵肯定会让常委会僵局，而每一次僵局古水都是这个样子的，我太了解他了……他会慢吞吞地说，曾国藩是"中国第一名臣"，"官场楷模"，有一次，他给朋友写信，说，从事政治当然不能够固执己见，但是也不能轻信别人，必须经常权衡利弊，做出掌握根本把握源流的办法才行。有一次他给一个属下写信，说，"承蒙你论说淮盐事的利弊，洋洋洒洒数千言，十分详细。所说'局外的议论，公正但不符合实际情况。局内的意见，亲切但多有私心在里边。善于猜测的人不去顾及物力盈亏。议论变法的人，不去考虑后果。'……国藩从来办事，不固执己见，也不轻信别人的话。必须是看准了利害关系后才肯放弃自己的意见而去听从别人的。如果钻研太过，看到处处都是荆棘，那也未免是舍弃康庄大道不走而去钻牛角尖，厌弃牲畜而想螺蛤了"。老叶，你说呢？老叶却来了顽固，说，古书记你的曾国藩我不懂，我只知道老百姓这么说，吹牛不纳税，反而把官当，坑了百姓骗了党。我猜得出，叶某某会越说越难听，古水会越听越痛苦，痛苦中他还会情绪主义老病复发拍错板子……

作家问，这时候他说曾国藩的那个段子是什么意思？

女人说，当然是告诉大家谁反对都白扯，新闻联播我还是要播的，350个亿大关我照旧突破。

作家又问你怎么就知道古水一定来这个段子？

女人说，这个段子他给我都说过好几遍了。

天下还有真账吗作家很沮丧。

女人枯涩地笑着，没有回答作家。

这个事儿就描绘到这里为止。咱们再说说五人名单怎么样？

作家急忙说慢，让我猜猜如何？我想，没有牛林，会有毕了斋。怎么样？

女人表情冷漠地说OK。这个局面只有两种人猜不出来，第一是傻子，第二是泥胎。

你说的也太蝎虎了，作家说，多么大的机密呀。可是，可是我感觉着没有费劲就猜中了。

女人说，道理很简单，决策者也是人，和我们一样子的人。

作家说如果我是一个决策者，我会感到遗憾的……费了那么大的劲儿折腾了那么多的程序做了那么多的保密安排，结果让老百姓那么轻轻地一猜就猜破了。

女人怅怅地叹了一口气，又连着干了三杯茅台，说，当官也不容易呀。考察组先是漫天撒网，地毯式谈话，立体地多元地推荐，继而惊兵动马，招来各路诸侯，大会选小会荐，密保和特保相结合，选票和口头举荐一起来，折腾来折腾去好不容易诞生了一个五人名单，交到了常委会上，结果，成了导火索……

作家问那个沈某某和那个叶某某又干上了？

女人没有回答作家的问话，而是来了一番自斟自饮自言自语，牛林的落选因为什么，我想前头的事情已经说明。不过，我了解古水，他会后悔的。他经常后悔，我经常看到他在我的面前痛饮后悔的苦酒。这个时候，只有我的程派“颤腔”可以缓解和稀释他后悔的痛苦。毕了斋的入选，一般人就不大容易知道其中的铁幕了。但是，叶某某知道，他说，……毕某某的入选让我感到吃惊，很吃惊……这个事件表明了我们四方官场还有阴暗的角落，表明了有的人还在买官卖官。沈某某听着不动声色。他这个人阴柔，几乎不发火，绝对不和任何人撕破面皮，也很少说话。

叶某某的话好像是棉花扔到了一池水塘中。这个人才真的是学通了曾国藩，当然是某些方面。他的办公室里挂着曾国藩挂过的条幅——吉人之辞寡，躁人之辞多。叶某某和沈某某恰恰相反，他是一个很阳刚的人，敢表态，敢发火，敢骂娘，敢揭露，敢让对方下不来台。但是，从来不记仇。古水对他的这个个性特别欣赏。古水说，老叶是常委中和我拍桌子砸板凳最多最厉害的人，也是和我最投心最知己的人，他是红脸，典型的山东大汉。叶某某继续说，我坚决推荐牛林，坚决反对提拔什么毕了斋。牛林同志的官品人品在四方省有口皆碑，他的政绩也是很突出的，我觉得古水同志对牛林的情绪不大对头。那个什么毕了斋嘛，我还是做过一些调查研究的，他很有能量，也很能折腾，又是阴谋加爱情，又是“雅贿”加感情……我听说他的老板哥哥一次就从四方的荣宝斋买走了名画十六副，其中，就有黄胄的一副驴子。我敢肯定，有些人的博物柜里已经藏上了这样的名画。这就叫——雅贿，高雅的行贿。静场。十分钟的静场。那个沈某某刚才还是冷漠的面孔此刻竟然变成了笑容可掬，嘴角优雅地上翘，眼角潇洒地下垂，静场中他好像是最平静的人。还是古水打破了静场。他说，大家都说说，不要搞成老叶的一言堂嘛。曾国藩很家长，但是也不喜欢一言堂。他不是特别佩服雍正朝的孙嘉淦吗，那个人可是一个连雍正爷都说他“朕也不得不服其胆”的谏臣。我先表个态，我就不赞成老叶的某些发言。古水去看沈某某，沈某某只好上阵了。舒心静气，放松神经，细声慢语地说，古水同志点将，我只好说几句了。说的不好，请老叶批评指正。同志们呀，很多干部举荐的人选竟然混进了行贿分子，我建议，搁置五人名单，先让检察院插手，查一查这个毕了斋。会议室里发出了噪杂的声音。沈某某淡然一笑，说，我感觉着没有那么严重吧？是不是老叶？老叶对毕了斋的指责是不是有点帽子大，头小？我想是不是这样子，毕了斋只是作为，第一，非中共人氏，第二，博士，高级知识分子的代表，第三，35 岁以下这样的特殊人才入选的？他是不是不能和牛林相比，没有可比性吧？我还想提醒大家，毕了斋这样三者同时具备的人选在四方省大概没有几个吧？而准备提拔的五个人中，上头又明确规定，必须有这样一个人。怎么办？一连八个问号绵得不能再绵，每一个问号里却又藏着一枚枚钢针。叶某某这方面的功夫显然不是沈某某的对手。他被那些钢针刺得脸红了脖子粗了。他半天说不出话来，后来还是粗喉咙大嗓门地说，不能凑数。绝对的。实在没有够格的，我们可以给上头打报告，宁缺勿滥。先锋打得不错，主帅还是不敢恋战，古水乘胜拍板了，考察组经过了认真努力艰苦细致的工作，初步选出了五个人。我认为，这个五人名单是好的，是符合提拔干部的精神的，是在四方省的干部中优选的。我看大家基本上都同意这个名单，那么就这样处理吧，老叶等人保留意见，让考察组把五人名单带走。散会。

作家的脸上积聚了乌云，冰雹，他说，你肯定和古水有仇，你在丑化古水。要不，就是，古水是一个真正的混蛋，混蛋一个。

上官雪儿悲愤地摇头，说，你还不理解官场，你还不理解古水。那个地方平衡高于一切。任何人，包括古水，都不能够随心所欲地玩弄平衡于自己的股掌中，而要接受那个地方平衡给予的各种制约，平衡要求的各种妥协。叶某某的“局面”做的肯定不如沈某某做的大。要命的是，古水，他最想办的事就是权衡怎么样才能让那架天平达到某种平衡。他当然知道沈某某、叶某某谁的“局面”更大一些。于是，这个决定就产生了。这个决定那个地方获得暂时的稳定，也会让古水获得暂时的心理平衡。

作家说，那，牛林是彻底的没有戏了。

上官雪儿连连摇头，说，NO，NO 官场从来没有定数，只有变数。古水心理暂时的平衡一旦被打破，那个地方又会倾斜。

你等着瞧吧。

女人说完这些话，很累。她静下来，慢慢地品茶，慢慢地抽烟，慢慢地吃菜。看样子她是连一句话都懒得说了。

作家问很累？

女人木然。

作家说，算卦和说谎是不是同样的累？

女人转过头去，不理他。

作家说，我总是担心你的政治算卦到底有几分准头？一分，二分？如果很准，那就是有人向你透露了会议的秘密。

女人猛地回过头来，说，你大概只配当一个准黄色作家。我最后告诉你，在我的描绘中，语言，某些细节，某些心理活动当然是我的，事情的本质，走向，人们的立场，甚至结果，却绝对是他们的。我奶奶的对四方官场似乎有了特异功能。来，喝干最后一滴茅台，你这个讨厌的家伙，茅台还是不错的。让我们走着瞧，看看四方官场这一回能不能翻出我的手掌心？

他们走出山水大酒店的时候，门口高挑的酒幌子抖动了一下，嘎啦啦，劈呖呖，今年的第一声惊雷炸响了，像白皮大雷子把声音炸的粉碎。这是一个站雷，像一把顶天立地的金剑，从漆黑的中天笔直地劈下来，黑天裂成了两片。又杀到了地上，把四方城东郊灵光寺里那棵唐槐的树干裂成了两半，一条巨大的金黄色的蛇也遭雷击而死。他们赶到那个地方的时候，巨蛇没有了只有树干白厉厉的伤口。神秘女人说，好兆头，还有戏。

十一

五人名单随着麻秆子大雨迅速地传遍四方大地。

第二天，百姓就编出了顺口溜——女人能生乌纱帽，驴子成精价更高。老牛说了大实话，到手乌纱顺水漂。

第三天，四方官场就传遍了这首顺口溜。

牛林不知道是被大雨浇得发起高烧——大雨瓢泼而下的时候他确实在飞机场工地干得兴起，索性光着膀子抡起了打眼子的西瓜大锤——还是被五人名单窝囊的，反正，他被人送进了医院。古水听说了这个消息，什么话也没有说，派人到洋水果超市买了上千元钱的美国白提子，台湾富贵果，韩国水蜜桃，三个小时以后就坐到牛林的病床旁边了。

两个人都有点不尴不尬。

古水先硬着头皮问，骂娘了不是？

牛林反问，你不该骂吗？

古水说，反正，你坑了我。

牛林说，实话如果也能坑人，那么，你这些水果就能毒死我。

古水似乎想说什么，却又把话噎回去了。

牛林笑笑，说，我搬家了，你也不来给我温锅？

古水说，你给我乖乖地把家再搬回去。大叔老寒腿，长江边边上水潮风冷。算我求你。

牛林说算了吧，大哥，我不会叫你为难。我自己处理好了你的封疆大吏，南方市你就永远放心吧。不过，我还真的有一件事情求你，北方市的老管到点了，你叫我的老搭档去吧……好不好？你可以坑我，谁叫我是你的20年的铁哥们呢，你不坑我坑谁呀？可以搞一部电视剧，就叫《古水坑牛林没商量》。但是，你不能坑人家老王。人家不能在这里呆一辈子不是？

古水的眼皮子湿了，说，你就不能听我一回？

牛林说，别的行，那个事，恕不从命。我还没有学会吹牛，可能是官做的还小……还有一个事……

古水抢先说，我知道你说什么？我来，就是想听听你的意见。省长到点了，你说，老沈，还是老叶？

牛林问阁下是喜欢听实话呢还是喜欢听谎话？

古水说算了吧你。你什么时候说过我喜欢听的话了？

牛林说，所以，你这个人还有救。省长的人选轮不到我说话，我只是客观地向书记汇报一件事，前几天，那位沈某人光临鄙市，专门找老王淡心，对老王封官许愿，什么副省长啦，什么最次也来个省长助理啦好像他就是什么什么似的。老王是个老实人，当场说，沈副书记，您有什么事就直说吧。沈某人也亮出了真牌，要老王向考察组举荐毕了斋。说到这个地方，牛林脖子上的粗筋暴起来了，他斩钉截铁地说，大哥，你可以坑我，我不在乎。但是，如果你推荐沈某人当我们的省长，第一个到中央告你的就是我。古水沉重地叹气，慢慢地摇头，青青地阴沉了脸，但是关于这个事儿他没有再说一句话。

十二

常委会结束以后的第五天发生了下边的故事。

今年夏天好像注定了要大雨涟涟，那场麻秆子大雨才停歇了两天，瓢泼大雨又丰沛而至。天地漆黑，城市的灯光很微弱好像秋天禾场上的萤火虫。雨幕重重，无影无踪的似有千军万马藏匿其中。大自然好像也要来凑凑热闹，让这些非同寻常的日子置身在这样的背景里，好多一点神秘，多一点恐惧，多一点黑幕色彩，多一点麻烦。这不，神秘女人就是在这样的环境里敲开了省委书记古水的家门。一边等着开门一边骂鬼天气，龟孙。古水书记亲自来开门，说，今天我没有请你来唱戏呀。神秘女人说，我自己来了。今天我不是来唱戏的，我是来和书记讲政治的。书记看着她，说，风风雨雨的，也真难为你了。女人说，也难为你了，书记。古水问，有急事？女人说，十万火急。书记笑了，说，我们的业余政治家还非常敬业。女人说，对，比唱戏用心。

女人登这个门子比进京剧团还随便。一年三百六十天，起码要登几十次。可是，她从来不在书记的客厅里坐，她都是坐书记的书房。书记夫人从来不招待这个客人，只管自己在自己的书房里做自己的学问，当然，丈夫书房里的京剧颤腔还是会时常飘进她的书房里让她感到很有意思。书记和夫人开玩笑，说，你就不多少防备一点这个神秘女人？夫人说，比我和你都随便的女人，和你还能干什么呢？书记说也是。不过，她还是很有点风韵的。夫人说，光有风韵没有心不行。所以，她在这样的风雨之夜还是和往常一样一屁股坐进了书记的书房。书记没有去给她泡雨前龙井也没有像往常一样摆出一副听戏的架势。她有意见了，说，怎么，急着下逐客令？我有事。真的。明天早八点副部长要和我谈话，我得准备准备吧？书记真诚地说。我知道，让你举荐省长候选人。要不，我还不来呢，女人也实话实说，我还知道，明天晚上七点，中央电视台的新闻联播，要报你的350亿大关。书记摇头，苦笑，说，你真的会算。我去泡茶，什么事，你快说。女人拦住了书记，说，大姐这回还没有心境品你的雨前龙井呢。书记大人，民女先给你念一样东西。说着，女人便掏出了一张纸，京剧念白一样念起来——顺口溜1，女人能生乌纱帽，驴子成精价更高。老牛说出大实话，到手乌纱顺水漂。书记说，这个东西本人早就倒背如流了。女人说，好，你还不是聋子。又念——顺口溜2——四方四方，吹牛大王。“四”（注：四方省的简称）吹一号，欺下瞒上。吹牛不纳税，还能把官当。你说荒唐不荒唐？古水微微笑着，点上了一颗烟。女人顺手给他拔下来了，说，大姐还在，你抽个头。书记也不恼，说，不抽，不抽还不行吗？女人说，你忘了你的气管炎？给你。女人变戏法一般地变出了一把开心果，书记吃起了那个东西。女人又念——顺口溜3，说了一个大哥本姓沈，官排老三有野心。骑着驴子往上爬，不知老天阴不阴？古水听到这里白润的手有点抖，书生白面也跟着阴沉起来。

女人看了他一眼，不管他，又念——顺口溜4，说了一个老女叫小褂，本事学得比天大。勾上博士来叫春，博士升官当驸马。古水把开心果咬得噶蹦响，面孔也由黄变青。女人又看看他，停顿片刻，还是继续念——顺口溜5，四方三大怪，吹牛好升官，实话豆芽菜。投票选自己，别人都下台。

别念了，我的姑老奶奶。古水把开心果狠狠地摔在地上，叫。

戳到阁下的疼处了是不是？女人柳眉高挑，从鼻子里说。

你，你不就是趁几首从阴沟里捡到的破顺口溜吗？你还有什么东西能够支持你的阴暗心理？书记说。

女人说，书记大人，我还有老百姓支持我，我还有好官们支持我，我还有我的良心支持我。我还有重型炸弹支持我。

女人把一把发票存根的复印件摔到古水的怀里。

古水看到，那是四方荣宝斋卖出的十六幅名画的存根的复印件，上面赫然写着毕某某的名字。总金额大得惊人。他想起了常委会上叶副省长关于“雅贿”的发言……他的心弦好像被锤子重重地砸了一下。

女人说，阁下，如果不是百姓支持我，我上哪里去偷这些东西。

够了，古水愤怒地说，他的清秀的面孔此时扭曲了，五官变得很不协调。夫人胆怯地站在门口，睫毛忽闪忽闪的，不敢说话。

古水说你走开，做你的学问去，这里没有你的事。

夫人把一颗药片送到丈夫的眼前，那个女人也赶紧递上一杯开水，说，吃，你有心脏病。

古水推开了她们的药片和开水，从牙缝里挤出这样的话，上官雪，你还有什么？统统地拿出来。

上官雪儿也被激怒了，说，书记大人，我这里还有你们的那个毕了斋和沈兜兜淫乱的录像。我只是想说明，沈某某和毕某某的关系十分不正常。

古水终于爆发了从来没有过的雷霆大怒。后来，上官雪儿伤心地告诉作家，说他从来没有那样子过。好多年了，他都是和风细雨。他身体不好，他有心脏病。我今后再也不气他了。古水指着雨夜来谏的女人，苍白的手哆嗦着，叫，你走。你，你是一个可怕的女人，你什么手段都有。

女人说，我走。我走。我什么手段都有，可是，我对付的是坏人。

外面的雨更大了，被赶出来的女人满面是水，不知道是雨水还是泪水。

她没有走，在漆黑的风雨之夜，在书记的小楼下面整整徘徊了一夜。

书记书房里的灯也雪白地亮了一夜。后来，风停了雨歇了只有苍天仍旧漆黑，徘徊的女人听到了书记沉重的踱步声撞击着黑夜的大地，书记的气管炎又犯了，他嘶哑破碎的咳嗽让女人几次又要去敲门……

第二天，天气很好。这里的夏天最喜欢柳暗花明。古水书记出现在人们面前的时候，人们发现，一夜功夫，人便整整瘦了一圈。胡子，也长满了脸堂的整个下半部分，像是乱蓬蓬的杂草。脸色呈现一种菜色，青光光的，但是腮颊上却充满了血丝子。眼睛更大了，一对眸子被痛苦燃烧着，瞳孔里的瞳仁幽幽的，眼圈乌青乌青的，很糁人。他不和任何人打招呼，径直走进了办公室，进门就吩咐秘书，马上，你马上给中央电视台新闻部陈冬制片人打电话，请他务必修改今晚关于四方省的头条稿件，第一，350 个亿改成 284 个亿。第二，不上头条，我们没有资格。秘书打着电话，书记在旁边看着。其间沈副书记轻轻走进来好像要和他说什么话，他先是摆手后来又用手把来者打发出去。等着电话打完了，他一刻也没有停留又马上驱车向长江宾馆开去。路上他闭着眼睛，好像恢复了平静。其实，他的心里此刻充满了狂风暴雨……古水呀古水，你真的是一个混蛋。牛林，老伙计，你为什么不来一个狗血喷头呢？上官，你能风雨中砸开我的门，骂了一人痛快淋漓，半夜时分为什么你就不能再上门，对着我来上一段《击鼓骂曹》呢？四方官场最缺的是孙嘉淦呀。古水，你再也不能为了个人多得几张选票而放弃良心了，你再也不能平衡第一了，你再也不能用刚愎自用来掩盖政治的无能用放任情绪来掩盖自己对是非的模棱两可了。你必须向考察组说明，你在这次考察干部中是犯了错误的，拿掉牛林，选入毕了斋，就是对四方省的犯罪，就是对党的犯罪。你必须向副部长亮出你的旗帜，你再也不能为了某种平衡甚至是为了自己的政治需要而推荐沈某某了……

办完了应该办的一切事，古水好像虚脱了一般。副部长担心地看着他问，老古，你没事吧？他枯涩地笑着，说我没事。他知道自己应该在中午陪着副部长吃上一顿便饭，可是，还有一件事挂牵着他的心。他安排省委秘书长陪着副部长吃饭，他说，部长，我，咳，咳，我，有点……失陪了，告罪，告罪。副部长说，你快去休息吧，你必须马上睡上10个钟头才行，你要垮的。老古，也不要太自责了，你的苦心我是很理解的。告辞了副部长，古水对秘书说，你去吃饭吧，我还有事。秘书说，古书记，我还想重复副部长的话，你应该马上睡一觉，睡它10个小时。什么都不去想，什么都忘记，什么都不要去干，要不，您会垮掉的。

古水裂开干燥的嘴巴，说，我还有一件事情必须去办。

秘书说，我去办吧？

书记说，这个事你替不了我。

古水在初夏很好的阳光里抱着满怀的荷兰红杜鹃黄杜鹃走进上官雪儿的病房的时候，一条彩虹弯弯地悬挂在四方城的头顶。

上官雪儿正在看彩虹，古水走进来，她一点都不吃惊，只是轻描淡写地问来了？古水说，大姐，我来了。女人问，该办的事情你都办完了？古水说，我都办完了。女人说，彩虹真好看。古水说，它真的是七种颜色。女人说，好好去睡一觉吧，你累了。古水听话地说，嗳。他把花放到司机同时买来的大花瓶里，还给花瓶送上了一些清水。古水说，大姐，我走了。女人把脑袋钻进花丛里，沉醉了。

十三

作家邀请神秘女人第三次聚会的时候，他的政治小说已经写到了第十二章，只剩下一个结局了。或希腊式的悲剧，或中国式的大团圆，或美国式的黑色幽默，都可以，作家只是迫切地想知道。虽然他也听到了很多传说，小道消息，可是，不知道为什么，不是从那个神秘女人嘴巴里说出来的消息，现在他已经开始不大相信了。

今天他们在“篁竹酒吧”聚会。

今天没有麻秆子大雨，却有弥天大雾。高楼大厦看不见了，红花绿树看不见了，那个隐性的四方官场也似乎看不见了，女人还是看得见的，包括让男人眼花缭乱的大腿，包括让男人想入非非的高耸的胸脯。

作家说，你今天很漂亮，很性感。

谢谢，你不要洗我的碟子，女人说。

作家咽了一口暧昧的口水，问，嗳，古水为什么叫你大姐呀，他好像整整比你大了一旬。

四方官场里混的各路神仙都叫咱们大姐，官称，就像黑社会里叫老大。这样叫，有好处的。随便，亲切。此其一。其二，那些个鸟男人还可以向别人，向老婆，向官场表明，自己已经和那个女人，那个可惜还算老虎、还算风流的女人划清了男女界限。女人说。

这个女人总是那么奇特。

作家又问，传说沈副书记就要到政协去了？

女人说，他应该到哪里去就会到那里去的。上头就是上头，古水就是古水。

作家又问，传说五人名单变成了四人名单？

女人说，是的。省委建议非中共人选空缺。谁叫郝芝越干越傻呢？别的，还行。牛林排在第一，毕了斋"裂熊"了。名单，考察组已经带走了。

作家怯怯地说，还有一个传说大概是谣传吧？说古水书记上书上头，承认水平有限，党性不强，主动请求到省人大去，他不想再升升了？

女人的表情变得复杂，说，古水是一个明白人。

作家最后问，传说你和他的关系耐人寻味，这个耐人寻味怎么讲？

女人嫣然一笑，说，他是我的梦中情人。过去是，今天是，永远是。

2002年春节七天。3月下旬又改

2

乡官大小也有场

一

焗油膏是一种什么东西呢？龙民雄感觉它和化开的沥青差不多。每一次这个叫做刘凤的女人把这种东西用梳子一遍又一遍地在他的头上涂抹的时候，他都会奇怪地联想到公路段煮沥青的炉子。他会不由自主地去缩脖子，把本来就又粗又短的脖子搞得更粗更短。每逢这种时候刘凤都要咯咯地笑个不停，笑得两颊飞红。说龙书记，你怕什么呀，我又不是刽子手。焗油膏涂抹完了，头发粘成“锅盖”，刘凤便把他的脑袋安排到一个摩托车头盔一样的容器里，里头挺热的，一会儿工夫便把他的脑壳蒸得火热。要在容器里待四十五分钟，这段时间里他要闭上眼睛不去看任何人，最怕的也是这种时候有人会不识趣地和他打招呼，问好。他有点不大好意思，一个大男人来做这种和女人烫发差不多一样程序的活儿总是不太尊严，尤其是当着党委书记的男人就更有这种尴尬。上一次，他正被蒸得云山雾罩，县电视台那个专题部主任孙明进来了。他赶紧闭上眼睛，来一个“掩耳盗铃”。可是，孙明是有名的粘糕，三里地就能粘上你。他说龙书记呀，你比皇帝老子还难见呀。原来，你正在修理自己。他只好睁开眼，满脸汗珠子也不能擦，冲孙明很狼狈地笑笑。孙明说，目前，你的呼声最高，在十八个镇书记中，你是第一个向上冲刺的，怎么样，来一个专题吧。他想让孙明走开，可是，他又不大敢，倒不是因为孙明是个小记者，再大的记者他也见得多了。他听说过一条传闻，说孙明用特殊手段和黎书记攀上了特殊关系。这种传闻宁可信其有，不可信其无呀。他想找出一个不得罪人的法子把孙明“谢”走，头脑却又热得难受，什么也想不出来。结果只好干笑，说：行，行，过几天你来吧。有他这句话那个粘糕就粘上了他，结果粘走了三万元的专题费，而那样子的专题片他清楚得很，几乎没有一点点用处，弄不好还会有副作用。有了那次教训，他都不想再来焗油了。可是，谁让爹娘给了他一个“少白头”呢！三十六岁就白发苍苍，就有孩子叫他爷爷，就有很多人说他是四十六岁而不是三十六岁，甚至连组织部的周副部长也半真半假地说，你的年龄永远是个谜。玩笑尽管是玩笑，这种玩笑毕竟不好。红木集团公司门口搞起这家雅致的美容美发厅，他是第一个来光顾的且很快成为常客，三个月焗一次油，半月来一个准全活——理、刮、吹、按、剪。不到半年，龙门镇“中南海”的头头脑脑都不约而同向老一学习，也成了刘凤手中的“特活儿”。刘凤的老板，龙门镇支柱工业红木集团公司总经理丁镇三发布指示，凡副镇级以上者免费，刘凤照办。刘凤三十多岁，济南人氏，很有点风度，很有点气质，而最迷人的还是她那两条大腿。那真叫性感。如今性感的女人遍地都是，而又有风度、又有气质、又性感的女人却是凤毛鳞角。她对丁镇三可谓言听计从，因为她是丁总聘来的，说好了为红木集团公司的职工服务，每月公司支付薪水一千五百元，外活挣的钱全归她，所有费用由公司负责。但是也有另外一种传说，说实际上是丁镇三怕她，她是丁总实际上的高参。说丁镇三在刘凤没有来之前是一介武夫，除了胆大包天之外并没有什么过人之处；而自从这个女人来了之后，丁镇三变了，变得很有计谋，办起事来很讲究策略。传说终归是传说，不大好去考究真实与否。

今天是白露里一个天高气爽的日子。

刘凤问，龙书记，提前三十五天来焗油，人又红光满面的，想必是有大喜临门。

龙书记在“焗锅”里说，猜猜看，是多少有点儿小喜。刘凤说，半年前我就给书记看好了手相，三十六岁是你的本命年，那一段纹道子活鲜鲜像条鲤鱼，注定这一年里你要跳龙门。

龙书记说，你的道业不浅呀，快成精了。

刘凤说，今天上午八点半的时候，你那“60801”进城，上头找你谈话了吧。

龙书记抹一把脸上的汗水，看了女人一眼却也不避讳，说，组织部长先给我透透风，过几天，县委黎书记就要陪着市委组织部的领导找我正式谈话了。哎，我说刘凤，你可是要给我保密。

他想，你应该问我去当什么官呀。可是，女人干了一会儿活却来上这么一句问话，谁来接您的班？龙门镇可是个大镇，庙大妖风大，池深王八多，一般人物镇不住它，容易翻船的。

龙书记意味深长地说，还没有人选。

刘凤便去拿一条雪白的毛巾给书记擦汗，擦着汗，那双丹凤眼撩了撩书记，性感的弯月一般的下唇动动，没有说出什么话来。龙门镇上的男人和女人都说这个妇人的心眼像马蜂窝的洞洞一样多，又公认这个女人很有本事。举例说吧，丁镇三的夫人几乎骂遍所有和丈夫有交往的女人，不管这种交往是正当的还是非正当的，惟独不骂刘凤，见了刘凤还妹妹长妹妹短的又亲又热。

龙书记又说，黎书记当然先要征求我的意见啰。谁接我的班，我都是第一关。

女人说，那是，那是。这是共产党的规矩嘛。

关闭电源。女人把男人的脑袋从“焗锅”里拿出来又放到盆里去洗。洗完了，男人原来花白的头发就变得黑油油乌光光缎子面一样。女人给书记做着发型，把书记的脑袋捧在胸前揉弄着。男人感觉着一种舒服涌上来。他突然问丁助理还是一个礼拜来做一次全活吗？女人垂下长长的蜂翅一样的睫毛，说丁总那一套是雷打不动的。听了女人的这句话，龙世雄在心里就想骂丁镇三，龟孙，你这个总经理也当得赛过皇帝了。心里骂了第一句，后边的骂也就一古脑涌上来，丁镇三呀丁镇三，我来龙门镇五年了，不是皇上也是皇上。可是你这个脑后天生长着反骨的魏延从来没有拿我当第一块牌位。娘的，我的厂子，我的集团，抠一套红木家具都抠不出来。你不就是依仗着黎老一当后台吗？黎老一从你手里拉走了多少套？"缅甸红"、"泰国檀"、"云南柚"，你他姐的乖乖地送了去。你这个一心骑双头马的奸佞，当着老板大把大把花钱一个一个地玩女人还不心甘还要去跑官用手中的钱去跑官我称准了你小子春天里打井就是为的夏天里吃水哩。可是，你和黎老一串得再紧也须进我这一道门坎哩。这一次，我再抠不出来就太窝囊了。刘凤，但愿你能把这股风快快地吹进丁镇三的耳朵里。

丁镇三，除了总经理以外还兼着镇长助理。不过，那是个虚职。他手里把玩着的是龙门镇的经济命脉龙门红木集团公司。该公司从东南亚购进纯正红木，做成明清式样的高档家具，销往大都市，年产值一点五亿，利税两千万。龙门号称黄河县工业第一镇，全凭这个集团公司。老丁牛的就是这个。

女人的一双纤纤素手把龙世雄书记打扮得面庞清正光洁，头上黑发舒卷自如。男人在镜子里看着自己，愈看愈充满自信。

女人说，龙书记，你确实是一脸官相。

男人逗起女人来，说，丁助理呢？他是不是大富大贵，吉人天相？

女人说，他呀，我早给他看准了，扫帚星，一生为他人辛劳。

男人说，老丁他信吗？

女人摇摇头。龙世雄突然又问，听说你是很看好云镇长云志中的相，真的吗？女人说云镇长那可是真正的吉人天相，逢凶化吉，遇难呈祥。龙世雄意味深长地笑了，心里说瞎扯淡。

二

如今是桃色新闻，不翼而飞；官场消息，一日千里。小道不小，机密不密。

龙书记要升任副县长这件事，不知怎么那么神速，一天工夫就传遍了黄河县的大大小小的官场。龙门镇就更不用说了，找一个不知道的恐怕比登天还难。当然这是指的党委、政府两个大院。知道归知道，这里表面上还平静地保持着往日的秩序、运转，日子似乎还是和往常一样流淌。可是，两个大院里的每一个人几乎都在关注着这件事，研究着这件事，咀嚼着这件事，利用着这件事，理所当然地发生了许多耐人寻味的细节。那位人大主任，原来喜欢天天站在三楼的阳台上鸟瞰着两个大院的各色人马。有人喊一声老主任，不下来走动走动？他会从鼻子里哼一声，说如今是遍地狼虫虎豹，哪有人走动的地方？可今天，他却主动下了楼，逢人就说天晴了，太阳真好。也有一个副镇长，原来是挺腰凸肚似乎很茁壮的样子，碰上人很少见他有一个笑容的，却突然地弯了腰，逢人便堆出许多笑容写在脸上，还要一迭声地问候。当然，还有更多的人持一种麻木不仁的态度，其实，这种态度来自不得已或者说无可奈何。

一脸富态相的云镇长好像是一个例外。他的自然笑，他的忙忙碌碌，他的心事重重，都似乎在说明着今天和昨天和前天没有什么不同，世上什么事情也没有发生。他走进龙书记的办公室，和过去的日子一样地进行着那种镇长对书记式的汇报、招呼，好像是通报，其实是汇报；好像是招呼，其实是请示。这恐怕是级别最低的官场，有人叫它八品官场，它却和那些很高的官场一个样子，党的一把手才是真正的一把手，政府的一把手实际上是第二把手。

云镇长说，龙书记，我那个台湾姑父来到北京了，我得去会会人家，看看能不能钓出一条大鱼来。咱们的红木集团要是再有个千儿八百万的就神啦。我是联络官，联络好了，你这位主帅再出台正式唱戏。

龙书记似乎想说什么，却没有说出来，说出来的只是这样的话，好的，你去吧，这是龙门镇的一件大事。

云镇长即将离开书记办公室的时候，龙书记却萌生了一点恻隐之心。这样的心态往往是胜利者的专利。他说，老云，快去快回吧。这几天，我可能要动一动……你有没有什么想法？

云镇长又红又肥的耳垂像两颗枸杞子挂在耳轮上。刘凤那个女人多次夸奖云镇长的耳垂说那是两颗玛瑙。云镇长说，我听说了。以后你当了副县长，对咱们龙门镇可是要高看一眼。

龙书记说，你就不去……跑跑路子？云兄呀，哈哈，你心中有数，我知道你是不声不响念真经的人。

云镇长叹口气说，我是一个手中没有经的和尚。上边看着办吧，咱只有相信组织的本事。

云镇长的真诚让龙书记热起了心肠。他清楚，这主要是因为云镇长五六年来一直很配合很捧场的结果。云镇长几年来的表现确实很到位，很明智，他说我这个镇长就是给书记干活的。云镇长嘴巴子是这样说的干也是这样干的。按这样的配合才能安全地让书记升上去让镇长安全地升上来。这是聪明人的干法。如今，我总算是安全地升上去了，云镇长能安全地升上来吗？很难说。官场变得愈来愈复杂愈来愈不规范化了。他这样想着，便也说出一些掏心窝子的话，老云呀，你不跑，天上掉不下乌纱帽来。咱们黄河县十八个乡镇，十年的老乡镇长还有十个，你才五六年，排队是很危险的。你比我大两岁，三十八了，再不跳龙门就……当然，我会极力推荐你的。嘴巴子这样说着心里却在嘀咕，我会推荐他吗？还有那个丁镇三，那小子可是黎书记的掌上明珠，黎书记肯定希望我推荐丁镇三，那样一来可就苦了老云了。不过，官场僧多粥少，苦几个冤大头也是没有法子的事。

龙书记的一席话显然感动了云镇长。他说，龙书记，你是好人。你说的也对头。可是，我从心眼里烦这跑官风，前几年还是二级小风，如今七八级了。再说，跑官要有条件，第一要有路子，第二要有票子，而我一概没有。看来我是“死”定了。也许，我这是狐狸捞不着葡萄，便说葡萄是酸的吧。

云镇长的畏难情绪勾起龙书记半年来的艰辛，自然而然地让龙世雄想起一个故事。在这个故事中，他不得不去担当一个尴尬的角色，拐弯抹角，好不容易才挂上市里一个关键部门的一个关键人物。这个人物倒不是书记、部长什么的，却是那一级官场的“现管”。“现管”打来电话，说龙书记，听说你有一个红木集团公司专门搞高档家具是不是？他很兴奋地说是的，是的，名气很大的龙门红木集团公司就是我的。您要搞一套吗？“现管”说不好意思了，我的表妹要结婚，点名要你的红木家具，钱是要付的，主要是图一个货真价实。他说一点问题都没有的，明天我就押车送到。他径直来找丁镇三，丁镇三却说龙书记，咱们的“龙门”之所以能够兴旺发达千条万条归纳起来只有一条，我这个总经理也没有权利免费或者优惠搞一套红木家具。这是职工大会定的法律。龙世雄想问黎书记一年里总要拉走几套难道也要花钱吗？可是他没有问。他说我先拉走，过些日子来交钱好不好？丁镇三指指墙上的条文，说恐怕不大好办。他说，那好丁总，你先借给我，我还你行不行？丁镇三皮笑肉不笑地说我前几天刚刚给黎书记借上了三千元，如今可是一贫如洗。故事发展到这步田地让他这个书记十分难堪。还是他的堂侄龙辉帮了忙给他送来三千元才好歹弄走一套红木家具。送到那位“现管”指定的地点，他才发现那个“表妹”和“现管”的关系非同一般，那个女人用手指敲打着红木家具，说绝对是假冒伪劣，一个乡镇企业怎么能生产出真正的红木家具？他们知道红木是什么东西吗？“现管”看来很怕这个女人，只是干笑，龙世雄很怕“现管”，于是也只好陪着干笑。“假”归“假”，那个女人还是接走了红木家具。

那样的回忆不会让人愉快。他突然很生气地说，最大的腐败乃是用人的腐败。

面对龙书记，云镇长不好再说什么，似乎，也没有什么好说，只好讪讪地走出去。人家毕竟是胜利者，再发牢骚也是胜利后的牢骚。我算什么？注定是一个无可奈何的角色。他想。

三

在龙门镇，人大主任曾过江最烦两个人，第一个是龙世雄。让他烦的理由其实简单明了，龙世雄调来的第一年，就给县委打去报告让资格最老、级别最高的曾副书记当了人大主任。曾副书记质问龙世雄，我扛枪过江打老蒋的时候，你还在娘的腿肚子里。你凭什么把我打发到人大去？龙书记说曾副书记，你都58了还是带着“拖斗”正科的副职，我为老同志感到不平。人大不错嘛，它是好多老同志“长级转正”的最佳去处嘛。第二个是丁镇三。他把这个老板叫做九十年代的走资派。他有个嗜好，好编顺口溜，如今流传颇广的好多顺口溜都是曾版。说到底人是习惯的动物，曾过江当年在部队干过三四年快板书。他为丁镇三编过七八首，流传最广是这样一首——一流人才当老板，吃喝嫖赌浑身胆。挎着小蜜坐飞机，出国玩乐花公款。小汽车，一溜烟，大哥大，叫得欢。九十年代走资派，狗头变成金不换。如此厌恶丁镇三，他却又时不时地去找人家。闺女要出嫁，曾主任去找丁镇三买红木家具。到了厂子里，他说，我过江的时候小丁你还没有出生！丁镇三说你过江那年正好有一只小老鼠钻出洞来。他说现在全国都在照顾老干部。丁镇三说是的，过几天也请曾老来我厂做做报告。他说反正你得优惠我一套“红木”。丁镇三说这件事我说了不算，我得召开职工大会，百分之七十的职工说优惠就优惠说不优惠就不优惠。他问这会你打算什么时候开？丁镇三说这种事儿半年研究一次。他被丁镇三气跑了。又有一次，他要出去游山，他想风光风光。他又给丁镇三打电话，说我曾过江过江的时候一夜行军一百二十里，如今老了，出门得要个车什么的。丁镇三说应该，县老干部局应该管这事儿。他说我想坐坐你的车，小丁子怎么样？丁镇三说如今车祸一个接着一个，你坐我的车万一出点事我可担待不收，你是国宝呀。他气得摔了电话。逢人便说丁镇三这小子是无苗处不下雨，他眼里只有黎老一一个人。老干部在他眼里，哼，不如床底下一双破鞋。

想不到，重阳节这天，丁镇三却在镇上最豪华的台湾人出资办的台湾大酒店摆了三席带三八的粤宴，专门宴请龙门镇 50 岁以上的老干部，在职的请，离退休的也请。曾过江理所当然坐了第一把交椅。丁镇三作为主陪坐在他的旁边。曾过江绷着脸猜不出丁镇三葫芦里卖的是什么药。他瞅一眼丁镇三，感觉着这小子今天做派、说话有点不同往常。第一，这小子没有穿奇装异服。过去，花花绿绿的衬衣是五冬六夏都要穿的，从香港买来的礼帽是天天都要戴的，裤角开线破破烂烂的什么牛仔裤是什么场合都要摆的，今天，这小子却穿上了中山装，外面罩一件灰白风衣。料子当然都是纯毛的，款式却让曾过江顺眼。第二，丁镇三过去碰见曾过江，一口一个“过江的”，充满揶揄的口气，今天却是口口声声称前辈，口气也尊崇有加。

每张桌子上两瓶茅台。身穿紫红天鹅绒旗袍开叉极高那丰美的白肉晃得老干部们眼花缭乱的服务小姐给每一个人斟满杯，老干部们谁也不去说话，纷纷拿眼睛去瞧那一道道陌生的粤菜，什么铁板烧牛肉，什么三鲜豆腐煲，什么鸡头粟米羹……

却是独独不见一双筷子。

正当人们疑惑的时候，丁镇三的办公室主任扛着一个用绢布包装的古色古香的箱子进来了。很快，每一位老干部的面前放上了两个长条绢布装盒。盒子上有一竖行梅花篆字，老干部们谁也认不出写的是什么。

丁镇三站起来，打开曾过江面前的一具包装盒子。曾过江看清了，里边盛着的大约是十双筷子，紫红的木头中间镶着一行银字。丁镇三说，诸位前辈，你们都是打天下的有功之臣，应该享受一下宫廷生活。这筷子是咱们红木集团公司专门为日本天皇的皇宫制作的，叫做龙门红木镶银筷。今天，我丁镇三给每一位老前辈赠送两盒，二十双，这可是宝贵之物，省长来了我也不送的。

曾过江拿了一双反复把玩着，说，小日本鬼子好生讲究哩。

丁镇三说，他们是跟着中国最后一个皇帝学的。溥仪给日本天皇当过几年的儿皇帝，老子跟着儿子学会了好几手哩。

曾过江看着丁镇三，说，镇三呀，你今天的活动让我很高兴，很受感动，你有眼光，你懂得老干部是我党最宝贵的财富。

丁镇三笑了，很恭谦的样子，说，今天是重阳节，我要先敬诸位老前辈九个酒。

于是，备受冷落的老干部们一个个开怀畅饮。先喝九个，又喝九个，已经有人眼泪汪汪，已经有人开始骂娘。曾老头儿六杯小酒的量，十八大杯下肚，既眼泪汪汪且开始骂娘。他骂娘的方式很独特，有时候念顺口溜，有时候讲故事，显示着骂娘的高层次。他说我新近又赋诗一首——他从来都是把念顺口溜称为赋诗的——乡镇长，乡镇长，村村都有丈母娘。黑了不用住旅馆，有人备下鸳鸯床。东村女，西村郎，一年一窝小村长。众老头开怀大笑，有的笑比哭难看有的笑里窝着牢骚和悲凉。从来都是这样，别人笑，曾过江不笑。说完念毕，绷起面孔坐在那里像一堵墙。

也许是真的喝多了，也许是借酒发挥，曾过江突然给了丁镇三一个下不来台，问，镇三，你坐的美国鬼子车多少个钱？听说百十万？有的老头拿眼睛剜他，曾过江，你干什么呀？现在还有谁来敬你重你，人家丁镇三做得已经很不错了。你吃着人家喝着人家拿着人家还要损人家戳人家，你充什么呀你？有的老头向丁镇三陪着笑脸好像这种不仁不义的话是他们说出来的。丁镇三没有恼，说，曾老批评得对，批评得好。换车，我马上换车。林肯换成桑塔纳，剩余的钱，盖老干部宿舍楼，高标准的，高档次的。丁镇三还真的说到做到，第二天就卖了林肯买了桑塔纳，不过，桑塔纳只坐了几个月又悄悄地变成了林肯王，当然这是后话。

宴席上二十几个老干部起码有十七八个也许是情不自禁也许是酒精起了作用 一齐叫好喝彩，说这才是不忘本，说如今掌权的学习镇三就好了，说是孔繁森再世，说什么的都有却一律都是夸奖丁镇三的话。曾过江站起来叫：老伙计们，静一静，光吵没有用，咱们要干点实在事。众位老头安静下来听着曾过江说，龙世雄会跑官，升了，空下了一个位子。不管怎么说龙世雄这一走对龙门镇也是件好事。我提议，让小丁子顶上如何？众位老头愣了一下马上一齐说好。曾过江说那好，说干就干，签名，都签名，举荐信由我亲自来写。

四

云镇长和台湾姑父住在北京的方圆大酒店。这家大酒店是日本人开的，从硬件到软件一律日本化，连卫生纸都是从日本运来的，像棉花一样又白又软，还散发着一股淡淡的叫不上名堂来的清香。姑父应该说是亲的，这位二十岁上给日本人做事后来又跟上国民党跑到台湾去的满头银发的老人虽然在那一边又娶了太太且生儿育女，但对亡妻却魂牵梦绕，因而对云镇长很亲热，几天里只是不停地问着。云镇长尽量地愈细愈好地叙述着老姑的情况，说老姑前年死的时候，是他给发的丧，是他给她穿的衣裳，是他给她梳的头，是他给她摔的“瓦”……姑父听着听着已是泪流满面。问，她的坟修得好吗？云镇长说，我已尽了心，尽了力。他又问，给她竖、竖了一块碑吗？云镇长说，竖了，碑文还是我写的，我还在石碑上画了一杆青竹，我从小喜欢写写画画的，我写上了人比青竹更节操。

姑父抬起筋脉嶙嶙的手摸住了云镇长的手，说，我一定给你的镇子投资，一定的。起码五百万。人民币。

云镇长听了很兴奋，一颗心跳得扑通扑通的，说，姑父，那、那太好了，龙门镇的红木家具公司可以打出国门了。

姑父突然说，我这可是冲着你来的，也就是说，这是给你的面子。你立了这样的大功，共产党能给你晋级加冕吗？

云志中不能不承认自己胸膛里那个玩意儿咯噔了一下，脸庞也变得红了。他想，也许在这个节骨眼上我办成这件大事，县委会考虑给我升一个格的。去年水旺乡的郭乡长不就是因为拉来了五百万的投资而登上县经委主任宝座的吗？这样的想法刚刚冒头，他的脸皮子便开始发烫，他说姑父，这是两码事。我当镇长，应该把龙门镇的经济搞上去。再说，您来投资我只是牵线人，一锤定音的还得是龙书记，我们龙门镇的党委书记，他才是决策者。

姑父看着他，问，那位龙书记才是龙门镇的皇上？那、那么你呢？

他笑了，说，我算是丞相吧！

半夜，神差鬼使，他还是把姑父准备投资五百万的事情给老同学、县委组织部周副部长打了电话。

周副部长在电话里大笑，说云胖子，我正在骂你迂腐，骂你不识时务，在这个非常时期还他妈的“出访”，想不到呀，老兄来了一手出奇制胜。我马上去找黎书记汇报，凭你这五百万，龙门镇的书记宝座应该非你莫属了。

他的脑门子上莫名其妙地泌出几颗汗珠子。他急忙分辩道，周、周晶，我、我绝对没这个意思，你千万别、别去找人家黎书记。

周副部长冷冷地问，云胖子，你这是充的哪门子“圣人蛋”？圣人当年也是凄凄惶惶地四处跑官呀。

他说，你以为我就不想吗？可、可是临到跑了又总迈不开腿。

周晶说，我知道你追求为官清白之道，可是，你一个清白又有什么用？风刮起来了，你不跑，风照刮不误。你知道水泉那个胡子乡长吧？乡长乡长，十五年一个样。他可是出了名的革命老黄牛，只会干活不会做官。如今老黄牛也开窍了，使出高招贴上了县委王副书记，用什么，听说用一张郑板桥的古画，我想肯定是一张赝品，可是王老头如获至宝。八仙过海，各显其能呀，什么“曲线跑官”，什么“男女有情缘，官场有官缘”……我不通报，对不起老同学呀。你说什么？我是在行善？屁，你当上书记，我有好处呀。咱们四中那班同学，快成书记系统了。而我呢？是这个系统的“系”。怎么样？五百万，买，不，不是买，是换一个书记怎么样？

他不仅没有开窍，心情反而平静下来，那是一种舍弃一种欲望以后的淡泊心态。他说，我想算了吧！这绝对是两码事，这件事就是搞成了有功劳，也首先是人家龙世雄的，我只是一个执行者，办事的。

那边老同学说，好，好，你是身居污泥一尘不染好不好？人家把电话咯一下放了。他又有点发呆，心头涌上了失落。

姑父不知道什么时候站在了他的旁边。老头儿说，我还懂得一点政治。你老同学说得对。

云志中舔舔干燥的嘴唇，有点尴尬，说，真不好意思。

姑父说，不论是东方还是西方，古代还是现代，凡有官场者必兴跑官之风也，不过方式变换而已。

他低下了脑袋。他还是能够掂量出这次机会的分量，他知道这次机会几乎可以说是天赐良机，他也懂得机不可失，时不再来。他感觉得出来自己内心深处也盼望着把镇长变成书记，可是，嘴巴子一旦张开，说出来的却是这样的话，姑父，那样子我总觉得有点儿拉不下脸来，官场总不应该变为商场，您说是不是？再说，几个小不点的乡官算哪门子官呀，算了，我、我总不该拿着您的亲情、乡情去换官做呀？

姑父有点儿奇怪地看着这位很富态、很官相的妻侄，点了点头，又摇了摇头。他此刻的心情相当复杂。

云志中也摇了摇头，一脸的苦笑。心中另外一个他开始大骂，你算什么“圣人蛋”，什么嘎嘎鸟？多少比你好的人能的人都大部分精力或者是主要精力投入到这上边来，你这是扭的哪一门子邪劲？

五

如果说龙世雄没有升官之前丁镇三还满足于当一个老板且当得很舒服的话，那么，自从刘凤把龙世雄马上就要升为县太爷的消息当天吹到他的耳朵里，并且还加了一句“看看人家混的看看你混的”酸不溜丢的话，他的心态就开始了倾斜、不平衡，当老板的舒服也第一次被一种复杂的情绪所代替。几天以后的一个晚上他和女人在床上出现了从来没有过的草草收兵。女人先是扭过身子去把白面板似的背给了他，继尔又扭过来，用纤纤小手摩抚着他粗黑的胸毛，说，干爹——几年前，她还在济南一家小理发店干着活的时候确实正儿八经地认过当时还是小丁的老丁为干爹——在中国，最有本事的人还是当官的。你当上七七四十九年的老板你腰缠十万百万到头来还是要弄一个官儿做做。他说那你咋不去找龙世雄，咋来找我这大老板。女人斜他一个媚眼，光有钱没有乌纱帽你还是一个土财主。这也是中国特色。他不得不承认女人的话击中了自己的心窝，他说再玩一回吧，说不准明儿个人家要去傍县太爷了。女人贴紧了他，说我知道你瞧不上龙世雄，可是，他是第一关，没有他的推荐你怕是先败了一仗，哎哟，公牛，你慢一点好不好。

又一次云雨过后，女人光着身子去给他熬人参乌鱼汤，他躺在一万八千元一张的“皇室磁性床”上闭目养神。往日，这时候的他有一种飘飘欲仙的感觉，要多痛快有多痛快。这一回却没有了那种感觉，脑子里充满了一些乱麻。十年前，他龙世雄是大队书记，我丁镇三也是大队书记，后来，他进了乡，我办起了厂。十年里，他对龙门镇有个鸟贡献？副乡长跑跑颠颠，副书记传传达达，书记也不过咋咋呼呼，而我丁镇三那是玩硬的，十年上缴国税五千万，给了龙门镇一个亿，党委、政府两个大院外加学校，谁不是吃我的喝我的？轮到升官了，人家小草鱼跳了龙门而我这大鲤鱼却困守泥潭……

想到这里，他一个鲤鱼打挺坐起来，叫：凤，给我拿衣裳。

女人问，你要去哪里？

他说，找黎老一去。

女人放倒他，说那是第二步棋，那步棋好走，喂熟的家雀儿它能不给你好好地飞？你挺听话你也挺会玩昨天不是已经摆平了曾过江那帮老小子？你别小看那帮老小子，他们成事不足可败事有余。眼下最关键的倒是龙世雄，懂不懂？今天夜里好好在我这里睡过了瘾加足了油，明日个去走出那步好棋。女人会说话的俏眼儿分明是在说我信得过干爹凭你的本事摆平龙世雄还不是小菜一碟？他于是又躺下了。突然一阵心血来潮问，你什么时候去看小芝呀？女人低声说过几天吧，这几天可不能出事。

第二天秋日的阳光很好，金黄色的粉儿洒满一个世界。有一行排成人字的大雁向南方飞行，时而抛下几串鸣叫。

丁镇三召开特别职工代表大会。代表大约有四五十人。代表着四五百个工人，坐满了小会议室。

过去，大会小会年会月会工人会干部会有领导参加的会和没有领导参加的会，丁镇三只有一个主题，那就是没有黎书记的直接领导没有我丁镇三绝对不会有红木集团公司。他讲的时候毫不隐晦曲折毫不谦虚谨慎而是从来都赤裸裸地大肆宣扬。他说这叫作灌输主义。这一招还真灵，天长地久，从领导到群众都认可了他的说法，当然，他的说法也基本属实。

今天，他一反常态，矢口不谈黎书记，更不谈自己，而是从开始便大谈特谈龙世雄书记。说这个厂子是龙世雄一手操办起来的，龙世雄是这个厂子的总设计师总指挥，没有龙世雄就没有红木集团公司。更为可贵的是，龙书记为官清廉，从来没有从工厂拿走一寸木头，连买一套优惠的家具都没有。那次来买一套送人，一分钱没少付，是龙辉借钱给他的，大家可以问会计。老会计也是代表，在下边说有此事，有此事。

丁总说着说着来了感情，人不能让狗吃了良心，是不是，厂子不能忘了有功之臣。今天，龙世雄书记要走了，咱们不能人一走茶就凉。我建议，请职代会批准，特聘龙世雄为我公司名誉董事长，并奖给他红木家具一套，十八件，不同意的代表请举手。

当然没有一个人举手。凡他召开的职工代表大会，他都是这样一种表决法，也从来没有一个人举过一回手。

他很满意自己的表现。他在心里说，凤，怎么样，干爹还行不?

会后，他用插着十八面彩旗的“加长130”拉着家具，还有红木镜框镶着的烫金聘书，和工会主席一起给龙书记送到了家里。

显然，龙书记被这一切感动了，尽管他对事情的进展没有一点点意外。看来，那次吹的风起了作用。刘凤这个女人真不简单呀。他说，这是我得到的最高荣誉，最高奖赏。

趁工会主席和押车的工人卸车之际，他把丁镇三拉到一边，耳语道，昨天黎书记正式找我谈话，我已经正式推荐让你来当龙门镇的党委书记接我的班。准备一下吧（他的这段话真实与否，只有他自己知道。实际上，县委通知说黎书记三天以后才找他谈话，不过，这时候他已经打定主意舍弃云志中而推荐丁镇三了）。丁镇三摇摇头，说龙书记，你这不是扶着死狗上墙吗？龙书记说，说到家，这都是为了工作，龙门镇只有你才能顶起来。其实，咱们也没有什么特殊关系，完全是公事公办。他说着这些话的时候，有一个声音同时在心里响，我知道你小子用龙门镇的钱喂好了黎书记。我不推荐又有什么用？与其和黎书记拗着碰个鼻青眼肿，倒不如顺水推舟送个干人情。可是，你小子假若真的不拿我龙某人当把牌使，我还真的要给你来一门当头炮……你小子不笨，邪精。刘凤的迷魂汤倒是让你在官场上变能了。

六

仍旧是一种汇报工作的表述方式：龙书记我把此次北京之行的情况向您汇报一下。我是二十九号早晨八点到北京，下了火车便直接去了方圆大酒店，见到了我姑父。我姑父今年七十岁了，是台北商会的副会长，自己手里有一家固定资产七千万美元的大公司，在台湾居于中产阶级偏上……龙书记微笑着打断了云镇长的话，说，老云啊，你都汇报习惯了。我看这件事你就全权负责吧。

云镇长执拗地依旧汇报，说谈的过程我就省略了，结果是他已经答应投资五百万元人民币，并同意在台湾做咱们红木集团公司的代理商。几天后他就来草签协议。说实话，龙世雄对这件事原来没抱多大希望，再说最近一段时间他也没有心思去想这件事。如今听说“桃子要熟了”，马上就来了精神。他习惯性地鼓凸着金鱼眼睛，搓着两只手，说咱们要做好接待，一流的接待，按特等贵宾的礼仪规格。

云镇长说，龙书记，我想您还是先向黎书记汇报一下吧。

是的，应该汇报，马上，不……还是你去一趟县委吧。龙书记说。说完这句话，他却又有点后悔，有点泼水难收的后悔。这种大事应该由我亲自去汇报，不过……也没有什么，反正自己的事情已成定局，谁也抢不了的。

不，还是您去，这是老规矩。云镇长说。

他马上接过话头，说，那也好，我准备一下就去。还有，你辛苦了，今天晚上我在咱们的泉水山庄为你接风洗尘。

黎书记称呼下属从来都是亲热地舍其姓而直呼其名。龙世雄听黎书记叫世雄长世雄短的都习惯了，今天猛不丁听到叫“老龙”以为是叫的别人。怔了之后他才明白，他现在也是县级了，算得上黎书记的一个同事了，黎书记变成这样称呼是为了表示郑重。

他忙不迭地说黎书记，您看您，我是您一手提拔起来的，永远叫我世雄，心里才舒服哩。

黎书记也觉得那样别扭，于是恢复原样，说世雄呀，听说没有，曾过江一群老家伙都联名举荐丁镇三接你的班了，丁镇三，士别三日，当刮目相看喽。

虽然自己已经在推荐丁镇三的信中把这个人物说成了一朵花，但是为了顺耳，他还是又把信中的文字变成口头语言复述了一遍。

可是，我还是要考虑考虑。黎书记猛不丁这样说，沉吟一回，又说世雄呀，你还要站好最后一班岗。

他说黎书记，今天我就是来汇报这件事的。一天不离开龙门，我就要好好干它一天。我想给自己的调离画一个惊叹号。我搞来了一千万元的投资，联络上了台湾的一个大老板，我们的红木集团终于可以打出国门了。

黎书记一下子亢奋起来，说世雄，老板什么时候来？我要亲自接待，亲自作陪，你要把这朵大红花给我开好。提拔你还有好多人不服气，说你会跑官，会走上层路线等等。你干出一个绝活让他们心服口服。我要公开地大声疾呼：你有本事给我引来一千万，我就给你一个副县长，给一个乡镇书记。光吹牛不行光跑官不中光拍马屁溜须不好，那是歪门邪道，而这样子干才是硬家伙。黎书记的话让龙世雄的内心深处情不自禁地涌起一股对云镇长的惋惜，老兄你也太不懂官场了太麻木了太不会划算了……

泉水山庄在该县十八处乡镇的同类中接待档次仅次于张官庄镇的槐花别墅，还没有开设桑拿浴，可是，它依着著名的鲤鱼泉而建，风光幽秀却独占鳌头。状若鲤鱼的奶子山背阴处有一大泉，一年四季喷吐着清幽幽的地下水，形成了龙门河。龙门河环抱着一幢幢古色古香的中国小楼，小楼一律木质结构，小楼下泉水汪汪，一尾尾鲤鱼摇曳不定。

今晚上没有更大的官来，龙书记便是皇帝，云镇长便是丞相，于是，理所当然地占据了山庄的第一雅间。

席上，龙书记站起来亲自把盏口口声声为云镇长洗尘，云镇长真有点儿受宠若惊。他在记忆里和龙书记共处一席不下近千次，可是这样的礼遇绝对是第一次。他一杯杯地喝着，富态的面庞上始终挂着谦恭的笑。不知道为什么，云镇长的面相在龙书记看来和别人的看法不一样，刘凤说是福相官相，而龙书记认为纯粹是呆相。他的心里又一次升起一股对云镇长的怜悯。老兄，你是不是有点窝囊呀……

突然，龙书记很关心地问起云镇长初中毕业没有考上高中的儿子来，老云，泉子你安排好了没有呀？云镇长富态态的白生生的面庞一下子来了个愁云密布，我，哎，我有什么本事安排他？实在不行，叫他到老丁的厂子里去学木匠吧！龙书记缓缓地摇着头，说那不行，孩子才十四五，还得上学。这样吧，泉子就交给我了，到了县里，第一件事我找教委，让孩子到县一中插班去，特事特办嘛，来，老云，不用愁，小事一桩。

云镇长从心里感激龙书记。但是，很快他也明白过来了，龙书记今天的反常表现，肯定说明他没有推荐自己，他这是在寻求一种良心平衡。我太知道这个人了，他可是从来不给没有用处的人办事的，从来没有过。今年的反常，让我看到了他的良心的发现，也让我感受到人家对我的怜悯。

他一杯接一杯地喝着没有人劝没有人敬的酒，人们已经把全部的注意力投放到祝贺龙书记的高升这件事上去了。他真有点后悔不听老同学的劝告，他一斤半的酒量，喝到半斤的份上，竟然就支持不住了，一团火辣辣、乱糟糟的东西在胃里搅腾，他摇摇晃晃地走出来也没有一个人理他，好像他根本就不是宴席上的一个人。还是他的司机好，已经在山庄门外等着他了。他推开司机的搀扶，踉踉跄跄冲到泉子边便是一阵喷射性呕吐。吐完了，把脑袋伸到泉子里，秋天夜晚的泉水已经凉人，脑袋很快清醒过来。他说走，陪我进县城。他被司机扶着钻进一辆白色桑塔纳里。往日，他很喜欢自己的专车，今天却觉得别扭。他对司机说，林子，你命苦，这一辈子怕也开不上大奥迪了，怕要“桑塔”一辈子了。林子说，这一次，再不给咱们换换车，天底下就黑了良心了。在乡镇有条不成文的规定，书记一律奥迪，乡（镇）长一律桑塔纳。听了林子的话他只是叹了一口气没吱声。

进了周副部长的家，来不及和风流的嫂子过把嘴瘾，开门见山就说，走，周晶，领我去见黎书记，我给他拉来了五百万，镇长换成书记总可以了吧？

周晶闻到了冲天的酒气，吩咐夫人赶紧端来一碗常备不懈的醒酒汤逼着老同学喝了，说，怎么，你这正人君子也想通了？

他哭丧着腔调说我受不了让别人来可怜我。凭什么？该给的不给我，让我一副穷相？

唉，你总算开窍了。就是这套讲究，如今的官场谁君子谁一准是冤大头，我看得多了，也见怪不怪了。周晶说。

他问，这时候黎书记在家吗？

周晶神秘兮兮地说，你说什么天方夜谭呀，黎书记一进九月，住处就成了一级绝密。我领你去，你先去去酒气。沉住气。

老毛病又来了，直勾勾地看着嫂子，嬉皮笑脸地说，我说怪了，这么一位风风流流的女人那么死守着周晶一个男人，我明白了，值。我要是一个女人，天天吻他个全身都干。

女人斜他一眼，讥笑，他这个人，在你们这些官迷眼里也许算个人物恨不能和他搞同性恋。他在女人眼里可就不大值钱了。

周晶却也不恼，笑眯眯地说，云大镇长，现在可不是穷开心的时候，我问你，你懂得如今办事讲究个什么吗？

云镇长一脸痴呆。

我告诉你，讲究一个“公私合营”。公，五百万，可以了；私，总要有个见面礼吧。唉，我这里……除了烟酒不缺以外，珍贵的东西还真的不大有呀。黎书记这个人……恐怕什么也不会缺的了，可是，他喜欢收藏照相机，各种牌子的都要，多多益善，还不怕重复。

他很高兴，说，天助我也。我的车子里正好有一架姑父送的尼康原装。

周晶一拍后脑门子，说，太好了，这事成了，云大镇长上戏了。

周晶把云镇长领到了槐苑别墅。

他附在云镇长的耳朵边说记住，黎老一在八号，千万别敲门，里边不开门，你要一直在外边候着。我就不陪你了，你好自为之。我要让你的司机送我回家，两个小时以后车子再来接你。记住，千万别冒失。

事到临头他又有点发熊，他一把拉住老同学的手央求，我不会。我觉得有点怵了，还是你陪我过去吧！救人救到底。

周晶说，这也是能有人陪着干的事吗？笨蛋。说完，撇下他一个人，硬硬地走了。

他只好怀揣着那架袖珍照相机，走出槐林，走近龙飞凤舞的大门。大门一步一步向他逼近，他也愈来愈感觉到头晕目眩。我见了书记第一句应该怎么说呢，难道就说我来向你要官，我用五百万来和你换官了，混帐，这样的话让书记听了不骂娘才怪哩。书记大会小会上不是都忘不了讲谁来我这里要官，我偏偏不给，我不是封建帝王，我是共产党的书记。还有我送什么照相机给人家书记，人家万一给我摔出来怎么办？我太不那个了，我怎么也学不会了这一套，我这样干实在也有点狗眼看人低，把人家书记看扁了……头脑里感觉着塞进去了一团猪毛，胸膛里好像填进去了一只死鸡，他看不见自己的面庞，伸手摸一把却抹了一手凉虚虚的汗。

这时候，他分明地看见了，黎书记送着丁镇三从里边走出来。

他无声地惊叫一声，嗖的一下很敏捷地折进槐林里，屏息敛气地呆着。一颗心跳得咚咚响，他怕书记发现了自己。

很久很久，他的车子才缓缓地开来。

他虚弱地钻进车子，有气无力地说，林子，你就准备着“桑塔”一辈子吧。林子没有问他，他没有说什么，他是一个好司机。

七

堂叔堂侄，龙门镇的一正一副两位书记在谈话。一个急得像猴却又不敢表现出来，一个心平气和不冷不热。

龙书记说，我已经正式推荐了丁镇三当书记。说完这句话，又叮上一句，嘴巴子严一点儿，你。

龙辉的脸色明显地冷了，问，那，那云镇长呢？

龙书记叹一声，说，我也没有办法，只有一个书记的位子。官场就是这样，总是有人上去，总是有人下来，总是有人不动。

龙辉的心中凉了一截，他最不愿意出现的情况出现了。他和云镇长按说绝对只是一般同事关系，可是他明白云镇长的升迁在某种程度上决定着自己的升迁。曾过江老头说过，官场是一套组合齿轮。你的升迁往往并不单单取决于上边，更不取决于你自己，而是别人的升迁往往会影响到你。他现在对此是深有体会了。他咽了一口唾沫，分明地叫出叔来了，我都副了六年了，你就不能和上边说一说？

此事只能靠你自己去办了，上边已经给足了我人情，我就不好再说什么了。停了停，看侄子一眼，说，即使说什么，力量也很轻了。这个道理你是应该明白的。以后吧，我到了县里机会更多的。侄子却不大相信堂叔的未来支票，他也知道，他的这位堂叔在官场上是不会帮助任何人的，除非你对他有用处。自己混到这步田地，堂叔的东风是一点点也没有借到，倒是背了一些黑锅。

龙辉怏怏而归。

愈想愈气恼愈想愈不平，他走出来。也许是同病相怜，也许是神差鬼使，他拉上云镇长来到镇上一家个体餐馆喝酒。

咱俩喝哪门子酒呀，云镇长说。他在龙辉眼里也有点神思恍惚。

并不是只有春风得意的人才去喝酒是不是？龙辉说，咱们喝闲酒还不行？

一碟盐煮花生米，一碟大葱拌猪耳朵，一瓶汾酒，很快，两个人便进入云山雾罩的境界。

云镇长说，什么都能退化，他妈的，我发现这几天我的酒量也退化了，由名闻全县的酒精一下子跌成了酒鬼。

酒鬼好哇，酒鬼者，为酒而酒也。龙辉已经瓦拉了舌头，那雪（些）过（个）酒精、酒醒（圣）们，喝酒不为喝酒，喝着酒还想着拜门子拍马屁找路子溜院沟，他们是酒场上的败类……可，可是，我承认，人家是官场上的胜者，不像你我。

来，来，喝酒，我没戏了。云镇长眼屎糊糊，颠三倒四地说，你叔英明，推荐丁而舍弃云，谁不知道，丁和黎老一是铁哥们，人家丁镇三又有金钱又有手段，我玩儿完了，我这个镇长变成嫁不出去的老姑娘了。

龙辉说你无戏我也无戏，彼气（此）彼气（此）。

龙辉，算你不糊涂。云镇长大叫。

龙辉三角着眼睛问老云，你雪（说），丁、丁亲（镇）三如果没戏呢？

云镇长继续大叫，那样子一个世界就变样了，我有戏，你也就有戏了。

龙辉猛地把剩下的酒全部倒进一个小碗里咕咚咚灌下去，说，丁小三呀丁小三，金权（钱），美、美女，权义（力），得一、一足矣。如亲（今）你已有喜（其）二，难道还想再占第三是、是不是？

云镇长看着两眼血红的龙辉心中有点儿害怕，说，你要干什么？可不许胡来呀。

龙辉说云镇长，做、做人不能太、太那个鸡巴了。我要打土、土豪分田地，如今，咱们是一个战壕的战友了。嘿嘿，丁小三那鸡巴，我手里捏着他的卵子哩。大不了，一个同归于尽。

八

县电视台的孙记者，风度翩翩，气质不俗，全县的 80 万人几乎没有一个不认识他，因为他原来是播音员，如果不是因为生性喜欢拈花惹草，他还会干播音员那又风光又出名的工作的，如今混得也不赖，专题部主任。

他属于消息灵通人士，龙门镇的“政变”他几乎和那个神秘的刘凤同时知道。他灵敏地嗅到了一点“腥味”，便兴致勃勃地跑来。走在路上，顺口溜已经编出来了——哪里官场要换班，哪里就有空子钻。有人跑官用公款，有人发财靠使帆。马儿不跑腿要软，官儿不跑梦难圆。你跑官儿找门子，我把门子送上前，送上前，要价钱，买空卖空都喜欢。他也有编顺口溜的天分。当初，他就是凭着这份才气进的电视台。

龙门镇的岁月似乎还是那样子流淌。

他却看出了日子里的风吹草动。

孙记者首先找到了丁镇三。他曾经在丁总这里多次吃过闭门羹，换个别人早就没有脸再来了，可是孙记者与众不同。他是这样一个角色，你打了我的右脸我再微笑着把左脸给你递过去，直到你不好意思打为止。什么叫本事？这便是一般人所不具备的本事。于是，他得了一个绰号：超级粘糕。这不，连丁总都不大好意思再让人家吃闭门羹了，叫人开了接待室，表现出礼节性的热情。孙记者开门见山一句——我给您提供政治情报来了——更是像磁铁一样吸住了丁总。丁总这几天耳朵特别尖，任何风吹草动都会让他的小耳朵像那个东西坚挺起来。

孙记者说，昨天下午四点半，县委召开了常委会。说了这么半句，话头便嘎然而止。

丁总赶紧推过一盒硬盒大中华。

孙记者优雅娴熟地抽出一支，丁总破天荒地起身弯腰摁着了打火机为其点烟。丁总在心里说兔崽子，在本县鄙人只为黎书记一人点烟。小记者斜一眼这位不可一世的丁总，吐出一串漂亮的烟圈，一直把烟圈图欣赏得消散以后，才压低声音，说黎老一在会上表扬你了，说龙门镇的丁镇三不仅仅是一名优秀的企业家，这个人的政治素质也不错，一点点也不比咱们一些乡书记差……丁总，你明白这是什么意思吗？你听得出其中的潜台词了吗？

明白，明白。丁总慌忙点头。他很兴奋，纵欲过度的面庞涌起一片红潮。

孙记者打量着丁总，说，这种节骨眼上你需要给黎老一的表扬提供证明哟，懂不懂？

丁总破天荒地表现出谦恭和求教于人的神态，说请指示，请指示。

也就是说，你要让全县更多的人知道你，知道你的红木集团公司。我准备亲自为你赶制一个专题，十五分钟，表现你的业绩，表现你的政治素质。至于费用嘛，都不是外人，老朋友了，我只收成本，三万元。怎么样呀，丁总。孙记者说。

丁总说一切按孙记者的指示办理。三万元，应该的，过几天你来办手续吧。

没有喝酒人已微醉，这叫做酒不醉人钱醉人。账是明摆着的，略施小计，或者说稍借东风，一万又五百的回扣就要到手了。

第二个便去找云镇长。

孙记者和云镇长打过几次交道，云虽然手中没有多少权力，人却厚道随和，所以他和云镇长见面便称兄道弟，随即送上深切的关怀。他说我听到了一个重要消息，我不能不来了。不来的话，就有点儿对不住兄弟啦。拉过一段近乎后，他压低声，神秘兮兮地说据最可靠来源提供——等一会我和你说明消息来源的可靠程度——姓龙的推荐了丁而没有尿你。

云镇长说无所谓的。

他叫了一声麻木，又说怎么能是无所谓呢?

云镇长急忙打断他还要说下去的势头，说一个农民的儿子当上镇长祖坟就冒青烟了，真的，我已经是心满意足了。不过，兄弟们的情我领了，谢谢。

有点儿刀枪不入。庄户刁。看来专题片是拍不成了。不行，贼不偷空，我不能打哑炮。孙记者白皙的面庞慢慢变红，开始表现出十分地不好意思，说，看来只好以后再为大哥效犬马之劳了……不过，不好意思，小弟如今碰了一道难题，还望大哥鼎力相助。

云镇长诚恳地说你说吧，我能办得到的一定办。

我……在城郊盖了一幢小楼，想从你砖厂先借五万块砖救救急，不知……孙记者支支吾吾地说。

云镇长很快写完一张条子，说，镇上的砖厂我的条子不大好使，槐树庄的砖厂还行。你去找汪秀英汪支书，她会给你办妥的。

孙记者嘻嘻笑了，说，大哥也玩起了新潮，早就听传说你和汪支书也有一壶?

云镇长爽朗地笑了，说第一个恋人，她让我尝了一杯苦酒，如今，做了朋友却很铁了。别误会，绝对没有什么事的。

出师大捷连着小捷，孙记者十分亢奋。到了中午，他又拉出了龙辉，破天荒地掏腰包请他喝酒。酒过三杯，他遗憾地说这次来龙门，美中不足之处没有带上美美一块儿来。龙辉问美美？弟妹还是情人？他大笑，说这年月谁还带着老婆出门。你知道美美是谁吗？说出来吓哥们一跳。龙辉这个人特别喜欢搜集桃色新闻，比如丁镇三，他就给他弄了足足二大本，甚至丁和刘的私生女他也知道叫什么名字养在什么地方。一个喜欢听，一个又故弄玄虚，于是两颗脑袋迅速地给凑在了一起。孙记者挤一下眉眼说，美美就是黎美美，黎美美，就是黎老一的千金。龙辉惊得咧开了大嘴巴子，半天才缓过气来，然后便是佩服，便是敬酒，便是大诉“副”了六年的苦楚，便是求他帮忙，活动活动镇长。

孙记者心里说傻×，镇长梦你就做吧，有云某某丁某某在你的上头，镇长梦一万年你也难圆。可是，嘴巴子却是一口应允，说，兄弟们，成人之美，益寿延年，不过……如今干什么事都要打打油。

龙辉说我懂，我懂。你稍等，稍等。半个小时以后，龙辉就从他的小金库——镇办二号井提来了一万元。一摞人民币他压在胳膊肘子下边，吸引得孙记者的目光蛇一样缠在上面。可是，龙辉并不马上交钱，而是说，你先活动活动，过几天来拿钱吧。

九

黎美美货真价实，乃黎书记的独生千金。只有几首小诗的诗人，头衔却不大不小，县文联驻会副主席，括号里正局（县属）。

孙记者回到县城，咬咬牙提出了自己的五千元存款，送到美美的单身卧房里。得意忘形地说，政治这玩意儿真是一个宝葫芦，要什么给什么。

美美说，这五千元是给我的？

他笑眯眯地说，你不是天天叫我庄户刁吗，还有什么存款癖。今日个咱也“大款大款”。

美美飞一个媚眼，说又是从哪里坑蒙拐骗来的？

孙记者摊摊双手，说什么话。专题片劳务费，叫稿费也行。

美美抱住他，亲一个嘴，说，我和你好，第一是为了性爱，第二是为了情爱。我只是迷恋你的才华和男性的雄劲，却一丁一点也不会图你那几个臭钱。她说的是实情，两人交往三四年了，大部分场合都是女人掏腰包。美美这次又把五千块钱拿起来放进孙明的大哥大包。孙明也不客气。他知道应该如何去对付美美的欢心。他会很容易地把这个女人修理得浑身绵软面若桃花四肢舒展春水盈盈。女人忘记一切的时候，男人吻着女人的耳朵，轻轻地说我想求你在黎书记面前说几句话……女人偏开脑袋，气喘吁吁，说，我、我和老爸三年前就闹拧了，我对爸爸的影、影响力等于零。男人说，那、那陪我到龙门镇去一趟总可以了吧。

当天下午两点，孙记者借了一辆奥迪，拉上黎美美又来了龙门镇。他在泉水山庄包了雅间，宴请丁镇三、龙辉。美美作陪。他问自己：一锅煮好吗？他对自己说就是要一锅煮，这也是一种拍卖嘛。席间，他不停地给美美夹菜，点烟。又公然地把一条大腿压在美美的一条大腿上。他带头向美美攻酒，丁和龙也紧跟不舍。不大一会儿工夫，美美便烂醉如泥了。他也不避讳，抱起美美便进了一间房子，给美美脱鞋，给美美脱外套，然后又躺在美美身边，给美美按摩，拿捏，让美美尽快入睡。

这一切，丁镇三和龙辉都一一看在眼里。

美美睡熟以后，他驱车来到了丁总的公司，丁总也是刚到五分钟。他说，丁总，那三万元赞助费可以办手续了吗？专题片摄制组明天就要来了。丁总说，你到财务处去办吧，我安排好了。半个钟头以后，他又找到龙辉。龙辉二话没说，便把没有拆捆的一万元乖乖地交给了他。

十

龙书记，我到机场去接就可以了，你在泉水山庄门口迎候吧。云镇长说。

我想，我还是应该亲自到机场去迎接为好。龚老先生的爱国爱乡热忱深深地感动了我。我们一切都要尽心尽力才是。龙世雄说，学生欢迎的仪仗队、鲜花、彩绸我都让龙辉办好了。还有，你说龚老先生有腰疼，如今已是霜降，我专门让山庄准备好了白锡烫壶，还有粗布被里的被子。你说龚老先生爱吃山韭花沾豆腐，奶子山里的张支书已经送来了，装在一个泥罐里。

云镇长被龙书记的安排真真正正地感动了。想不到这个叫人伺候惯了稍有伺候不周就训人就黑脸的龙门皇帝伺候起人来竟如此周到如此心细如此温馨。他想代表姑父说一些感谢的话，可是厚厚的嘴唇拙拙的舌头竟然没有能力表达出内心的激动。他只说出半句话，难为你了……说出来他又有点后悔，因为他感觉到这半句话有点词不达意，有点容易让人误解，他急于补救一句什么，却又想不出什么词来。吭哧半天，他才说出这样的也不甚得体的话，黎书记那里，你是不是也汇报一下？龙书记似乎并不太在意他的木讷和那半句话，正陷入一种沉思状。后边的一句话倒是让他不大顺意，他说，忙什么？签完合同再汇报也不迟，免得万一放空炮。云志中想龙书记说得很对，考虑问题应该留有退路，便连连点头。

于是书记上了他的奥迪，镇长上了他的桑塔纳，一前一后往省城的东郊机场驶来。

下边的一系列场景不必细说。单说席毕曲终，龙书记、云镇长陪着台湾的龚老先生走进标准绝不亚于三星半级的套房，故事的发展才有一点嚼头。

龚老先生分明地叫出了龙副县长。

龙世雄一怔，云镇长也是一怔。

龙书记说，我还没有……到任。不好这样叫的，老先生。

祝贺你高升了，龙副县长。老人顺着自己的话头说下去，五百万是定了，几天以后就可以签订合同的啦。不过，鄙人有几句话不知当讲不当讲？

云志中心中擂起了小鼓。他抬起眼去看姑父，目光里有胆怯的请求。因为他不敢确定姑父要讲什么话，所以也就不好用目光表达出具体的请求。

龙书记急忙说龚老先生，有话您尽管讲，我能办到的决不推诿。

龚老先生点点干瘦的脑瓜，说我这个人一向讲究开诚布公，尤其是对合作者。你给我戴了那么多的桂冠，其实，鄙人实在不敢当。我来投资，说白了，主要是来还人情债的，几十年来，小云和他的爹爹，对我的亡妻关照备至，人情融融，给亡妻凄苦的生命注入了温情和希望……我很感激，听说小云在龙门镇做着长官，便想用这种方式来偿还一点点人情债。其次，我是一个生意人，看好你们的红木集团公司，投一点资也是为了赚钱啦。

云镇长有点狼狈，不知道说什么好，支吾半天，才说出一句他认为是最要紧的，姑父，您……我不是龙门镇的长官，龙书记才是。

龙书记说，老先生的根子还是齐鲁血性中人，实在、痛快。

老头子看看两个人说，正因为如此，我才敢实话实说。如今龙先生又高升了，已经没有顾忌，所以，我才声明我的投资有一个先决条件，请你们斟酌，答复。如果你们答应我的这个条件，我的投资还可以上升至八百万。

姑父，您……就不、不必说了吧。云镇长已经猜到姑父要说什么了，憋红了面庞，急忙不顾礼数地予以阻止。又知道台湾来的姑父肯定不会听他的，所以就更加着急，脖子上的青筋都炸出来了。

不妨让老先生说一说嘛，老云。龙书记有点居高临下地看着云镇长。

台湾老人冷冷地扫一眼龙世雄，斩钉截铁地说，代表贵镇在合同上签字的必须是云志中。

可以嘛，他本来就是镇长，有这个权力嘛。龙书记说。

不，他必须是龙门镇的真正的长官，他才有资格签字。老人小声但很决绝地说。

姑父……您这是毁我。云镇长的叫声已是痛苦不堪。

龙世雄的脸膛一霎间由白变黄。眉弓扭曲几下，终于还是努力挤出了一个苦笑，说，老先生，这件事，这个条件，龙、龙某人可是不敢答复你，也没有权力答复你。

那好，你向你的上级汇报一下如何？我这样做，也许是苛求。可是，中国人不是兴举贤不避亲的传统吗？我认为，云志中是个好人，好官，能够接、接好你的班。我希望你把这些话全部地不要遗漏地汇报上去。龚老先生说。

龚老先生最后这句话让龙世雄听了还是很舒服的，多少冲淡了刚才的愤懑。他又恢复了正常、理智。他想，这样子与我有什么不好？凭良心讲，云志中比起丁镇三来，似乎对我更好，更讲究一点上下左右。丁镇三呀丁镇三，对你，我已经尽力尽心了，你半点也怪不得我了。往深处想，五百万变成八百万，虽然是云志中牵的线，可仍旧是我的政绩呀。只是汇报的时候要尽量淡化云志中的作用，尽量加重我的分量。咦，不妨把这条消息透露一点给丁镇三，也许他还会再买我的账。想到这里，他已是满面堆笑，说，老先生放心，我会认真负责地汇报。其实，我和志中一直是好朋友，他这个人有素质，对我六年如一日，恪守职责，一心配合。

这时候，云镇长站直身子，给姑父鞠了一个躬，说，姑父，我姑从小疼我，教我，把我当亲儿子看待。她不止一次和我说做人要有人格，要有骨头。我当上镇长那天正好是八月十五。我姑买来了月饼，拿出泡好的酒枣、花生、栗子，让我到她那里过节。我去了，她挺高兴的，说：我想你不会来的，镇上不是在给你贺官吗？我说，我不叫他们搞了，免得叫人家烦。姑给我倒上一杯酒，对着那天挺圆的月亮，说中儿，你如今大小也是一个官了，其实，一个人官做大做小没什么，顶要紧的是给百姓干点真事、好事儿。干了，官小，人也大；不干，官大，人也小。姑父，说实话，我姑那天还说了您，她说，你姑父当年官做得不小吧？比县长还大吧，可是，他们不给百姓干事，结果又怎么样呢？她说：小中，你看看这月亮，它天天看着人间，也看着你们当官的，它公正着哩，一定叫你种瓜得瓜，种豆得豆。刚才我又听到了姑姑那天的说话。姑父，谢谢您的关护，可是，我有我的人格和准则，我向您郑重说明，不管您最后投资与否，我是不会在合同上签字的，因为龙门镇现在的长官还是龙书记。至于以后是谁，要由县委来决定，您不能向龙书记提出这样的条件。云志中说着已是眼泪汪汪了。

志中，这又何必呢？龙世雄说。他承认，他的心弦也被云志中的表现揉得一阵阵颤动。

云志中又转过身子面对着龙书记，说，龙书记，如果你还承认这几年我是尽心尽力维护你的话，请你千万不要向黎书记汇报此事。如果你非要汇报，也请你务必把我的态度一起报上去。算我求你了。

十一

第二天，龙世雄还真的去了县委，专门向黎书记汇报了此事。

按照龙世雄过去做人为官的讲究，他是不大会汇报此事的，因为这件事汇报了显然对云志中有利，而云志中却麻木不仁，还摆出一副高姿态，一丁一点的表示也没有。这种没有回报的事他是不会干的。那么，这一次是什么东西促使他一反常态呢？究其原因大体有三：第一，他还真的有点儿被云志中的表态感动了，觉得不汇报有些于心不忍；第二，他怕台湾老人倔劲来了颠颠地直接找黎书记说出此事，那样子他就被动了；第三，前几天他已经和黎书记吹了牛说要画一个惊叹号搞来一千万投资，如果不汇报，万一台湾老人撤销投资他就放空炮了。而汇报上去，上边不答应人家的条件人家不再投资责任就不在他而在上边了，在官场里干事，孬好总要有个说法。不过，这一下可苦了丁镇三，那也是他命不好，谁也没有法子的事。当然，汇报的时候，他一定要说是他抓住了云志中有一个台湾姑父很阔的线索，是他追着云志中不停地联络，是他派出云志中到北京去和姑父进行第一次谈判并规划好了内容和步骤，是他隆重地迎接了龚老板让台湾老人坚定了投资的信念……黎书记似乎没有太在意谁的功劳大谁的功劳小，听完汇报便来回踱步，连声说，云志中，好人呀。云志中，好人呀。然后，指着他，说，世雄，你回去马上告诉龚老先生，就说我们会尽量让他满意的，让他放心投资好了。还有，你告诉他，忙完这三两天，我要在珍珠楼亲自宴请他。

龙世雄有点儿嫉妒云志中了。他猛地想起那天刘凤的话，云志中是员福将，可以逢凶化吉、遇难呈祥的。

回到家，他马上接通了丁镇三的电话，说，镇三，形势瞬息万变哟，你要翻船，云志中要浮上来……丁镇三在电话里叫怎么一回事？龙、龙书记，你快说说呀。他不紧不慢地说，事情很复杂。在电话里恐怕不大好讲，晚上，你还是到我的家里来谈吧。不，丁镇三在电话里大叫，我马上去，去你家，你回家等着我……我的陛下，臣子不会空手晋见的。什么，还有一个会？那个鸟会你算逑吧。

丁镇三表面上是空着手蹭进龙家的，进了门，却把一万元人民币扔在了龙世雄的怀里，说，别害怕，看看，我没带录音机，只身一人。龙世雄用手慢慢翻着崭新的一叠大票，说我这个人最讲究无功不受禄。事情很严重，我也怕是没有本事给你力挽残局。所以，票子你还是收回去，我给你通报一声，看的是朋友情面。丁镇三说，就算是信息费好不好？你只要把情报准确地一点不漏地提供给我，别藏着掖着，也别添油加醋，就值一万元了。

龙世雄微微一笑，不再推辞，顺手把人民币扔到了自己的枕头后边。他是在卧室里召见的丁镇三。接着，他便原原本本地把故事从头到尾从里到外从根到梢都说给了丁镇三听，其中最关键的黎书记的虽说原则但也相当清楚的表态，更是一字不改地复述一遍。说完，他问，镇三，还有救吗？

丁镇三半天没有说话，只是一脸冷漠地呆坐着。这是他用脑子的一贯表现，也是他出坏点子的特征。人们说，不怕丁镇三动，就怕丁镇三静。一呆就坑人，二呆就发疯。猛地，他爆出了哈哈大笑，说，云志中，和老子摆起擂台来了。好得很，咱们玩玩看。看谁是婊子养的。说完，也不再和龙世雄说什么，大摇大摆地走了。

三天以后，龙世雄意外地接到一份大红烫金请柬。请柬是这样的：

龙世雄书记：

兹定于十月十八日上午十时整在珍珠楼总统套间举行投资签字仪式。投资方：台湾家私集团公司，代表：总裁柯东灵先生；合资方：中国龙门镇人民政府，代表：丁镇三。届时，县委书记黎宇同志将光临。特请您屈尊光临指导。

中国龙门红木集团公司

董事长、总经理

一九九六年十月七日

拿着请柬龙世雄不能不吃惊得目瞪口呆。这个丁镇三是神仙还是魔鬼，他从哪里变出来的这个投资方？他不能不认为丁镇三搞的是一场恶作剧，可是，黎书记都要出席，又不能不让人相信一切都是真的。再看一遍请柬，他又气得七窍生烟。丁镇三呀丁镇三，你有什么权力代表镇人民政府？谁给你的这个权力？还有，我的龙门镇怎么突然变成了合资方？谁决定的？他一把抓起电话吼叫着找丁镇三，丁镇三的电话却硬是没人接。

及至走进那豪华无比的总统套间，看见黎书记坐在假山旁边的意大利牛皮圈椅上笑容满面，看见市、县电视台两架机器已经拉开镜头准备摄下那一瞬间，看见紫檀总统桌上已经摊开了两份合同，看见一身月白西装、一双网眼意大利老人头皮鞋、一条大红领带的风度翩翩的白马王子似的年轻台湾老板不失分寸地站起来向自己伸出纤纤素手，他从心底里算是服了丁镇三，佩服过后又是无可奈何和气恼。

可是，很快地他又迷离恍惚起来。那位七十岁的台湾老人那天在泉水山庄讲的内容除了投资额以外其它的几乎不差分毫地又被眼前这个年轻人复述了出来。难道人世间的事情真的会如此巧合？他是彻底地被丁镇三搞迷糊了。然而，两只耳朵一点点也没有欺骗他，他听得清清楚楚——我已经决定投资一千万人民币。马上就可以签订合同。我的投资完全是冲着我的朋友丁先生来的，他帮过我的大忙，我是来还人情债的。我只有一个先决条件，那就是，代表龙门镇政府在合同上签字的必须是丁先生，他的身份必须是龙门镇货真价实的长官。黎先生，我的条件您可以答复吗？

他瞪直了眼睛看着黎书记，不想放过黎书记面部表情的一丝一毫的变化。他竖尖了耳朵捕捉着黎书记的说话，也不想落下黎书记说出的每一个字每一个词。他想通过黎书记的一言一行来判断眼前的事情到底是怎么一回事？是真还是假？是恶作剧还是丁镇三创造出来的奇迹？黎书记仍旧笑容可掬，说，镇三呀，你对我搞了一个突然袭击呀。丁镇三狡黠地笑着，说，黎书记，反正都是好事，给我钱还不是好事吗？八百万你要，一千万难道就不要了吗？

黎书记不去理会丁镇三，而是很友好地看着台商老板，问，柯先生，你的资金什么时候可以到位呀？

柯先生说，两个月差不多啦。

黎书记这才深不可测地看了丁镇三一眼，说，这一条合同上可是没有写清楚呀，我的丁总。

书记，怎么，你还信不着我呀？丁镇三说，柯先生，我想，一个月，凭你的实力足够了，是不是？用不了两个月，怎么还能用两个月呢？一个月，绝对没问题的。

柯先生矜持地点了点头。丁镇三说，这事就来一个君子协定吧，书记。由我担保，一个月，投资全部到位。

这一切，尤其是黎书记大有文章的表现，龙世雄都一点不漏地看在了眼里。他是一个极其聪明的人，思路也很敏捷。他想到了一种可怕，他在心里说，丁镇三，你这是在作死呀。可是，他又不大敢肯定，他想看看黎书记下边的表现再做最后的判断。

黎书记沉吟片刻，说，镇三，那你就在合同上签字吧。

丁镇三和柯东灵于是分别坐到了两份合同的前面。黎书记却坐着不动，而是吩咐龙世雄站过去，站到两位签字人的后边。龙世雄张张口想推辞，黎书记用目光下达了必须服从的命令，他只好乖乖地站过去。然后，黎书记又对电视台的记者说，今天的场面拍了先不放，等柯先生的资金一到位，我请你们再来好好热闹一番再放也不迟。

丁镇三把一束目光投在黎书记的脸上，黎书记似乎有点害怕地把脸扭过去欣赏起套间的玲珑剔透的假山真水。假山上有一只翠绿的“乖子”这时候凉凉地叫起来，声音充满金属的气息，那小小的鞍子有节奏地一耸一耸。黎书记在心里说，一切都要等等再说，看看再说。两顶乡镇书记的乌纱帽反正我还是有的，你们有钱尽管投吧。韩信点兵，多多益善。

十二

一天，市纪委的两个处长突然带着两封举报信来找黎书记。

黎书记赶忙放下手里其他活儿接待他们。他有一种感觉，要发生一点麻烦。

他们把两封举报信给了黎书记。黎书记按照习惯，先看署名和日期。两封信的署名都是“龙门镇一群党员”，甚至笔迹也似乎出自一人之手。一封的日期是半月以前，一封的日期就是前天。第一封检举信是丁镇三受贿贪污和男女问题。检举得相当具体，内容也十分有力。信上说，丁镇三几年来共计受贿、贪污五十万元以上。一九九四年十月，红木集团公司扩建厂房，办公楼装修，一次性受贿施工单位——上河县建筑公司——二十万元；一九九五年元月七日至今，丁镇三没有付一分钱贷款拉走红木家具不下三十套。

再看第二封，黎书记禁不住怒火中烧。

你丁镇三也太他妈的无法无天了，为了达到升官的目的，竟敢搞出一场假投资的闹剧。虽然这只是一封举报信，但是我敢肯定你是做得出来的。看看，原来那个柯东灵是你的铁哥们，台商不假，却只是一名文化掮客，他和你演这出戏，你一定给了他很多钱。简直是肆无忌惮，竟然把红木集团公司的款子转出去五百万，几天后再让柯东灵以投资的名义转进来。也曾听说过这种假投资的骗局，想不到在我的眼皮子底下发生了……好个丁小三哪，我差一点让你骗了，多亏我当时就看出了一点猫腻，留下了余地，否则，这场丑剧在市县、甚至省电视台播出去，我又站在后边举杯祝贺，还表了那样一个虽说原则但也明明白白的态，我恐怕真的要垮在你这个流氓手里了。想到这里，黎书记打了一个寒颤，当然，在别人眼里，他一切的心理活动是一点点也没有表露出来。他坐那里看信，除了表现一点点愤怒以外，其他的情绪是掩藏得很深很深的，可以说是丝毫不露。丁镇三，你为什么如此胆大包天，难道你吃了豹子胆不成？想起来，你还不是仗着和我的特殊关系，还是因为……手里有我的几根小辫子。丁镇三，你真是颗定时炸弹，让你留在龙门镇，尤其是让你继续干着红木集团公司的总经理太危险了，迟早有一天，我要吃你一个大亏的。官场上最可怕的就是你这种政治流氓。

黎书记请两位处长抽烟，喝茶。

好像是理清了一些思绪，黎书记终于抬起头来，说，班子调整期间——噢，我忘了说明一下，龙门镇的党委书记龙世雄已经决定调任副县长，批文市委已经下达了，就等人大常委会通过一下，目前，县委正在考虑组织龙门镇党委的新班子——这封告状信是不是可以先放一放？你们可能比我更清楚，这时候的告状信往往大都是无中生有，可信度很小。往往准备提升谁，呼一下就来上一群告状信围攻谁。我想，这些信就暂时不要查了吧。一位处长说，这两封信写得很有力度，检举得也相当具体，不查的话不大合适吧。黎书记笑了，说，难道我的态度也无足轻重吗？丁镇三是我的一个基层干部，我还是有权力说话的。两位处长看到黎书记的态度明确而又坚决，互相交换了一下眼色。其中一个说，既然书记表了态，不查也是可以的。不过，我们还想听听书记对丁镇三的看法。

黎书记微微一笑，说，我很了解丁镇三，他是“一顿饭一头牛，走一走一幢楼”，但是掖个人腰包的事大概没有。私生女的问题，是不是有点太玄乎了。他和他老婆关系还可以嘛。

那个刘凤我也认识，是丁镇三给公司聘来的理发师。人家在济南是有丈夫有孩子的，这种事可往往是查无实据的，你们说是不是？刚才说话的那位处长又说既然黎书记担保丁镇三没有什么大问题，那我们就不查了。这两封检举信给您留下，不过，您要让县纪委给我们出具一纸证明。证明县委对丁镇三的态度、评价。书记您不要误会，这种情况太多了，我们一般都是这样处理的。我们充分理解县里负责同志的苦衷。黎书记不大放心地问，你们还要请示一下吗？那个处长说，不用了，市纪委陈书记已经考虑到这种情况了……黎书记放下心，说，我马上叫他们去写证明。

十三

丁镇三亲自驾驶着他那硕大无比的“林肯王”向水旺乡跑去，车子里坐着刘凤，这是一个月牙儿冷得发颤的秋末的夜晚，遍地银霜，收割了的田野一片灰茫茫。北边那条大河的轰响声传来，给这样的夜晚增添了凄凉。女人几乎哭了一路。她是一边哭着一边诉说，你这个狗吃了良心的想用拖来扔掉俺娘俩，你休想，把我逼急了，我来一个同归于尽……丁镇三说，凤，哪能呢？我这不是带着你去看小芝吗？女人抽抽搭搭，说，看看又有什么用？孩子马上三周岁了，哭着闹着向我要爸爸。你敢、你敢答应不？丁镇三也表现出很沉重的伤感，说，这种岁月也他娘的太屈人。快熬到头了，班子调完，我一上任，就和她离婚，和你花好月圆行不行？女人高兴起来，问，你就那么肯定黎书记要把书记位子给你？丁镇三说，这是裤裆里抓卵子把里攥了，我使出了奇招绝活。呸。女人嗔他，你那本事不就是多进几套红木家具，再不就是又弄来了名牌照相机？这一回咱老丁可是和黎老一玩了一手高明的。丁镇三说。于是，溜溜地跑着车，丁镇三把自己创作的故事天花乱坠地向女人吹了起来。刚刚吹完，女人便长了脸，灰了色，说，你完了，这回你是死定了。丁镇三说你这是什么意思？别吓我好不好我的姑奶奶。女人杏眼圆睁，柳眉倒竖，叫，这么大的举动，你为什么不和我说一说，让我参谋参谋？丁镇三嘿嘿笑了，说，云志中把我逼到了绝路，我自己憋了三天三夜才想好这么一条妙计，怎么样？就是要让你惊喜惊喜嘛，天天说老子是个粗人，有勇无谋，怎么样，高不高？女人咬着牙，说，高个屁！这样的闹剧，稍微有点脑子的人一眼就能看破。黎老一多么阴，他能看不出来？事实上，按你刚才讲的，他已经把你看穿了，他不是没有站在后边举杯祝贺吗？他不是不让电视台播放吗？丁镇三一下子哑了，闷了半天，说，也许又是你说得对，事情是有点不大对劲……可是，万一那样我也想到了，到了什么时候，黎老一也不敢把我怎么样，我摸着他的小辫子哩，就是他看穿了也要帮着我把戏演完哩。我想他是真心想给我一个书记的，只是怕别人说咸道淡。如今我拿出一手绝活，他能不睁一只眼闭一只眼成全我吗？他也会明白，我这一手是对付云志中，对付龙门镇那几个也想争一争抢一抢的鸟人。女人用细白缜密的牙齿咬着下唇，半天没有评价丁镇三的是非。过了一会儿，跑了半天车，她才舒出一口气，说，你让我调理得越来越聪明了，黎老一也许真的不敢把你怎么样，也许真的会帮着你把戏演完……黑暗中，女人突然又被一种不期而至的念头抓住了，惊恐地叫起来，不好，黎老一肯定会想到你在抓着他的小辫子胡作非为，他哪能会乖乖地让你控制呢？他会软刀子收拾你的，他也许会把你调走，让你到另一个乡镇去当一个有职无权的闲官，他也许会借检察院的刀子干掉你，你被他抓住了什么没有？男人说，我是钢勾子抓不住的溜溜球。女人又问，别人呢？有没有别人抓住了你什么？还有，咱们的芝子有人知道吗？那个水宪春可靠不可靠？丁镇三说，芝子的事你一万个放心，水宪春一个月从我这里拿走一千五百元，为了钱他不会卖我的……别人嘛，只有一个有点危险。可是，他也不会卖我的，绝对不会。女人问，他是谁？到底怎么一回事？你快说呀。丁镇三说，一九九四年秋天，红木集团扩建、整修，我和龙辉共同负责，我们一人拿了几万元的回扣。女人喃喃自语，一般情况下他是不会卖你的，因为卖了你也就卖了他自己。可是……也许我又多虑了，我这个人总是多虑。这时候，车子在一片树林里停下了。男人说到了，下车吧？女人说也许这时候不应该来，太玄了。男人说管他呢，天塌了有地接着，还有比看女儿更大的事吗？女人满眼泪水地说也是，想想芝子我就刀子剜心。男人和女人下了车子，男人扶着女人，向五里地以外的一个村庄走去。男人和女人走近庄子，男人却停在一条胡同的头上不再向前走，女人一个人向里边走去。男人沙哑着嗓子说，替我亲亲芝子。女人说，哎。

女人出来的时候神色有点慌张，她拉上男人一句话也不说便疾步来到那片已经落叶的林子里。

女人喘出一口粗气，说丁镇三，你这一回肯定是没戏了，不过，也好，事情到了那一步也就好了。

男人却问，芝子好吗？她又长高了没有？她又向你要爸爸了吗？

女人说，水宪春告诉我，有一个男人几天前来找过他，问他你养了丁镇三的女儿吗？他说他没有承认，可是，他又说一个大活人是藏不住的，水旺乡好多人都知道我给别人养着一个孩子。肯定有人在整你的黑材料，有人想收拾你。

丁镇三也有点慌神，说，你准又是在疑神疑鬼吧？你这个女人，鬼点子就是比男人都多。

女人阴郁地冷笑，说，比你这样的男人鬼点子是多一点儿，可是，还有的男人比我厉害得多。

男人说，整就整呗！你……还有什么法子没有？

女人说，书记你是休想了。一封检举信告到纪委，纪委往下一查，黎老一有两颗脑袋也不敢让你去当什么龙门镇的书记了。至于说一个跟斗翻到检察院里我想也不大可能，黎老一为了自己也不会太难为你的，就算有人告你贪污受贿，他也怕拔出萝卜带出泥。眼下最大的危险只有一个，黎老一拿着这些黑材料，如果说真有黑材料的话，把你赶出红木集团，来一个明升暗贬，把你弄到一个鸡不拉屎的穷乡去当什么副书记。我觉得，他一定会走这一步棋的。走，上车，我教个法儿给你……如今，只有退而求其次了。

第二天，丁镇三大模大样大白天里走进了黎书记的办公室。有几个秘书正在汇报材料，他也不避讳，说，黎书记，柯东灵的一千万半个月之内一准到位，你的表态可是要算数的。

黎书记示意几个秘书退开，盯着丁镇三看了足足一分钟，才问，向我要书记来了是不是？

丁镇三一点也不怵，硬碰硬地也看着黎书记，说，是的，君无戏言嘛。

黎书记打开抽屉，把两封信甩给丁镇三，气得脸膛都白了，说，当书记，凭什么？凭你的吃喝嫖贪，凭你的私生女？凭你的假投资？

丁镇三冷笑两声，一点也不怯场。说，书记，这全是诬陷。我要求县委、市纪委彻底调查，查出一星半点的问题，你枪毙我。不过，要查，咱们就要彻里彻外地查，把红木集团查一个水落石出。反正我一个小经理怕什么……最后大倒其霉的恐怕不会是我。哎书记，你说呢？

黎书记两手哆嗦着，嘴唇也变得青白。他听出了丁镇三的威胁，他感到了自己的虚弱，他努力挤出一个苦笑，说，镇三，日久天长你就明白了，我黎某人是向着你的，是保护你的。你说说，你让我怎么办才好。他想，如果有一把枪，我也许会干掉这个魔鬼的。不！他想，也许，我会干掉自己，我他妈的昏了头，昏了五六年，怎么会选中这样一个魔鬼做心腹，把小辫子送到他的手上。

丁镇三说，黎书记，我哪能难为你呢？天平两个盘，左边盘子上放着书记，右边盘子上放着镇长和总经理，这样分配才平衡，才公平。要不，龙门镇会大乱的。我嘛，就选右边盘子吧，镇长兼红木集团总经理。让云志中去占左边的盘子也许更好。是不是书记？黎书记舔了舔又干又涩的嘴唇，满嘴冒出一股苦艾。几乎有点哀求地说，镇三，你先到一个乡镇去当副书记好不好？多则两年，少则一年半载，我保证让你衣锦还乡，圆了龙门镇书记的梦。

丁镇三想起那个女人千叮咛万嘱咐的话，一点不差地复述出来，黎书记，我哪儿也不去，谁想把我赶出红木集团，我就和谁决一死战。

黎老一像旱天的禾苗一样蔫了，低下脑袋少气无力地说，两个盘子就两个盘子吧。丁镇三，我只求你把柯东灵那台子戏唱完，唱好，让我在县委有法子说话，给你一个镇长也是要有个说法的。

黎书记在一个秋天的日子里向丁镇三妥协了。

这样的妥协，让他有些害怕。他知道，身边的定时炸弹不但没有挖走，而且离自己更近了，可是，不妥协又有什么法子，不妥协定时炸弹说不定马上就要爆炸……

与其让定时炸弹今天把自己炸碎，倒不如"糊弄着"让定时炸弹起码在今天不炸，以后也许会发生变化，定时炸弹也许会变得一点点威力也没有了，也许会慢慢地离开我……

一个大人物说，解决政治危机的灵丹妙药只有一个字：拖。

这个字也许也是我的灵丹妙药。他想。

3

第二官场

西　灵

如今，文凭在官场上已经不大值钱了，大官、小官、男官、女官，似乎人人手里都有了一张蛮像样子的文凭。或大本，或大专，硕士、博士什么也不大新鲜了。其实，这些文凭很少是“正规军”，百分之九十五以上都是前些年各类大学雨后春笋般搞起来的干部专修班的产物。比如我的大专文凭就是当年一个大学政教系九五级干部班混了两年的结果。

我们骄傲地把它叫做S市的“黄埔一期”。如今，“黄埔一期”已经占领了S市大大小小官场的许多位子，据最新通讯录提供的信息，已经有副市级以上三人，副县级以上三十八人，正科级十人。东野光坐在市委副书记的位子上了，那个小曲，也成了郊县的“皇帝”，连我，居然也当了S市的文化局长。

每逢同学聚会，不管你是官场上的春风得意者如东野光者流，还是官场上的失意者如丽丽者流，抑或是官场上也不怎么得意也不怎么失意如我者流，有一个话题是共同的，那就是真诚地、动情地为“黄埔一期”干杯。

每逢这种时刻，我总是比别人多喝许多杯，因此，我又想起了那个属于我和他的故事，因为我还是一个女人，我醉眼朦胧地去看东野光，他依旧是众星捧着的月亮，那么不失风度地、矜持而又随和地、平等而又高贵地笑着。这个男人，居然会把那个故事忘得干干净净——如果那个故事在他的心中还有一点影子，那么我也会在他的眼睛中看得出来。很遗憾，他看我的时候，完全是那种居高临下的关怀外加一些同学间的不论贵贱的随便了，除此之外没有别的什么了。

今年元宵节，他邀请"黄埔一期"中二十一个县级在他的家中聚会。他携了夫人——那枝枯败的桃花——一个人一个人地敬酒。敬到我的时候，想触及他的灵魂便恶作剧地问："东野，你，你这个人特别害怕它是不是?"他似乎什么也没有被触及到。他说："不对。我这个当兵的出身怎么会害怕那玩意儿呢?"我在心里骂了自己一句，小家子气，然后识趣地去喝夫人敬上来的酒。酒是纯正的五粮液，绵软，温热。我感觉心里烧起了一团火。那天，神差鬼使，我特别想引出那年的话题。我不甘心地说："东野书记，你还记得吗？去那个大学那天我还是搭的你的车。"东野终于很复杂地看了我一眼，从他的这一眼中，我总算抓住了他的一些思绪。也许，他也没有忘记那个故事，本来，那就是属于两个人的故事嘛。

东野光（一）

市委办公室电话通知：明天下午三点整，方书记在常委楼邀请东野光同志谈话。

身体的第一部分似乎触到了电流，一阵颤栗贯穿了我的全身。我知道，用官场上颇为流行的那句脏而准确的话说，我就要爬上母马了。那个绝密的来自市委组织部的消息，产生的第三天，小曲就搞到了。许多个日子，我好像情人盼着幽会那样子焦渴难忍地盼着这个通知。每一次电话铃刚刚响起，我就迫不及待地抓起听筒。通知真的来了，我却不大相信是真的了，也许，方书记找我有别的事情。比方说……我的脸开始变色，时间一分一秒地拉长，变得难熬难忍。过了一会儿，我又笑了，虽然笑得仍有点苦艾。方书记找我，只会谈那件事，这是绝对的。市委书记郑重其事约我在常委楼谈话，绝对不可能谈别的事情，这是官场的规矩。想到这里，我多少有点放心了。可是，我还是在不安，做不到若无其事的样子。我努力去做也做不到，我还不成熟，我在官场上毕竟还毛嫩得很。况且，那时候还真的有一件事让我不能不忐忑不安。那时候，文凭在官场上正是最值钱的年头。多少人就是揣着一张大学文凭而平步青云的。而我，却连一张大专的文凭也没有。

我对自己说，你有一枚英雄勋章呀。

马上，我又反驳自己。如今，勋章哪里比得上文凭值钱呀。

我惴惴不安地走在市委大院里，心中充满了对一九七九年的反悔——我在人生的途程上也许犯了一个历史性的错误，我为什么选择了兵营而没有选择考场呢？……可是那个选择是经过了深思熟虑的，而经过了深思熟虑的行动是没有理由后悔的。我不后悔，眼前却还是映出了一帧微山湖边的画面。

“我去考大学吧，我会考上的。”

“你……还是去参军吧！爸爸会照顾你的。”

太阳快要落山了。一片血一般的夕阳从天空倾泻进湖水里。微山湖的傍晚。归帆，船头上单腿而立的黑色渔鹰，万点碎金似的涟漪。

我和她在湖边上徜徉。绿色的苇帐把我们和世界隔开了。我产生了一阵冲动，猛地抱住了她。情欲却及时地被心中的壮志所淹没。那时候，仕途在男人的心中还没有像今天这样具体、强烈、世俗化，那时候，男人还只会说理想，官场高升成为男人追逐的一大目标，不过才是近几年的事情。当然，男人到战场上建功立业仍旧是那时候最时髦的理想。我说："对，我应该做一个将军，而不应该做一个学者。我能吗？"

"能。我看你行。"

"我也觉得我行。并且，还有爸爸……可是，你爸爸喜欢我这个临时工吗？"

"他说，我相信女儿的眼力，一个供电局的大秘书爱上了一个小临时工，这就足以显示那个临时工将来一定会成为一个人物。"

而那时候，男人要想成为一个人物，似乎只有到军营里去。到学校里去是成不了人物的。后来却变成了要想成为一个人物必须先到学校里去。

我捧起了她的面庞，说："我要报答你。终生报答你。"我记得，那天傍晚，我出于一种考虑，在湖边的沙岗子上掀翻了她，撩起了她的裙子……

我不后悔。从战场上凯旋的男人是不会后悔的。

我总算是微笑着走进了方致远的办公室。两只手在裤子上擦了几遍，才让手心不再汗湿。

他真是一个幸运者。才四十岁，就升上了这样高的位子。他有什么？他不就是有一张名牌大学的文凭吗？那张文凭让他坐上了官场的直升飞机，从一个大学讲师变魔术般变成了高干。而我那位一直是高干的师长岳父，去年转业到地方，却一个跟斗跌成了县团级，干的还是县政协主席一类的虚职。老头子血压一下子高上来，大骂"改革就是秀才夺权"。

"明天，郊县的新班子就要公布了。"他说得太缓慢了，是老牛拉车的速度。

我静静地听着。我知道自己的那颗心脏几乎要跳出胸膛。

方书记却分明地说出了这样的决定："市委决定于泽同志担任副书记，主持县委工作。"我倒是产生了虚脱的感觉。我知道自己的面庞上爬出了汗粒，脸色也很不好看。努力去想什么，想什么也想不出来。事情过去以后，我真他妈的后悔，我骂自己是蠢猪，应该知道方书记还有下文，应该马上想到下文才是关于我的，并且一定是美妙的下文。可是，我却傻了，在方书记面前露了相。嗨，一个字，嫩。我记得，沉了一小会儿，由于出现了于泽，我的心中倒是响起了一场过去的对话……

“东野，你来师部报到吧。”岳丈来电话了，参军三年以后。

“为什么?”

“先来当个参谋。

“爸爸，我知道的……我，不过，想到广西去。前线，才有军人的出路和机会。”

“也好。”爸爸说。

于泽走进来了。他是我的副排长。他是一个粗犷的章丘大汉，但是，脑子细得很。他狡猾地看了我一眼，说：“排座，去师部吧。我要是有你那样一位美丽的妻子，我也不上广西。我说真格的……”

我有点生气，说：“老于，我是一位军人。”

“可是……你和我们不大一样。”于泽说，“你有……”

我大声说：“我不靠任何人。我凭本事吃饭。”

“是的。那当然。”于泽嘴巴里这样说，心里头显然不服气。当兵三年，就入党提干，没有什么，可能吗?我猜得出藏在于泽心里头的话。

其实，我的内心深处也不那么平静。里边，两种声音正在斗争。

你可以名正言顺地到师部去当“保险参谋”嘛，在那里，你也可以施展才能的。前线有几个拼命的是师长、军长的儿子、女婿?

不。我的热血已经沸腾了。我是一个天生的雄心勃勃的人。

那场风暴无异又为我们的雄心淬了钢。那时，我还是一个孩子，我看到比我大不了多少的少年、青年，一夜之间，变成了叱咤风云的人物，有的到了县里，有的到了市里，有的甚至到了省里……我真恨自己晚生了几年。我初谙人事的心灵为此而狂跳不已。从那，我就立定了志向，做一个不平凡的人，我时刻寻找着机会……我甚至盼望战争，因为战争使得平民的拿破仑登上了将军、元帅的宝座。真正想成为一个人物，仅仅依靠什么是不够的，将军的宝座，只有炮火才能造就。

那时候，我真的就是那么想的。

沉默中，常委楼外面的白玉兰慢慢地舒展着花蕊。

方书记一定是观察了我许多才说出下文来的。如今，我也经常这样子来“折磨”下属，往往是欲言又止，说半句藏半句，以此来欣赏一颗煎熬着的心。这是成熟者对不成熟者的一种测试，这是官场上的“婆婆”对“媳妇”的一种调侃。

“东野光同志，市委原来是准备同时公布你的县委书记职务的，考虑到你和于泽都没有大学或大专学历，决定暂不公布你的职务，保送你到齐鲁大学政教班学习两年。你同意这样的安排吗?”

方书记的话此刻在我们心中产生了大提琴一样的音响效果。我的政治理智、敏感、分析能力一下子恢复到最佳状态。我承认，我非常满意这样的安排。我有一种“柳暗花明又一村”的感觉。

是呀，仅仅两年的时间，就能使你获得今后骑马的条件，并且驴还给你留着。这是我的第三层思想发出的评析。

我是应该学习到一些东西，我真想把郯县搞成全国一流的。今后的官场，没有高深的文化素养，你纵然有千般权术——当然，这些也是非常重要的，不可或缺的——也无法成为竞争旋涡中的砥柱中流了。这是我的第二层思想。

我说："我同意市委对我的安排。只是有一点要求。"

方书记说："你说说看。"

"我不愿意接受保送。我想，我还是应该像其他干部那样，通过文化考试，名正言顺地进入大学。"

"你是哪一年毕业的？"

"我是七〇年的初中生，什么也没学。"

方书记的脸上写出了淡淡的不易觉察的疑惑。

我说："我在部队自学了一些东西。再说，我是可以拼命的，据我了解，离考试还有两个半月，够了。"

方书记显然十分满意我。听说，后来在许多场合，他不止一次地举出我来作一些不想学习、也害怕学习的工农兵出身的干部的榜样。方书记是秀才出身的官儿，他当然喜欢把读书作为晋身之阶的人。

东野光（二）

我当团县委书记几年所培养出来的"智囊团"却反对我的决定。

团县委办公室主任小曲第一个用女孩般的绵软语言对我进行劝谏："东野书记，您是不是再慎重而又全面地权衡一下利弊？您是不是不好明确地说反对市委的安排……我可以找一下我的舅舅，让他和方书记去说一下，让你马上上任，让别人去上学。"

我知道小曲的舅舅在S市虽说不是官场中人，只是一个教授，却因为和方致远是同学关系且密切异常而成为S市官场的牵线人，他们门口经常停着一些高级轿车，许多官儿都去走他的门子。这样的牵线人是愈来愈多愈来愈举足轻重了，跑官的人离不开牵线人，手里有官票的人似乎也需要牵线人，我发现，进入九十年代以后，牵线人的角色已经成为政治舞台的主持。毫无疑问，小曲的舅舅是这批人的第一代。

我微笑着去看小曲，还没有想好怎么说，老谋深算的团县委组织部长杨四光便一改往日的不慌不忙，来了一番直奔主题的情真意切的肺腑之言："东野书记，官腔咱们不说了，全是掏心窝子的话。官场的动荡，风云莫测，不用说两年，就是半年，也会让官变成民，让民变成官。这样的安排，曾让多少人无位可归，抱恨终身。您要三思呀……"

另外几个人也用语言、用眼神、用叹息表示出和他一致的意见。

我习惯性地双手捧着茶杯，品呷起茶来。这时候的我，分离成了两个我，一个"外我"，一个"内我"。"外我"品茶，"内我"想心事。

老泰山这茶叶是别人送的说全是雨前心芽。我不信。送给政协主席的东西不比送给县委书记的，后者绝对真货，前者有一半是真就不错了。喝一喝，果然被我言中。世上喝茶者上万，有几个懂茶呢？我不能把实情告诉老泰山，他们这种人如今是公开的"骂娘派"，往往一件小事，也会引发一场愤世嫉俗的痛骂。老泰山已经有许多名言广为流传了，比如"年龄是个宝，文凭少不了。门子是关键，开官就得跑"；比如"书记是皇上，县长是宰相。人在官举手，政协管骂娘。"说实话，这些东西确实出自老泰山之口。我劝他注意一点影响，他骂："我过鸭绿江的时候方致远还在玩泥巴哩，我怕个鸟？"

我的"内我"则因为他们的劝谏想起了一件事情……省里为了安排方致远，——那时节，他才当了八个月的副市长——不是先把原来的那位年纪轻轻的、也是部队出身的、人人都猜着他一定会由副转正的副书记保送到某某大学上学去了吗？他一走，这边方致远就登上了宝座。两年后他回到S市，却没有他的位子了。我这样想着，又笑起自己的多虑来了。省里那样安排方致远，决非是如下边的人猜测的那样，中央是有硬性规定的，县级以上的班子必须有百分之五十能上能下大专以上学历。方致远出任市委书记，那时为市委常委才能达到中央的规定。我还是赞同改革开放年代，我们的官场应该由过去的资历结构变成学历结构。不这样，官场便不能由传统型转化成现代型，也就无法领导中国的现代化。郊县的班子让我去上大学，也是为了符合中央的精神。方书记是诚心实意的，里边不像是有什么阴谋。我原来并不在县委，市里不是真心提我，倘若把安排方案明确告诉我呢?退一步讲，我是S市上学，可以密切注视动向及时做出反应来嘛。

这样子想着，我也就放心了。不过，在我的脸上，我知道什么样的心理活动也没有表现出来。虽然我不比方书记那样成熟，但是在下属们面前应该具有的东西我还是练出来了。

我说："上边的政局是非常稳定的，这就决定了知识和学历在相当长的历史时期是不会贬值的。这些是做官的基础。基础打不好，今天上去了，明天还会下来的。你无法领导现代化嘛。"

我没有再说下去。我懂的，深谋远虑的人，对自己的影子也不能把内心深处的东西说出来。我知道我没有说出来的话是这样的："我的目标并不是一个郊县。"

小曲不言语了。

已经定下来做县委常委的老杨继续忠心耿耿地劝谏："东野书记，你是不是有那么一点儿书生气？决定棋盘胜负的，仍然是'将、士、相、车、马、炮'，黑将出刀，把他的那一边棋子安排好了，杀过河来，你红将再出马，黄瓜菜就凉了。"

我说："于泽是我生死与共的战友，他不会的。"

杨四光说："书记，战友只存在于战场上，进了官场。一二把手便只能成为对手，这也是没有法子的事，不以人的意志为转移。"

看来，老杨从团县委组织部长干到县委组织部副部长，对官

场的体验已是入木三分了。我依旧不动声色，心里却在说，老杨，我难道连这一点也没盘算过吗？我的位子暂时空着，也会有办法让那几个常委心中有我这个一把手的存在。我可以遥控嘛，我会的，齐鲁大学政教系是我的第二县委、第二官场嘛。何况，七大常委，你老杨是铁杆，另外三四个也和我不错。于泽真想奈何我，也奈何不得。

我说："老杨，就这祥定了。你应该怎么做，你会知道的。小曲，你也要跟着我去上学。毕业后，我要重新安排你的工作。"

小曲领会了我的意图。他高兴极了。可是，马上他又不安起来，说："我怕是考不上，一定考不上了。"

是的，他考不上的。这个结论是绝对正确的。

他这个人出奇地机灵聪明。然而，一人一段才，他把机灵、聪明用在官场关系学这门独特的学问上了。什么地理历史啦，什么数学外语啦，他简直是一窍不通。他能在心里记熟县城附近几十个镇子的逢集日期，和每一个集子的土特产，以及哪一个集上的哪一种蔬菜最新鲜、最便宜，从而为团县委的每一个领导购买最佳方案的东西或者提供购买东西的最佳方案，而不能够搞清楚中国经历了哪些朝代，《红楼梦》的作者是何人……

如果仅仅把小曲看成是任何领导身边也不可或缺的"跑腿"的，那就太贬低我这位主任了。他除了上边说的讨领导喜欢的小本事以外，还具有让我刮目相看大本事。

"你会有办法的。"我提醒他。

他很快就高兴起来，说："有了，我表哥和'大学'的书记是中学同桌，找我表哥去。"

这小子！心中真有一张天罗地网似的联络图哩。在这一方面，人们把他传神了。人们说，他掌握了全县几乎所有头头脑脑的年龄、嗜好、家庭住址、家庭电话、办公室电话号码；每个头头脑脑的爱人状况、亲戚状况、朋友状况；每个头头脑脑的横向联系，即和他为同级、同事间的交往，纵向联系，即和他的上下级的关系，亲密乎？一般乎？有缝隙乎？据传，他的这种研究，已经从郊县向S市扩展，他对S市的官场也相当地了解了。这些头头脑脑变成了他神经系统的交叉点，而他，则是他的神经系统的中枢。他需要办一件事情时，中枢本能地传给与之有关的一个点，这个点能办到的话，这个点就办了。如果这个点办不到，这个点便马上通过神经网线，把中枢下达的任务传到与这个点相连结的一个或几个点。

比如说，有一次老杨为他的夫人调动一事大伤脑筋，因为他和市人事局长有过芥蒂，人事局卡了壳，这件事让小曲知道了，马上说，杨部长，你和汪副市长不是小学同学吗？你去找他。老杨说小曲，真有你的，啥曲里拐弯的事都装在你的脑瓜里。不过，县官不如现管，那个局长卡住不办，汪副市长也没有办法。小曲笑了，说部长，你不知道，汪副市长是那个局长高中二年级的班主任，他说办，那位局长大人敢不办？

果真灵验。

小曲的才能对我太宝贵了。当然，我是不会拿鸡毛蒜皮的事轻易动用小曲的联络图的，那是太不懂得小曲的这段奇才的价值的。

小　曲

这是普通大学里的特殊班级。

教室的窗台上，摆满了各式各样的饭盒子、保温桶、搪瓷多层缸。缸子里，盒子里，盛着一顿丰美的午餐——辣子鸡、白面包、油炸龙虾、牛奶蛋糕……有这样的午餐，它们的主人中午便不必像那些年轻的大学生那样动员吃清水萝卜了。那还叫人吃的菜吗？胡萝卜切成一个一个的小车轮子，放进大锅里，撒一碗盐，煮。煮个八成熟的时候，用勺子撩上一层葱花。我只吃过一回，那一回也只吃了一个轮子，我说，西灵，吃呀，这是小人参哟。西灵用不锈钢小条匙撩着汤水说，咱们没有经过六〇年，这是来补课呀。再说那些缸子、盒子、桶，上面用红漆喷着机关、事业单位、工厂的大名，庄严的有市委、市政府、法院、公安局。文的有文联、文化局、出版局。凡俗的呢，则有肉联厂、食品厂、牛奶公司等等。说到这里，我不由地想起那天在东野书记家，他的那位老岳丈多喝了几杯，便唱起了自编的新歌谣——我说一九八五年，人人都来考状元。考状元，为升官，三千五千买一串。你大学，他大专，大学堂成了生产线。文凭发了千千万，新官升了万万千。

我们的教室里还有一大特点，也是其他大学教室里所没有的。

一张张课桌上，站一个一个的保温杯。甚至左边墙角那张桌子上，还蹲着一把小巧玲珑的宜兴紫砂泥壶，断梅造型。保温杯子，往外散发着高档的龙井、银毫的清香。

可是，过了不久，这间教室里的茶叶的芬芳却消失了，课桌上的保温杯也不见了，是我们的辅导员郭老扼杀了我们教室里的这个特色。我们进校时，郭老因为萎缩性胃炎住在医院里。三个月后，他出院了，出任我们的辅导员，并教我们哲学。

哲学是让我最头痛的一门课。他却说哲学就是明白学。什么明白学，纯粹是糊涂学。十分明白的人学了哲学，便成了七分糊涂三分明白。我则是愈学愈糊涂，满脑袋的灵气全叫搅糊涂了。所以，干脆，我把郭老的哲学课变成了胡思乱想课。什么都想，就是不去想哲学。

嘿，这老头儿干瘦得真叫可以了，上身非常之长。两只手也非常之长，大概和丽丽的两条腿差不多一样长了。他走起路来，像是一台生了锈的机器开始了机械运动。关节吱嘎吱嘎地响，手臂笔直地摆动，两条腿笔直地摆动，上身扁平好像木板前移。机器人。我为我的准确的形容而叫绝。再观察他的面庞，枯瘦的面皮是褐色的，上面布满了圆括弧形的皱纹。中间最粗最长的两道，从两个鼻翼出发，括起了他没有胡子却密布皱纹的嘴巴。东野书记很够意思，他带我来上大学，分明是带我到县委的前奏呀。我这一辈子不求别的，做好他的耳目，足了。舅舅告诉我，方致远很欣赏东野书记，说他是平民出身的颇有水平的政治家。郭老的头发倒是很多很长很粗，头发的梢子有一半白了，有一半是黑的。丽丽又给我飞媚眼了。她说她也听不懂哲学课。听说，这个老头儿年轻时是北大哲学系的高材生哩，毕业后分配到了国务院某某室，两年工夫就是处长了，第三年，即一九五七年，一场风暴又把他卷进了监狱里，整治成了这般模样。

老头儿的左脚刚刚踏上讲台，嘴巴儿就开始了运动："形而上学是什么?"他摘下了眼镜，把眼睛凑近一张卡片。他念书的声调，讲解的声调，统统没有变化，冷漠而又干巴。只讲了五分钟，讲台下开始有人呷茶了，教室里发出了吹气声和咂咂声。

郭　老

简直不成体统。哪里还有一星半点的学生样？学生者，坐如钟两耳兜风目不斜视也。看看那个女孩子秋波暗送也不知道把媚眼儿抛给谁。还有那个细皮嫩肉的小曲，两眼直勾勾地看着我，思想却不知道开小差开到哪里去了。那个说大鼓书的曲艺队队长老孙，两排牙齿倒是很白，给"洁银"做广告倒是很合适，听哲学课便只好喝茶水了，天书嘛，他根本没有这个智商。一个一个这份德行，不就是科长、厂长、队长吗？官最大的，听说就是这个东野光。从这里走出去，当个县委书记上天了，却一个个像尊神仙，捧着保温杯，那份派头，倒比市委书记还市委书记。

我不讲了。我失去了讲的兴致。

一颗心有点儿倾斜。我要是和他们这般年纪，手里揣着北大文凭，方致远的位子怕应该由我来坐了。人的命运完全是社会的横座标和纵座标形成的抛物线哟。

我说："你们听课还如此之滋润，看看，哪里还有一点点学生的样子？我还没有你们这般自在哩！"

那个老孙嘿嘿一笑，竟然说："郭老，你在讲台上也摆上一个吧。"

我感觉到了，自己已经变成了两块松散的、多皱的、左边有七个右边有八个黑斑的腮颊，因为生气而向中间陷去。我摇了摇头，那颗心麻木了，但还是会时时作疼。我说这里是课堂，不是茶馆！你们开惯了……茶话会！

我不由地又想起了接受这个班的时候我和校长的一段对话。

我说标准的读书为做官。听说，有一半是走后门进来的。这种人，有了文凭也不能让他们做官。为做官而做官的人能够为国为民？我不教，我不教他们。我把教务处长送来的课程表送回到了校长那里。

校长说郭老，你不教，干训班也还得办，我还要找年轻教师去教。

我问为什么到处都办这种干部班呢？

校长说有一张文凭当官毕竟比没有一张文凭当官好吧？不搞过去那一套了，搞经济建设了，需要大批文官，怎么办？到哪里去找？

我呆着，一动不动。

校长说这些人两年后将决定数以万计的老百姓的命运，郭老，为了老百姓，教吧。

我拾起了课程表。那天阳光花花搭搭地洒在校长屋里，我的思绪纷乱，飘忽。中国变了。过去，战场培养了千千万万个武官，他们打下了江山。如今，经济时代真的开始了，我们的大学变成了文官生产线，一批批的文官从这里生产出来。

这时候，和老孙同桌的东野光拍了拍老孙的肩膀，向我充满歉意地笑笑，说："郭老，我们立即停茶——在课堂上。从我开始。

真有意思。茶说停就停了。这个班原来就是一个官场，谁的官大，谁就说了算，而普通大学生是不会这样子的。

小　曲

郭老教了我们一段日子以后，却又对我们产生了好感。

事情是这样的：普通班的学生，因为听郭老的课，禁不住会昏昏欲睡，有许多学生干脆就不来上课了。

郭老很伤心，也很恼火，他问班长是怎么一回事？那位一脸青春痘的小伙子说郭老师，他们说，你讲的课太呆板了。当时我在场，我觉得这一代大学生有点意思，郭老拖着蹩脚的带着江浙口音的普通话说："我讲的是哲学，哲学是理智，而理智是呆板的。"那位班长摊开双手，说，那我也没有办法。

我有点幸灾乐祸。我想，我也可以不受郭老的洋罪了。还有丽丽，还有老孙，还有几个越学越糊涂的同学。我们在那年夏天的阳光里七嘴八舌地达成共识，让哲学课见鬼去吧。到时候，我们干点想干的什么，实在没有想干的睡之乎也。

东野书记听说了这件事，把我们几个叫到一棵石榴树下，石榴花刚刚谢了，金黄的喇叭初具雏型。他说："咱们都不年轻了。他们还年轻，还不懂得捧场的重要性。我们应该懂得。我们难道没有看过一些领导做报告时无人捧场的苦恼吗？"

我马上表示了无条件地服从。我说我听你的，受罪，也上。另外几个人也表示了和我一样地转变。

于是，全校公认，干训班的听课秩序是最好的。郭老很感动，讲起课来格外卖力。可是，他愈卖力，我们几个人愈受折磨。他老先生把一大个上午灌得满满的，四个小时漫长得像四百年。怎么对付呢？老孙介绍经验，让我看原版的《金瓶梅》。我看着老孙天天鼓起的那玩意儿，说咱不想犯错误。不过，老孙借给我，我还是看了。我觉得没有什么，不像传得那么邪乎。其实，我还是受毒不浅，比如晚上和丽丽在校园里散步的时候，有一次我把手伸到了不该伸的地方，丽丽倒没有恼，只是不让我继续深入，喃喃地说熬吧，熬到毕业再说。

东野光（一）

在郊县的日子里，我好像并不认识她。关于她的传说，却听到了不少。在茫茫人海中，能够听到一个人的许多故事，这是不是表明你已经在关注这个人了？

她是一个颇有传奇性的姑娘。本来，做着县吕剧团的风流旦角儿，是很出风头、很有点发展的。她人长得美艳，做戏的天赋也好。突然有一天，也不知道为了什么，她坚决地不做演员了，非要到文化局弄个干部当当不可。局长劝她，做演员，你是顺水行船。当干部，你却有点儿逆水撑舟。她冲局长妩媚地笑了笑，说恰恰相反。在这样一个女人面前，男人是无法拒绝什么的。局长最后有点惋惜地说，你要牺牲许多的，作为一个姑娘。

局长还是让她作了文化局艺术科的副科长。

上任那天，她变样了。由一个风流演员变成了朴素庄重的女干部。她告别什么“清妃系列”，换上了老牌子的珍珠霜；她告别了披肩发，剪成了运动头；她脱下了超短裙，迷你衫，换上了职业女装；她告别了迷人的娇笑、媚笑，换上了庄严、矜持。

她告别了那一切，换来的是——二十八了，还没有找到喜欢她的男朋友，换来的是人们对她的各种各样的猜测和议论，和自己对另外一种活法的越来越浓厚的兴趣。

她热情蓬勃地干着她的副科长，她乐观愉快地生活着。她一点点也不像官场里那些老姑娘，懊悔，忧郁，变态，拼命咒骂昔日为之奋斗的目标，急急忙忙找男人嫁出去。面临着青春的衰退她不仅不忙，眼下又去开始追赶另一种潮流——她考上了大学政教系干部班。

说实话，我不理解她，却又产生了了解她、分析她的冲动。

离开郊县去上学的那天，我认识了她。当我认识她的时候，她又变了，变得让人眩目。

那天，我的车子刚刚驶出县城，一个站在路中心的姑娘，放过了许多车子，把我的车子拦住了。

她和司机是熟人？不像。她和许多姑娘一样，认为美可以随便拦车？可以自由出入舞厅？也不像。因为我的司机是个老头，从前面看得一清二楚。那样的姑娘一般是不会来拦老头开的车，拦也拦不住。

也许是她认识我，而我不认识她，这种可能性最大。反正我的车子叫她拦住了。我在车子里看到，她美得像一团火焰，美得极其时髦，西方化。瀑布似的披肩发，牛仔裤，是正宗的美国“苹果”，后面的铜牌显示着品牌的高贵。裤子紧紧绷着她的长腿，使得她那腰肢以下的线条充溢着柔韧、力度和性感。

她亲昵地看了我一眼，好像和我很熟的样子，把头伸进小车里，对我说东野，咱们是同学了，捎我去可以吗？

她难道是“齐鲁”干部班的学生？

“我是西灵……想不到吧？”

我真的没有想到。她和传说中的那位艺术科副科长相差太大了。她大概看出了我的愕然，咯咯笑着，说出了笼子的鸟儿难道不应该自由自由？看着她的这般“港味”，我产生了一种复杂的情绪。首先是禁不住想多看她几眼，其次是有点儿生气作为一个女人她洋得太刺眼了，而我的妻子却愈来愈正统、朴素，然后是胡思乱想，这样的女人不知道是一种什么味儿……实际上复杂的情绪是不可分析的，浑浊的。不管怎么说，反正我被她吸引得半点儿也无法拒绝。我请她上了车，让她坐在后边。神差鬼使，我抵挡不住那面倒车镜的吸引，好几次去看镜子里的女人。那双丹凤眼里有两朵火焰，火焰挑逗着窥视者，她一定知道我在看她。

“尊夫人没有去送你？”她突然问。

“你如此时髦，不怕太扎眼吗？”

“我是大学生了，大学生就是时髦的嘛。”

“你当副科长的时候……”

“你喜欢那个土样？咯咯，你心里并不喜欢。那是为了适应环境的。”

“今天这个样子呢？”

“去伪存真。”

“不怕？”

“人们口头上说咸道淡，心里头其实是很被吸引的。不是吗？书记大人。”

“你胆子太大了。”

“你难道不觉得今天做一个人，可以大胆一点了吗？”

进校后，她大胆地和我交往起来。她大胆得叫我脸红，叫我慌乱，叫我不自然，叫我觉得自己年轻了许多。还叫我……

还叫你觉得有一丝甜蜜，沁入了心灵深处，是吗？你不要不承认，要不，你为什么明明知道和她的交往有危险，你还是那样情不自禁地和她交往？

东野光（二）

仲秋节。

学校里举办舞会。

干部班没有一个人报名参加，并不是没有人想去，想去的人恐怕并不少。可是，我不去，别人怎么好去呢？其实，我内心里也是想去的，我不去，是一种克制。因为我认为，作为一个干部，稳重，不仅仅表现在办公室里，还表现在个人生活里。我要是不当这个官，我说不定是个舞迷哩。人要生活得美一点，放松一点，和异性接触得自由一点。有一次，西灵问我，东野，你敢找情人吗？我说当官我不敢，干别的行当，我也是很喜欢美色的。所以你现在很压抑，西灵说，是不是？我说是。她红了脸，火辣辣地看着我。我手心里出汗了，我很难受，我想不顾一切。我知道，我干什么，她都不会拒绝我。可是，我什么也没有去干，我走出了宿舍，那年的夏天，连风都充满了诱惑。

傍晚，当皎洁的银盘在碧蓝的海里沉浸的时候，西灵来找我了。她刻意修饰了一番，性感十足。

“干部班不应该是和尚庙、姑子庵。我们带头去跳舞好不好？”她说。

我被她的性感所吸引。

我莫名其妙地说：“跳舞有什么好？我们为什么要跳舞呢？”

“今后，做一名领导干部，不会跳舞是很遗憾的。连舞场都不敢进，你这个县委书记是不合格的。”

我在心里说可是今晚我敢干点别的什么……

西灵继续说：“今后的县委书记，不仅仅要懂得政策和科学，还要懂得美。不仅仅要有铁腕，还要有风度。”

我有点异样地看着她。我是多么想和她一块度过这个夜晚。

我小声地问：“一定要去舞场吗？”

她说：“一定去舞场。”

我暧昧地摇着头。

她似乎看透了我，苦笑了一下，说你有一种胆子，大得包天；有一种胆子，却又小得出奇。

正在这个时候，郭老像一个影子似地从门外走过去了。她眼珠儿一转，咯咯地笑着跑出门，叫，“郭老，我请你做舞伴。”

我吃了一惊，跑出来，对她说：“你……搞什么名堂?”

她不理我，对着呆了一般的郭老说：“你在大学里一定是一个漂亮的舞伴……优美的旋律和青春的舞步一定会给您的心灵带来复苏。”

郭老喃喃地说：“是的。我和她就是在舞厅认识的。我们都跳得很美。现在，不行了。”

“行的，郭老。”西灵挽起郭老，向着舞厅走去。

我产生了一种被甩了以后的狂躁。我把拳头向一棵石榴树捅去。我感觉得出来自己的一双眼睛被痛苦烧得红了。可是，有一个声音在问我，西灵是你的什么人？你有什么资格心里难受？她不就是一个戏子吗？戏子……便是人尽可舞。我被这个声音问得慢慢平静下来，我从外边走回屋内。

西　灵

我很欣赏我的那个即兴小品。可惜，没有遇上电影导演，遇上了，说不定会叫我拍电影哩。我不无得意地哼起了吕剧……“有姑娘采野花来到青龙山上，遇见了美少年踏青心旌飘扬。”

人们都认为那个小品的主题是人道主义的，其实，它是双重主题，除了人道主义，还有爱情。当然，我的爱情主题是对着谁来的不言而明，我就是要叫他难受难受。

可是，人家难受吗？我真笨，至今我也没有看透他的心。也许，我心中的红丝线的另一端还飘在空中，人家根本就不想接。可是你呢？人家还不认识你的时候，你就得上了单相思。

是的。

几年前，我就迷上他了。爱来得突然而又轻率。其实，有多少姑娘的爱不是这样呢？一席话，一个报告，一场聚会，一次演出……便让那可爱的小贼掏去了心。

他的面庞泛着苍白的哀伤，两只大眼睛里燃烧着高贵的痛苦。这是一双什么样的眼睛呀，犀利和沉思的结合，深刻和智慧的凝聚。我想，比起这双眼睛来，深夜里的两颗星星实在是太平常了。这双眼睛从我看到它的第一秒钟开始，就向我显示了它对我的魅力，我就再也无法将它忘记了，这是其一；其二，我产生了一个念头，想钻进这双眼睛里，去窥探它的内容。这个念头也很强烈。

他的报告，从一开始就很抓人。可以这样说，他在郊县的成功，是从这一场报告开始的。他在我心目中的位置，也是从这一场报告开始的。他的声音很有感染力，一会儿，充满了真诚的颤抖，那音波，能煽动得听众的心弦随之颤个不停；一会儿，充满着放纵的热情，融成消魂的大海。一会儿，那声音又猝然沉下去了，温柔地低吟着那隐藏在心里的悲伤。

“我算不了什么，我只是一抔黄土。还是让我谈一谈我的战士吧。有一个战士，姓辛，很聪明，有一点多愁善感。小辛喜欢写诗，平常日子里，他的脸上几乎没有笑容。我喜欢他，可是有一点担心，他能上得了战场吗？我们连队接到了上前线的命令后，我看见他独自一个人站在高岗子上，向北看。我走过去问害怕了？他眼泪汪汪地瞪了我一眼，什么也没说，回营房去了。战斗了，想不到他非常勇敢，打起仗来几乎像是疯了一样。后来，他牺牲了。检查他的遗物时，我发现了一张染血的电报。电报是他老爸打来的，日期正好是我们奔赴前线的那一天。电报说，速归，爸爸冤枉，有人胡整。我来到了他的家乡。我真想不到，我们的战士用生命保卫着人们，他们中间有的人竟然能够干出这样的事情——小辛的爸爸是一个老工人。他所在的工厂，工人八个月开不出工资来了，厂长却还用贷款买了外国轿车。老辛气愤不过，写信告了厂长。结果，厂长对老辛进行了疯狂的报复，又是下岗，又是整他诬陷领导，厂子保卫科竟然关起了老辛……老辛的儿子在前线拼命的时候，他的爸爸正在蒙冤受屈。小辛，我的好兄弟，至死一个字也没有和我说，他是忍着冤痛、悲愤，咬着牙和敌人拼命的。”

台上，他动了真情，泣不成声。

台下，是一双双泪光莹莹的眼睛。

我为他的尖锐、深刻、真诚、谦虚所倾倒。我觉得这是一个真正的男人。他并不漂亮，只有轻浮的女人才关注漂亮。漂亮的男人对我没有吸引力，我认为他们往往空有外表而缺乏内容。同那种男人产生不了激情。缺乏深刻内容和真正的热情的男人，再漂亮，也不迷人。而他，恰恰相反。

在一段日子里，我陷进了自造的异常复杂的幻境中不能自拔。当然，这种情境大约只是维持了几个月，后来，我把一切藏在了心中，表面上平静下来，实际上我的心并没有死，我在寻找机会。

如今想一想那几个月，真是可怕。我好像得了热病一样，脸膛赤红，手足冰凉。睡不着觉，吃不下饭。一会儿幸福得发抖，一会儿又悲苦得要死。一会儿像喝了蜜汁一样口甜心醉，一会儿又像是喝了苦胆汁一般口苦心苦。一会儿主意坚如钢铁，一会儿又沮丧灰心。我恋爱了，我同时又失恋了。那时候，我不当演员做了一个小干部，朋友们、认识我的人都不理解我，认为我不可思议。其实，他们根本不知道我的心。是的，我没有迎合那些凡夫俗子的心理，做一个他们喜欢的女人——他们认为，喜欢政治的女人不是真正女人，做女人，就要像一朵花儿那样娇艳，那样一心一意地供男人们观赏——我根本就看不上那样的男人，我认为，官场上、战场上才会找见真正的男人。我的心灵，一时一刻也没有停止过对真正男人的呼唤。说实话，我之所以离开剧团到局里去，也是出于这样一种心态。这时候，东野光进入我的视野，他能不盯住我？我要像青藤缠树一样追求他。可是，我还没有行动，我就知道了，他已经是另一个女人的男人了。我一下子变得不知道如何才好。怎么办？我应该怎么办？邓肯的一句话有一天照亮了我黑暗的心灵——爱，为什么要结合呢？爱，为什么要占有呢？世上最名贵的，恐怕是无花果了。可是，第二天，我又否定了邓肯的话，你说的那种爱，是虚幻的，无法存在的。爱，就是要结合，就是要占有。不能做他的妻子，做他的情妇也好。上帝，请求你赐给我机会。

当我听说他准备上"齐鲁"干部班的消息后，我觉得机会来了。

我发誓，我不会错过机会的。

郭 老

春天，开学才一个学期，接二连三地就有许多小轿车来找我的学生东野光了。东野光是一个很让我喜欢的学生，想不到，他身上几乎没有一点点官气，而我对这一点是异常敏感、异常厌恶的。突出的表现就是他对老师非常尊重，真心实意地尊重。有一天，方致远来学校视察，学校领导让东野光也陪着。东野光硬是拉上了我，并把我介绍给方书记，在方书记面前一口一个老师地叫着我，三次说我是北大的高才生，在S市是凤毛麟角。我很感动，我想，什么时候东野光当上市委书记就好了。看来，当初亏着没有硬硬地辞教，说不定将来会沾学生的光哩。

这时候，东野光却向学校党委提出了让我不高兴的申请。

校党委：

因为工作需要，郯县县委常常派人找我请示、研究一些问题。人来车去，影响了集体宿舍的安宁，影响了同学们的学习。同时，也怠慢了来访者。鉴于此，我申请学校给我一间单人宿舍，我自己支付房租和电费。

此致

敬礼

政教系九五级干部班学生　东野光

一九八五年九月二十七日

我对东野光看法好归好，我对他的这份申请还是很不以为然的。我说："他们今天还是学生，当官的学生也是学生嘛。就要一律按学生来对待。别人七个人一间房，他一个人一间房，这岂不是搞特殊。"

党委书记却说："郭老，他毕业后就是县委书记，现在郊县就给他空着位子嘛，应该特殊照顾的。"

老校长看来和我的看法一致，他说："没有毕业就参政，这并不好。房子不能给。另外，我在这里强调一下，今后学校有什么困难，不要去找干部班的学生去办。"

书记这时候来了一招鲜的，打败了校长："把我中午休息的那间宿舍腾出来给他，中午，我在办公室里休息好了。"

我和校长还能说什么呢？

于是，一间独特的大学生宿舍便在学校出现了。房子很高档，是专门供校级领导中午休息的一室厅。前面有假山、湖水，有茵茵绿草，有一个不小的榴园。我很感慨，好多教授也很感慨，我们也没有这种待遇。我在系里说："生子当如东野光。"

东野光

西灵来找我了。

我刚刚把杨四光几个人送走。我还沉浸在郊县的一些政治乱麻中。杨四光向我汇报了好多情况，有些让我高兴，有些也让我心乱。西灵来了，我去看她的动人的地方，比如乳房，比如大腿，我想休息一下脑子。我看得很大胆，因为我知道西灵并不恼我这样。

这一次她的心思却不在那上边。她笑嘻嘻地不无尖刻地说："东野，你肯定知道这一段历史。当年蒋介石被迫下野，回到了老家溪口。他向李宗仁保证，五年之内不干预政治。可是，他并没有言行一致，而是在故乡建立了七座电台，继续指挥着他不该管的千军万马，严密控制着各项军政大事。"

我说你在借古讽今是不是？

她说东野，你这样干，那位于副书记能没有看法？

我说我们是战友，都是他让人来找我的。

她说你骗我……他们都是悄悄来的。

我承认。我说西灵，我有点儿不大放心郊县的改革大业。

我自问用心是良苦的。我身在"齐鲁"，心已经拴在郊县的山山水水上了。西灵，你为什么不理解我的苦心呢？

西灵又说："东野，从哪一方面来说，目前，你都不应该干涉、插手、遥控新县委的工作。"

我应该在别人面前表现出大度，在西灵面前尤其如此。我说："西灵，你心里怎么想的，你就怎么样说。"

"我会的，"西灵说，"你这样做，当然是好心，可是必然会影响你和于泽的关系，你不相信人家能把工作搞好嘛。你的今天，会给你的明天留下阴影。同时，你这样做，也会伤害你的威信，你不知道，郊县的干部和百姓对你看得多么高，多么重。"

我知道的。除了那一场场的报告以外，我还干了一件漂亮事，让郊县人对我东野光不能不报以信任、寄以厚望。我虽然还没有到任，在郊县，我知道我已经是众望所归了。

那件事是去年干的。

我作为团县委书记，大义凛然地上书市委，列述了郊县县委和政府两个主要负责人争权夺利，拉帮结伙，置郊县改革大业于不顾，置郊县七十万老百姓于不顾的十大错误。我在信的末尾写道：“我这样做显然会得罪一些当权者，也许因此而丢官，可是我不怕，因为在我的心中，老百姓的利益比个人的一顶乌纱帽不知道要重多少倍。”我的上书被市纪委转发，我在郊县人的眼里成了不怕丢官、敢于碰官的人，人们最佩服的就是这种人呀，我知道。结果，县委书记、县长两人被同时调离郊县，降级使用。而我，不但没有丢官，还升了官。

每逢想到那次壮举，我都会产生一种快感。这种快感在战场上我屡次经历过，这种快感我还有过一次隐秘的体验，那是在别人的床上，某工厂的女团委书记，非常妖冶的一个少妇，趁她丈夫不在家的时候，向我奉献了她的一切……

西灵还在向我表示着真诚。她说：“你安心做一个大学生有多么好。有许多事情值得学习呀。”她亲昵地看着我，温存得让我简直不敢再拿眼睛去盯她的那些部位。

我说：“我难道还学得不好？”

西灵说：“全班恐怕你是学得最好的一个。在课堂上，你是真的钻进去了。有几次，我拿眼去斜你半天，你都一点点不会发觉。可是，业余时间呢？你不打球了，你打得多么漂亮呀。也不跳舞，也不读小说，统统用来参政了。依我看，这实在是有点得不偿失。当然，这是我的一点想法。打球、跳舞、读小说，等等，对你来说，也许太重要了。因为我们不仅仅要学习几门功课，还要全方位地提高文化素养，还要恢复……我们消失得太快的青春。而这件事，光学习几门功课是完不成的。”

我说你说得实在很好。

“你还有一个独特的任务。”

“独特?”

“我想……你的未来决不只是一个郊县，因此，你还要学习风度。”

我被她的说法吸引了。我由衷地说：“独特而又新鲜。小灵，你不光美，还聪明。”

西灵低下了头，我看见了她艳红的耳根。她又猛地抬起头来，灼灼地看着我。没有说什么，眼睛里却什么都有了。沉默了片刻，她说：“你难道就不能做一个不问郊县政治的真正的大学生吗?”

我记得，当时我真的被西灵说服了。起码，当时我是实心实意表了这样的态：“《百年孤独》里那个吉普赛人拿着磁铁在马孔多村走了一遭，连镶在木头里的钉子都被磁铁吸引得晃动了……西灵，你放心，我会战胜那磁铁的吸力的。”

我说到做到——尽管我的“做到”只是维持了不长的一段日子——那个春天里，来找我的轿车几乎没有了。我宿舍前面的石榴悄悄地长出了红喇叭，湖水在幽静中轻轻地舒展面容。我借来了大批的书籍，有小说，也有伟人传记。我想坐下来静静地读书，思考。可是，我发现做不到，摊开的书面，看上几行字，便会幻化出一个女人的笑脸，更要命的，她的几个动人的部位也会清楚地闪现。是的，我撇开了郊县的政治，我发现这一点还能够比较容易地做到。可是，我却又被一个女人搅乱了心灵，而想推开这一点去读书或者别的却实在不能。也许是心电感应吧，我也感觉得出来，她也失去了平静，开始了躁动和不安。她很少单独到我的小屋里来，我知道，她不敢单独来，她害怕我的小屋会变成两个人的风流劫。偶尔相碰的几个眼神，阴电和阳电已经接通。我知道，要发生什么故事。原来，我认为让我刻骨迷恋的只有政治，如今我发现，还有别的什么让我更加刻骨迷恋。

西 灵

傍晚，天上升起了一首苍白的弯弯曲曲的光芒很微弱的朦胧诗。

我这个被人誉为现代派的姑娘，也是怀着一种做贼的恐惧感，向学校北边的钓鱼台处走去。五月，夏天的心脏——石榴，终于爆发性地开花了。几乎也就是一个中午的时间，几十万个小蓓蕾神速地展开了它们锯齿型的花朵，露出了红缎子似的花瓣，黄丝线一样的花须。那一蓬蓬的树，变成了一团团黑影。“美丽的女人堕落的时候，发现男人的负心已经晚了。”我也闹不清是怎么一回事，这句诗奇怪地从脑子里冒出来了。石榴园里，也不时地有一些动静在我的身边发生，使得我一颗心一阵阵发慌。是什么声音？是藏在暗处的男女之间的呻吟，还是美丽的七寸蛇在游行？

他不是一个可以自由地爱别的女人和被别的女人自由地爱的男人了。你想干什么？你可以在心里无所顾忌地爱他，一旦你把这种爱释放出来，并且想让他接受，那么，危险也就降临了。是的，我也想默默地爱他，而不管他爱不爱我。可是，我办不到。永远沉默在心里的爱，那是会把人窒息的。你想得到婚姻？不。我真的不想。不过，我不敢保证我不想得到他作为一个男人的实质。你也许“真的不想”，如果他止不住奔腾的盛情，他想“破旧立新”，那时，你准备怎么办？那是很遥远的事情，不必说它了吧。眼下，他是不是敢于接受我从心里释放出来的“猛兽”，还不敢肯定呢。还不敢肯定，你是不是有点儿麻木呀。看看他看你的时候那两只眼睛，还有今天下午的事，不就足以说明他正在渴望那只“猛兽”吗？

大部分同学都去打球了，可是，他没有去。我很高兴，也许是因为我在教室里的缘故吧。他的影子，那个小曲也没有去。小曲突然说："钓鱼台北面的红樱桃快要采摘了。今晚八点，谁去钓鱼台看樱桃？西灵，你去吗？"

那个脸上有着妩媚的雀斑的县委办公室的机要员丽丽，把两只小眼睛瞪得溜圆，愤怒地燃烧着，像两把利剑，时刻准备把我砍成碎片。小心眼的小妞，我不会夺你的美男子。你真笨，难道没有看到小曲和谁坐在一块？难道不明白他是在为别人发出邀请吗？

"我去。"丽丽首先响应了。

东野光抬起头看了我一眼，恰巧我也正在看着他。那是多么令我遐思悠悠的一眼呀。当年，拿破仑在沙皇的宫邸里看到了沙皇的妹妹安娜，便看了她这样的一眼。什么都有了。

我马上说："我去。"说了后，我不顾一切地盯着他。我发现，他忧郁了许多时日的灰白的面容，此刻舒展开来。他说："今晚有空，我也去。小曲，你们欢迎吗？"

一团磷火，在五月的石榴丛里钻过。也许，今天下午的一切，也是我的枉自多情。他今晚不会来的。他的那句话并没有肯定说一定要来。他是一个刻骨迷恋政治的人。他毕竟有鹏程万里。他如果真的到了为了我而不顾政治的地步，还要费那么大的周折到钓鱼台去吗？他的单人宿舍不是最好的约会场所吗？——这一点我想得不太对头，他的小屋随时都会有老师或同学光顾——不过，他肯定懂得，在中国，一个人要做官最怕的就是桃花运。听说，他在团县委任职期间，是以作风正派而著称的。团委，剧团，在那里边当一个领导，六十岁了，风月传说也会像影子一样跟随着你。而他，却没有招惹起一丝一毫的风波。并且，他的妻子已经因为妇女病而凋谢，而枯萎。他们已经被迫分居两年多了。有着这样的夫妻生活而还如此的清名淡节，也许，他是一个真正的正人君子。也许，为了政治，他具有魔鬼一样的自制能力……

我分析着，回味着，希望着，绝望着，一会儿热，一会儿冷，神思恍惚地向钓鱼台走着。馒头似的钓鱼台就在眼前了，我踏上了阳坡中间那三百八十四级石板台阶。

东野光（一）

她飘进了五月的石榴丛中。我看见她去了，一定是到钓鱼台去了。应该感谢小曲，他及时地窥探到了我心灵的隐秘，做出什么也不知道的样子，却又不动声色地安排好了我十分渴望的事情。

西灵，你这缠人的美女蛇，我多么想全部地一点不剩地得到你，占有你。我是你的第一个吗？如果是，那该多美呀。肯定不是的，你是一个戏子，戏子就不能太讲究第几。她肯定比那个女人有味、娇艳，这就够了。可是，这时候，危险的信号划破了我的心灵。我渴望立即攻上那美丽的阵地，我又知道，我是走在一块薄冰上。我必须小心翼翼，走一步看三步。即便这样，我也觉得不保险，这个刻骨的迷恋显然危及到了我的那个刻骨的迷恋。我到底迷恋哪一个呢？我知道自己，哪一个都不想放弃。天性如此，我自己也改变不了自己。

哎，我不叫他们来找我，这些笨鸟便一次也不来了。你们不能坐车来，难道不会骑着自行车悄悄地来吗？我心中有一种不安在躁动，一定是县里发生了重大事情。明天，叫小曲回去一趟吧。

我为什么是一个有妻子的男人呢？这又有什么关系？难道我就不能像社会上有些人那样，爱——另外的女人吗？我的妻子已经不能给我激情了，她有病，她枯萎了。而我，三十七八岁，正是男人最成熟、最成功、最危险的季节，想到女人，便想到性，想到直奔主题。我会很好地对待妻子的，我会让她成为郊县第一夫人，可是，她应该允许我，理解我，有本事的男人都是一个样。妻呀，我不会让你难受的。那个身居高位的我，永远属于你，不管你枯萎到什么程度。我永远是你的丈夫。至于另一个我，你不会知道他的，你看不见他，他是无形的。你看不见他，猜不透他，对于他的所作所为，当然也就不会有痛苦抑或不痛苦的反应了。条件就是要做一个多面人，这是可以行得通的。我知道有些男人和女人就是这么干的。尤其是一些当官的男人，他们把自己的行径叫做“内部稳定，外部搞活”。他们很高明，一箭三雕。第一维持了家庭，第二得到了喜欢的女人，第三，也是最重要的，一点点也没有影响自己的前途。人海茫茫，还是有缝子可钻的。

东野光（二）

啊！小车引擎声。

他们，可能是他们来了。快来吧，我有多少事情要问他们，要吩咐他们呀。我发现，夏天的男人各种欲望都很强烈。一会儿女人，一会儿政治。先把女人放一放吧，对于我来说，政治也是很要紧的。实践证明，我对郊县并不放心。说白了，我对于泽并不放心。几天来，杨四光的那场劝谏时不时地在心中响起。

他们真的来了。

轿车。杨四光。另一名常委。

那名常委说：“书记，老于要决定办公室主任的人选了。”

老杨说：“我们不能不来了。于泽已经物色好了人。”

是吗？于泽，你怎么搞起了突然袭击？起码，你应该来请示一下我呀。县办主任可不是一般性的人物，它是县委常委、尤其是书记的耳、目、手、脚呀。如果你安插上你的人，两年后，我这个书记甭干了。“战友，只是在战场上存在。官场上是不存在战友的，官场上只有对手。”大半年前杨四光的劝谏又在我的耳

畔响起来。我的心有点隐隐作疼。我不能不想起广西前线的那一幕……

他用身子完完全全地遮压住我。

轰！一颗炮弹在我们的身旁爆炸了。血，热的血，腥的血流进了我的嘴里、鼻子里。我醒了，我没有受伤，于泽的一条胳膊却被一块大的炮弹皮削去了，不知道飞向了哪里。他的脸盘子上，没有一点点血色。脖子那里，血流如注。我抱起他，拼命地往阵地卫生所那里跑去。一边跑着，我一边对他哭喊着，于泽，我的好战友。

我没有做声，努力往好处理解他。他应该安排的，他可以不和我商量的，我还没有到职。他应该不会对着我来的，我也不应该在背后琢磨老于。

两位来者却继续告状。“书记，他不向你请示是不正常的。”“书记，他是不是有点野心。”“他这才是第一步，他还有第二步，第三步，如果你放任自流的话。他的第一步是试探性的。”

我的心又乱了起来，我问：“他物色了一个什么样的人物？”

杨四光说：“姚永。”

我头脑中马上出现了小曲给我画好的政治联络图。图中，有姚永这个点——他是县文化局副局长，当过右派，笔杆子很硬，思想活跃，据说有点儿开拓精神。姚永的点一闪亮，与之相联系的那一个个点也闪亮了。那些点对于我倒是没有什么，既没有什么危险，也没有什么价值，那些个点大部分是些文化名人。

老杨似乎看到了我的思路，马上说：“听说姚永和于泽关系密切。”我故做无所谓地问是吗？老杨说：“于泽的夫人就是姚永的爸爸给介绍的，小曲说的。”我的脑子里这时候政治联络图又出现了。小曲的点随之闪亮了——善于做领导的耳、目、手、足，忠诚于领导。我大脑中酝酿了许久的系统的一枚重要棋子——他联系的点也一个个闪亮起来。方书记、市委组织部长、市府副秘书长、公安局局长……这些点可是有极大的政治价值的。抓住了小曲，也就等于抓住了这些点。我在心里说，老于，你对我三心，就不要怪我对你二意了。我是应该不让你走出你的第一步，免得你认为我东野光是个可以随便摆布的人。是你首先给我造成了政治上的威胁，老伙计，请原谅了。

我说："四光，你们不要乱说，老于哪里会拉帮结伙呢？不过，姚永同志当办公室主任，实在是有点大材小用……我倒是选了一个人。"

"谁？书记？"两名常委异口同声地问。我说："小曲，他再合适不过了。""好，他是最合格的人选。"杨四光说。"如今他也有了学历，行。"另一名常委也说。"你们可以以你们的名义在常委会上推荐一下，力争一下。不要说是我说的。我还在当学生嘛。"我说。

"我们提出来，怕后劲不足。"杨四光说。

"必要的时候，我会出面。"我说。

"我们马上办。"两名常委同时说。

"你们可以经常来玩玩了，这几天，功课不太吃紧。"我说。

西 灵

钓鱼台是半个馒头山。阳坡，是馒头似的斜坡，阴坡，则是把一个馒头从中间切开时所形成的直上直下的绝壁了。在日光朦胧的晚上，绝壁显得格外可怕。绝壁，在这样的晚上，我感觉着它是地狱之门。希望，在它的身上碰得粉碎，成了绝望。呼呼嘶叫的阴风，便是绝望得声嘶力竭的叫喊。谁知道，在这地狱之门的下边，竟是一片安宁的、诗情盎然的樱桃树。林子有百十亩地大小。五月，是樱桃成熟的日子。黑夜里，那血红的一株樱桃隐约可见，好像黑人姑娘脸上的一抹胭脂。最近，郭老说我是个诗人了，说出来的话充满诗意。我也不知道怎么搞的，这一段日子里我的心里诗情充沛，像个泉子。

他还没有来。显然算不上什么幽会，因为接受邀请的还有丽丽，老孙。可是，在小曲、丽丽、老孙面前，我是能够放肆一点的，他们都是他的绝对崇拜者。他一定明白这一点。他只要来了，便是向我敞开了他的心灵之门。说不定，是小曲这个鬼小子给我们安排的“掩护”。甚至我还偷偷想，说不定，小曲会约走丽丽，小曲会想办法不让老孙来，小曲会有意地把这个地方让给我和他，真要是那样，今天晚上，将是我的节日……

我坐在绝壁前，胡思乱想。

小曲也没有来，老孙也没有来，丽丽倒是来了。绝壁下有了两个女人。

丽丽哭了，她不理我。

我说：“小曲是想单独和你在一起。他看到我来了，他就不来了。你去找他嘛。”

丽丽高兴了。“灵姐，我去……你一个人呆在这里，不害怕吗?”

我笑着推走了她。我为我的狡猾而得意。小曲、老孙肯定是不来了，肯定只有他一个人来。天呀，和有妇之夫约会，真够刺激的。

东野光

我和小曲谈着我的安排。我有点心不在焉。小曲倒是因为政治而忘记了女人。

我说：“丽丽还在钓鱼台下等着你哩。”

小曲说：“书记，你这样看重我，我一定好好工作。”

我说：“还不一定行。你不一定争过姚永。”我是故意这样说的。

“书记，我有办法。”小曲说。

鬼小子，他会有办法的。他还不想走，他忘了今晚上我还有另外的行动，那行动，还是你安排的哩。我马上意识到我错怪小曲了。忘了那种事情，小曲就不是小曲了。他根本就没有打算去钓鱼台，我应该想到这一点的，他不是已经把也要去看樱桃的老孙打发到市里去了吗？他那心急如火的丽丽，没吃晚饭就去了。他不想尽快离开我，除了政治上的原因——他确实有点心醉神迷了——以外，他肯定是叫我晚一点上山，免得碰上不识趣的丽丽。他相信，聪明的西灵会有法子把痴情的丽丽打发下山的。

小曲张了张嘴，似乎想说什么，却什么也没有说。

我和小曲扯起了一件事情。

小曲见我没有走的意思，也不想让他走，有点着急。扯了半天，他说：“书记，你不去看樱桃了？”我笑一笑，说：“已经快十点了，太晚了。”小曲说：“西灵她……”我无所谓地说：“老孙、丽丽不是都去了吗？让他们看吧。”小曲一脸困惑不解。

我在心里有点得意。小曲，我哪能让你们看到我的隐私呢？我之所以借助你的这一次安排，无非是使你们看清楚西灵是在巴结我，而我是很有节制的，绝不胡来的。至于说西灵，让她在山上痛哭一下吧，痛哭是爱的加温炉。到时候，你自己会采取行动的。我摊开了《领导者》这本书。

小 曲

猪头肉凉拌黄瓜，蒜泥很多，香油很少。南极洲啤酒，瓶子很美，酒却不大好喝。

我，西灵，丽丽，还有郊县来的另外几个科长大学生。

我粉白的面庞由于啤酒的刺激而血红。我举起一大杯啤酒，说一年后，郊县的天下将是我们齐鲁系统的。诸位，肯定无疑，郊县只有由东野书记组织干部班成立内阁，才能跟上时代的步伐。为一年后，来，干杯！

七八杯冒着雪白的泡沫的黄橙橙的啤酒，碰在了一起，分别灌进七八个人的口中。

这样的口号，这样的说法，在目前已经成为很正常的，甚至是颇为时髦的口号和说法了。九五干部班，有郊县派，有市直派，有市中区派，有杂牌军派，大家都认同了这样的口号和说法，只不过因派别的不同由郊县或换成市直，或换成市中而已。

西灵，你少来一点什么鹤立鸡群的派头。你是有点瞧不上我，说我政治素质差。可是，你、你不是也让我们书记给晾了吗？那晚上滋味不大好受是不是？骚劲没放出来闷得难受是不是？心甘情愿给人家当、当“暗”的，人家还端着尿盆不下手，嘻嘻，惨哟。姐们儿，啤酒虽凉，却也难浇灭那股浪火呀。

姐们儿还行，对我的说法还是热情响应的：“为了郊县，应该由东野来组阁。”姐们儿不是傻×。东野坐稳了第一把，你虽然成不了郊县第一夫人，却有希望成为郊县第一小妾呀。

酒过三巡，我说：“给诸位透露一个秘密，姚永要出任我们郊县县委办公室主任了。”

“姚永？”看来，几个科长大学生都不知道这个人，我应该把他“宣传”一下。和我争位子，你还不够格。我说：“此人现任文化局副局长，靠裙带关系上来的，和郊县倒台的那个前书记有点曲里拐弯的亲戚关系（给他随便编出这一套从我嘴巴里说出来，我竟然感觉着一切都很真实）他是‘五七’战士。他没有那些人的本事，却具备了那些人的毛病，目空一切，把自己看得比党还能。还有更糟糕的，他这个人，干正事没有多大能耐，拉帮结伙绝对是第一流的。他当上了办公室主任，郊县天下就不太平了。”

我想不到，我的一番宣传激怒了西灵。难道她和姚永有一壶？难道她的艺术科副科长就是和姚永睡觉睡出来的？要不，她怎么会气成这个样子，就像我戳了她的肺管子。看看，那双勾人的吊梢眉挑了起来，抹了口红的厚厚的嘴唇哆嗦着。她说："小曲，你要干什么？你听信了谣言了吧？我们姚副局长很有才华，为人刚直不阿，光明磊落。你要是认识了他，一定会喜欢他的。他在青年人的眼里，是一个很亲切的老大哥的形象。"

我碍于东野书记的面子，对西灵在面子上还是很可以的，我尽量把她当成一个老大姐，心里头对她就是有点儿胡思乱想，大面上也绝对是尊重的。想不到，在姚永这件事上她不配合我。我粗暴地说："西灵，你就会唱戏，你根本就不知道姚永是一个什么人物。你甭往他的脸上贴金。我对姚永的看法和东野书记是一致的。你知道不知道，他成了右派以后，到一个山庄里劳动改造。他小子真叫本事，把一个姑娘的肚子给整大了，和人家生了私生子，却又溜之大吉。我们应该向市委、县委写信，反映他的问题。我说这些话的时候，又产生了一种十分真实的感觉。其实，我只听说过一点点，姚永和一个女孩子相好。官场上的人常说，政治是无道德的，为了一种目的，可以不择手段。我觉得我能行。"

啪！西灵拍了一下桌子噌一下站起来，披肩发在她的肩头上索索抖着。你何必呢？即使你和姓姚的睡过觉，也不必这个样子呀。你可以找到他去骂我一通，而在我的面前，没有必要大动肝火，让人觉得你和姚永关系非同一般。她竟然指着我，说："你、你不觉得心虚？姚永和那个姑娘是真心相爱。"

丽丽帮我的忙了，绑上我的肩头说："那他为什么不要她，又溜走了呢？"

西灵这浪货倒是回答不出来了，过了半天，她才说："有许多生活问题，过去几十年了，连当事人恐怕也说不清了。可是，为了把一个人搞臭，总会有人抓住这种问题不放，肆意扩大，随意歪曲。这已经成了一些人的法宝。小曲，我总觉得你、你是一个很好的人，如今看来，你……我要去找东野，告你。”

她走了。

我笑了。

告去吧，“现代派”。我说不过你，你的东野会管好你的。我说：“喝酒。南极洲不好喝，丽丽，去拎一捆‘青岛’来，我们哥儿几个酒逢知己。”

东野光

我漫步在石榴园里。有些事我要好好想一想。这时候，西灵来了，气喘吁吁，红着脸，向我说了她和小曲的争吵。小曲，你也太嫩了，这种事怎么好大张旗鼓地搞呢？我说小曲太随便了，自由主义，他不应背后议论同志。我会批评他的。

西灵说：“我认为小曲意识有问题。”

我说：“他只是一个有口无心的年轻人。”

看来，西灵是一朵带刺的玫瑰花，政治上并不像我想得那么简单，我要多加小心一些。

“他分明是在鼓动别人写姚永的告状信哩。”西灵说。

我笑了，说他在吹牛，他有多大本事，能够鼓动了别人？

我转过身子，用背去对着这个女人。她看不到我的脸，但是，我这个样子站在石榴中间，能够使这个女人觉得我更加伟岸、深刻、大度。我是一个仅仅凭着本能就会抓住女人的男人，在女人问题上我比在政治问题上更加自信。我放下西灵去想于泽。老于，我是采取了一些行动，针对着你的行动。我的行动会挫败你的行动的。我为我的心计和力量感到满意。老于，你不是我的对手。可是，我却又有那么一点点内疚，觉得有一点点对不住你。我可以对任何人进行行动，却觉得惟独对你不能这个样子。然而，老于，对你，我也有点想不通。你可以在战场上用生命保护我，为什么转到官场上，你却要来算计我？难道这一切只能用一个权字来解释？是的，有哪一个二把手满意自己的位子呢？二把手天生的就要向一把手挑战。那好，既然有人想从我的手里夺去什么，我就要全力以赴地保卫什么。不管这个人是谁，战友、兄弟，都不行。

石榴花的鲜红和叶的浓绿大概刺激得西灵无法不提出这个问题："那天，晚上，你为什么失约呢？"

我说："我的妻子是一个弱者，伤害一个弱者是非常可悲的。对不起。"

我知道只能这样说。我懂，善良是很能感动眼前这个好像拿婚外恋不当一回事的女人的。

西灵肯定为我的善良感动得眼睫毛上浮出了晶晶亮的泪珠儿。我背朝着她也知道她低下了头。她问你拒绝了我？

我在心里说我又不是一个傻瓜。

我在嘴上说我不想把我的痛苦分给两个女子来承担，我愿意一个人接受痛苦的熬煎。

"你痛苦什么？"她问。

我说："你痛苦的便是我痛苦的。"

我敢肯定，我已经撩拨得这个女人不能自持。我猜透了她。她终于鼓足了勇气，用颤抖而沙哑的声调说："一位哲人说，女人拒绝异性的追求，是上帝赋予的特权。即使拒绝了一个最热烈的爱情，也不会被认为是残酷。但是，如果上帝错乱了安排，让女人打破了羞怯的本性，不顾一切地向一个并无把握的异性献出她的热爱，而对方表示着冷淡和拒绝时，那结果就不堪设想了。男人拒绝女人的追求，等于损伤她最高贵的自尊。"

"我不会的，西灵。哪能那样呢？"我喃喃地说，我承认此刻动了真情和真性。我转过身子，闪电般抓住西灵的绵软的手。我感觉到两个人的血同时沸腾了，整个世界仿佛不复存在，天地间只有我一个声音在响："今晚九点，钓鱼台绝壁下，我等你。不见不散。"

西灵（一）

我也许是一个坏姑娘，是我勾引了他吗？我带着一颗狂跳的心和两条沉重的腿，在山路上走着，去迎接可怕的命运。今天晚上，我和他是走向天堂还是地狱？我是不大怕走夜路的，可是，我觉得从来没有一个晚上像今天这样黑。我被无边的黑暗包裹着，我有点害怕，我有点想回去了。你听说过激情有逻辑吗？有人能对热度说"停止发热"或者对火焰说"停止燃烧"吗？我至此才明白，灵的爱和肉的欲是不能分割的。爱欲是实在的，有血有肉的，而不是纯精神的飘忽无形的。我抑制住内心的怯懦，向黑暗走去。

黑暗：你去干什么？

我：去爱一个男人。

黑暗：一个什么样的男人？

我：……一个我想要的男人。

黑暗：你准备怎么去爱他？

我：也许……和世人一样。

黑暗：你不是只想得到一朵无花果吗？

我：我像一个从山顶上滚下来的皮球，我收不住了。我想，他、他也许行，他是理智的。

想不到，他早就在绝壁下等着了。我有点儿出乎意料，我是做好了等他的思想准备的。他把身子贴在绝壁上，和绝壁几乎变为一体。见了我，他一秒钟也没有迟延，便把我拉进了他的怀里。上帝，你作证，私情从来都是男人主动。绝壁真可怕，它塌下来怎么办？邓肯和男人交往时，她是怎么样做的？《邓肯传》里没有说。

我绵软如水，任凭他那灼热的舌头在我嘴里边拨弄，湿漉漉的右手伸向我最敏感的地方。红樱桃……红樱桃……鲜红的樱桃，怎么也会变成乌血一样呢？原来，成熟男人，成功男人的爱就是这样一刻也不和女人分离。这样的男人我是第一次接触，也许别人传着我不知道和多少有老婆的官儿睡了觉。那些大孩子似的男人我倒是有过几回的经验，他们倒是含蓄的，善良的，温柔的，淡如水的。我感觉得出来，他要直奔主题了。因为他愈来愈粗浊的喘气让我害怕起来。我耳畔响起了男人的要求："给我……快……呼呼……一切。"

涉士比亚有一句名言是怎么说来着？火药……一刹那……战栗……的幸福……粉身碎骨……

我反应的迟缓是因为经验的匮乏，却使他产生了错觉，他语无伦次地说："没事的……你……我戴了那玩意……不会出事的。我哪能……呢？"

我产生了一种联想。我的胃很奇怪，热水和生盐只要同时吞进去就会呕吐，突发而至。我奇怪地冷笑了，问："你不怕伤害你的妻子了？"他苦笑着，说："她不会知道的。"

我冷酷地说："我答应……可是你要先答应娶我。"

他不认识似地看着我，说："你很有心计呀。原来……"

我说："原来我是想用心计攀上你这个官儿，是不是？"

他狂躁地说："我是非常想娶你的，可是不大可能。"

"为什么？"我问。

"……"他回答不出来。

"为什么"我又问。

"灵，"他苦苦地叫着我，说，"你不要折磨我好不好？我求你了。我只知道，我要你。"

我说："我们的爱应该是圣洁的。"

"不。"他叫，"你应该满足我。"他说着这一切的时候，他的那只手一刻也没有离开过我的那个最软的地方。

我也不知道为什么要这样说："那好，你离开她。"我突然被自己的这句话吓住了，我想，他如果真的答应我，我该如何是好呢？可是，他没有答应什么，而是跪下了一条男人的腿，说："西灵，她父亲的老上级为他打抱不平，他最近就要升任S市的副书记。那样，我就完了。灵，为了我的前程，做我的月亮吧，永远在黑暗里伴着我。"

我的心从骨头里冷起来。我还不死心，说："为了我，你难道就不敢让自己的前程出现一点点危险？"

他几乎是哀求了："做、做我的情、情妇有什么不好？"

其实，我应该承认，我就是在自觉不自觉地走向这个目标的，一朝被他说破，我竟然呆了，感到蒙受了巨大的耻辱。中国的女人，是一群什么样的人呢？

啊，蛇。

黑暗里，一条黄金表链子一样的蛇向他和我袭来。它的皮连在黑暗都是闪着金光。绝壁下的常年不见阳光的柔软的青草纷纷倒向两边，给蛇让路，蛇嗖嗖地穿行着。

我和他同时惊叫着，分开了，跑离了绝壁。我拼命地跑着，还是觉得那金黄的蛇紧紧追着不放。

他也在追着我，低声呼唤，"灵，别走，来来你。别怕，有我。"

西灵（二）

岁月依旧太平。

齐鲁大学的干部班还像往日一样，人人都在读书，个个却又在做着明天的梦。人生如梦，梦有千奇百怪，不过主题只有三个，权力，金钱，女人（男人）。在我们这里，大部分人的明日梦都是关于权力的。夏天的日子愈来愈少了，这时候，我的披肩发里生出了几根白头发，一天早晨，我发现了它们，我偷偷地把它们拔掉了。我恨他，我想报复他。你还是报复你自己吧，是你，把人家勾引到绝壁前的。是的。可是，谁让他在我的面前，那么会男子汉，那么会英雄呢？他要是永远“会”下去该多好呀，那时候，那条蛇也许就不会来了。到了关键时候，他却又不“会”了，不“会”得让人想呕。

一天，丽丽来找我。

她把几封信交给我，说：“灵姐，小曲叫我把这些信打一打。我有点害怕，这些信能惹祸吗？”

我急忙去看信。两封信是写给方致远的，语言不一样，内容大致相同，告姚永道德败坏，告姚永善于拉帮结伙。落款是“郊县一群干部”。另有一封是写给于泽的，说“你要是提拔姚永当主任，你就会引起全县干部的坚决反对”。落款是“郊县十名干部”。还有几封是写给郊县常委的，内容和上边的大致相同，落款也大致相同。

我在心里狞笑。你比我想得还坏，没想到你真是后台。可惜，你怎么会导演这种玩意儿？

我尽量装得平静一些，说你打吧，没事。我为我的狡猾而吃惊，我要让他搬起石头砸自己的脚。过了几天，我适时地去了郊县县委。常委们正在开会，人人手里都拿着一封打字机打出来的匿名信，信一律都是告姚永的。我把我知道的都说了。杨四光和另外一个人的脸色变了，很难看。其他几个人，气得不得了，七嘴八舌地议论起来。“那个小曲当什么主任，简直是乱弹琴。”“有人力荐小曲，原来是计划好了的。”“老于，咱们要找方书记，有人也太不像话了。”“老于，东野光给你来信，肯定是力荐小曲，反对姚永。”

那位于泽爽朗地笑了。他的那只空荡荡的袖子随着笑声在抖动。我突然产生了一种可怜他的念头，你这条胳膊丢得值吗？他等了一阵子，见人们平静下来，便说："我啃过美国的未来学者叫托夫勒的一本书，什么《预测与前提》，看不大懂，不过，他有一段话我还是懂了。他这段话的大体意思是说，看一个人的脑袋瓜是不是好脑袋瓜，只要看他的脑袋瓜里能不能同时装下两种相反的思想，也就是能不能同时容下水与火，好与坏，黑与白，装下了，还能人五人六地行事处世。我觉得这段话是专门说东野光的。他是个人才，比我于泽有本事。他的脑袋瓜就很不简单。有人把他看做英雄，我不大同意；有人把他看作坏蛋，我更不同意。他在前线，应该是个英雄。来到官场上，他干一些杂七碎八的事也有两下子……找什么方书记，我找东野光去。他是能和我交心的，他对我不遮丑。一个人只要是对别人的真诚报以真诚，他就是一个不坏的人。"

于泽具有男子汉的宽容、真诚。

他的宽容、真诚不是"会"出来的，是真格的。他的面庞很黑，很粗糙，像庄户人。

东野光

一盘红樱桃。几瓶"北极洲"啤酒。

于泽。西灵。我。

嘴巴对着酒瓶子，咕咚咕咚就是半瓶。抓一把红樱桃，连核儿也咽进肚子里。我们似乎都回到战场上。于泽喝得眼珠子血红，像白兔的眼睛。我知道自己脸色苍白，像一块冰。连西灵也被感染得喝了两瓶，看我的时候已是爱恨交加幽怨含情了。

于泽说："咱们在前线那段日子那才叫生活，心贴心肉贴肉。"

西灵笑了："你们在搞同性恋呀。"

我没有说什么。我记起了自己的一场报告，在那场报告里，我对那段生活有发自内心的叙述……

我说："如今，人和人之间愈来愈难处了，不敢交心，互相提防，上面握手言欢，下面使绊子。尤其是在官场上。一、二把手之间。我们在战场上却是血肉相连……回想那一仗，打得非常残酷。我们连，那一仗中，犯了一个指挥上的错误，也立了一个指挥上的功劳。战斗结束后，营长来找我们，说实事求是，分清功过，有奖有罚。你们硬拼，谁下令硬拼的？我说当然是我。于泽说你糊涂了，你当时就反对，是我下令硬拼的。我说你胡扯，我不下令，你敢下令？于泽说你胡扯，什么事都是咱们俩人商量后我下令。营长笑了，说你们俩是老婆汉子，分不出来，各人打五十军棍。那么，那连环计是谁想出来的？我说于泽。于泽说我没有那个心计。营长叹了一口气，说你们真是老婆汉子，你中有他，他中有你呀。"

于泽大概也在回忆此事。沉默半天，他说："东野，我们是战友不？可如今为什么人们叫我们政敌呢？我们为什么也觉得两人中间有了一道沟。我承认，我时时觉得有一双眼睛瞪着我，这双眼睛就是你的。你越不到任，我愈觉得这双眼睛太厉害。"

面对于泽的真诚，回忆着往事，我的内心也似乎分离成甲我和乙我。甲我说，我也不知道为什么，自从从政以后，我就自觉不自觉地搞起了一些名堂。乙我说，是的。我担心我这个没有到位的一把手的力量无法制约二三把手的力量。在团县委，这种担心便开始了。如今，这种担心急剧膨胀。我的担心难道没有理由吗？

我向于泽摊开了自己的内心。我这个人面对真诚还是能够报以真诚的。我说老伙计，我怕姚永是你的人，你车、马、炮具全，我会变成你的傀儡。

于泽激动得站起来了，说："实话，好，说的是实话，我就知道，咱们还是战友。你的担心我理解，可是伙计，我于泽是那种人吗？按照你的逻辑，我应该坚决不用姚永。你不知道，他的右派是我老爹打的呀。当然，后来老爹向人家贴了情，还说了媒。按照老兄的逻辑，我敢用可能会恨我老爹和我的人吗？我不信你那个逻辑，所以，我敢用人家，人家有才嘛。”

在这一道防线上我承认被老于攻破了，我应该退一步，退到更深层的阵地上，在那个阵地上我还有更加坚固的防线。

我说：“老于，在这个问题上，我是有私心，可是，更多的还是公心。”

老于不懂，问：“公心？”

我说：“我是下定了狠心，要把郊县搞成全国，最起码也是全省第一流的县。”

有一个声音在我的心里头说，那样，你就有了梯子，有了资本，可以爬上更高的位子了。我在心里反驳那个声音，你为什么老是用手电筒映照我心灵的最深处？政治家的雄心和野心是一回事。

老于说：“我从心里承认，你干什么，治一个连队，一个团县委，一个县委，甚至一个市，你都有信心把它治理成第一流的。”

我拍案叫好，说：“这就需要一个前提，必须由我来进行组阁。只有这样，常委一班人才能以我为核心，同心同德领导郊县的四化。”

老于说：“你这一套，在政府，在企业，也许是很时髦的，在党内，却行不通。”

我说：“老于，咱们是战友呀。听我的。不那样干，党委一班人根本是无法团结的。为了郊县，老于，请你按照我的意见办吧。”

我不能不得意。我的真真假假、假假真真，令人眼花缭乱。我有那么多法子固守自己的阵地，而于泽却只有一件武器——真诚。看看他的脸，真诚得叫人悲哀。于泽没话了。这时候，西灵出场了，开始帮助于泽。

她说："东野，我同意你的大胆没想。但是，政府、行政部门的个人组阁所暴露出来的问题却值得我们深思。团结是团结，结果却有两种。一种是同心同德干四化，一种是狼狈为奸谋私利。有的组阁，就全烂了。这里，根本的问题是组阁者的动机、方针、人品。如果组阁者人品很差，目的又是为了巩固个人的地位，方针是任人唯亲，这样的团结是很可怕的。"

我的骨头里似乎吹进了一股冷风。世上，竟有这样的女人，如此美艳，又如此厉害。

我说："我不得不佩服你的尖刻。西灵，我一切可都是为了郊县。"

西灵说："我不敢评价。但是，我想问问你，放在郊县的天平上，这头放姚永，那头放小曲，哪头沉哪头轻呢？"

我知道我的面庞出现了少见的尴尬的白块。我觉得，我内心深处最后一道防线被这个女人推毁了，暴露出了最里边的东西——我的内心有许多个院落，每一个院落里都藏着一些东西，而这些东西分别被一层一层的墙保护着。这些墙便是真诚。每当一些东西面临暴露的危险的时候，真诚便出来做卫士了。而卫士是很有保护作用的，它们会叫人感动、信服。这个女人摧毁了我心灵最深处的墙，暴露出了最里边的东西。我有一种被剥光了衣服的恼羞，我皱着眉头，对西灵说："只有最坏的人，才把人看得很坏。"

西 灵

于泽不得不承认我的说法是正确的，我从他的眼睛中读出了信服。但是他眼睛中的迷惘又说明他不敢相信他的战友真像我剖析的这个样子。他更知道东野是个极其自信的人，他大概不想让东野太难堪。他说："东野，你可能并不了解小曲……"

我在心里说，于泽，善良、宽容超过限度就是无用了。将来，你的战友会把你吃掉的。人们呀，你们总是容易相信东野这样的人，所以，这个世界才闹成这个样子。

"于副书记，为了郊县，我要向你推荐一个更合适的办公室主任。因为我知道姚永这个人才华固然尚存，锋芒却没有了。"我说。

"谁?"东野光问。

"你认为最坏的人。"我说。

"西灵，你说谁?"于泽问。

"我。"我说。

两位书记都愣了。

我索性一不做二不休，把玩笑开得更大。我对于泽说："我还要向你求婚，可以吗?"

于泽看着我，问你爱我?

我挑衅似地看着东野，又对于泽说："我想做你的一条臂膀，这样你或许更有力量……帮助东野。"

东野笑了，笑得有点干巴。说："老于，答应吧，西灵是个好……女人。"

他在骂我。可是我不在乎，我说我是一个女人。女人就比姑娘便宜吗?

于泽却出奇地平静，说："你是我很合适的办公室主任人选，我要在常委会上提出你来和姚永同志竞争一下……至于另外的事情吗……我却不能答应你。"

"你……为什么?"我有点恼。你有什么了不起的?你别把自己看得太高了，你应该受宠若惊才对，我在心里头说。

于泽淡淡一笑，说："我不喜欢太喜欢政治的女人。"

这时候，夏天已经变成强弩之末，白茫茫的夜光透出一缕缕清凉。在清凉的风中我的心态慢慢好起来，我说我的话两位别当真，政治、爱情统统都是玩笑。郊县的棋盘目前还轮不到我来走棋。应该谁走就是谁走。

东野光率先哈哈大笑，说，西灵说得对。老于，郊县的棋盘目前该你走，你走好了，我的意见仅供参考。

可是，后来的结果表明，郊县的棋盘那时候也并不属于于泽，出任办公室主任的是小曲，而不是姚永。

4 轮回

0

原大中集团公司总裁、全国著名农民企业家金大中，在公元一九九六年春天很好的阳光里走着他人生的最后一段历程。这段历程大约有十五、六米的样子，那是一条季节河沟，去年秋天枯黄了的水草经过一个冬天的风吹雪埋更加干瘦，一根根如老牛的毛一样单细，但是，春天的草丛里毕竟还是开出了几朵伶仃的“小鸡花”，瓣儿如星星点点的小米粒。金大中想蹲下去采一把，此时他的脑海里飘过一个七八岁男孩的身影，那个男孩的手里举着的便是一把“小鸡花”。可是，他知道自己不能够蹲下去，男孩子的影儿飘忽一下就消失了。随着最后一段历程的一步步减少，他愈来愈感觉着自己是条汉子，他对自己说你不能熊，说什么也要撑到最后一秒钟。他几乎是昂首阔步地朝前走着。插在脖颈上的亡命旗子刚才还有点儿沉重，如今也似乎轻飘飘的了。他想，这种死法还说得过去，不怎么窝囊，配得上我金大中的身架。后边黑洞洞的枪口形成的那一股冷风嗖嗖地像一条蛇骚扰着他的后脑勺，这种感觉愈来愈清楚。但是他知道那颗要命的子弹还藏在枪膛里。我要撒尿，他想。憋回去，熊种，他命令着自己。我还有两分钟也许是三分钟的活头，其实两分钟和二十年也

差不多……我什么样的山珍海味没吃过熊掌豹胆可算得上是"海陆空"了我什么样的小酒没有喝过茅台 XO 人头马拿破仑我什么样的女人没有睡过洋的土的老的嫩的古典的现代的……共产党的钱也让我花了几百万比王宝森他们也差不到哪里去了死而无憾了金大中同志……快意还没有过去，却马上又有一股冤屈涌上心头。我毕竟为共产党挣了一个亿，也许是从共产党的这个腰包里掏出来塞进那个腰包。唉，反正便宜了孟庆仁那个蛋仔儿，他白捡了我用命换来的这个大公司。我还是冤大头，他在心里说，该枪毙的企业家决不仅仅是我金大中一人。这个时代是企业家的时代，也是死刑犯的时代。企业家和死刑犯也许只隔着一层窗户纸是不是？不捅破，你是企业家，捅破了，你就是死刑犯。我的命短呀，撞到了枪口上。

这时候，那颗子弹终于接受命令从枪膛里飞出来，打中了金大中的后脑勺。他感觉着自己的脑袋一下子像一块石头被铁锤敲碎了，他最后的感觉是他妈的很痛快，可惜，那种痛快感觉一刹那间也像一块石头被铁锤敲碎了。与此同时，那泡尿也冲出来，把金大中的裤裆搞得湿漉漉的。

三天以后，金大中那冢新鲜黄土垒成的坟头上突然神不知鬼不觉地出现了一个不小的花圈。花圈的档次很高。有人说了，这花圈肯定是金总的接班人孟总偷偷送来的，他白捡的这份肥差是金总用命换来的，他能不表示表示吗？起码，他知道金总的厉害，为了心安，他也应该用这种方式来祈求亡灵的宽容和庇佑。马上就有人予以驳斥，说这花圈肯定不是孟总送的，孟总和金总有着顶天大仇，当年就是金大中把孟总从大中集团公司的前身黄河水泥厂赶走的，谁不知道，水泥厂是人家孟总建起来的。到底哪种说法可靠，也就是说花圈到底是谁送的，看来只有坟里的那个死鬼知道了。

新上任不久的大中集团公司总裁孟庆仁（他已经给县工商局

打去报告，要求将“大中”更名为“大仁”）那天站在那幢豪华小白楼的阳台上，分明听见了那一声枪响，可是这个55岁男人的面庞没有出现任何表情，只是冷漠地看着远方的一片怪乎乎的云彩出神。小白楼的女经理，金大中两年前高薪聘来、后来又失宠的大学生汪虹走过来问，孟总，今天中午您喝茅台还是人头马？她想，这个男人肯定会庆祝一番的。我要亲自招待他。也许，他比金大中要少一些粗暴。孟总却说，你今天穿得是不是太红了。她想不到孟总为什么会说出这句话。她说这些天我一直穿着这身衣服。她停了停又说，金大中曾经要赶我走……

孟总瞟了她一眼，说，你现在可以走了，到财务处拿上三个月的工资。

女人吃了一惊，问，您这是什么意思？

孟总说，还要我再说一遍吗？

对于您，我有什么过错吗？女人用好听的中音沙哑着嗓子问。

不，孟总说，大仁集团公司不需要女人。

1——1986

黄河水泥厂奠基那天，谢书记率领县里五大班子的第一把手来了。

谢书记手持铁锨率先破土，随后，县长、人大主任、政协主席、纪委书记纷纷动手仿而效之。孟庆仁也拿着一把铁锨，却挤不进五六位领导围成的圆圈。坑越挖越大，孟庆仁只好说让我来让我来不敢劳动各位领导的。他似乎只有说的份儿。他的尴尬，他的不过意，在第二天的电视新闻中，与众位领导的自然、朴实、实干，形成鲜明的对比。

一个坑很快地让领导们挖好了，深一米，直径也有一米。孟

庆仁终于找到了自己的活儿，他那时候还年轻十岁，所以很容易就抱起了那块用于奠基的石碑把它栽在坑里。扶正它，把鲜艳的红绸子理顺，于是，各位一把手又争先恐后地埋着石碑。然后是谢书记手扶系着红绸子的铁锨供专门请来的省电视台的记者摄像，县长带头靠边站，人大主任及其他一把手也就只好怏地站到县长的一边。谢书记也不去理乎他们，却招手让孟庆仁过来和他站在一起。孟庆仁憨笑着不好意思，谢书记说，黄河水泥厂是我县，不，据我所知，是全省第一家年产三十万吨水泥的乡镇企业。庆仁，如今你是全省最大的乡镇水泥厂的老板了，孟老板，气魄一点，潇洒一点嘛。

孟庆仁听懂了书记的话，很“官场”地向记者、也明显地向着几大班子的一把手们说，黄河水泥厂从立项到筹建、贷款、购进设备等等，都是谢书记亲自抓的，没有谢书记，根本就没有黄河水泥厂。

谢书记自然地笑着说，你说的倒是实话。孟老板，你还记得我逼着你贷款的事吗？

孟庆仁赶忙点头，说，书记具有开拓精神、超前意识。而我们都是一些小农，鼠目寸光，胆小如鼠。

县长这时候也插上话了，说，孟庆仁你可不是小农，黄河乡十村八庄，谁不知道你这煤井大王？

孟庆仁对于县长突如其来的夸奖似乎也不大谦虚，说，县长说的倒也是实情，我当了八年的黄河公社工办主任，黄河公社十个小煤井都是我挖出炭来的。

那是你的过五关。谢书记不客气地说，那天，我把工商行行长领到你的办公室里，你像老鼠见了猫一样害怕人家。人家说孟副书记，谢书记让我给你送来了八百万低息贷款，筹建黄河乡水泥厂，你说什么来着？

孟庆仁眉眼里都是笑，说，我说你饶了我吧，我从公社工业办公室主任干到乡副书记，管了十几年的工业了，最多的也只贷过三万元，夜里还睡不着觉，白了几缕头发，怕还不上坑了国家。八百万，那天我吓得脸都白了，我想，到时候还不上，枪毙我三回也抵不了债啊。那天，我只是一个劲地说不敢要我不敢要……

谢书记看着整个场面有点冷，有些人对这些谈话显然不大感兴趣，便打断孟庆仁的话头，说孟老板，今天中午在哪里招待我们的记者吃顿便饭呀？

孟庆仁恍惚了一下，赶忙说百脉大酒店，都安排好了。

那时候，这里还没有撤县设市，县城里还没有直插云天的旋转餐厅，灯光变幻莫测的 KTV 包间，花花绿绿的卡拉 OK 舞场，最高的楼房只有四层，灰不溜秋的，火柴匣子一般。档次最高的酒店还是县委招待所的贵宾厅，而如今洋气阔气媚气十足的百脉大酒店那时候才开业三个月，也还是标准的八十年代水平。孟庆仁认识总经理，他当年也是一位工办主任 ，曾多次托孟庆仁买过煤炭。孟庆仁说要在这里宴请县里五个一把手和七八个记者，还没有等他提出优惠的请求，总经理已经主动说了，那好，最好的雅间，最高档的菜，王八什么的都上，要你一百元，酒水另算。

孟庆仁嘿嘿冷笑，说你变成买卖精了，不宰朋友不富是不是？

天地良心，我刚刚够本。那个总经理说，你现在大发了，百儿八十的还不是牛腚上拔一根毛？

唉，孟庆仁从心底里叹出一口气，说，不瞒兄弟，这钱都是贷的国家的。你看看，我这一天比一天多的白头发。自从八百万一到账，我这一颗心就吊了起来，什么时候还得上呀？今天这个奠基仪式就“裂”了一千三百八十三。

那个总经理笑了，说，今天中午我的酒你还没喝，怎么就算

出来了？

你不知道我孟庆仁是有名的“铁算盘”？我计划好了，两桌十八个人，一个人平均三两，共计五斤四两，百脉泉大曲，一块八一瓶，正好。菜金我就是给你打了一百元一桌。嘿嘿，我知道很难抠你这个鸡腚。孟庆仁说。

总经理看着孟庆仁，笑悠悠的。压低声嗓说就怕老“一”要喝茅台。我都给你准备好了。

孟庆仁忙不迭地插上话，说不要，那玩意可碰不得。书记他好意思要茅台酒？

孟庆仁的话刚刚落下尾声，谢书记就满面笑容地推门进来了。说孟老板，今天应该庆贺庆贺，全省乡镇水泥第一家终于在我们县诞生了。

孟庆仁说应该庆贺，应该庆贺。

庆贺就来两瓶茅台吧，一桌一瓶。谢书记说。

孟庆仁咽下一口唾沫，有点结结巴巴地说，早、早就准、准备好了，这点小事还、还让书、书、书记费心？

那个总经理要的就是这话，趸过去，伸手便从柜上取下两瓶茅台递给孟庆仁，孟庆仁暧昧地看他一眼，接过茅台，跟着书记向雅间走去。

应该说孟庆仁可谓“酒精（久经）考验”的乡镇干部了。他管过十年煤井，那可是七十年代最肥的差事。那个年代，腐败还处于不正之风的初级阶段，送彩电、金银，送票子，送女人的事儿还没大听说过，不过，请酒之风已经炽盛。管煤井的官儿几乎一天两场酒。他大体算了算，十年间他足足喝了七千二百场，酒足足喝了几大缸。先是杯酒下肚脸红脖子粗，后来斤把六十二度的白酒已经是“小菜一碟”了。每逢斤把酒下肚，他眨巴眨巴大眼睛，左手托起一个空盘子，右手扬起脏兮兮的小手绢，便沙着嗓子唱起“叫张生你藏在我的棋盘之下，一步步行来一步步挪……”他的“红娘”顶风传十里。唱完了，骑上他的大金鹿自行车一溜烟回家，抱起媳妇就上床，什么事儿都不耽误。

不过，十年来他却不记得自己喝过茅台。

茅台是他的梦，他经常想，什么时候咱们也能足足地喝上七八两茅台呀？后来当了分管工业的乡党委副书记，茅台梦想成真，然而，几次都是坐三四把椅子的角色，只是湿了湿嘴头子，香了香鼻子而已。

今天好像能够放开嗓子喝了。谢书记说，我并不太喜欢这东西，喝多了喝常了和地瓜干子酒一个味。只不过想叫大家解解馋。几个一把手当然只好照此办理——装出一副不屑一喝的样子。他却要一桌一桌一个人一个人地挨着敬酒，一人敬一杯，十七、八杯就有了。那时候，把他当成“赫鲁晓夫”的乡党委书记、那个不长胡子的“太监”还没有来，满脸络腮胡子的老书记滴酒不进只是陪着吃菜。他理所当然地义不容辞地代表乡党委一杯又一杯地敬、喝。

不知道为什么，今天的茅台让他感觉着水腥腥的，难道是假的？他在心里问，嘴上却还要叫好，说，不愧是茅台，不喝可是吃大亏了。硬是当完一圈“官”儿，胃里便开始搅腾，搅腾得脸上出了冷汗，面庞也由红变白。

猛不丁他想起那个“八百万”来。“八百万”钻进脑子便让他神思恍惚，那天的情景开始在眼前变幻……

他说，三十万吨，一个月不就是两万五吗？一天快要一千吨了，谢书记，我不敢接这个任务，砸扁了我一天也给您挖不出一千吨来。

谢书记慢慢地说，庆仁，都八十年代第七个春天了，还当小脚女人能行？胆子应该大一点，再大一点，胆大包天最好。咱们干就要干大的，干第一，全省第一，这才有政治效应。

孟庆仁奇怪地想起五八年大炼钢铁，那年他十八岁，当炉

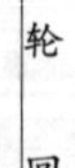

长。那年他说一天能炼一万吨钢，他成了红旗，而另一个炉长却当了白旗，因为他说一天只能炼一吨钢。

他想说什么，却奇怪地强迫自己把话憋回去了。

谢书记又说，孟庆仁，我选了十八九个人才选出你来。你名气大，干工业的历史最长，是这一带的能人。此其一；（他又让县长逼着给谢书记敬酒。他有点摇晃地站起来，他给书记端酒）。其二，黄河乡有取之不尽用之不竭的石灰石，这是水泥的第一原料。离火车站又近，从山西进无烟煤方便；其三，你这个人作风正派，历史已经证明，你不会搞歪门邪道。有这三条，黄河水泥厂厂长非你莫属。

孟庆仁心中也很感动，可是，他这个人心里有疙瘩什么事也不能干，他说，书记，就算我能给你生产出三十万吨水泥，你让我卖给谁呀。这可不是煤炭，老百姓一天也离不了它，挖出来孬好都是钱。

谢书记说，你这个人呀……（谢书记竟然端起一杯酒来敬孟庆仁，其他几个一把手也纷纷跟着站起来，谢书记说，孟老板，这台子戏全靠你了，来，我来给你壮胆。孟庆仁此刻什么也不想就想唱"红娘"，他说谢书记，我来、来给你唱一段"二黄"，"叫张生……"谢书记却说我不想听那玩意儿。唱好"红娘"没用，唱好了水泥厂这台子戏我重重有赏。这句话让坐在末尾专管倒酒的乡党 委秘书听进了耳朵，他用心记了下来，日后便让年轻风流的妻子去给孟庆仁当办公室办事员。这个女人按照丈夫的指示即只要不失身什么事都可以干，对孟厂长很是殷勤。她问丈夫，这样干值得吗？丈夫说值。两三年后黄河乡必是孟氏天下。可是，孟庆仁对于那个女人的卖弄风情很是反感，竟然让她下了车间去干统计员。秘书恼羞成怒，当那个"太监"书记来了以后，他很合时宜地把这次酒宴上县委谢书记的那句话传给了乡党委书记，当然，他把"重重有赏"修正成了"重用"，从而引发了第一书记对第二书记在政治上的警惕，从而才有了后来的一系列故事。如今乡乡建大楼，厂厂盖大厦，水泥不成香饽饽才怪哩。我给你打电话，分配。我叫他们买，他们还能不买？

孟庆仁总算有了笑容，他说，水泥厂我接招了，可是……这八百万的贷款我可是吃了豹子胆也不敢要的。

那位工商行长哈哈大笑。笑一阵子，说，典型的小农。孟书记呀，我真服了你。我告诉你，这个月，全国银行一下子放出去七百个亿，你这八百万算个逑？再说又是谢书记批的，说句万一的话，真的还不上，谁还能怎么着你？

行长，我这一辈子死守一条理，国家的就是国家的，别人的就是别人的，父债子还，我不敢给黄河乡的老百姓拉下一屁股债。孟庆仁看着谢书记，说，咱们从小开始，先一万吨一万吨的干不行吗？那样子干，借个五万六万的我敢。干个十年八年，我也能给你干出一个七、八万吨的水泥厂来。

谢书记显然有点急，说话的声音也尖硬起来，孟庆仁，你是共产党不是？县委让你建三十万你就建三十万，讲什么价钱你？

孟庆仁勾下脑袋，下巴额低到胸脯子，说，话说到这份上，我服从组织决定就是了。这个厂长我兼了，八百万我也要了。

那天距离今天也就是十来天功夫，孟庆仁机械地灌着领导们敬来的茅台，迷迷糊糊的大脑把两天混在一起。他说八百万我要了，要了。

谢书记说八百万不是给你了吗？

孟庆仁憨憨地笑着，说书记，是给我了，我是大老板了。我有了八百万，来，我敬各位领导一杯，茅台。

专管斟酒的党委秘书小声地说孟书记，茅台没有了。

他大叫，再来两瓶，这酒我是愈喝愈有味了。茅台就是茅台。

2——1991

一九九〇年，黄河乡党委书记易人，走了一位年岁大的，来了一位年岁小的，走了一位满脸络腮胡子的，来了一位白白净净连下巴也没有长出几根胡子来的。

新书记姓单名信举。

半年后，也就是到了一九九一年的春天，党委便正式任命金大中为黄河水泥厂的厂长。

新厂长上任的当天，老厂长孟庆仁就离开了水泥厂。

关于金大中上任孟庆仁离任起码有三种传奇故事。

第一种故事说，"混混""泼皮"金大中这一回很讲究智谋策略，他在百汇大酒店专门请了孟庆仁，让孟庆仁喝了八大两茅台酒。在孟庆仁腾云驾雾之际，金大中许以优厚条件，即孟庆仁之子永远担任水泥厂财务科科长；即孟庆仁永远从水泥厂领取高额工资（比在乡机关高出三百元）；即孟庆仁还可以批条子买半价水泥等等。孟庆仁醉眼朦胧，显然很满意，说大中呀，世人都说你是小人，我认为你是君子。明天你来，我走人。

第二种故事似乎比较符合金大中的性格逻辑。

传说那天是个半阴半晴的日子，金大中一个人也没带，像个孤胆英雄，一脚踹开厂长室的门。孟庆仁仰坐在老板椅上，慢悠悠地说，大中呀，你不呆在养猪厂里到我这"疙瘩"来干什么？金大中那天戴了一顶黑呢子礼帽，听了孟庆仁的话，取了礼帽，一甩，帽子便飘悠悠扣在孟庆仁的头上，遮住了他的前额和两只眼睛。然后，金大中一腚坐到老板桌上，说，孟庆仁你可是我的老手下败将。还记得不，一九七八年，你这堂堂的工办主任叫咱老金捉了奸，一条绳子捆了一公一母，公是你，母是官庄那位风流寡妇，公的母的都是赤条条的……

金大中尽兴地奚落着孟庆仁，孟庆仁用金大中的呢帽遮住半边脸一动不动一吭不吭。

金大中又说，如今这天下不能捉奸了，捉住也没用。如今时兴捉脏，我说孟大厂长，你还记得不，那年水泥厂搞基建，那个建筑队长可是给你送去了一万块钱，那天是一九八九年七月八日晚上九点，你叫屋顶上滚下的一块石头吓破了胆子，你说大概是只猫。告诉你，不是猫，是我，扔下一块石头吓你的。我在你的屋顶上趴了七夜，风雨无阻。怕还制不了你，我又用法儿让那个建筑队长写了证明材料。你看看，在这儿哩。金大中从怀里掏出一张纸。

孟庆仁压低了嗓音，问，金大中，你要干什么？

金大中嘿嘿冷笑，说，小事一桩，你乖乖地回乡去当副书记，把水泥厂交出来。我并不太想把你送进检察院，那样子有点毒。

于是，孟庆仁戴着金大中那顶礼帽乖乖地溜出了黄河水泥厂。

第三种故事比较简单，可信程度明显地小于前面两种。

传说金大中带了一个司机早晨来到水泥厂，恰逢孟庆仁坐在他的皇冠车上，引擎已经发动，他要出门。金大中什么话也没有拦住车子拉开车门就拖出了孟庆仁，自己弯腰坐进去。孟庆仁呆呆地站着脸色铁青，却什么也不敢说什么也不敢做。他的司机等了一会儿看看没有动静只好钻出来，金大中的司机坐进去，车子一溜烟开跑了。如今夺权不夺印，夺车子就行。

金大中到底是采用了哪一种法子赶走的孟庆仁，众说纷纭莫衷一是，而他也似乎有意识地保守着这个秘密，有好事者问起此事，他每每笑而不答，顶多说一句那“仔儿”哪能是老子的对手呢？不管是哪一种，反正金大中上任了，孟庆仁离开了水泥厂，这是事实；第二个事实是金大中的上任虽然有乡党委的红头文件

却没有哪一位书记抑或党委成员把人家送进厂子宣读一下文件，当面告诉孟庆仁你被免去水泥厂厂长了，你该走了。完全是金大中自己完成这些程序的。

金大中于一九九一年的春天走进黄河水泥厂的时候，恰巧一群乌鸦大约有二百只的样子聒噪着从西边飞来落在水泥厂的一座小山上。

金大中看了那群鸟们一眼，骂，老子不怕你们报凶。看看这个烂厂子，孟庆仁，操你八辈子祖宗，这哪里是人干的活儿？乌鸦们喳喳叫着占据了整个山头，山头原来是灰色的，一下子变成黑乎乎的一片。

小山耸立在工厂的南端，占地五十亩，高约三十丈。四年前这里还是一个大坑，如今坑平了上面又长起了高山。这是一座奇山，一无树木，二无岩石，三无野花青草，一座山全部是用凝固的水泥砣砣组成。第一年，425# 水泥百分之八十不能用，全部拉出去填了坑。第二年、第三年不能用的也有百分之五十，坑上便凸起了顶。第四年，几万吨水泥卖不出去，雨季过后，一袋袋水泥变成砣砣，只好从仓库里拉过来堆上去，于是馒头顶子变成了山。

乌鸦在山上跳着，寻找着，过了一个不小的时辰，最后一无所获，只好悻悻地飞走。

厂房倒是盖了不少，计划用来安装两条现代化生产线的，结果只安了一条，便有一半空着。有的圆窑做了很随便的厕所，有的火柴匣子一样的成为工人的宿舍，有的一直空闲着，当年建房时的碎砖烂瓦也没有清理出来。七八根烟囱有四根喷吐着白烟、黄烟，毫无顾忌，另外三四根冷清清地站立，其中一根的顶端垒着一个其大无比的乌鸦窝，乱蓬蓬的。

一群头戴帆布帽灰头土脸的工人正在吃饭。金大中走过去，看见大多数饭盒子里盛的是窝窝头、咸菜。他问一个年轻人，这年代家里还让你吃这种东西？年轻人苦丧着脸说，半年没开一分钱了，家里让吃这个就满面子了。金大中大声说，你们不会和他“拜拜”？年轻人说有本事的有好爹的都“拜拜”了，我们“拜拜”了没处去不“拜拜”。金大中问，你们信我不？年轻人说，倒是听说你挺牛×的。金大中说，冲着你这句话，不用半年，我让你也牛×起来。厂长，怎么个牛法？年轻人问。金大中说，先得开上工资，然后是奖金，大把大把的，再是摩托，后边带上女人，下了班，卡拉，跳舞，想吃什么吃什么，想玩什么玩什么，想喝什么喝什么。

工人们斜着眼睛去瞧新来的厂长。

金大中离开工人，钻进小车。那个又瘦又高的司机问，去哪，厂长？

他叫，工商行。

车子里，他用礼帽遮住面庞，面对黑暗，开始了第一步的谋划。厂子已经死了，要想起死回生，只有一副灵丹妙药，就是钱。可不是小数目，最少一千万。偷，偷不来；抢，抢不来，只有给银行去当孙子，如果这个行长想当爷爷，自己就当四孙子。如果这个行长想玩女人呢？那就只有去给他找婊子。干企业，我算看透了，就是把共产党的钱从这个不归自己管的腰包里掏出来，塞进那个归自己管的腰包，然后才是“装猫变狗”。

还是那个给了孟庆仁八百万的行长。四五年了，行长面庞更加白润，头发更加油黑。听说，他加入了省书法家协会，好多厂子都请行长题写厂名，还有的把行长的字求了来裱好了挂在接待室里，和谢书记的字挂在一起。

金大中开门见山，说是来求墨宝，黄河水泥厂要在文化上上档次。

行长看着金大中，问，孟庆仁呢？

金大中说，我不知道此人去哪里了，反正如今“黄河”姓

金了。

行长笑了。沉吟片刻，说求墨宝是假，要贷款是真。你要多少？行长莫测高深地看着金大中。

金大中说给多少要多少，多多益善。

行长说，我这里有个一千万的规模，你敢要吗？

金大中的两只小眼顷刻变成两颗电灯泡。他说，我要了，行长，办手续吧。

慢，行长说。这个字叫行长说得又轻又缓。棉花套子一般。

要我的命都给，行长，这样行了吧？金大中说。他想小子，我看出来了，你决不会白给我。只要你给了我，要脑袋也行。

行长说，先小人后君子。除了国家规定的利息一厘也不能少以外，还要扣下三十万，银行要组团，赴泰国考察。

金大中的眉头皱都没皱一下，便说行，扣吧。再多扣五万，我陪行长去，给你当勤务。

泰国一游七天八夜很快就结束了。回国后，行长和金大中成了最铁的哥们。

人们发现，凡是场合，一般地说有行长必有金大中，有金大中必有行长。两人挤眉弄眼，笑一些谁也不解其中奥妙的笑，说一些谁也不懂其中内容的话。

比如在百脉大酒店。

一位小姐大腿很白很美，行长朝着小姐旗袍的开衩处笑笑，金大中也笑笑。

行长问，比“椰子”如何？

金大中回味一会儿，说丰满一点儿，润就差一些了。可是，不试试怎么知道呢？

当然，两个人的话说得只有两个人听得清楚。

一天深夜，行长突然打来电话，说，大中，我那药用完了。

金大中说，我马上送过去，老地方见。

当然，一千万很快就到位了，黄河水泥厂像熬过冬天的田野三五日就万紫千红起来。

行长给金大中送来一辆“林肯”，金大中二话没说就留下了，吩咐会计立即电汇八十万给青岛某某单位。有人说，这车省长也不摊坐。金大中说，省长不摊坐的车，我金大中照坐不误。车子是脸，是腿，是身份。

金大中坐着“林肯”到乡里开会，呼啦啦围上几十名乡里干部。

啧啧，大中真牛×，山东第一辆呀。

看看人家这车那才真叫气派。

金厂长，抽空拉着俺去兜兜风好不好？说嘛。

……

单书记迈着很标准的四方步子过来了。说，大中，咱俩换换车如何？我也是皇冠3.0呀。

金大中哈哈大笑，说单书记，你那破车也叫车？

书记突然阴了脸，说，换还是便宜了你，明天给我开来，这车，归乡里了。

金大中急了，叫，书记，你可不能欺负人。你可不能搞“一平二调”呀。

单书记矜持地笑了，说，开个玩笑嘛，看把我的金老板吓得小脸都白了。哪能呢？我还是赞成企业的同志坐好车的，车子关系到企业的形象嘛。

金大中在心里狠狠地骂着，龟孙，想吃唐僧肉呀，我可不是孟庆仁。脸上却堆出害怕的笑，说，其实，这车子我坐着心里有愧呀，我怎么没想到单书记才坐着一辆皇冠呢？该死。书记，生米煮成了熟饭，没法子了，我在这里向领导做检讨了。等水泥厂日子好过了，我马上给书记买一辆“水星”，比“林肯”还高出一个档次。

单书记光溜溜的嘴巴子嚅动着显然想说什么，他的这个细微动作显然被金大中看见了，金大中心里叫苦不迭，金大中呀金大中你这个“圣人蛋”，你显得什么山摆得什么水呀，你难道不知道乡政府大院两个月开不出工资来了？单书记八成是想问你要钱，快，快堵住他的嘴。

这样想着的时候，金大中便本能地做出了反应，他说，夏天马上就要来了，水泥厂考虑到各位领导的防暑问题，愿意向每人赠送一台金龙牌吊扇。说完，他抱抱拳，说我还有急事，告辞了。

他钻进车子，车子刷一下开出去了乡机关大院。

坐在车子里，他对司机说，你帮助我记住一件事，以后，“林肯”坚决不进乡机关大院，听见没有？

司机点点头。

他很满意司机好像一个哑巴，有时候比哑巴还哑巴。

3——1987

一把猫头样子精工细作的锡壶煨在一九八七年冬天的火炉上。锡壶里盛的是“茅台”，壶底还放了几块石英碎片。火炉是用钢板焊的，炉子里装满了山西大同的无烟煤。

炉火像彩绸一样细柔，无烟，无声，鲜艳。

酒壶发出咝咝啦啦的响声。

看着美妙的火焰，听着酒壶的动静，端着酒盅嗞噜一盅，又是嗞噜一盅。酒肴也是相当不错的，可是他并不大去动它。真正喝酒的人都是这个讲究。黄河乡党委副书记兼黄河水泥厂厂长孟庆仁感觉着五脏六腑乃至身上的每一根骨头，每一块肌肉，每一缕头发，都像六月天的谷子喝饱的雨水一样滋润，舒坦，熨帖。

投产已经有一段日子了，他感觉自己干得十分自在，潇洒。

每天上班，只是发布几道命令便万事大吉，然后坐下来品茶，酌酒。他对茅台是越来越离不开了，就像热恋中的一对情人粘糊得掰不开脚趾头。十点半，伙房的头儿亲自端着雕花传盘上楼，传盘里四碟炒菜一碗汤，外加一瓶茅台酒。锡壶是放在茶几子上的，伙房并不拿走。这把锡壶是伙房的头儿送给他的，伙房的头儿说，厂长，我爷爷是大清朝的秀才，这把锡壶是我奶奶的嫁妆，她爹爹让带了来伺候姑爷的。你看看壶盖上这颗红玛瑙，二百年了愈发鲜亮。他说好小子，知道孝顺干爹没有坏处。伙房的头儿是乡长写条子介绍来的，但是乡长并未说明此人是什么亲戚或朋友，只是请他照顾。小子却十分地精明，来厂三天就拜他为义父，义父马上委任他为食堂主任，并兼做购进四五百张嘴巴子需要的各种东西的采买。他懂得，这可是肥差，干上三年，最老实的人也能盖起三间大瓦房。

品着酒，他想起投产那天，谢书记来剪彩。那天书记出奇地高兴，他觉得书记高兴的原因是一年工夫拔地而起的这座大水泥厂，这固然是原因之一，其实，最根本的原因是因为几天前省里那张最权威的报纸在头版头条刊发了一篇很长的通讯，名曰《山东乡镇水泥第一家诞生记》。文章把他作为最赋开拓性的改革家来赞颂。他内心几乎压抑不住那股左冲右突的狂喜，他在心里说，我终于爆炸了一颗政治原子弹，这八百万的投入值得。

那天，书记起码喝下斤半茅台，清秀的书生面庞红若玫瑰。他猛丁问，我那个外甥干得还行不？

孟庆仁赶忙说，齐鹏可是个人才，他是我的第一副厂长，分管生产。生产上的大权小权我全部交给他了，我只对齐鹏交待过一句话，好好干，别辜负了谢书记的一片苦心，这厂子可是他的。书记放心，齐厂长会干好的。

谢书记看看在座的乡党委成员，说，那孩子不大行，我知道的。我原来的打算只是想把他送到乡镇企业来锻炼锻炼的。给他个科长什么的就行了。

孟庆仁说，高射炮哪能去打蚊子。谢书记，我还是相信那句话，老子英雄儿好汉。在座的各位，都为水泥厂输送了人才，我在此一并感谢了。

满脸络腮胡子的乡党委书记扫了众人一眼，率先为孟庆仁表功。他说，孟书记可是把这百把斤都献给了水泥厂。从奠基到现在，他住在水泥厂，吃在水泥厂，哪里最累他就出现在哪里……

乡长赶紧说，谢书记，县委应该给孟庆仁同志记功。

众多的乡党委成员也纷纷用各种方式为孟庆仁摆好。

孟庆仁在心里说，我的治厂方略终于获得了政治效应。

锡壶里的动静更加悦耳，发出一种奇特而好听的金属的声音。冬天的阳光铺满了天井，阳光在上面镀了一层金黄。

孟厂长猛地干了一盅，自己对自己说，老孟呀老孟，你这步棋看得高哇。干企业和打仗一样，“上阵仍须亲兄弟，报仇还是父子兵”。

眼光有些迷离。

一副图表出现在眼前。为了安排、摆好这张图表，他知道自己花费了多少心血。这张图表虽然不能挂在墙上，却必须把它钉在心里。

厂长——孟庆仁，后台，谢书记；

第一副厂长——齐鹏，谢书记外甥；

第二副厂长——王明远，张副县长介绍来的，据说是他一位女朋友的弟弟；

财务科长——孟凡宾，孟庆仁之子；

供应科长——兰英，女，乡党委书记的小姨子，党委书记写条子介绍来的；

办公室主任——于帮荣，乡党委组织委员之弟，乡党委组织委员宴请孟庆仁，在宴席上介绍而来；

食堂主任兼采买——丁三，乡长写条介绍而来，孟庆仁之义子；

……

他对自己的人事安排相当满意。他认为这样的安排，第一可以收到政治效应，这一点已经很明显，他在县里、乡里的位置呈直线上升的趋势。第二，这些人肯定和自己没有三心二意，他们一定会各负其责，忠心耿耿，自己从此可以高枕无忧，做一个自自在在的厂长。

这样想着，火炉上的小酒壶在眼前变幻成聚宝盆。他慢慢地咽下一口酒，酒香散遍全身，周体无比舒坦。

这时候，财务科长——他的儿子推门进来了。儿子二十四岁，高中毕业生，很有点小头脑，在村里是青年人的领袖。他却并不太喜欢儿子，儿子在他看来不大安分，充满了一些奇思怪想。尤其是对他说的话做的事竖挑鼻子横挑眼的，让他很不顺心。可是，他还是把儿子安在最关键的岗位上，他认为，再不听话也是儿子，儿子就是儿子，外人就是外人。

什么事，他斜着眼睛问。

儿子说，爹，关系是可以照顾的，如果是庸才，把他养起来不就完了，如果是干才，当然可以重用。而您却不管鱼鳖虾蟹都一律委以重任。这不，恶果终于结出来了。

你说什么呀？我不用你给我摆理论。有屁就放，有话就说。他用筷子夹了一块猪耳朵，放进嘴里慢慢嚼着。眼睛盯着小酒壶，根本不去看儿子。

儿子说，那位齐鹏，十足的花花公子，谁不知道他在县城里专玩有夫之妇，臭名昭著，谢书记才把他塞到这里来。他会什么？他知道水泥是什么东西？他只会泡在化验室里和女人鬼混。他……

爹爹灌下一盅酒，说，可他亲舅是县委书记，有这一条就

够了。

那好呀，你月月白给他工资不就万事大吉了？儿子说，可是，你让他管生产，这不，大半年了，烧出来的两万吨 425# 水泥合格率只有百分之十，一下子给厂子扔了几十万。

几十万？孟庆仁嘿嘿笑起来，说，八百万都是他亲舅给的，让他糟践个一百万二百万的也没什么。这就叫交学费嘛，谁天生会烧水泥？我这个厂长又知道水泥是什么？厂长不是照当不误吗？儿子呀，爹爹半年前和你一个思想，如今开窍了，这就叫中国特色，懂不懂？

4——1992

一九九二年的冬天最像冬天。

水泥厂的早晨，漫天的灰尘在晴好的日子也好像是西北风刮来的冰霰，扑在人们的脸上，火辣辣的疼，麻酥酥的木。日子是好了，冬天却依旧不好过。

金大中七点整来到门口，于帮荣这位“两朝元老”的办公室主任已经来了半个钟头。他的眉毛、胡子上沾满灰溜溜的霜花。

金大中赞赏地看着他，说孟庆仁那“仔儿”当厂长的时候你可不是这个干法呀，嘿嘿。听说，那时候你是麻将大王，一天一个通宵。

于主任咧着嘴干笑，说，金厂长身上有股邪劲，下边的不敢胡来。

于主任拿着本子一个人一个人地记录着上班的时间。手面子鼓鼓的又红又紫，指头艰难地拿着钢笔，写一会儿把笔头放到嘴巴子上呵呵热气。要不，钢笔水会冻住的。

正是腊月里冻死狗的四九天气。

厂长，冷，你回楼吧，他说。

你小子就不冷？厂长说。

有一个头戴狗皮帽子骑着摩托的工人嘎一下停在厂长面前。厂长说，小子有本事，昨晚上你在百脉大酒店搂着跳贴面舞的女人是谁？

那工人说厂长，只要上班好好干，下了班我就属于我自己了是不是？

金大中拍拍工人的肩头，叫，说得好。可是，兔子不能吃窝边草，水泥厂的女人你动一指头，我就罚你五千块，因为你有老婆。

那工人勾了头，说，厂长，你这讲究我懂，我也服气。

八点整，一秒不少，一秒不多。

金厂长问，五百二十八名职工都来了吧？

主任说有十个病假，二十个事假。

我知道。非常时期，工人请假都是我批的条子。金大中说，我怎么数着少一个人呢？

于主任暧昧地笑笑，说我数着一个也不少呀。

金大中说不对，缺一个人。你说是谁？于主任。

于主任低声说供销员孟庆芝，厂长。

你走吧，让我来收拾她。金大中说。

八点十分，孟庆芝，人称“一枝花”的三十八岁女人骑着一辆26“凤凰”来了。

金大中青着脸，问，孟庆芝，你知道上班的时间吗？

女人飞了他一眼，说少跟我来这一套，不就是晚到十分钟吗？

金大中高声说，按规定，今天罚你五十元。

女人贴上来，离金大中很近很近，几乎是鼻尖对着鼻尖。她低低地说今天晚上十点，我给厂长留着门。

金大中退后一步，说，孟庆芝，你不要欺负我过去和你有一

壶，如今咱们可是清清白白的了，少废话，到财务科交上罚款。

这时候，财务科长孟凡宾走来了，说，厂长，我已开来了罚款条。

女人狠狠地剜了金大中一眼，掏出五十元钱，摔在孟科长的怀里。

金大中低声去问财务科长，你为什么还要忠心耿耿地跟着我干？

孟科长说，你是个好厂长。

金大中说，我可不是个好人。

冬天的晚上，九十年代的村庄毕竟还是村庄。不见一个人影，也没有一点光亮。锦屏山上的老狸狸又在叫了，声音凄厉，苍邈，它还在诉说着一个人间永远听不懂的故事。终于有一条黑影从胡同口溜进来，钻进门口种着一棵槐树的人家。这家人家的男人在外面混世界不回家，这家人家的女人只好孤守家门。

门为什么不上杠子？男人问。

我知道你要来的，你这个坏种。女人说。

明天去买辆“木兰”吧，上班方便。这是伍仟块钱，男人说。

来向我道歉是不是？

不，是来还情的。过去，我是一只吃鱼不吐骨头的猫。

算了吧，你是来泄火的，那东西又肿了是不是？

别胡说。你更应该捧我的场，好好干。我走了。

不让你走嘛，人家都把身子洗干净了，又白又润。

不行……

为什么？你怎么君子起来了？

我是厂长，你是工人，所以绝对不行。

男人走了。

女人披着棉袄倚在门框上，像一朵夜来香开放在月光缠绕的枝头。

供应科长兰英在孟庆仁当权的第二年就嫁人走了，乡党委组织委员随即介绍来了公孙科长。工资虽然发不出来，可是公孙科长照样干得劲头十足。他根本就不指望那几百元工资过日月，他有招数赚钱。九十年代，供应科长，黄金万两。

他的命好。金大中来当厂长的时候，他的女儿已经嫁给了金的二儿子。他很得意。他时常说，我是走得快了赶上财神，走得慢了让财神赶上。

喝着酒，金大中说你这只老狐狸，我早晚要撤了你。

他嘻嘻笑着，说，我知道金厂长特别疼爱小儿和小儿媳妇。

那是两码事。金大中说。

对。可是我没有错误。你又吹了大牛，决不搞一朝天子一朝臣。公孙科长笑眯眯的，一嘴金牙闪闪发光。

金大中说那好，你给我小心伺候着。

放心好来，我是忠心保国，公孙科长说。

公孙科长说完这句话才过了十天，他就“歪了筐”，被“炒了鱿鱼”。

那天，他从两千公里以外的一家小厂购进一汽车编织袋。汽车来送货的那天，他知道金大中去了海南，半月才能回来，他计划得很周到。

公孙科长身先士卒，和工人一起卸车。来了货，这位供应科长一般都要这样干，工人们很是赞美这样的干部。

金大中突然出现在供应仓库，说，公孙科长，我看这车水泥袋子就甭卸了吧。

公孙科长愣了，嗫嚅着，厂长，你、你不是去海南了吗？

厂长的眼睛里射出两束蛇信子一样的光芒，这样的目光让公孙科长不寒而栗。厂长半阴半阳地笑着，说我坐火箭回来了。因为有无线电密报，厂子出了一些你这样的内奸。

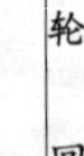

公孙科长委屈地说，厂长，几年了，我可都是从外地购买编织袋。

是的。每年，单这一项，你就给厂子跑去十几万。你知道，我们县就有全省最大的编织袋厂，你偏偏不用，到不远几千公里去弄这些根本不合格的产品……我就不追查你几年来吃回扣的情况了，把这车东西退回去。厂长说。

公孙科长小声提醒厂长，这关系可是我叔叔挂上的钩。你不看僧面也要看佛面呀。

公孙科长想不到这几句话一下子惹恼了金大中。金大中这人生下来就抗上，世上他最不买的，就是当官的帐。他咆哮起来，你叔不就是县委组织部长吗？不就是管官的官吗？你亲叔就是省长也不行。他朝着二楼喊，财务，这车货谁付款，我就开除谁。他又转过身来说，亲家，你被“炒鱿鱼”了。

5——1988

孟庆仁当权的第三年即一九八八年秋天，黄河水泥厂年生产能力才达到设计能力的十分之一，425# 的合格率才达到百分之八十。对于这样的成绩，孟庆仁已经比较满意了，因为这样的成绩也拼上了他吃奶的力气。当水泥厂南端的大坑被废品填平又随即垒起一座山来的时候，他和齐鹏谈一次话，相当严肃。

听说，化验室的女人都让你玩了一遍，老的少的丑的俊的，你是剜到篮子里就是菜呀。他说。

齐鹏满脸的粉刺。他满不在乎地说厂长，这可是我的私生活，你最好不要过问。

他在心里说要不是谢书记的面子，我就给你一拳打个满脸开花。嘴上的话显然也失去了往日的客气，你还有公生活吗？一个礼拜顶多来三天，来了，拉上了女人就进城……这些事我就不说了，今天我找你，是想通知你，从今天开始，我来抓生产。

你要辞退我，孟庆仁？齐鹏乜着他。

他说我养着你。副厂长照当，工资照开，工厂可以不来。

谈完话，孟庆仁就换上工作服，准备下车间，临走，他又叫来了食堂主任，说丁三，把你的小酒壶拿走吧，以后也不要四菜一汤，我和车间工人一块吃。

丁三说，干爹，那种生活你还受得了吗？

他苦笑了，说你干爹当年管煤井，哪里有“空水”，哪里就有我；哪里井棚玄乎，哪里就有我。如今咱们水泥厂天天烧废品，我怎么向人家谢书记交待？

他终于拼出了三万吨合格的425#水泥。

他兴冲冲跑到谢书记那里报喜。

谢书记也是相当兴奋，说不愧是老将，亲自出马，生产就上前了。小鹏子让我训了一顿，太不成体统了。

孟庆仁低下头，很真诚地说，书记，我很对不起你。

哪里话？书记说，过几天，我把他弄到别处的地方去，我不能让你背着一个包袱呀。

他感觉着自己几乎要流出泪来，多么体谅下情、宽宏大度、公而忘私的好领导呀。他的一颗心软软的，酸酸的。

沉默一会儿，他说，书记，咱们的水泥厂生产上去了，产品也合格了，你是不是给乡镇书记们打打电话，分配一下购买指标？

谢书记点点头。点燃一支云烟，抽一口，吐出袅袅的烟圈。他缓慢地说，老孟，以后要搞市场了。时代变了，搞经济的方式也变了。你要自己去开拓市场……这个电话我还是可以打，一定要打的。不过，不是分配，而是建议。

一个礼拜以后，水天乡党委书记来了，说，谢书记建议我乡购买黄河水泥厂的水泥，我们不能不听书记的，这样吧，买两吨，车我带来了。孟厂长，有言在先，就这一次。

他问，你们不用水、水泥？

那个书记说，邻县就有邮电部的大水泥厂，年产三十万吨，质量又好，价钱又便宜。这两吨，也纯粹是谢书记的面子。

第二天，黑寨镇镇长也带着一辆农用汽车来了，他也是买了两吨，说了一些和水天乡书记差不多的话。

以后的十几天里，来了十几位乡镇的头头脑脑，买走了十几个两吨水泥。合计共售出水泥三十八吨。

谢书记来了电话。

对于这样的情况，他都不大好意思和书记说了，可是，又不能不实话实说。还没等他把话说完，谢书记就打断了他的话，说，庆仁同志，你说的都在意料之中。在我们县，说句不太客气的话，打几个电话就能卖出几十吨水泥的人恐怕只有我老谢了。时代不同了，你听说了吗？南方现在有一句名言，叫不找市长找市场。南风北刮，我们这里慢慢地也只认市场不认官场了，这是一种进步，你要学会市场的寻找，开拓。否则，你水泥产得愈多，赔得愈惨。

他嘟哝着，过去我卖煤炭，都是别人揣着票子来求我，孟主任，给我批两吨吧，照顾照顾吧。

我知道。谢书记显然有点不大耐烦，所以声嗓提高了八度。

他听出了，说，你换人吧，我怕干不好。说出这句话，他马上又后悔了，他也闹不明白自己是怎么说出这样的话来的。

谢书记很干脆，说，这个要求可以考虑嘛。

他赶忙改变了口气，说，谢书记，我是有点畏难情绪，可是，凭我几十年管工业的经验、基础，我想，还不至于让您太失望。

放下话筒，他擦擦头上冒出的汗，叫，丁三，给我去买一张哈尔滨的卧铺。

丁三脸色并不太好看地走进来，问，干爹，去哈尔滨干什么？

他没好气地说去卖水泥。

非去不行吗？丁三小声问。

对。想当这个厂长，就必须去。他说。

丁三说，那好，干爹，票价七十八元，外加好处费一百元。您要不要？

怎么，你买黑票呀？

干爹，白票算起来比黑票还贵，还麻烦。丁三说，一张去哈尔滨的硬卧，不送两条云烟休想，多少钱？

他娘的，市场。算逑了，去给我准备一个上等的塑料袋子，能装下四百斤猪肉的。他说。

丁三怔怔地看着他，盯了半天，才问，干爹，你要背着猪肉去东北送礼？你又落后了，现在兴送小的，耳环、项链、口袋里一装就办事。

他大叫，我他娘的什么也不送。我是用塑料袋子装我，晚上钻到车座子底下，睡觉。

不行，那太失您的身份了。丁三说。

十年前我去东北买木材时就睡过，十年后，我又去东北卖水泥，再睡睡又有何妨？他说。

6——1993

金大中在职工大会上说，什么叫本事？谁能从共产党的口袋里掏出钱来谁就叫本事。有人传了，我金大中陪银行行长逛泰国窑子（笑声如雷），可是，我把一条生产线变成了两条，由孟庆仁的三万吨变成了金大中的二十万吨。大伙看看，南面是座小山，北面的仓库里也是座小山，可是，南面的小山是污染，是连棵草也不长的废品，北面的小山是人民币（嗡嗡声）。我知道，有人说，谁能卖出水泥那才叫本事。这“仔儿”他爹娘造他的时

候睁着眼，看得忒准，说得忒对（狂欢）。下边，大伙瞧瞧咱卖水泥的本事，咱老金这个养猪的不但会造水泥，还会卖水泥，咱要把水泥卖进大上海。什么，说我吹牛×，咱老金历来如此，先吹牛×后兑现，这叫理想，小子，懂不懂？

台下的职工一张张脸笑出了泪花花，一只只巴掌拍得红了。

会后，金大中坐着“林肯”，到省城请上铁路局的货运处处长便去了一个三星级半宾馆。

又是茅台。三杯酒处长就晕晕乎乎的了。他直着舌头说，本人不胜酒力，不胜酒力。

他说，处长，您看准了，这可是茅台呀。

处长摇摇头，说茅台和兰陵大曲也差不多，辣，割喉。酒这玩意儿，杜康造它出来的时候也不想想，并不是人人都爱怜它。

金大中心里连连叫苦，酒招看来又不灵光；钱招，前几天已经碰过钉子，人家说自己是台湾巨富的儿子，最愁的就是怎么花钱了。拿出第三招吧，色，男人他娘的都过不了这一关。只是用多了有点俗，唉，也没别的招了，只好用它。

他叫来了舞厅领班，塞上了一千元港币，抠了抠小姐的手心，领班矜持地高傲地走了，三分钟后领来一位性感女郎，大腿丰美，乳房高挺，眉眼勾魂。她径直走到处长面前，做出邀请的样子。处长神态大窘，连连摆手，说不会，不会。

金大中问，处长是谦虚还是真的不会？

处长说，三年前，我可是个舞星，后来，一场车祸，如今腿里还留下一条钢筋，一跳，钻心的疼。

金大中只好苦笑。晾了半天场，他才低声说，我已包好了房间，您和这位小姐房间里……去快乐吧。我们跳舞。十二点，我在这里等您，您可悠着点。

处长的面庞勃然变色。他说，你……他终究还是没有说出什么话来，厚厚的嘴唇哆嗦了半天，双手支撑着吃力地站起来，走到小姐跟前，掏出五十元递上去，挥挥手，示意让她走开。小姐毫无表情地看看他，袅袅婷婷地走了。

金大中尴尬地笑，悻悻地说处长的高风亮节金某实在佩服，实在佩服。

处长倒是笑了，说，金厂长，你是成心让我丢丑是不是？这一个月我见你跑了八趟铁路局，铁路局的蜘蛛网都让你理清了，难道你没听说，那场车祸让我惨了，如今是心有余力不足呀。

金大中唏嘘不已，心中却暗暗失望，不知道如何是好。招招失灵，看来要想打中这位处长难啦。这“仔儿”真的是有点刀枪不入。

只好喝酒。

然而，也是这样一种局面：他喝，处长吃菜。

处长突然问，你这车大概是“林肯”吧？

金大中说不错，“86 林肯”。

处长立刻充满了神往，说，省城只有三辆呀。我已经拿到执照，可惜，因为那场车祸，老爹至死不汇钱来让我买车。我这个人，一辈子酒、财、色平淡如水，迷的就是小轿车。为学车，差一点丧命，爱车的癖好却仍旧不改。小车一开，情绪就来。百愁皆忘，人生辉煌。我忒爱电视剧《北京人在纽约》，因为里边的美国佬有一部赛车，开起来忒帅。

金大中的小眼睛迅速闪亮起来。他小心地问，您驾车，拉着我们在兜兜风如何？然后，把我们送回宾馆，这辆车归您了，借你三十天，玩够了再给我送回去如何？金大中眼巴巴看着处长，目光中充满乞求之情。

那位处长向着金大中觍起了瓦刀脸，那样子让金大中想起了自己那条哈巴狗讨食的乖样子，还让他想起了第一次和那个女人偷情时自己的贱相。

处长一连声说着够朋友，金厂长，真哥们也。有什么叫小弟

效力的吗？小弟肝脑涂地，在所不辞。

金大中赶忙声明，以后再说，以后再说。金大中很兴奋，他想不到事情会柳暗花明，他有一种预感，水泥厂的好日月来临了。

车子开上繁华路面。

金大中看到坐在前面侧座上的司机的嘴巴子不时地嚅动一下，却又哑巴了。他知道，司机认为这位处长技术不佳，错误百出，可是又不敢予以纠正，因而干着急。司机愈是这样，金大中愈是赞不绝口，处长这车开的是一流水平，又快又稳遇事果断机敏。好车，好技术。

车子这时候拐一条狭窄的马路。好像是老天的有意安排，突然迎面开来一辆奥迪，亮着两颗大灯，喷吐着耀眼刺目的白炽的光柱，呼啸而行。处长顿时手忙脚乱，勉强错过奥迪后，眼前一片黑暗。但听处长惊叫一声，车子分明已经撞上一位骑车的小姐……

金大中事后和朋友神吹此事，说，本能，完全是凭着神仙般的本能，我在半分钟内便抓住这个“天赐良机”，并且安排得天衣无缝。我命令司机，马上下车，承认人是你压的。司机问要是死了呢？我叫，死了也要你兜着，顶多不就是两年吗？熊种，你老娘由我养着，端屎端尿，比你还要孝顺十倍。半年后我用钱把你买出来，另外，还给你三万元奖金。说完，我替司机捅开车门，把司机一拳打了出去。接着，我双手拉着只会浑身哆嗦的处长把他弄到司机刚才坐着的位子上，叫，熊种，别“老母猪筛糠”了，没你的事了。听见没有？是司机压的，与你毫无关系。老爷，镇定一下好不好？唉，你这个人上了战场只会举手投降。

小姐死了。

司机进了拘留所。

处长找到金厂长。惨兮兮的，问，一个月你要多少计划内车皮?

金厂长说，一个月最少一辆专列，过江，拉水泥到上海。

处长说，我、我保证一个也不会少你的。

金厂长拍拍处长的肩头，说兄弟，那事儿也请你放心，万无一失。我的司机嘴巴子绝对是我的。打死他，我不说，他也是个哑巴。再说，我哪能让他受罪呢?昨天我去看他了，一千块便让他住进了优待室。如今拘留所、监狱也分出个等级来，这是件好事，万一咱们进去了，买个优待，省得受罪。

处长说半年后你可千万把人家买出来。

那神态近乎哀求，一双眸子呆滞干涩。

金大中笑了，说小菜一碟。心里头他却早就打好了主意，他决定让司机在里边坐一年，他怕司机一旦出来，计划内专列就泡汤了。当然，司机的奖金要由三万变成了六万，他在拘留所里已经和司机说了，多坐半年，多拿三万元，司机连连点头，很干脆。

7——1989

那时候，金大中还在当着养猪厂厂长。他听说了孟庆仁钻着塑料袋进哈尔滨的故事以后，哈哈大笑，说我给这个“仔儿”算好了命，他顶多能卖出十吨水泥。都啥年代了，还他娘的这种讲究，谁会要他的水泥?他倒可以去干丐帮帮主。

孟庆仁的命还真地让金大中给算准了。

从哈尔滨回到水泥厂，孟厂长蔫头蔫脑，什么话也没说一句就回了家，然后，让儿子捎回话来，说是累病了，需要在家养养再说。

管供销的副厂长问，要车皮计划发水泥吗?

财务科长说发个屁，老头子显然是大败而归。

副厂长说这可怎么办？三万吨库存有两万五千吨都过期一年了，用手按按都成石头块块了。

财务科长说，不就是再让那座小山高上几尺吗？

养病却也养不成。

三天以后，八点半，厂里就来了电话。铃响了半天，他熬不住了，拿起话筒。原来是生产科长打来的。他说，……厂长，你走了半月，供电局就给咱们拉了五回闸，今天又给拉了。厂长说，你不会去疏通疏通关系？送几条烟去，送几箱酒去不就行了？科长说，驴年马月，如今这玩意不大灵光了，听说，供电局的人只收金货。

他腾一下子跳到地上，叫，滚他妈的，黄河水泥厂不兴这一套，我们有骨头。我找谢书记去。

谢书记雷厉风行，马上给供电局长打电话，让他支持支持黄河水泥厂。孟庆仁觉得谢书记变了，变得气势越来越小。听说，谢书记这次又没有提到市里，都五十五岁了，人们说他怕要老在这个县里了。

供电局长说，水泥厂他们是电老虎，我一直是关照的。这几天全县超负荷，实在没办法，只好拉拉闸，希望领导理解。

谢书记很客气地说，你的难处我是知道的。不过，黄河水泥厂是我一直关心的，它在全省具有政治影响，希望局长多多关照。

局长有点受宠若惊，说我一定想办法，一定想办法。末了，局长却来了一句这样的电话，老领导，要想得开呀，这年代哪有真事？凭老书记的政绩，市委副书记非您莫属。谢书记干笑着，说，谢谢你的关心，咱们只讲奉献，不谈索取。只问耕耘，不问收获。

孟庆仁坐在旁边，两边的话都听得清清楚楚。他说，书记，真让你为难了，堂堂的县委书记，这样去求一位小小的供电局长，都是为了“黄河”呀。

谢书记叹一口气，眉宇间散淡着一股悒郁。说，政治是越来越贬值了。我真想弃政从商，去当一个大老板，又潇洒又场面。

孟庆仁也叹一口气，说，企业家实在也不好当，这个市场就是老爷，不好伺候的。

又在谢书记那里坐一会儿，见书记没有更多的话和他说，便告辞。

孟庆仁回到厂里，闸刀已经合上，生产又恢复了。

生产科长说，还是厂长有面子。

他小小供电局算个球？我能叫谢书记给他下命令。孟庆仁不无得意地说。几天了，他的面庞终于“阴转晴”。他又说，现在水泥厂是难了一点，我相信，谢书记不会忘了咱们。他有了空，拾掇拾掇，水泥厂就又上去了。

当天晚上，闸刀却又让供电局给拉下来了。

孟庆仁有点气急败坏地直接去了供电局。他不大好意思再去找谢书记，怕书记说他芝麻粒丢了也自己找不来。局长去跳老年迪斯科了，副局长值班。供电局富丽堂皇，新盖的供电大厦已经成为县城一大景观。

孟庆仁开门见山，问，为什么又给“黄河”停电？

那位副局长一副公事公办的神态。但是语气平缓，态度和软，说，供电局就是管着供电停电的。有供就有停。就像您孟厂长的水泥厂是管着生产水泥卖水泥一样。请喝茶。

孟厂长可是一点喝茶的心思也没有。他说，今天上午，局长亲口答应谢书记给黄河水泥厂合闸的，怎么到了晚上又给拉了？

那位副局长自己喝着上等的龙井茶，说，上午是上午，晚上是晚上，送电停电，一分钟一个样。说完副局长便坐在七八部电话机旁边不再说话，一副拒人于千里之外的样子。一会儿这部电话响了，一会儿那部电话响了，副局长发布着各种指示，口气有

意识夸大，派头故意做足，显然他是摆给孟庆仁看的。

孟厂长的火气实在压不住了，说，都是共产党的买卖，你局长难为我干什么？

副局长却不答话。又拿起一部电话，训斥，按规定办，谁说情也不行。孟厂长站起来，在值班室里跨着很重的步子。副局长好像这时候才意识到孟厂长的存在，笑眯眯地说，对不起了，孟书记。我很忙。你说什么来着？凡事不要着急，慢慢来嘛，是不是？孟书记，放着好好的书记不当，当这份受罪的厂长干什么？

孟厂长让火气冲得脑门子要炸开一般，他叫起来，我也是县里的副局级，你也是一个副局级，你凭什么给我停电？

副局长又摊摊双手，再次做出一副不理解的神态，说，我就凭着我这个副局级，就敢给你这个副局级停电。公事公办，你懂吗？

孟庆仁嘴巴子哆哆嗦嗦，语无伦次，当年我、我办五七工厂的时候，你才缝上裤裆吧？你等着，我叫，不，我叫谢书记来处置你，你，你简直无法无天。

副局长依旧笑眯眯地说，送客。

于是，水泥厂只好三天两头停产，年产量又由三万吨下降到一万吨。

孟厂长说，也好。反正三万吨也卖不了。

8——1994

锦屏山上那只老狐狸时常垫着肥硕的尾巴坐在山顶，恐惧而又仇恨地看着那座突然拔地而起的灰城。

过去，那里曾经是一片松林。松柏四季青青，南边还有一个沙湾，湾水碧绿。它断不了钻进松林，踏着软乎乎的松籽柏叶，以及茵茵青草，去和北山来的那只火狐媾和。渴了，它们一起去喝甘甜的湾水；饿了，潜入村庄偷几只鸡。如今，那一切都成云烟梦幻，甚至连凭吊寻访的可能也没有了，那里对于它来说已经是禁区。那里日夜炉火熊熊，火光烧红岁月。说是高楼却又灰尘满面、玻璃一块块破碎的那种房子，它把它叫做鬼窟，因为底下滚动着巨大的碾碌，碌子上狼牙锯齿，能把一块块石头碾得粉碎。几根烟囱一刻不停地喷吐着白烟黄烟青烟，它躲在锦屏山上也能闻到那股烟味而难受异常。它很奇怪，那些头披帆布帽子只露着两只眼睛的工人在那样的世界里还要出牛马力，都说人为万物之灵，看来，人也真能够经得起折腾，什么样的地狱，人都能生存。其中，有许多人它是认识的，特别是几个女人，当年来锦屏山上挖山韭花，采枸杞子，她们杨柳一样的腰肢，桃花一样的面庞，曾让它感叹不已，心驰神往。现在，她们也和男人一样戴着那样的帽子，穿着肮脏的灰不溜丢的工作服，和男人一起说着粗俗的话，干着苦不堪言的活。它不明白人们为什么离开青山绿水，心甘情愿地去钻那座灰城。

突然有一天，有狐狸发现在水泥厂的一隅出现了一块奇特的天地。这是一座白色的小城，城墙很讲究，由白色异型瓷砖砌成。小城内，有菱形水池一湾，许多粗细不等长短不一的钢管喷洒着水帘，铺之以各色霓虹灯，水帘便成为彩虹。水池面对的是一幢全封闭六层小楼，墙壁也是用白瓷砖拼贴，铝合金门窗，双层茶色玻璃，里面还吊着天鹅绒壁帘和窗帘。

这座白色小城与那座奇大无比的灰城形成鲜明的对比。

老狐狸认为前者是宫殿，后者是地狱。

它用洞穿一切的眼睛看到，地狱里几百名工人正在与灰尘、噪音、劳累苦苦挣扎的时刻，宫殿内，一个皮肤黝黑、肌肉松弛、静脉曲张的五十岁的赤身裸体的男人正和一个胴体如牛奶一般光洁细柔的年轻女人的赤身裸体在纠缠，在痉挛，在弯曲，在

舒展。

男人气喘如牛过去以后竟然十分温柔。他看着被自己撕破的女人的裙子、内衣说，对不起，我这人挺粗暴是不是？

女人柔声细语，我并不讨厌这一切……

我把老骨头打发走了，三万块钱，让她游山逛水去，半年以后回来。

女人柳眉轻挑，说，我对你的这一安排不感兴趣。我感兴趣的是你金大厂长准备怎么对待高薪聘来的公关明星汪虹小姐。

男人抚摸着女人，说，月薪一千五，出任宾馆经理，条件可以吧？

女人说，这是工作的酬劳。这些薪水，这个职务，是让我给你攻关的，比如让供电局长给水泥厂安上专线，等等。

男人又一把抱住了女人，急切地有点儿咬牙切齿地说，你他妈的用这法子攻关？

女人推开男人，说，那些事儿还用不着奉献一切。

男人很得意，问，那你为什么向我奉献一切？

女人贴到男人的身上，说，我看出来了，你是一个肯为女人牺牲一切的男人。这半年，我要让你买断！

什么意思？男人问。

女人说，我的一切，灵与肉，性与爱，半年内，只为你一人开放。

要花钱买吗？男人问。

女人很自然地说，当然。

男人赤着身子跳下床，找到地毯上的内衣，取出一张十五万元的三年存折，交给女人，问，够吗？

女人爬上男人的身上，娇羞无比地点点头，开始了某种动作。一边动作着一边快活地叫魔鬼，我没看错你。

男人说这是不是有点儿太那个了？

女人说你花钱买快活，我卖自己赚钱，各取所需，按劳分配，挺好的。

老狐狸在几十年的岁月里看饱了人间风月，俗世艳情，这样的故事它还是第一次领教。它实在不明白人间男女发生了什么样的变化，它也闹不懂这一块古老的土地为什么突然间变得如此光怪陆离？

9——1990

那群乌鸦又来了。啁啁喳喳扑扑棱棱黑云彩一般落在南边的小山上。不知道为什么一九九〇年春天的大好日子里，这群黑乎乎的东西隔三岔五地经常来到水泥厂的上空，打一个旋儿，便落到废品山上。你们来干什么？山上又没有死猫烂狗、泉水野果。看样子，你们是专门来烦我的。孟庆仁愤愤地想。他大叫，保卫科长！保卫科长来了，他是一位复员军人，穿着一身洗得发白的旧军装。厂长说，去，扛上那杆快枪，把那群黑东西给我打跑，不，打死，打死越多越好。

保卫科长不解地看着厂长，看了几眼看不出个所以然来，便去执行任务。他来到山下。乌鸦们似乎并没有预感到灾难临头，依旧快活地在山上诉说着它们的故事，表演着它们的戏剧。科长端起枪，闭上眼睛，说，别恨我，厂长让干的。扳机一扣，二十发子弹一气喷出来，打中了起码二十只，另外的上百只乌鸦悲鸣着向西天飞去。翠蓝的天空中划出一条条黑色的弧线。

这时候，丁三用传盘给厂长端上了四菜一汤，外加一瓶茅台，还有那把小酒壶，猫头擦得铮亮。

厂长眯缝着眼，问，你从哪儿弄来的这酒，这菜？

丁三说，干爹，六十年不发工资，这个厂也还有钱让厂长喝瓶茅台。

孟庆仁一连干了六盅茅台，眼泪汪汪地，说三子，还是你孝顺。看看你那混蛋哥哥，带头写信，让我滚蛋。

丁三说干爹，多想想当年，您就痛快了。

孟庆仁又是六大盅进肚。他说，当年，我可是方圆五六十里有名的能人，一呼百应，没有办不成的事，没有不听我指挥的人。“条子一批，县长欢喜；上上下下，都给作揖；煤炭大王，名扬东西”。三子，你知道这首小诗是谁写的，七十年代的老县长，人称“一枝笔”。哎，好汉不提当年勇哟。如今，我是指天天漏雨，划地地淌脓。水泥厂刚刚上马的时候，县里、乡里的头头脑脑谁不写条子让我安排七大姑八大姨，亲娘六婶子？三四年过去，水泥厂还了李四走了王二麻子也走了，四百名工人呼呼啦啦走了一半……三子，水泥厂真的要完蛋了吗？

丁三低声说干爹，一年七八千吨，连电费都不够。工人已经六个月拿不到工资了。厂长，水泥厂真的是半死不活了。

孟庆仁眼巴巴看着干儿，问，那怎么办？还有法子吗？

丁三说，您是问水泥厂，还是问您？

厂长说先问水泥厂，后问我。

丁三说，水泥厂就是来一个神仙也怕是治不好了。至于干爹你，大路朝天，副书记给您留着呢，谁也抹不去。您去找找谢书记，把水泥厂一交，说不定还能弄个正书记当当。丁三说到这里走过去轻轻关上门，压低声音说，干爹，您没听说，那位不长胡子的“太监书记”把打字员弄大了肚子，跪地求饶三天三夜夫人死活也不和他离婚，人家大肚子那里又要告他重婚哩。他如今惨了，四面楚歌，进退两难。干爹，您何不趁此机会找找谢书记……干爹，机不可失，时不再来呀。

孟庆仁盯着丁三看了半天，叫，哎哟哟，不简单呀，三子，黄河乡这盘棋让你小子捉摸透了，我听你的，明天就去找谢书记。

丁三说，好来，干爹，说干就干，我去给您弄几瓶茅台带上。

丁三勾着脑袋走出去了。一边走着，一边在心里说，乡长，我的老舅，还是你高呀。“孟庆仁要官，太监出拳，两败俱伤，老舅出山”，哎哟哟，老舅，你这一箭双雕之计真是妙不可言。走着想着，想着走着，他便去了乡党委大院，敲开了党委书记的门，开始走老舅面授的第二步棋。

孟庆仁第二天果真去找谢书记，态度非常诚恳地说，我思想跟不上形势了，水泥厂让年轻的有魄力的人来干吧，我想回黄河乡党委。党委如今也很乱，对于……群众反映很大……

谢书记说，你还是先把水泥厂搞上去，起码咬着牙别让它垮了，半年后就考虑你的问题。老同志了，没有功劳也有苦劳呀，是该把这个副字摘掉了。

谢书记的谈话显然只有谢书记和孟庆仁两人知道，可是，那天丁三向“太监书记”密报的政治情报和谢书记的表态基本一样，只是添添油加加醋而已，只是把时间提前了两天，只是说情报来自孟庆仁酒后吐的真言。当然，丁三没有这么大的本事，这一切都是那位好像一直甘于当乡长、从来无怨无悔的老实人揣摩出来的。“太监书记”十分相信丁三的密报，除了丁三和孟庆仁的关系让他相信以外，他还记起了十天前那位老党委秘书汇报的一九八六年春天在百脉大酒店听到的关于谢书记要重用孟庆仁的话。二者相互照应，注定了“太监书记”把孟庆仁赶出水泥厂的决心。他想无毒不丈夫。不赶出孟庆仁，他就会用水泥厂做资本，取我而代之。把他赶出水泥厂，他马上就变成无根之木。

他找到乡长，说，孟庆仁把水泥厂搞黄了。为了黄河乡的经济发展，应该动动手术了。

他想不到从来表态都是模棱两可的乡长这回一反常态，异常痛快地支持他的决策，并说，孟庆仁树大根深，派一般的人物

去，他不会乖乖地交出水泥厂。要以毒攻毒。我倒是想起了一个人……

书记问，谁？

乡长说，金大中。

书记女人样地笑了，说英雄所见略同。这是个传奇人物，他当养猪厂厂长，为了竞争，听说到处贴传单，说人家县食品公司的猪肉有米虫子。

乡长说，还有更绝的哩。县里建马路，借黄河乡五十万元。老书记一连去了三趟，都没好意思张口要帐，谢书记也装作不知，不提还钱的事。后来，老书记实在没法子了就派金大中去要帐。那天正好八一节，金大中闯进贵宾厅，一下子坐到第二把椅子上，说，谢书记，黄河乡等着五十万秋种哩。谢书记气坏了，可是当着省军区来的客人的面又不好发作。他赶忙让办公室主任专门给金大中开了一席。席后，就写条子让金大中去公路局拿钱……你看看，这个人去水泥厂不是最合适吗？反正水泥厂已经是匹死马了，只要让老孟痛痛快快交出来也就行了，至于金大中把死马医活还是烧掉，无所谓。

书记表示赞同。

于是，一九九〇年的最后第五天，书记和乡长召见金大中，问他敢不敢去水泥厂当厂长？

金大中笑了，说，我有什么不敢去的？孟庆仁这“仔儿”当年干工办主任和一个风流寡妇有一壶，是我领人捉的奸。从那，这“仔儿”怵我，见了我，毛爪。我制他，还有一把“杀手锏”。我去了，不用赶，这“仔儿”乖乖走人。

书记说，好。你准备准备，过了元旦，我就下委任状。

乡长却犯了嘀咕，他在心里说，也许我推荐错了人，金大中如果一下子就把孟庆仁赶出去，我的戏也就唱砸了。然而，事到如今，也只好祈求老天保佑，让孟庆仁变成茅厕的石头又臭又硬，只有那样，才会从水泥厂乱到乡党委，乱到谢书记那里……

10——1995

金大中的水泥源源不断发往上海。至一九九五年十一月底，本年度已完成销售收入一个亿，实现利税一千七百万元。十二月一日这天，黄河水泥厂变成了狂欢的海洋。两天前，全厂停工，二十辆喷水车用高压水龙头把一座灰城冲洗得干干净净；十个转窑，一齐从顶端抛下宽五米长五十米的赤橙黄绿青蓝紫的彩绸一百条；另外，上千个彩色气球飘在水泥厂的上空，每一个气球又抛下一条彩带。一千一百条彩绸只写着一条标语，祝贺大中集团公司成立。

金大中身穿澳毛西装，满面红光。

汪虹小姐的意大利皮短裙让她性感十足。她跟在金大中身后，形影不离。她说，我真想为你立刻撩起裙子……

金大中却不回头看她，说，来了好多官儿，你应该去伺候他们。

金大中说完，一个人快步去找前来贺戏三天的吕剧团团长。

汪虹小姐呆呆地站在那里一动不动。应该说她经历过几个老板，他们大都是对她纠缠不休，最后，大都是她把他们抛弃。而这次，她却感觉到自己要被男人抛弃了。

团长和金大中是老朋友了，金大中前些时候莫名其妙地请过团长三回客，档次都很高。作陪的是一个艺名叫一枝桃的蒙汉混血姑娘，丰满得像水蜜桃。

你知道我为什么请吕剧团来唱戏三天？厂长问，你知道，为此我要付出十八万元。

团长狡黠地笑了，说，我知道你的心事。你是有贼心、贼胆也有贼钱的男人哟。我真嫉妒你。

厂长说很好，请你安排一下。我还可以赞助剧团二十万。

傍晚宴席散尽，团长单独找一枝桃谈话。夕阳如血，好像一个硕大的子宫。

团长几乎是哀求一枝桃，你就陪他呆一夜，你又不是第一次干这活儿。你就甭扭扭捏捏、羞羞答答的了。

一枝桃瞟团长一眼，说，团长，要想马儿跑得好，还得勤喂料。

团长说那还用说，老规矩，个人提成百分之三十，六万，一夜风流，值。

一枝桃说，那你去。

团长说，可惜金大中不搞同性恋。

一枝桃叫，少废话，今晚的戏我可不唱了。

团长说，好来，你去唱床上的戏，伺候一个人。我们唱台上的戏，伺候上千人。

礼堂里灯火通明，锣鼓喧天。那锣、那鼓、那灯光充满着西方爵士乐的味道，已经不是地方风味了。

小白楼里灯光朦胧，天鹅绒窗帘荡漾着传出声声女人的呻唤和娇羞，还有男人的粗野和放肆。

厂长，别急嘛。我这一夜都是你的。

小亲娘，第一次看见你就酥了……我想夜夜都要你。

那好，让我来当你的宾馆经理好不？嘻嘻，看看那位汪虹小姐，眼角的纹道子都一大把了。她和你倒是挺般配的。

你来吧！别走了。明天我就下任命好不好？

那位汪小姐你如何处置？女人问。请她滚蛋！男人说。

咪呜！一只黑猫被人从楼上扔到了楼下。一条黑影离开了那扇窗台。过了一会儿，黑影却又悄无声息地来到窗口，把头贴在窗台上。那也是一个女人，长裙曳地，披肩发瀑布一般倾泻下来。黑暗中，那双眸子火红，像两颗烧燃的煤球。

此时，房间里已是美妙无比，只有喘息，只有泥鳅出洞的声音。许久才传出女人的娇嗔，你、你吃了春药？男人笑了，泰国带回来的，名叫“一夜不倒翁”。女人放肆地呻叫，汪虹尝过吗？男人说她不配，书呆子。

黑影回到自己的房间，满面泪水，浑身抖颤。她拧亮灯台，咬着下唇，在一页稿纸上写出一行字，赫然醒目——金大中行贿、受贿、贪污情况……

11——1991

黄河乡党委全体会议。那是一九九一年的元月，春寒料峭。

会议的气氛显然像绷紧的弓弦。没有一个人说一句话，空气里弥漫着男人湿重的从肺里呼出的混合着烟草和大蒜酒精的恶臭。

“太监书记”的嘴巴子变得铁青，平常时间，那可是光光净净的白润的很标致的器官。

孟庆仁的嘴头子哆哆嗦嗦。平常日子里，这张有着厚唇的嘴巴显示的是一个成熟男人的持重和尊严。

两个人针锋相对地舌战了一个钟头，胜负不分。如今，歇下来，便成为这种局面。

书记说，只好举手表决了。

孟庆仁说很好，只有这样才公正。他想，当年，你们都曾受惠于我，都给我写过条子，我都作了安排。虽然后来大部分人都离开了水泥厂，却不是我孟庆仁赶走的，是他们自动走的……你们总不至于舍我而取金大中吧？你们总不至于把我当成一根没有肉的骨头扔了吧？

书记说，同意金大中同志接替孟庆仁任黄河水泥厂厂长的请举手！

一只，两只……八只，九只，十一个人很快地举起了九只手。

乡长最后一个举起手。他举得很慢，装作刚才在揉着眼睛，所以比别人慢了一拍。书记却把一切都看在眼里，书记的嘴角撮出一个笑。

只有孟庆仁一个人呆坐着，好像木雕一般。过了片刻，他站起来，拂袖而去。临出门的时候却又回过头来扔下一句话，你们走着瞧吧，不用五年，金大中就要你们去法场收尸。

一九九一年春天金大中来水泥厂上班。

老婆问他，红头任命书带上了吗?

金大中说那张纸昨天让我擦屁股了。

老婆说，那你怎么赶走孟庆仁?

金大中诡秘地笑了，说我自有锦囊妙计，夫人何必杞人忧天?

金大中具体哪一天到水泥厂上的任，孟庆仁具体哪一天离开的水泥厂，两个人有过唇枪舌剑吗?是拳脚相加还是和平换岗?谁也不知道。

于是，便出现了那样三种传说。

反正，在一个春和日丽的上午，金大中突然出现在二楼上，公开宣布，水泥厂现在姓金了，可是，一个人也不动，一个位子也不调，不管你是张三李四王二麻子，还是孟庆仁的干儿子亲儿子。日子混到这步天地，大家没有过错。愿意留下跟我干的，明天先补发三个月的工资。

说完，他扬扬手中的皮包，说，这里边装着十万元，够了。原来，他已经从朋友手里先借来了十万元。他把这一招叫做旗开得胜。

众人欢呼。

其中，喊得最响的是孟庆仁的亲儿子——财务科长。

12——1996

春天，是一个产生传奇故事的季节。一九九六年的春天，同样将会产生许多的传奇故事。

农民企业家表彰大会。

许多大会的规格属于全国级的还是省级的县级的如今已经很难准确定位，因为满天飞的都是“国际金奖、银奖”，“中国××洽谈会”，“中国××表彰会”……主办单位，往往却只是一个县或者一个乡，甚至一个村。这也是一大中国特色吧。

可是，这个表彰会显然属于省级以上规格，因为主席台上就坐的诸公，都是省农民企业家协会的主席、副主席。

金大中端坐在主席台从左边数第三个位子上。

今天，他一反过去出席这种会议着装的标新立异——或者着一件大花衬衣，或者戴一顶黑色呢帽，或者穿一条灯笼裤子，或者打一条蛇皮的领带——而是刻意追求一种庄严，华贵，气派。

意大利进口的羊羔皮的咖啡色薄单夹克，款式是国际最流行的美国五一式；里边，纯棉香港金利来六代加厚的衬衣，配一条金利来的黑花蛇领带。裤子也是意大利进口的，价值人民币八千余元。皮鞋是正宗的意大利老人头。

这身行头抑或说包装是已经辞职却又提出要在宾馆住上几个月的汪虹小姐陪他坐飞机到北京选购的，一共花去三万元。

他穿上这身衣服要来开会的时候，对汪虹小姐说，你是一个品位很高的女人，我叫你调理得都不大农民了。

汪虹苍白的面庞染上红晕，说明天我就要走了。

他突然说你不要走……我要你留下来。他的声音里有一种留恋，眷念，还有伤感，女人听出来了。

她说，这里有一枝桃就行了。

他说她是一个婊子，我把她轰走了。

汪虹说我难道不是吗？

他摇头。默默地下了楼，他却又扔上来一串钥匙，说，保险柜里有存折，你随便拿吧。

女人的大眼睛里迸出泪花。她几乎要扑下楼来，向他坦白一些让自己追悔不已的事情，却又刹住了脚步。

金大中坐在主席台上，面庞愈来愈冷峻，刀削斧砍的岩石一般。这是一副吃过人生许多苦头的面庞，这是某种岁月的标志。

门口，不知什么时候开来一辆警车，似乎在等着一个人。

金大中的浓眉抖了一抖。

他吞下一大口龙泉，大踏步走到麦克风面前，发言，以上诸位说了很多很好听的话，这些动听的话百分之八十是假话，空话。让我说，什么叫有中国特色的乡镇企业家呢？我认为，敢于一只脚踏在天堂、一只脚踩在地狱门口的就是。

台下爆发出雷鸣般的掌声。

他又说，其实，谁又愿意这样子干呢？“人在江湖，身不由己”而已。

台下一片唏嘘。

金大中阔步走下主席台，步出会场，走向警车，问，我是金大中，你们是来请我的吧？

0

赋闲在家的黄河乡人大副主任孟庆仁，花白的大脑袋歪在那把紫晶晶亮油油的竹子躺椅上，一串涎水从他的左边嘴角坠下来，一尺半长，摇摇晃晃，不肯断落。

竹子茶几上，放着那把猫头小锡壶，丁三把它正式送给了干爹，说是做个纪念。小酒壶里空空如也，旁边的茅台酒瓶子也空空如也，碟子里的花生豆也空空如也。

那辆美国林肯牌豪华轿车呼啸着驶过乡干部宿舍楼，鸣着动听的喇叭。自从那个死囚犯给单书记买了更加豪华的“水星”以后，“林肯”便敢于大摇大摆地横冲直撞地在乡机关大院里显示其阔显示其威风了。

其实，不光乡机关大院，连县委大院它也敢于在里边鹤立鸡群，因为每个月起码有十天，它要载着谢书记出趟远门，帮助谢书记去快活一次……

孟庆仁打一个激灵，懵懵懂懂地醒过来。

他是被汽车的喇叭声弄醒的。他根本不用走出去就知道是哪一个死囚犯坐在里边，傍着他的是哪一位婊子。

从一九九一年开始，他一直把金大中叫做死囚犯。

可是，今天的故事，其中大部分内容却原来又是大梦一场。梦幻和发生过的混杂在一起，他也分辨不清哪是梦、哪是非梦了。

5 都市里的家族

一

不知道为什么，人们都叫这座有着五百万人口、有着多元立体高架路桥、有着高耸云天的蓝玻璃的一百层大厦、有着分别为美国草原型北欧浪漫型巴罗克型地中海型北欧传统型乔治亚型别墅群的省城为大县城。我对它的评价也是如此，虽然这座都市里不乏我这样或自封、或他封的先锋派女人，特别是当我从那座小小的“金屋”里迁出来搬进榴苑别墅八号成为冯老板的合法妻子的时候，我对这个大城市的评价就更是骨子里的大县城了。

为什么呢？故事还得从二十世纪最后几年的一个春日说起。这天是三八妇女节，却是我的蒙难日，因为这一天也是我的儿子一周岁的生日。一年前的凌晨的四点，我美丽性感的小肚子被手术刀割开了一条三十八公分的大口子，我的儿子就从这个口子里被那个妇产科的男医生提着小腿拽了出来，我如释重负。我记得那时候我的第一感觉就是我完了，我从此以后就是冯家货真价实的女人了。我知道，此时此刻，产房外面，我的老公，我老公的八十岁的爷爷，我老公的很会占卜的瞎子大伯，还有我老公的前妻我必须叫大姐的那个来自白山深处的比老公大三岁比我大二十四岁的女人，他们都等在外面。那个男医生也很高兴，因为他一走出产房，他一说出恭喜冯老板您生了个龙子，他就会拿到一千元的红包。我还猜对了一件事，第一个走进产房的一定是大姐，她随着医生的走出接着就走进来了，她说，好妹子，你为我们冯家立了大功，你比我有本事，她是说我一下子就生出了儿子，而她一连生了四下子连一个儿子也没有生出来。我对大姐的夸奖也是接受的，因为我也懂得，在许多中国人的眼里，一个女人该生儿子的时候就生下儿子来，那就是本事。

我还是说今年的今天。老公说要把儿子的生日搞得中西结合，他说，我们冯家在这个城市里是大家族，再说，老家也会来人的。我还有一些政界的商界的朋友，他们都要来的，他们都是一些老派人，过生日要老法子。当然，我知道，你那些朋友喜欢洋的，叫做什么“生日扒鸡”。我大笑，说我的生产队长，叫——我懒得说出英语来，便和他说起了要给我们准备多少人头马多少法国白兰地。老公说，小姐，这还要准备吗？我也知道自己说了废话，我们冯家家里洋酒并不比茅台少，因为我的老公骨子里虽说是一个农民而血管里毕竟流着九十年代大老板的血，他喜欢茅台也喜欢洋酒，就像他喜欢我这个洋女人也喜欢农村大嫂，这是真的。我知道，他至今偶尔还偷偷地回老家去亲近一个老相好。我又说，你的亲朋好友你送请柬，我的你就不用管了。他点点头，突然问，你都准备请什么规格的人？对于此事我早已成竹在胸，名单在心中早就拟好了。我说，我要送出去十八张请柬，邀请九对男女。老公问他们都是两口子吧？我说不一定，但是起码最近是睡在一张床上的男女。想不到老公竟然说，那合适吗？我说，两年前，你可是非常想叫人请你带着我去赴这种宴会的。那时候，请注意，我还不是你的现代小妾。怎么，你革命成功了，就忘了世界上还有战友仍旧在水深火热之中？他傻笑了一下，说随你。我说，被我邀请者必须具备如下条件：男人必须至少拥有一部私人轿车，必须是这个大县城里的别墅阶层，家里必须有保险柜，柜里必须有七位数以上的存款。至于女人的条件则比较简单，她们只要是九位男人中的某一位的公开或半公开、合法或半合法的现代小妾就行了。老公问，什么叫现代小妾？我说我这样的就是活标本，表面上的妻子实际上的老二。我在你们冯家，冯老爷子叫我老二，冯大爷子叫我老二，你有时候也叫我老二。她更是一口一个老二。她虽然和你离了，可是离婚不离家，她在冯家管着钱管着人甚至也管着哪一夜你才能和我睡觉，她在冯家不仍然是老大吗？老公又现出那种傻气了。这个男人很精，没法子了就装傻卖呆。我和他处于地下状态的时候他可是从来都是气壮如牛的，男子汉得很。

这当儿，老大叫了：芝他爹，龙儿的长命锁放在哪里了？

二

榴苑别墅是一群很地道的所谓西欧浪漫型的法式三层小楼。它在这座城市里以其档次高、品味雅、价位贵而鹤立鸡群。尤其是它的设计者是一个一流的法国建筑设计师，这就决定了它“法式”得很纯粹，不像一些什么什么型的别墅群，其实是一些混血儿，人们叫它们杂交一号、杂交二号之类。一九九四年，我以冯总的秘书身份陪他走了一趟东南亚，在新、马、泰、缅，我爱上了热带雨林中的那些红瓦白墙的法式洋楼，那些建筑是法国人在东南亚搞的，所以很纯正。那时候，我无限向往地说我们什么时候也有这么一幢小楼呀？老冯似乎是在开玩笑，说牛奶会有的，面包也会有的。我们如今还真的住上了那样子的洋楼，人的命运真是不可捉摸，不可把握，奇迹会随时出现的。雪白的纯瓷墙壁，半瓷的红瓦，法式的典型性表现在楼的顶子，那是一些对边线很长顶角又很小的三角形，往往一栋洋楼的顶子就有许多个三角形错落有致地组成。只有一点非常可惜而又没有办法，那些热带树木在北方栽不好，只好用蕃石榴代替了椰子树，所以把它取名榴苑。其实石榴也是很洋气的。它也是由中国人张骞出使西域时带回来的，只不过在中国呆久了就有点土了。可是我喜欢石榴，因为它的花朵被郭沫若称之为夏天的心脏，我则爱它的放肆、开放、热烈，还有性感。

榴苑别墅八号是我们冯家。这种叫法是老冯家男女老少一致的、自豪的、一直叫了上百年的对这个家族的统称，冯老爷子经常对我进行传统教育向我讲述冯家的历史，他的假牙不大好使唤，讲起话来透风撒气的因而一些字被他咬得奇里古怪。他说：我们冯家和四有来头多，你老爷爷挖一辈上出过有才来，我爹爹他有好地一百五十亩，骡子七八匹，他就娶落三过老婆，我有三过娘。我们冯家……什么字都可以咬不清楚而我们冯家这几个字是咬的绝对准的。我有一种预感，我的龙儿，他学会的第一句话肯定是我们冯家而不是什么别的。我的心情很复杂，我没有统计过这个大都市里一共有多少这样的家族，不过我相信不会少的，奇怪的具有中国特色的大都市呀。

太阳把楼前花园里的石榴树染得一片青翠的时候，我看到，我们冯家的停车场里已经停下了起码十辆以上的豪华轿车。我看到，里边有一辆乳白色的奔驰 600 跑车，我知道，那个神秘的香港人来了，他是我老公的汽车伙伴，他们两人一起搞过不下一百辆小车。说这个人神秘，是因为几年前他还和我老公一样是政府官员，当然，他的官比我老公小多了才是一个科长，而我的老公是副厅级，省冶金厅所属的一家公司的老总。不知道他得了什么灵一个跟头云便翻到了香港，又一个跟头云又翻成了香港某家大投资集团的董事长。说他神秘，还因为谁也搞不清他到底有多少辆好车有多少房夫人。他也公开说我这个人，一爱女人二爱好车。反正他到了哪一个城市就开哪一辆奔驰就睡哪一房夫人。我很服他，神秘而阔气的男人是会让一些女人佩服的。当然，佩服变成征服，他还必须具有男人的蓬勃的雄性。我老公背后却不大说他好，说他算哪一门子的香港人？他根本就没有香港的身份证。我问，他到底有多少钱呢？老公说，也许有个块八毛的，鬼才知道。我还看到了一辆六缸的凯迪拉克红色轿车，我知道，那个自称是中国第一制片人的孙四爷到了，我虽然是一个文化人但是不认识这位大名人。据说，此公在首都十分牛×，可是在这个大县城里却显然有点儿寂寞。你们想想，连我这样的省报“名记”都对他闻所未闻，老百姓就更谈不上了。可是我老公对此人颇为看重，和他的交往有点不大一般，他的车子时常从首都开到我们冯家。我了解老公，别看他像一个六十年代的生产队长，其实骨头里猴精，他自称庄户刁，我则说他是商海里的常胜将军。他和孙四爷肯定有不可告人的勾当。老公的事我从来不问，问他也守口如瓶，他这个人的话比金子还贵。我最欣赏他的就是这一条，他最欣赏我的也是我的不问。他说，好女人就应该这样。可是，这样一来，他的钱我就一无所知了。我答应嫁给他的时候，他说，进了榴苑八号，我的所有存折、房契，统统交给你。进来不久开家庭会，他的爷爷作为一家之主却说，老大管钱，老二照顾土子（我老公的小名，他爷爷叫他的时候从来都是叫这两个字）。散了会，我把老公拖进二楼我和他的卧房里，我杏眼圆睁，说，你骗了我。他嘿嘿傻笑着，笑了半天才说，女人问钱做什，那样子太俗。我说，可是老大人家管钱。他说她管个屁，她只管油盐酱醋柴的钱，你管？我问那你的存折呢？他不笑了，说，在我的保险柜里。我又问，你的保险柜在哪里？他说，每月两千元还不够你零花的？女人管多了容易衰老。

我在一楼的大舞厅里接待我的朋友。其实，她们应该说是我的购物友、美容友、舞伴、股友。比如说，这位上官小姐，就是珍珠美容院里和我一样的常客，一年了每一周来做三次，做的都是最高档的，一年下来没有五万块钱是绝对下不来的。她答应一定领着那位来我家参观参观，她还真的把那位领来了。嗨，“名片”上赫然印着“亨得利集团公司董事长”，说穿了，还不就是一个开烧鸡店的老板，像个现代屠夫，可是人家有五百万存款。上官小姐悄悄和我说，他已经离了，也要买一栋榴苑别墅和我们冯家做邻居。她这样一说我真的想马上搬出榴苑别墅。冷静下来想想，榴苑人家除了我们冯家品位高有来头，那些拥有者又有几个不是才从市井里蹦出来的暴发户。难怪我的一些同事说了，别墅里住王八，公房里住贵族。这些说法虽然有点狐狸说葡萄酸之嫌却也不无道理。

这时候，小保姆从二楼下来了，说夫人，冯总让你上楼去见一见孙四爷。我说我正在接待客人。小保姆说，冯总一定让你上去，他说有要紧的事情。我只好向我的客人致歉并说你们随便玩，我去去就来。我来到了二楼小客厅，那是一间阳光充沛布置古雅的房间，老冯亲自设计装修的。他真是一个人物，他可以让他的家族停留在前清，而他的审美情趣、他的衣食住行却是最现代的。他不让我自己买衣服，他给我买的衣服让我都挑不出毛病来。我看见了孙四爷，还有那个香港人。香港人从我进门起就把眼睛盯在了我的大腿上，我老公让我在春天里就穿上了超短皮裙，将一双修长的大腿衬得尤为出色。香港人眼光的肆无忌惮似乎并没有引起我老公的注意，他像那只土生土长的老黑猫在春天的阳光里眯缝着眼，不知道是在打盹还是在想心事。孙四爷毕竟是见过许多女人的男人，我的艳丽、性感丝毫没有让他改变表情。老公问我你没有请你的总编辑光临？我说，你觉得有了钱就有了身份？老公说，怎么，他会不给面子？我说，我还不想碰那个壁。请，人家保不准不会来的。老公说，我当老总的时候，一个电话他就屁颠屁颠地来了。我说，可是，如今你是个体户了。老公叹了一口气，我心里知道戳到了他的肺管子。孙四爷说，不管怎么说，您和他还是有交情的，嫂夫人又是他的兵，事情还是能试一试的。老公说，你专门邀请他一下，三天后我们在皇冠山庄请他。我说请他做什么？老公说你就是只管请客，别的没有你的事。本来他的生意场上的事我还真懒得问，今天他的这份态度真让我有点受不了了，我说，你们不和我说实情我还真的不给你们请人。孙四爷笑了，冯总谁叫你娶小夫人，要付代价的。说说也无妨嘛，又不是黑道上的生意。那位香港人开了口，他操一口南北杂交的苏州官话真叫人受罪。他说，我搞定了一条绝秘，今年五月了，中央要下令了，所有党政官员一律换车了，把进口车换成奥迪了，这可是大机会了。孙四爷补充说，冯总怕情报不可靠，想找你们老总核实一下。这笔生意搞定了，叫你冯总给你单独买一栋别墅。我真的被这些人搞呆了，他们真厉害，什么东西都可以为他们所用，成为他们赚钱的机遇。我记起老公和孙四爷的一次谈话，我之所以记住了那些话，是因为他们给我一种新鲜感，一种深刻，我毕竟是一个文化女人。老公说，中国从古至今也没变，要发大财找政治。过去有什么“国难财”，今天有什么“改革财”、“转轨财”，说白了，都是政治财。没有政治头脑的人，别在中国商场混。孙四爷一连声地说“高见”，“高见”。那天我碰巧在场，我很少听到老公一口气说那么多话，想不到，我老公还很会说话。看来有点思想的商人比只会赚钱的商人有魅力得多。

而此刻在同一栋楼的其他空间，却上演着截然不同的节目。

三

紫瓜皮帽似的鸟笼，笼顶的铁勾被一只鸡爪似的人手提了几十年业已变得晶明瓦亮。笼子是青竹编的，岁月把青竹染成油紫。笼子里的鸟叫黄雀，一身黄皮，长得小巧玲珑。笼子的主人十八岁开始在这个笼子里养黄雀如今他都五十八了，四十年里起码养了上百只鸟。他是一个天生的瞎子，他的爹爹养了他一辈子，后来侄儿士子先当官接着又混得大发了，他和八十岁的老爹爹就由山村搬到了冶金厅宿舍接着又是榴苑别墅八号，叫侄儿养着他们享清福。他闲着无事便拾起了过去混穷的行当，用黄雀给人们抽签算卦。他给侄儿算了一卦。想不到很准一下子得到了侄子的信任，他也想不到官做的很大的侄子变成买卖人以后，竟然信起他的黄雀来。好像不光侄子，连我这个洋侄媳妇也信。我叫他给我算了一卦，那时候我在评职称，由主任编辑向高级编辑冲刺，我还真的没数，按学历我还是可以的，而放到工作上的心思连十分之一也没有。我想反正有我的冯总养着哩，我怕什么？再说，有两个部主任在争这一个高级呢，我是摸不着边的。可是，一线侥幸还是有的。我闹着玩儿，叫冯大爷子给我抽一签。那只乖巧的黄雀从笼子里的小树上跳下，蹦出来大摇大摆地走到大签筒前，我捧起签筒放到它的尖嘴上，它滴溜溜转着绿豆大的眼珠瞅了瞅我，然后，给我抽了一支，我把签递给冯大爷子，冯大爷子用手一摸呀地一声叫起来好签上上好签呀，随后，大字不识一个的瞎子一个也不错地给我念出了签文——一颗黄钟土里埋，千人踩来万人踩。一场大雨出土来，长鸣一声人人爱。一月后，我坐收了高级职称的渔利，那两个部主任打得两败俱伤。从那以后，我的冯总在商场上每一次出击都要抽一签。慢慢地，冯大爷子的名气大起来，许多人包括一些达官显贵都知道榴苑别墅八号有一个神瞎子，他有一只神雀儿。不知道为什么，住在别墅群里的阔人特别信这，来榴苑八号求签问卦的人络绎不绝，其中富人占了八成以上。这不，二楼东边那间小屋里，又有许多来给我的龙儿过生日的人围在了冯大爷子身边，他们大多是我请来的人，他们放弃了如醉如痴的爵士乐，或者说，他们虽然以洋派著称并自居，但是，具有绅士风度、从某种意义上来说也只有绅士才能乐在其中的舞蹈，比起瞎子和黄雀来，后者更能吸引他们。可是，又何止他们呢？

一楼的舞厅里空空落落的，惟有那支洋下里巴人的舞曲在豪华的空间里流荡。我不放高层次的舞曲而选择了它，可谓用心良苦，可是，仍旧没有能够抓住他们。看来，我交的朋友其品位真的不怎么地。

我怅然若失地自己独舞起来。

这种舞曲虽说不怎么高雅却能够让人变得狂热，它的旋律勾引着你的血管像蛇一样扭曲、痉挛。它的特点就是宣泄，就是人性的一种变态表现。我跳着跳着，我的两条大腿突然吸引了我，我沉浸在自恋中。我想起了夏天的日子，我的两条擦满白粉的大腿交叉着伸出来，我的表现欲全部投注在这两条性感的大腿上了。我走在街上，我用两条大腿和其他女人的大腿比赛着肉感、弹性、曲线美，争取着男人的垂涎的目光，我会得到一种快感。那时候，我会产生一种幻觉，高楼林立的大都市里长满了大腿的森林。我有一种密不示人的观点，现代大都市最美的风景线也许就是女人大腿的森林。突然，一个南方男人的话语在我的耳边响起：好美啊大腿。我不能不说他有眼力。我看清了，他是香港男人。他说，我请女士跳一曲好吗？此刻，我当然不会拒绝，我向他嫣然一笑，他便顺势抱住了我。他跳得很笨，说实话这是一个不大老实的男人，他的心根本就不放在跳舞上，他东张西望一会儿就要来一点小动作，当然，他的小动作是以不让我太难堪为限度。

我还是喜欢这样子的。我想，他肯定是一个风月老手。

冯老爷子突然出现在楼梯上。他说，老二，你去叫小保姆来，到了按摩的时候了。

我抬起头来，看见楼梯上站着一个清秀的老头，个头适中，胖瘦均匀，白头发，白胡子，面庞却是红润的。他就是八十岁的冯老爷子，老家冯宅子的三任支部书记，两任大队会计，一个农村很有学问、辈分又极高的脸面人。我老公说，你可别小看了我爷爷，念过二十年私塾，之乎者也矣焉哉一套一套的。国民党，日本人，共产党，三个朝代都是冯宅子的中心人物。可是就是这个八十岁的人物，十天前，让小保姆——一个很俊俏的十八岁的中学生，郊区人，专门学过按摩，老冯高薪聘来的——告状告到孙子媳妇我这里。当时，老大也在我的卧房里，正在给龙儿换尿布。小保姆眼睛红红的，哽哽咽咽，说，夫人，我给老爷子按摩是应该的，我来这个家，干的就是这份活儿，拿的就是这份薪水。可是……我学按摩到美容厅里干按摩都两年了，什么样的男人没经历过？当时，我敢接这份差事，看的就是他是一个八十岁的老头，比我爷爷还大十八岁哩。如果他才五六十岁给俺多少钱俺也是不会进家服务的。我说，老爷子怎么了，你直截了当地说。老大却制止了她，显然她比我更了解老爷子的底细。她说，老爷子老了，糊涂了，你要多多担待一些。这样吧，每月的工资我给你再长五十元，五百五十元，行了吧。小保姆看了我一眼，低下头走了。她走了以后，老大沉默了半天，才撂下一句让我颇费琢磨的话：爷爷和孙子一个种性。

四

龙儿醒了，他的嘹亮的哭声盖住了榴苑八号所有的动静，顷刻间灌满了我的整个心房。自从有了龙儿，这哭声就成为我的生活的主旋律，我冷淡了让我着迷的多少有点儿变态的性爱，我也荒疏了被我视为现代女性第一课的关于商品、购物的研究，我甚至变得都不大注意修饰自己了。老公对于我的变化很满意，他说女人嘛不管是传统型的还是现代型的，一旦做了一个男人的老婆又为这个男人生了儿育了女，她就老实了。而他最怕的就是我的不老实，他不止一次地对我很动真地说，你胆敢给我戴绿帽子我就杀了你。我知道这个男人他敢做敢当是个男人，我很小心地生活着，连那个很有诗意的穷画家、我过去的情人也坚决地一刀两断了，我活得很滋润我不想给自己添乱。再说，老公还是很讲理的，他和我第一次是在我的那间小屋里。那夜，他很认真地在我的肉体下边铺了雪白的丝巾显然是想看看我是不是一个处女。我笑了说我声明我不是一个处女，我问你是一个处男吗？他的嘴巴张了几张没有说出话来，但是我看得出来，他很难受，似乎是受了奇耻大辱。我爱抚着他，开导他，宽他的心，让他明白过去谁也没有责任为谁守节，从今以后，我就是你的女人了，不管什么形式我都会为你守身如玉的。他很明事理地不再计较这事。

老大抱着龙儿下楼来了。我在龙儿的生日庆典上最怵头的就是老大出现在我的客人面前，为此事我也和老公要求过。我说，你在这一天把老大安排出去，让她到哪里都行花多少钱都可以，我以后天天给她请安都行。老公说，什么事都可以依你，就这件事情不行，这件事我也做不了主，我爷爷至死也不会答应你的。他要的就是今天的四世同堂，一孙二媳同房。我哭了，我真的有点儿后悔进了这个家。这也是我不敢给和我同一档次的同事、同学、文化圈子里的朋友下请柬的真正原因。我几乎不敢抬头却还是要抬头，我看见在柚木楼梯上，在断臂的维纳斯白色大理石雕像旁边，我的龙儿被一个农村大嫂抱在怀里。她显然已经老了，头发花白，黑黑的面庞上刻满了纵横交错的长短不一、粗细不匀的皱纹，她分明让我想起了我的祖母，我的祖母也是农村人，也是五十来岁进的城。如果没有其他的关系我肯定是会很尊重她的，可是处于我的特殊地位我对她只有一种复杂的心理。她似乎也不大识趣，她俨然以这个家的主人的神态出现在一群男女面前。她说，我很忙，没有下来招呼大家，这里有我妹子，她年轻，有照顾不到的地方请大家担待一些。我的脑袋嗡嗡发晕，上官小姐悄声对我说，你的脸色好难看呀，你犯了一个错误。叫我，说什么也是不行的。还是那个惟一例外的、作为一个女人自己就有一百多万存款的、带了一个比她小了近二十岁的男人的富寡妇老于世道，她迎上去，逗着龙儿，说，看看这个儿子，方头大耳，有他爹的本事，有他妈的才华，有前程呀。众人也看出了场面的尴尬，便学习富婆的样子来看孩子。老大真是一个奇怪的女人，众人恭维的儿子似乎是她生的，她也很骄傲的样子，和大家一起高兴。这时富婆率先拿出了给龙儿的见面金，竟有三千元之多。随后众人纷纷效仿，一律都是贺金，有一千的有两千的不等，不过没有少于一千的，我由此想起了老公作为一个男人的为人来。本来在都市里，尤其是在富人圈子里，人情淡如水，几乎是鸡犬之声相闻，老死不相往来；可是，老公却赚出一个大方、豪爽、热情的美名，非亲非故只要是认识，有人婚丧嫁娶他都要出血，且出手大气。比如这位富婆，我和老公只不过在别人的宴会上和她坐在一起，她又和我套近乎来过几回，仅此而已，听说人家要娶一个小女婿他便送去三千元作为贺礼，感动得富婆说冯总是个男人好人呀。如今他们都是来还账的，我也就没有客气地统统予以接受。老大却不知其理地千恩万谢，还吩咐我龙他娘，快上楼去拿栗子枣分给他们，唉，都是好人哪。我说，谁稀罕那玩意儿？我不动身子，她气得翻白眼，我也装作没有看见。

别人围着老大看龙儿的当口，上官小姐把我拉到一边，站在一人高的景泰蓝大花瓶后边，和我说悄悄话。她问，你是先为冯总怀上龙儿的吧？你这一手高，他就不敢不娶你了，男人还不就是那种东西？玩腻了就想仨核桃俩枣把你甩开。有几个臭钱的男人更这样。男人有钱就变坏嘛。我有意逗她，说那你为什么还要缠住有钱的男人不放？她说，女人变坏就有钱嘛。嗳，说真的，是不是？

我问，你问这个有用吗？

她说，冯大爷子给我算出来了，我为老六怀上了儿子，他小子不能再耍滑了。

上官小姐的漂亮而又俗气的面孔在我的眼前消失了。我禁不住想起了我和他的那次东南亚之行。在东南亚的旱季十月，我以他的秘书身份陪他逛了新、马、泰、老诸国。我向报社请了一个半月的病假。那时候，他还是省冶金厅所属的一家大公司的老总，副厅级。他说是到东南亚考察开发金矿项目的，从公家拿走了十万元。他问，小馋猫，够我们吃喝玩乐一阵子吧？我斜他一眼，说，真他妈的是一等人搞承包，吃喝嫖赌都报销呀。他说我这算的了什么，我们局头领着一家人拿走三十万逛遍了西半球。可是，等到了东南亚，我才发现，老冯绝对不是花花公子，他是一个商界奇才。换上别的男人，带着如花似玉、风流性感的小情人，不沉溺在情山性海里才怪呢，而我的老总，却在鸾颠凤倒之后做成了一笔买卖，个人净赚十万元。他有这等本事，在床上弄得人家气息奄奄、娇羞无力、回味无穷，然后可以从床上爬起来拨通电话，开始在电话里和商人大谈生意……

五

考察在东南亚投资开发金矿项目实在是子虚乌有的事，几乎所有的官员带亲人出国游玩都要找一个冠冕堂皇的理由。老冯这次出国纯粹是想和我公开地放松地时间多少长一点地在一起过过夫妻生活，在国内这是不可能的。那时候他还没有给我买房，他在社会上还是一个清廉的官员形象，我们在一起很不容易，偷偷摸摸，他说，我们能在一起过一个完整的夜晚，第二天枪毙我，我也心甘情愿。我更是这样的感觉。可以这样说，我们一直处在情和性的沙漠里，又饥又渴。所以，从下了飞机进入新加坡的五星级宾馆里，我们就在房间里呆了三天三夜。第四天，我实在受不了啦，他才放过我。我们走在街上，我脸色苍白头晕眼花金星直飞，一阵阵恶心让我站立不稳。他也好不到哪里去，我看见他的眼睛圈上了两个青黑的箍，颧骨也高高耸了起来。我问你还行吗，他说不行了你就高抬贵手吧。我们在国外彻底解决了这种饥渴以后才有兴趣游山玩水。新加坡的商品和老冯手里的钱让我有生以来过足了购物瘾，然后又过吃瘾，我很快就成了一匹厌倦了美食的波斯猫。然后又在庞大高耸的建筑群里漫无目的地转悠，那些建筑像钻石山一样闪着幽暗的光芒。这才是真正现代大都市，它是一座布满了镜子的迷宫，角度各异，我觉得人在里边一个个被照得奇形怪状。我发现，街上有着无数大都市风靡的眼：超级市场的饕餮的眼，夜总会的色情的眼，啤酒城的迷醉的眼，美容厅的化妆的眼，大酒店的亲昵的荡眼，教堂的伪善的法眼……眼的光轮展开了都市的风土画。在这里，我觉得夜总会、超级市场、舞厅、酒吧、钻石山似的摩天大厦、来自世界各地的红男绿女，给我造成了时间暂停的幻觉，让我也染上了“时间不感症”；而在我生活的那个大县城里，光、影、色、酒、欲的作用让人忘记了时间的流逝，我成了白黑颠倒症患者，夜里精力充沛而白天则有点昏睡不醒。在这里，我才感到，都市生活本身就是一场戏，生活和戏剧在这里无法分开，真正的都市人永远不能卸装，都市人世俗生活已经被都市进行了精美的包装，比如我和我老公的做爱，外面的背景就是永远的夜的五光十色。对于都市重要的是去看而不是去想，感觉是都市人和都市的惟一联系。感觉的世界是这样的：时间以平行、共时的方式取消了先后的秩序，空间则以直接呈现的方式诉诸感官，真正的都市人是不会思考的，这方面的功能退化了，因为身在其中的时空是不会给你秩序感和距离感的。我在感受、品味着真正大都市的标本，而老冯却对新加坡失去了继续玩下去的兴致，他说，不就是楼高一点、商品全一点真一点好一点、夜光明一点、人有钱一点吗？没什么意思。及至来到马来西亚、泰国，就更提不起他的兴趣了，他说，它们不就是比新加坡的楼矮一点、商品少一点孬一点假一点、黑夜暗一点、人没有钱一点吗？他这个人还是一个农民，一点生活的情趣也没有，更谈不上对大自然的欣赏与品味。别看他一身国际名牌，连梳子都是美国苹果牌的，用的卫生纸都是日本产的红棉纸，给我买的也一律是世界一流的，那瓶巴黎贵妇人香水就花了一百美金，那件纯意大利皮衣就花了一千二百美金。我真的被美金完完全全的包装了。在这几个国家，他用百分之八十的时间、百分之九十的精力在宾馆和我做爱，然后便是自己昏睡，而给我雇上导游领我逛。他倒是对老挝很感兴趣，他说，我有一种预感，我们在老挝会有重要收获。我撇撇嘴说，在那个让全世界都可怜的国家会有什么收获？他说你不懂，越穷的地方越有商业机会。我吃醋了，我说，原来你这次也和我三心二意。他傻笑着，说，一边爱得死去活来一边做一笔生意不是更好吗？我说，那个穷地方也有买卖可做？他说我有一种预感，我的预感很准。我说，你不就是一个官员吗，你什么时候又做生意了？他又是那样子傻笑着，不说什么。

他的预感还真的很准。

公正地说，这个世界上最穷的国家在二十世纪九十年代还处在刀耕火种的水平上。湄公河对面是泰国的花花世界，他们肥沃的土地里长着全球人都爱吃的大米，美国西红柿长得像拳王泰森的拳头，茄子比中国的葫芦还大。而在一河之隔的老挝，两角弯弯的水牛拉着木犁在艰难地摇摇摆摆地走着，大米粗糙得谁也不吃，茄子比鸽蛋还小，西红柿像一枚枚枣子。这里确实还是农业文明，工业污染简直是天方夜谭，因为全国还没有一寸铁路没有一个工厂没有一根十米以上的烟囱。我们住在万象的国宾馆里，所谓国宾馆比我们的大县城的小旅社好不到哪里去，首都万象比我们的大县城起码差上一百倍。一条马路一盏灯，一个交警一个兵，一毛钱的瓜子嗑满城，这是几年前我形容老家县城的打油诗，如今转赠万象一点也不冤枉它。这里的人们很懒，一天只干三个小时的活儿，中午以后，男人们便用三轮车带上自己喜欢的女人到椰林里去跳舞，喝米酒，夜里则点上篝火玩到天明。

来到老挝以后，我的男人却活跃起来，他领着我到处跑，包了一辆车子，一会儿跑到万象省，一会儿又跑到三百里以外的皇城郎邦浪邦。他还花重金聘了翻译，这个翻译很厉害，是中国国际广播电台的，五十年代就来到老挝深入到椰林深处帮助他们打游击，老挝解放军的总参谋长、也是老挝政治局六巨头之一的瘦子千重光，就是他的好朋友。老冯用他牵线搭桥认识了此人的儿子，一个国际倒爷，两人一见如故，倒爷劝老冯来老挝投资，建一个高级家具厂，用全世界惟有老、缅才有的红木做成国际一流家具卖到新、马、台，一定会大发。他还说老挝不反腐败，他可以打通各种环节，花几个小钱就能弄到一片红木森林。老冯很兴奋，毫不犹豫地拿出在新加坡给我买的重六十六克的四个九的金手链送给了那个国际倒爷的第三夫人。他表态，一个月以后我就回来投资。那个人问，是你的公司搞还是你个人搞？老冯说当然是我个人。那个人说，冯老板，你个人有二百万吗，最少也要这个数，老冯说，我没有那么大的荷叶就不敢包那么大的粽子。我不知道翻译能否搞的准确，反正我们告辞出来，我就急了，我说，你吹那么大的牛皮有什么用？你一个官员从哪里弄到那么多的钱？你吹牛皮要纳税的，那条金手链白扔了。男人笑了，说，女人就真的头发长见识短吗？小姐放心，手链我是会加倍赔你的。

他显然很高兴，领着我来到万象最有名的、台湾人在这里开的湄公河酒楼，说是要庆祝一番。我不想理他，我只是觉得他有点不可思议。不过，我还是很喜欢到这个大酒楼来的，我在一本国际旅游杂志上看到过关于它的介绍。

老挝的雨季刚过，所以，一天里还是会有几场雨的，这不，万象又被密密麻麻的雨帘封锁的严严实实了。我们穿透风雨，在古老的檀香树下，看到了红红绿绿闪闪烁烁的霓虹灯描画出来的酒楼。酒楼还是一栋法式建筑，很轻佻，很洋气，及至进了楼，我才发现，它原来是全套的木质结构——一栋三层楼，一律用老挝黄檀插起来。木质细腻光洁，说不尽的华贵典雅。一座古色古香的大厅里却又有一个高台子，台子上布满了爵士乐队的全部玩意儿。他们正在演奏港台最流行的歌子，穿着超短裙的东南亚黑妹正在努力模仿叶倩文的红尘呀滚滚痴痴呀情深……老冯说，他妈的，台湾老鳖真会做生意。这里是一块未开垦的宝地，我要来马上来不来太傻帽了。坐下来的时候，我想老挝也学得洋起来了。我正在陷入一种复杂的思绪里，老冯突然惊叫一声宝贝！我被他吸引着看起来，我看到，贵宾厅里的一面东墙被一幅特大的壁画完完全全地占据了。壁画高四米，宽十米，显然是用一整块柚木雕琢而成。显然它是一棵生长了足足一千年的柚木的纵切面，保留了上沿和下沿的锯齿状。壁画上矗立着真山，流淌着真水，大象雍容华贵地慢腾腾地走着，小孩子骑在象身上，捧着芦笙，面色红润的女人用木头机子织布，纺棉花，男人围在椰子树下喝酒，酒盛在黑泥坛子里，这种坛酒用老挝的小大米酿成，老挝语叫老海。我在品尝着一种古朴的原始美，老冯却不知道钻到哪里去了。过了好大一会儿他才回来，他说，我找到了台湾老板，你猜猜，这块木雕才多少美金，我的小姑娘，十五美金。我马上给一个干宾馆的朋友用手机打了电话，他们的刚刚盖起来的五星级宾馆要，一万五千元人民币一块。乖乖，一下子就要十五块。我的小姑娘，这笔生意做好，你的一套三居室到手了。我被这个男人的神采彻底迷住了。他说，我去求那个国际倒爷，他私人有一驾运输机，让他帮助我运回中国。怎么样，那条手链送得还值吧？

晚上，伴着墙上一尺多长的、胖大无比的、粉红色的壁虎的交配，听着它们吱吱的呻吟声，我风情万种地、尽其所能地、风骚无比地向我的从肉体到心灵都痴迷的男人敞开了一个女人的全部。他也全身心地投入了，也向我敞开了一个男人的全部。后来我们都虚脱了，变成了两摊水。

半夜，他突然说，你知道吗？

我说，我什么都不知道。

他说，你为什么不问我有多少存款？

我说，我为什么要问呢？

他说，我有两百万呢。

我说，你吹牛。

他说，我是中国第一批股民。

我突然明白这个男人有这等本事。

我问，可是，你从哪里去弄那些本金？

他说，我、我用公款炒的。人们还不大警惕什么叫挪用公款。当人们开始注意的时候，我已经把五百万完璧归赵了。

我拼命搂住男人，好像怕他跑掉。我说，你真的是一个魔鬼。我突然想起了一件事，我很害怕地问，你没有吃避孕药？

他傻笑了，说，哪能呢，我能坑你？其实，几个月后我就发现，正是在老挝万象的那一夜，正是红色壁虎吱吱叫的那一夜他蓄谋已久地坑了我。

六

老公嘱咐我，龙儿的生日庆典有一项很重要的内容，那就是我必须亲自抱着龙儿到二楼爷爷的房间里和老家的来人见面。我问，什么时候，他说，上午十来点钟吧。现在，我就是去执行老公的这项任务的。在这座小楼上，最好的房间是冯老爷子的，次之，是冯大爷子的，而最次的是我和老公的卧室。老公说，上至国家下至一个家都要有秩序有尊卑之分。在这个家里，眼下你我是最小的。

冯老爷子的房叫上房，我抱着龙儿来到上房，我看见，冯老爷子、冯大爷子、老大、老公都在，另外，屋里还有七八个乡下人。见我和龙儿进来了，那几个乡下人赶忙从沙发上站起来，其中，有一个五十来岁的男人，穿的有点儿城里人的味道，显然他是这些人的代表人物，他黄白净的面庞已经堆上了笑，他分明叫出了老奶奶。我禁不住打了一个冷战，我有生以来还是第一次被人这样称呼所以有点儿不知所措。老公介绍，他叫跟住，是咱们老家冯宅子的支部书记，也是爷爷的接班人，一家人，没出五服的。那个叫跟住的男人说，都是老老爷爷和老爷爷对我好，我才在咱们老家负点责。他走到龙儿面前，把脑袋伸到龙儿的脸上，叫小爷爷你认识我这个老孙子吧，你再大一点，回家，我趴下叫你骑马。你们看看，小爷爷脸大如瓜，鼻高如亭，眼大如牛，一脸官相，长大了，那官做得不会比老爷爷的小。众人却只是附和着笑并不站起来。老公叹了一口气，说，如今你老爷爷是个体户了，辞官为民了。我第一次发现，老公脸上出现了阴云，我从阴云里看出了他心灵的不平衡，原来，他也有惆怅的时候。跟住说，我懂老爷爷的心，你是为了我们冯家。我不明白他这句话是什么意思，我正要问他，他把话头引开了，他说，老奶奶，你知道不，天下的冯家是一家，天下无二冯。远、成、先、德、于、思、延、精，我们年前在冯宅子召开了冯姓代表大会，出席者一百人，老爷爷主持大会，老老爷爷讲话，我们开了三天，序了十八辈，八百年没有问题了。我看着老公，我想，就是这个在新加坡金融大厦西装革履、在巨头的豪宴上风度翩翩、中国第一代股民、厅局级官员中第一代玩情人、中国官僚机构中第一代辞官下海、以其品位气质实力做派征服了比他小二十一岁的敢称中国第一"名记"的女人的男人，怎么会在一个小小的山村里主持某一个家族序辈的所谓会议呢？我沉浸在不可思议之中。这时候，一楼的大舞厅里传来疯狂的迪斯科舞曲和疯狂的男女的歇斯底里，我再看这间屋里的老爷子和老孙子们，我发现他们好像是没有听见一样，继续在谈论他们的话题。我想，这个古老混合、中西混血、城乡混种的民族，在世界上恐怕也是少见的。

老家来的人这时候纷纷给龙儿拿出了他们的贺礼。这些礼物一下子吸引了我。它们是千奇百怪的，让我大开眼界，我承认，街上，老冯半开玩笑半当真地给我买了一个纯金的做工非常精美的长命锁，说，以后如果有机会给我生个大头儿子，就算我提前给他买的，如果没有机会，就算我送给你的，祝你青春百岁，永远这么漂亮永远这么浪漫……我那时候也没产生这样的感觉。我看见一枚核桃雕刻的花篮，小得可爱，一刀一刀都是那么精巧、那么细致、那么逼真，上边有一朵花儿，花瓣花蕾栩栩如生，花篮里有一颗珠儿，在里边哗啦哗啦的滚动，花篮是用红头绳拴着的。把它戴在龙儿的胖呼呼的小手腕上太绝了，太妙了。还有一对银铃铛，看样子年代十分久远，上边生满了黑锈，可是它发出的声音真是绝妙，如天籁如童声。还有一驾小车，跟住说，这是我做的，一律花椒木，老老爷爷知道，这种木头败火，老人小孩用，杀病去灾。我一连声地说谢谢、谢谢，太好了，这比什么都好。我在心里想，起码，比他们送人民币要好上一千倍，乡下人有时候比城里人更有品位更具审美。

跟住看了看老爷爷，对我说，老奶奶，我们冯家一千多口人都要谢谢您哩。你为我们冯家最长出息的一脉续上了香火。你不知道，一九九四年冬天，冯老爷爷回老家喝醉了，他那个伤心就不能提了，他哭得黑天黑地，哭够了（我在这里要插一句，我偷偷看了一下老大，此刻她竟然用袖子抹起了眼泪，她也哭了，不知道她哭的是什么意思），他说了一句没头没尾的话，如今我才闹懂，嘿嘿，他说，这一回也许差不多，我当时什么也不敢问，我陪着老爷爷去了家庙，他去上香，他求老祖宗保佑，我如今闹懂了，他是保佑你怀上龙子哩。

我到了今天总算是彻底明白了，我和这个男人的故事，这个男人毫无疑问是导演，是玩偶之人。

我完全肯定，他在老挝就给我种上了，怀孕以后的日子，也是他牵着我的鼻子走的。

七

走，陪我到医院去。我在从东南亚回来的第三个月的一天，在他给我买的挺高档的佛山苑小区的一套三居室里对他说。那笔在我看来几乎是天方夜谭的壁画生意，人家还真的做成了。一架老挝军用运输机把他的十五幅大型壁画运到了大县城里，当然，其中的故事是很多的，他对我避而不谈，我也不好问。他把壁画一下子卖给了在大县城里最高档的樱花宾馆，这家日本人出钱开的宾馆被这些壁画装饰的风格特异，吸引了许多人去参观，去欣赏，他们问，这些壁画是从美国搞来的？不是，那么肯定是法国艺术沙龙的产品？老板和他有协定因而缄口不语。他净赚了一套三居室。

他不理我，继续逗着我的虎皮波斯猫。

我真急了，大声说，你给我种上了，你要给我拔出来。

他开始了那种庄户刁的傻笑。然后，慢悠悠地说，这说明我们有了爱情结晶，这是应该大大地庆祝一番的事，你急什么呢？

我说，作为一个现代女人，我的第一哲学就是，终生不嫁，一辈子不生。我不能让任何人，包括我爱的男人，还有不知道在哪里的孩子，都不能分享我的女人的自由、享受。所以，就是你不和我去医院，我也要自己去，这是绝对不能更改的。

他说，我这一辈子，还没有碰上不能商量的人不能商量的事，你就舍得让我伤心？他说得真的很伤感，我什么都有了，可是如果没有一个儿子，那就等于什么都没有。

我说，你传统得让我吃惊，你还是一个现代人吗？

他放下猫，慢慢地把我抱在怀里。那只猫用嘴里细小的白牙轻轻地撕我的裤脚，我明白它的意思，它是想叫我再去和它玩。我没有心绪，把它一脚踢开，它很生气地跑了。老冯说，算我求你，把孩子给我生下来，你叫我干什么都行。我故意说，你和你老婆离吧，娶我。他愣了一下，说，明年好吗，我在政治上还想进一步。闹起来对我不利。我扑哧笑了，说，请阁下放心，我不会叫你放弃和你老婆白头偕老的。他说，你可以提条件嘛，我什么都答应你。我说，你用钱买吧。我纯粹是说着玩的，可是，老冯当真了，说，我一次性付清十五万，怎么样？我说，要是女孩呢？他说，男女都要。我说，你想有五朵金花呀。他说，起码买个百分之五十的希望，值。我说，你真鬼，十五万，又买了孩子又买住了我。那天，他几乎磨破了嘴皮子，而我好像成了铁石心肠，并不心动。他很伤心地走了。走到门口，又回过头来，说，真的那么绝对吗？我开玩笑地说，除非是你老婆来跪下求我。他无限哀怨地看了我一眼，弓着背走了。我几乎被他的可怜所感动，他可是一个从来不低头的男人，今天，他几乎都要向我跪下了。我真的就那么狠心吗？其实，对于这件事我考虑的很多，我表面上看是一个随意性很强的女人，然而，在一些事上我并不马虎，我有我的界限。我很害怕，一个未婚女人，生下一个孩子，在中国这块土地上还能生存吗，老冯能和我好一辈子吗，情人一旦腻了，就要分开，那时候，我生的孩子在他的手里，我就是再现代那份牵肠挂肚也够我受的。再说，我将有把柄永远抓在他的手里，我就是对他凉了而他还热，我到时候也不敢离开他……

一天，我正在屋里写一篇稿子，他领了一个我不认识的女人进来了。我看见那个女人比他老上起码二十岁，我根本就没有往他老婆身上想，我只是有点奇怪，他对我们的住所是绝对保密的，他也很严肃地对我说，你绝对不能领着亲朋好友到这里来，一旦被人抓住，我不但官做不成，还要犯重婚，真的，这可不是玩笑。今天他这是怎么了，把一个第三者领进了我们的领地。我去打量那女人，她显然还没有褪掉农村大娘的装束、做派，也许她永远也褪不掉了，因为她的面庞像一个桃核，大自然已经把人的皮肤毁坏了再养也无济于事。我所以想到养是因为从她的那一身纯毛料的服装上可以断定，她已经进城好多年了，并且她还有一个很有钱的家庭。

老冯憋了半天才说，这是你大、大嫂。

我大吃一惊，我怎么也不会想到这个女人就是副厅级老板、又阔又洋的冯某人的老婆。我真的有点不知如何是好，我慌乱的语无伦次，我说，你是、啊、我、看看我就糊涂了，你吃过了么，我去给你拿酒……老冯毕竟是老冯，他很快就镇定下来，拦住我，说，我把我们俩的事都和你大嫂说了。我不知说什么话好，那个女人也好像不知道说什么话好，老冯也不好再说什么了，于是，那天在秋天的阳光里，一个男人和两个女人之间出现了尴尬的局面。

那只波斯猫咪咪叫着过来了，它仰起那张乖巧、讨好的脸，看着它永远也不会理解的人类。我只好去看那只猫。这时候，冯老板的太太，分明地扑通一声跪下了，没有朝着我，而是对着我的叫她男人迷醉的丰肥的臀部。

我呀地惊叫一声，急速转过身去，刷一下伸出手去，迫不及待地拉那个女人。那女人粘在地上不起来，说，好妹子，今天你不答应我一件事，我就给你跪个一百年。我急忙说，你快说，我能办到的我没有不答应的。她说，这对你是小菜一碟，你只要真心对老冯好，就会答应我的。我真的无法猜透她说的是什么事了，天底下，哪有老婆为自己的男人去求另外一个女人的？可是她说了：我求求你，好妹子，给我们冯家生下你肚子里的孩子。我给你养大。老冯有本事买通医院，生下来就给我们冯家，医院保证为你保密。好妹子，我们冯家求你了。我的内心混乱不堪，我真的想不到我无私奉献的男人会拿出这一招来难为我。我更不能理解这个女人会做出如此举动。我冷笑着看着男人，我想给他一个耳光，男人居然会傻笑着和我对看。僵持了大约几分钟，我仍然不知道怎么回答是好。这当儿，女人拿出了不知是她的还是他的绝招，她说，只要你答应我，从今以后，你和老冯明铺暗盖，睡红了天睡白了地，我都不问。要是你不答应我，我从今以后就要把他关起来了。你们若是再有来往，我们冯家可是大族，有上千人，到时候妹子就没面子了。

我的态度显然软了下来，我被她的不管不问的表态打动了，我没有被她的恐吓吓软了胆，我说，你们为什么要这样呢？

她说，不这个样子不行，老冯是大官，和俺离了再娶一个女人生儿子，他就要被三开，官当不成工干不成老养不成。俺实在是没有法子的法子，谁叫俺没有本事给他生一个儿子来？女人已是满面泪水了。

她说得很坚定，可是，人的命运是一条抛物线，它由时间的点和空间的点交叉而成，谁也说不准，谁也把握不了，我不能，老冯不能，老女人更不能。后来的事情发展并没有按照她说的来，也没有按照我的现代派路线来。事实上是，我这个立志终生不嫁终生不生的自封的先锋女人，并没有过多久，就对婚姻垂涎三尺了，再后来，也开了生戒为老冯公开地合法地生了个大头儿子。老冯呢，他这个官瘾一点也不比财迷少的男人，迫于形式也只好把官辞掉把工也辞掉。老女人呢，即便她让步三十里也没能保住自己的男人。

八

榴苑别墅八号有一群中西结合的猫，这是谁都知道的事。一只是老冯养的，雄性，其大无比。它的那一身皮毛真叫天下一绝。黑，天生黑得高贵，纯真，比黑缎子还要光亮，在黑暗的夜里，它的皮毛则显出乌金的光芒。它从水里爬出来抖一抖身子，那皮毛就会光亮如初。它的一双眼睛大半天里是闭着的，一旦发现猎物，刷地一下暴开，便会有两道电光喷射而出，让猎物不寒而栗，那对眸子，绝对比猫眼宝石要晶明上十倍。我特别害怕它，我自己呆在屋里是不敢让它进来的。它有比刀尖更锋利的爪子，我亲眼看见它用爪子把木地板划上一条深沟，因为它生气了。老冯说它来自老家的深山里，是冯宅子的跟住把它捉了来孝敬老爷爷的。它已经伴随老冯走过一段很长的宦海之路了，老冯说，我当科长的时候它就跟我了，它跟了我，我宦海风平浪静。它其懒无比，整日睡觉。春天却放肆地叫着，满城跑，去寻找它的春天。它的欲望看来十分强烈，它好像还有虐待狂，老冯说，它咬死过不下十来只母猫，可是，却总还是有一大群母猫围着它，赶也赶不走。母猫似乎和女人犯一种病。我则养了一只可怜兮兮的小波斯猫，种很纯，它的母亲来自波斯湾的一块陆地。它长着一身虎皮，有一对温柔的琥珀色的眼睛。它善解人意，我无聊的时候它会爬上我的怀抱用小脑袋撞我的乳房。我伤心的时候，它又会用湿润的小舌头舔我的脸。我和老冯结婚的前一天，我对老冯说，我准备把我的小猫送人。为什么？老冯问。我说，我怕你那只黑猫，它那么凶那么狂那么不要脸。老冯说，人物一理。越凶的有时候越温柔，要看对谁。老冯把小猫抱进了榴苑八号。还真的叫他说准了，它们只是生疏了几天，便处得十分亲密起来。有一天，我终于不好意思地看见像一匹小狗的黑猫把我的小波斯猫完完全全地覆盖了，我的小猫在下边发出了幸福的呻叫。

很快，它们就生出了第一代混血儿。那些混血儿非常有意思，身上的皮毛十分少见。肚皮是花的，四只小爪子上长满了长长的白毛，脑瓜特大，脸则是凹的，有点人相，一双双眼睛比它们妈的凶一点又比它们爸的温柔一点。它们是异常聪明的，这一点毫无疑义。

猫的家族虽然成分复杂可是一直相处和睦，那只黑猫很呵护它的妻子儿女们，它的妻子儿女们也一直对它俯首帖耳。可是，在龙儿生日这一天，它们突然闹起家务来，我由于一直在忙前忙后，所以没有看见它们闹家务的起因。只见小波斯母猫率领它的一女三男，围着那只黑猫向它进攻。母猫在指挥，它一会儿跳到公猫的前面一会儿跳到公猫的后面，它一会儿尖叫一声一会儿呜咽一声，随着它的不同动作不同声音，四只个头并不比老公猫小多少的儿女们便一会儿去咬老公猫的脑袋，一会儿去抓挠老公猫的腰身，一会儿去拖老公猫的尾巴；老公猫显然大动肝火，它一会儿呜呜咆哮着用两只前爪去抓挠草坪，一会儿长叫一声圆睁双眼想用电光吓退妻子儿女们，一会儿拼命摆头甩尾摆脱它们的围攻，但是我发现它并不像妻子和儿女们那样动真格的。它的反攻只是虚张声势而已，它的更多的动作只是自卫，显然它从本能上和后天的想法上都不想伤害妻子儿女们。看来老冯说得对，有时候最凶猛的往往是最有情的。虽然是这样，猫们的叫声却是呜呜哇哇吱吱咬咬在榴苑八号，造成了巨大的噪音的冲击波，压住了爵士乐的声音，楼下大舞厅里那群男女都跑出来观战……

我在这当儿却莫名其妙地想起了我怀孕以后的日子。

由于老冯公开了我们的关系，老冯的老婆大摇大摆地出现在我们中间。我至今不知道是老冯的安排还是老女人的自作主张。她的行动让我很难堪，让我有点儿不自在。她竟然三天五日地到我的房子里来，给我打扫房间，给我整理家具，给我洗衣服甚至连内衣内裤都洗，她还给我上街买菜，给我做饭炒菜。我问她，是老冯叫你来的吗，她说，你身子重了，得有人照看，老冯他不会，别人我不放心。我不去管她，我去听音乐，听肖邦的小夜曲。她不再说什么，默默地干活。有一天，我来了一点兴致，我便问她，你作为一个女人，跟着老冯幸福吗。她说，女人就是这种东西，嫁鸡随鸡嫁狗随狗。可是，俺们没有文化应该是这个样子，你们……有、有本事，可是，俺不明白，你们咋也拴在爷们的裤腰带上走不动呢，你们又不用吃他们的喝他们的花他们的，你们能自己挣钱。我还真叫她问住了。我张了半天嘴没有说出话来，我想她说的应该是对的，可是最现代的女人，自己挣钱并不少的女人，好像也不大好离开男人而所谓自立，她们好像也要找一个更有钱的或者说更有本事的男人靠上去，抓住他不放。女人在生活的大海里好像一定要抓住一个男人做自己的船儿。现在不是流行一句话吗，做的好不如嫁的好。这句话好像并不是流行在面前这个女人一类的中间而是流行在我这样的女人中间。

日子就这样尴尬地过了一些时候，当我的长期病假过到六个月我的肚子隆起像一座山的时候，老冯降临了一场政治危机，有人很准确地告他，把信写到检察院，说他在一九九〇年前后，挪用公款五百万到深圳炒股，自己赚了二百万。应该说它击中了老冯的要害。有七八天，老冯的老婆没有到我这里了，我感到一种空虚和不习惯，那个女人已经成为我这个孕妇生活的一部分，这一部分突然失去了，真的让我有点不适应。老冯来了，我问，你一定感到寂寞难耐了，又去拈花弄草了，他傻笑了，但是我看出来他的笑有点儿勉强，我还看到他的嘴唇的干裂和苍白。我问，你老婆和你闹事了？他说，哪能呢，没事。我又问他，公司的生意不顺心？他说，没有，很好。他不再和我说什么，他去了厨房，他亲自去做菜了。他其实是很会做菜的，他的烹饪水平可以达到专业，当然，他一般情况下是不会亲自动手的。在我的记忆里，他曾经下过三次厨。第一次，是在他第一次要了我以后在我的那间小屋里用最简陋的设备和最不值钱的蔬菜给我做出了最可口、色香味俱佳的菜让我感到性满足以后的食欲的满足。第二次，是老挝那笔生意彻底完工以后的晚上，他给我们做了一桌地道的川菜，把我全身都麻了一个遍。第三次，是在我同意把孩子给他生下来的那天。这一次，他又下了厨，我想，一定有重要重大的事情发生了。我还有一种预感，这一次怕不是好事。可是，我不大害怕，自从认识了这个男人以来，我就不大害怕这个世界了，我总觉得，这个男人有本事有力量顶天立地，我只要是趴在他的怀里什么风险都没有。他炒了四个菜，他拿出了一瓶茅台，他给我倒了很少的一点点，他自己则倒了满满的一大杯，足足有三两。他说：来，咱们干一杯。他和我用杯子碰了一下，仰头就把那杯酒干了。他又倒了一大杯，和我碰了一下又彻底地干了。他的眼睛里出现了很少见的忧伤。他叹了一口气说人真坏呀，我正在听下文哩，他却不往下说了。他这个男人，最让我欣赏的就是这个，把沉默当金把话语当银。然而今天我却急切地想听他说话，把他的心事彻底说出来。他沉默了足足有五分钟，又喝了三杯酒，这才开了金口。我睁着大眼睛呆呆地看着他，不敢问他什么，也不敢和他说什么。他说——他在说话的同时拿出一张存折，我看到存折上写着我的名字，数目是十万——孩子生下来，你交给她，她会有钱把我的儿、儿子养大的。这钱是给你的。我这辈子不屈了，和最高级最可心最风流最爱我的女人好了两三年，还让她给我生了孩子，我不屈了。我知道一定是发生了这个男人也顶不住的事情了，我真的害怕了，我问：你出了什么事你快告诉我，你知道我还是一个能帮你的女人。他低下头，显然，他也十分想和我倾诉一番，不过他一时半会儿还放不下架子像一个弱者。他也憋不住了，呼噜呼噜地说起来，什么反腐败还不就是政治的变奏？我要升一格当正厅了，最好的朋友也杀起了回马枪，说白了，还不是觉得我抢了他的位子？当小人，他娘的，告刁状……他向我说出了事情的前前后后，我的心里感到一股凉风在激荡，我知道事情很严重，闹不好，他真的要坐牢，还不是三五年那样的牢而是要把牢底来坐穿的那种牢。这时候，老冯说，你也先不要认为天就要塌下来了，我会摆平的，不就是破财免灾吗。花钱买平安。我说，能行吗，他说，我已经有路了。不过，准备还是需要的，要做好最坏的准备。我已经让我的老婆把我的存款提出来了百分之九十，人不知鬼不觉地送回老家埋到地里了，任你千搜万刮，你也找不到我的罪证……他还在不无炫耀地说着他的高招，我作为他的一个特殊的女人却已经被深深地刺中了，我感到心里在疼痛，我知道我的漂亮的面孔被无名的伤感、愤怒所扭曲，我开始冷笑，我终于不能忍住，我问：你、你为什么不让我、我给你保存？你不是说我是你天底下惟一爱着的女人吗我这里也是绝对保险的安全的比你的老家更没有人知道……

他被我的连珠炮一般的提问闹晕了，他根本就想不到我会在这时候在这个问题上向他发难，他可能就不理解我的怒火，他根本就没有想到他的安排会伤着我的心。有时候最不知道女人的恰恰是男人。

平心而论，他的话还是在理的，可是我那时候根本就一点点也不往好处想他，我只是尽兴地宣泄着我的无名火。我说，说得多么美妙呀，其实，你根本就是把我当成你的外人，你根本就是在防备着我，你在关键时候还是只有你的老婆。

他应该说还是一个老实人，他什么话也说不出来了。

我却在那里继续伤他的心。后来我想，女人其实是很自私的，在他的那种危急关头，我没有想到和他怎么摆脱险情渡过难关，而是去争女人的宠。可惜，爱着的男人看不到女人的这个令人讨厌的包括最高品位的女人也摆脱不了的毛病。我想，他爱我，关键时刻，却不把钱交给我。他不爱老婆，关键时刻，却把钱放心地、几乎是出于本能地交给了老婆，看来，在中国，最好的情人也不如最不好的老婆更让男人放心。要想真正地占有一个男人，女人就必须做他的老婆。

我在很短的时间里就打定了一个主意，最铁的人生主意往往不需要很长的时间，而是在一个瞬间形成的。一个瞬间往往可以改变一个人的人生道路。人生的十字路口往往存在在一瞬间。当然，这个“一瞬间”是由人的本能、潜意识来决定的，而那些东西却决非一朝一夕所形成。

我说，斩钉截铁地说：我要嫁给你。说完这几个字，我便明白了，中国的女人骨子里其实都是婚姻主义者，越是表白追求现代派的女人，过不了多久就会拼命去追求婚姻，并且追求起来都是迫不及待的。

他傻笑起来，说，你不是喜欢当我的情妇吗？

我说，现在，我不喜欢了。

他说，那、那不行。

我说，为什么？他不说话了，眯缝起了那双老猫的眼睛。

我说，三个月内你要是不娶我，我就把我肚子里的孩子做掉，我说的是真的。我知道，对于他来说，我只有这一招断命枪了。

九

榴苑别墅每一平方米一千六百美元，最小的一栋都要几十万美元。楼前的草坪围着菱形的游泳池，楼梯都是硬木的楼板一律是楠木的。室内，大花盆里栽着法国梧桐。这里的人，男人穿的圆领衫一般都是七八千元，他们平常喝的饮料一般是加了冰块的拿破仑白兰地，这里的草坪上小径上留下的几乎都是意大利牌的鳄鱼皮皮鞋鞋印。而女人，她们一般都喜欢在奢侈里生活着，脱离了爵士乐、年龄差别很大的疯狂的性爱、时装、摩尔烟，似乎就会变成没有灵魂的人。当然我在这里说的是那些男人的年轻的女人，至于那些男人的年龄很大的女人则完全是另外一个样子，她们有的像我的老大很负责很忠实地管着家，有的则在别墅的一个很小的角落里的佛堂天天念经数佛珠。我搬到这里来以后有很长一段日子恍若梦境，很是不适应。我过去的日子时常撞进来，让我有一种时空交错感。那是哪里呀，八平方的破楼房，一台简易的打字机，一台 12 寸的黑白电视，六十年代的老写字台墙上挂着些牛头吉它，大幅的北欧雪山、非洲乞力马扎罗山的学生油画。不停地写一些通感的谁也读不懂的诗句，桌子上散乱地放着一些一块十块的肮脏的人民币，在那张小床上和我的穷画家很诗意地抱在一起……这又是什么时候呢，一管清妃口红，一双真正的意大利白羊皮高跟皮鞋，一条真丝南韩纱巾，用布莱克的诗句，它们就是永恒本身，就是我的灵魂，拥有了它们，购买了它们，使用它们，消耗它们，我就会得到身心的快乐，我就会像达到性高潮一样得到满足……我想，我是从什么时候、什么地点、什么情况下开始由真诚地追求美而蜕变为追求商品的呢？我是怎么染上的追求时尚崇拜商品的“恋物癖”的呢？

我原来可是一个很纯真的女孩，大学生的气质、习气、生活方式，甚至在我已经毕业两年之久干记者已经很油的日子里也没有消失。后来，报纸要拉广告了，并且给每一个记者都下达了死任务，每年每人必须完成八万元，完不成则只发一半的工资。当然，拉来的广告费中有百分之四十是你个人的。我也只好跑到社会上去，和那些老板喝酒，慢慢地满含眼泪地容忍他们用手在我身上捞一点或大或小的便宜，当然，他们想越雷池一步是不行的。我有了一些收获，我最多的一次拿到了四千元，我给自己买了一件皮衣我对它早已是垂涎三尺了。我穿上那件平生以来最华贵的衣裳我竟然感到了一种从来没有过的自信、骄傲、高贵涌上我的心头，我还产生了一种身份感，一种快感。我用了几年的时间竟然攒起了几万元，这时候，我认识了省冶金厅的冯老板，那是在他们开的新闻发布会上。我们的目光相撞了，并且撞出了火花。我们是有缘分的，我承认这一点，他后来也承认这一点。在这个时代也有一见钟情的，这叫缘分。要不，他说，我认识的女记者多了，我为什么会一下子就答应给你十万元的广告费呢，我

说谎话天打五雷轰，给你钱的时候我可是绝对没有想到和你上床。是啊，我认识的男老板也不少，给我钱的也不少，我为什么在和他见面的第三次就在舞厅的外面的草地上那么无耻无邪地向他撩起了裙子（当然，那一次他很狡猾地表现出了一个成熟、坚强男人的高贵、品位、矜持，以及欲擒故纵，他只是抱了抱我，就轻轻地走开了……），对别的老板我可是很坚守女人的阵地的。有一个很不错的老板前后共给我了十七八万的广告费，我们在一起单独吃饭，跳舞的次数也不下十几次，他也有几次把手深入到了我的敏感地带，可是我都僵硬地把他拒之门外了。其实，老冯和我见第二次面的那天我就把他领进了我的小屋。说实话，如果那天他在我的小屋里就掀倒我，我也会很高兴，我在见了老冯的第一面以后我就和那位穷画家说了，我爱上了一个老板你走开吧。他说，人家爱你吗？我说，那是一定而不可更改的。可是，老冯在我情浓之际很潇洒地走了，只撂下了一句话：几天后，我们到北京玩玩，满足满足你一个现代派的购物欲。我却在还没来得及进京的时候，还没有让他用大笔钱来向我献殷勤的时候，我就把自己的全部献给了他。当然，我的这种举动感动了他，第二天他就领着我进了京，一次花掉了三万元，让我真正感受到做一个女人的快乐，也让我第一次产生了这样的感觉，美的女人是可以寄生在男人的身上的。他真是一个不可思议的男人，他不仅仅让女人最大程度地满足了物欲，他还最大程度地开发了女人的性爱潜能而且最大程度地得到满足，使女人从灵到肉、从物到性，一刻都离不开他了。

龙儿的生日庆典最后的程序是豪华的午宴。

午宴很明智地分成两部分。一部分是川、粤、潮三合一的中餐，在二楼的小客厅里进行，由老冯加上他的老大招待老冯的老家来客。楼下大餐厅里是自助餐，每一位标准一百八十元，由我来招待我的朋友们。当然，谁愿意到哪一楼都是可以的。

不管哪一部分，都是由这座大城市的最有名的皇家餐厅提供的，他们一会儿会用日本的三菱送宴车给我们送来。同车还要跟来服务小姐、高级厨师，车上备有一切，除了定菜以外，可以随时随意加菜。

十

第三个月份的第八天，老冯亲自开着一辆奥迪来到我和他的秘密房子。

我伤心地看到，他整整瘦了一圈。他在我的眼里好像是一匹走了万里的老马。我说，我不难为你了，怎么都行，我什么都依你。他坐下来，我给他倒了一杯白兰地，看着他喝下去，很胆战心惊地问，那件事没有问题吧？检察院还抓住你不放吗？你那个朋友加仇敌还在整你的黑材料吧？

他说，那事，我摆平了。

我知道世界又叫这个男人踩在脚下了。我突然很嫉妒那个女人，她凭什么拥有这个天下第一流的男人？我又有一点儿后悔刚才的轻率表态了。女人你是天生的弱者，谁叫你生就了一副血肉心肠呢？

他好像是看出了我的心思，说，我会娶你的。

我撇撇嘴，说，好大的恩赐呦。你是为了要儿子。

他说，不过，我有一个条件：那个女人跟着我一辈子不容易，她要离婚不离家，她在我们家里，要给我们养孩子，管家管钱。这是我爷爷的不可更改的决定，我是一个孝子……

我说，我不在乎。只要能做你的老婆。

他苦着脸，说，我为了这个婚姻，将要付出的代价太惨重了。以后你也会明白，你的代价也不轻松。

我又说，我不在乎。

说完这些，他不由分说拉上我就走，我问，你要拉着我到哪里去？他也不说话，低着头下楼。我想，从今以后，我就要变成这个说一不二的男人的一个附属品吗？我难道也要像他的前妻那样，他说向东我就不能向西吗？他说打狗我就不能吓鸡吗？他说鹿就是马我也要承认鹿就是马吗？我这个一向以自我为人生大旗的现代派女人也要以自己的男人为大旗吗？我禁不住有点黯然神伤。我跟着他下了楼，我站在这个城市的大街上，我第一次发现，这个城市有点儿味道了。摩天大厦的灯光和天上的繁星混成一体，街上的车流像电光的摇曳，有很多人从这时候才开始一天的生活。

我的男人用车子把我带到冶金厅宿舍区的一套四居室里。我这才知道，我的男人除了他的老婆以外还有一大家子人口。是不是也就是说，从今以后我也就有了一大家子人口？他管那个八十岁的老头叫爷爷，他说，你从今以后也要叫爷爷。我张了张嘴，却是叫不出来。他管那个五十来岁的瞎子叫大伯，他说，从今以后你也叫大伯。我又是张了张嘴，却还是叫不出来。他指着一大张合家福照片上的几个女孩说，她们都是我的女儿，从今后也是你的女儿。可是那一次四个女儿一个也不在家，我搬进榴苑八号以后，也很少见到她们，偶尔见到了，她们也只是叫我一声阿姨便匆匆走开。老公虽然没有说，但是我知道，他为女儿又单独买了房子。可是我不明白那个老女人，她为什么不和自己的亲生女儿住在一起而非要和我们住在一起呢？难道她就不觉得别扭吗？要是我，我是一天也不会这样的。我问老公，这是何苦来？老公说，你和她不是一类女人，你不会理解她的行为。就是今天，那四个女儿一个也没有来。

那天，八十岁的老头问我，土子眼下的老婆离了婚也不会离开家，你愿意吗？

我说，我愿意。

老头儿又问我，我还要叫她留下来管这个家管这份家业，你愿意吗?

我说，我、我愿意。我真的想说出不愿意这三个字来，可是到了这个份上，那三个字我还能说的出来吗? 我有点愤怒地看着老冯，我是在用眼神和他说，我如果知道你还有这样的爷爷这样的家，我就是疯了也不会要求嫁给你的。而如今，我倒是要看看你的家是不是能吃了我。

老头比较满意。他说，好了，土子，你叫你大伯来给她抽一卦吧。

瞎子提了一个竹笼到这间屋子来了。跟着他进来的还有那个老女人。老头儿对她说，土子媳妇，你有一个好命，土子给你找了一个好妹子。你可是要好生对待人家。女人天生的就是要容事。老女人说爷爷，你老放心。我不去关心他们说什么，我去看那个竹笼子。但见里头养着一只黄雀，皮毛像绿缎子，爪子是白的头顶也是白的。它的那对小眼睛特好玩儿，像两粒珍珠那样小那样圆那样晶莹。笼门是开着的，它却不出来，它贪恋笼里的那只小碟子，小碟子里有米、有水。瞎子说，姑娘，你把签筒给它放到笼子门口，它就会出来了。我按照他的吩咐去办了。瞎子有一张慈祥的面容，他的两只眼睛是灰白的，连瞳仁也是灰白的，我听说天生的瞎子都是这样子。我还知道他是一个命苦的男人，娘在他很小的时候就死了，他和侄子同岁，他是侄子把他领大的，侄叔两人的感情很深。一九六〇年，侄子为了他不被饿死偷了生产队的地瓜，被人家抓了起来，游街，挨打，他扑过去用自己的病残之体去护侄子。侄子进城之后，还是一个学徒工就把叔叔接来了。我是听老冯的老婆在伺候我的时候说的这个故事，我听了很感动，我觉得老冯骨子里还是一个好人。这时那只黄雀被瞎子的一声怪叫唤出来了，它单腿蹦着、跳着，站在竹签筒前面左瞅瞅右看看就是不想往外抽签，瞎子说，有好签有好签。好签多磨。过了小半天，总算是给抽出来一支。我好奇地歪过头去看，我看到签上用刀刻了一条小龙。瞎子用手一摸，那双苍白的鸡爪子一样的手一阵痉挛，他大叫：土子，你快来看，天机不可泄露呀。我看见老冯的脸先是一白随后就是满面大红，叔侄俩很激动互相摇着手却什么也不说。老冯不由分说又拉上我，连夜来到一家医院给我做了“B超”，从医院里出来，他说，七天后我们结婚。我说，你不怕付出惨重代价吗？他说，多么惨重的代价，这一回都值。

从那以后的一个礼拜内，在省城接二连三地爆发了一条条新闻。这些新闻都是关于冯某人的。他在本省创出了第一个副厅级官员彻底辞去公职、彻底辞去官职的先例。他接着买了奔驰600私人轿车。他和糟糠离了婚接着又和本省名记、比他的大女儿还小五岁的外号“泉城第一腿”的女人结了婚。他还买了榴苑八号。

我问他，你为什么非要这个样子呢？

他反问我，你说我什么样子？

我说，非要辞的这么干净吗？

他说，你难道糊涂吗？我就是不辞，还能保得住吗？

我才想起肚子里的孩子。我想，我这一手也真是他的断命枪。

在这个城市里，有一家一九〇〇年德国人盖的圆柱体的教堂。一个世纪眼看就要过去了，可是，在人们眼里，这座建筑仍旧是这座城市的一道风景。它的造型，它的风格，它的故事，仍旧没有哪一座建筑能够和它比肩。如今，它的主人、天主教教堂里有一个神甫是华籍德人，今年八十多岁了，来中国七十年了。据说，此人一辈子给一百四十九对男女主持过婚礼。其中，有当时的山东督军田中玉。还有人说，韩复榘的第三次婚礼也是他给主持的，还有人说，他和孙中山是好朋友。反正，他在山东非常有名。最近几年，哪一对男女能够让他在教堂里主持婚礼已是身份、地位、名气的标志。我对老冯说，不在那里叫他给我们主持婚礼，这个婚就别结了。老冯说，你真是我的老姑奶奶。这事我、我应你了。可是，婚礼那天你也要应我一件事。我说，你就别说了，到时候你叫我干啥就干啥。我的要求并没有能够难住老冯，我发现，当今社会，你手里只要有了几百万人民币，真是呼风有风唤雨有雨。老冯通过朋友给那个德国人搞了一个省政协常委，那个德国人就一口答应我们的要求了。当然，老冯给了朋友三万元钱。老冯说，在中国，官场、商场、情场，它们是紧密结合的，谁也离不开谁。在官场的人，如果没有商场这条线你就没有钱，如果没有情场中的人你就没有女人。在商场中的人，如果没有官场这条线，你也发不了大财，也不会有地位。如果没有情场这条线，你也玩不潇洒。情场中人，如果没有前面两条线，就只能是中学生的水平，只配去读那个台湾女人写的小说，去当林妹妹。我如今是一人在三场，左、中、右皆逢源呀。

那天，教堂专门为我们放出了一百只带鸽哨的鸽子，洁白的鸽子飞向万里无云的高空，向城市撒下一声声悠长的哨音。教堂还开了先例，为我们打钟八下，钟声传遍省城。我披的婚纱八十八米长，为我拽婚纱的男童和女童是全城最可爱的孩子。最嫉妒我的一个同事不无嫉妒地说，你的婚礼，使我想起了当年蒋、宋的婚礼。你比宋美龄漂亮多了。

可是，她哪里知道，婚礼举行的当天晚上，还有两个小时就要进洞房了，虽说洞房对于我来说毫无新鲜和激动，可也毕竟是进洞房呀，我的丈夫竟然领着我来到他的前妻的房间里。我看见，他的前妻坐在一把椅子上，他的爷爷也坐在一把椅子上。我的丈夫说，她永远是你的老大，你叫一声大姐吧。我看着他，眼里喷出火焰。他说，你应过我的。我想骂他一句难听的话，可是，我的脏话还没有骂出口，老爷子很严厉地说话了，这是我们冯家躲（的）规矩。你进了冯家躲（的）门，就要守规矩。你不叫药（也）行，挪（那）就要给老大亏（跪）下。本来，你是要下亏（跪）躲（的），为了少（照）苦（顾）你才选了最好做的。叫一声就小了你，土子家的？

我用细密的牙齿咬着下唇，我的两只眼里泪汪汪的，我就是不叫。

我的丈夫说，爷爷，我扶你下楼睡去。老大，你陪着她。她什么时候叫了，你再放她走也不迟。那个女人很痛快地说，我听你的。

我大叫一声，大、大姐。

我是大叫着大哭着跑下楼的。

我的洞房花烛夜是用脊背对着男人睡的。本来，他和我定好是要来一点新鲜花样纪念一下这个夜晚的。

十一

我正在草坪上想心事，我产生了一种奇怪的感觉，这人生也真怪，什么都满足的日子似乎又让人感到特别空虚。包括这场生日庆典，老公把什么都安排得具有一流水平，当时光过去一多半的时候，一种失落却莫名其妙地钻进了我的心中，我总觉得还缺少什么，还有什么没有来到，是什么呢，我又想不起来。上帝造人的时候，也许把主管满足的思维器官搞得缺少了一点什么，好让最应该满足的人也会不满足。这时候，那个叫三姐的省城富婆轻轻地走过来了。这个社会也真叫怪，一个女人只要是没有钱，她略有几分姿色便一定有男人追，便一定有人叫她美人，还一定有人说她气质不俗。可是，女人一旦有钱且又有名，表面上是好事，可是，她的女人霉运便随之而来了，从此恐怕就很难有正常的男人来追她，人们说起她来，一个富婆便足以把她打入俗、丑的境地。整个社会对富翁都要顶礼膜拜，而对富婆却一定要围而攻之。比如说三姐，作为一个三十几岁的女人，实在应该说有几分姿色几分风流的，可是，有本事的男人对她退避三舍了，她只好去找了一个小男人，人家也许是正常夫妻，人家也许有很深的恩爱，可是在世人眼里，这是一对肯定不太正常的夫妻，男人不是女人的面首，女人便是具有乱伦的潜意识从而找一个应该做儿子的男人。

三姐说，我很羡慕你。

我说，我倒是很羡慕你。

她吃了一惊，问，你羡慕我？什么？

我说，你有自己的钱，你是一个真正的女人。而我，我只是一个有钱有本事的男人养在笼子里的小鸟。

她说，你看，笼门是开着的，你就不会飞走吗？

我说，笼子里有米有水，我何苦要飞走呢？

她叹了一口气，脸上写上了阴云。她说，这真是一个男人的世界。在商场上，男人总是很轻而易举地打败女人，就是女人打败了男人，男人也有最后的武器，他们会说，男人只有钱做本钱，而女人除了钱还有自己的肉。在情场上，女人就更惨了，或者做男人笼中的鸟，或者做男人谩骂的靶子。

我真的对三姐刮目相看了。我说，三姐，我明白了你为什么能成功。你这样的女人绝对不比男人本事小。我们做一对真正的朋友吧。她说，好吧，两个女人，在这座城市被男人和女人骂得最多的女人，两双手紧紧地握在了一起。

三姐突然问我，你也肯定有过真正的恋爱？

我说，我和老冯也是真正的恋爱然后才结婚的。

她说，我总觉得那恋爱的成分里性和社会的东西更多一些。

我问，那么，三姐认为什么样的爱才是真的恋爱呢？

她说，更纯粹一点的，比如大学时代的。

我说，他是一个穷画家，还在这个城市里拼命。

你们还有来往吗？三姐问。我的脸一定红了。我说，我、我总觉得对不住他。我没有脸去找他。三姐笑了，说，笼主人看管得又那么严密。

我陷在一种惆怅中。这时候，送宴车来了，停在楼旁边的专门停车场里。我只好告辞了朋友去招呼。

我走进楼门的时候，我看见一身纯毛料中山装的冯老爷子，左边有他的接班人——冯宅子的支书，右边有他的离了婚的孙子的老大替他抱着第四代传人，后边跟着瞎儿子和阔孙子。老爷子拄着用花椒木做的龙头拐杖，步态巍巍地走向大厅中间摆好的红木太师椅。他坐下来，从老大手里接过龙儿，脸庞笑成了一朵九月菊。

众人开始零零落落地向老太爷祝贺。我看出来了，人们已经有点儿不大耐烦，时间拖得太长了。

我把老公拉到一边说：开始吧，该说的话该贺的礼都进行完了。

他说，再等等。

我问，你还有贵客吗？

他不回答，只是不停地往外看。

不大一会儿，楼的停车场上还真的又停下一辆车子，车子漆着迷彩外装，那是一辆美国敞车，九十年代的吉普。我大吃一惊，从车子上跳下来的竟是那位老挝解放军总参谋长的公子，还有那个翻译。

老公说，国际倒爷已经为我搞到了那片原始森林开发的许可证。

我问，这么说，你很快就要到老挝开发了。

老公说，为什么不呢？我看准了，那是一片未开垦的处女宝地。

我问，我怎么办？辞职？

老公说，哪能呢？我们冯家不能没有吃官饭的。

我笑了，那要哪一个女人去陪你呢？据我所知，我们冯家的男人到死也离不开女人的，一天也不行，这也是传统。

老公傻笑了，说，东南亚还能少了女人？玩笑，夫人。

6 最后的资本家

儿子第二次来到大陆是秋天的一个晚上。冷雨绵绵，五十岁的儿子和八十岁的父亲不紧不慢不冷不热地谈着话。儿子下榻在毛泽东当年住过的一幢房子里，这个房子具有政治意味，因而除了政界显要任你再有钱也是住不进去的，可是儿子住进去了。儿子说是汪市长亲自安排的。儿子说汪市长这个人很义气，也很敢吃，他不明白儿子为什么要说这句话，他也不明白这句话到底是什么意思。窗下有两棵大树，一棵是梧桐，另一棵也是梧桐。树梢和三层小楼一般高，肥大的梧桐叶贴在窗户上。

谈话进行了很长一段时间。他觉得什么都谈了，可是想想又觉得什么也没谈。

秋夜显然已经很深了。他坚持着要回去。他说秋嫂一个人在白楼害怕。儿子说那些爬山虎真的四十岁了？他说，是的，一九五五年秦市长亲手栽下的。儿子问秦市长是谁？他说一九五五年A市的市长。儿子说，老爸也是会交朋友的。他说都是一些公事。儿子说那不是朋友。朋友是指办私事的交情。儿子又说红瓦白墙都让爬山虎爬了个严严实实？父亲点点头，说这东西真能活。儿子说，小白楼旧了，老了。父亲说，多少年了，红瓦不红白墙也不白了。儿子说可是小白楼还是小白楼。真正地道的法式小楼在A市恐怕还是只有这一座。父亲叹口气沉浸在岁月的长河中不言语了。说起小白楼他的故事太多，太多了就不想说了，只能沉默，小白楼和他生命勾连在一起了。

儿子打破沉默说，一九四〇年前，你第一个敲锣打鼓把工厂送给他们，那样的举动是真心实意的吗？

父亲说，是的。儿子讥讽地说，一个男人能真心实意把自己的女人送给别的男人？父亲说，你懂那个年月是怎么一回事？

儿子说，白天敲锣打鼓，夜里却暗自垂泪，那又是怎么一回事？儿子读过国外一些写那个年月的书，自以为知道那个年月的一些故事。

父亲说，白天笑是真心，夜里哭也是真心。

儿子摇摇头说，那是硬讹。清产核资才一千万，年息才拿十万，等于白送。他说，我是愿意的，我心服口服。儿子说，不服就要斗你，游你的街，把你定成不法资本家。他复杂地摇着头，不知道是表示什么意思。儿子站起身，很有气魄地挥挥手，有意识地学习某个伟人的样子，说一九四〇年后他们做梦也想不到，你的儿子却要把江北第一丝织厂再买回来，恢复建业厂的名字。让您出任董事长，我当总经理。

他苦笑了，说，你没有那么英雄，人家不开门，你们也进不来。儿子说，可是，他们开了，不开过不下去了。

他问儿子，你有那么多的钱？

儿子说，我有那么大的本事。在中国可以少花钱，多办事。儿子很得意的样子。停了停，儿子又说，当然，我这样子做，对他们也不无好处。

老头知道儿子说的是实话。知道儿子两次来大陆进行了有目的、有计划的活动。老头也相信儿子能够办得到。可是，儿子的计划却让他陷进复杂的情态而心烦意乱，多年的心平如水如今泛起波澜。应该梳理一下，应该有自己的态度，他想。他说我要走。儿子突然说，今天看来，一九四八年妈妈带着我逃离A市也许是件好事。父亲哼了一声，盯着儿子。儿子看看生气的父亲，有点后悔说出这句话来。父亲却很快恢复了一脸冷漠。他想，看来，岁月是能够磨平一切的，包括男女之间的恩恩怨怨。父亲对母亲当年的背叛如今不是不置一辞了吗？那个跟着国民党的师长跑了的姨太太，在父亲的记忆深处也许早就消失得无影无踪了。可是，父亲好像一刻也没有忘记我这个儿子，去年我第一次回大陆，在飞机场上父亲抱住我竟然老泪纵横……骨血毕竟是永恒的，而男女之情却像是桃花一样开得匆匆谢得也匆匆。儿子说别走了，这幢毛泽东的行宫我包了整整一个月，我在二楼已经给您安排了房间。有些事情我们爷俩可以做彻夜长谈。老头说不，送我回小白楼。从一九八一年又回到小白楼他没有一个夜晚不是在小白楼里度过的。

深夜，A市汪市长的专车开出了黄河宾馆，车上坐着当年的丝绸大王裘建业。车子向天桥左边的小白楼驶去。

在这座人口二百万历史近两千年的城市，几乎没有人不知道小白楼，却又几乎没有人知道小白楼的历史、小白楼的两代主人，以及小白楼的故事，倒是有少数几个人知道它曾经是市委统战部的所在地。

一九一〇年，法国商人卢地在天桥旁边花了几个可怜的小钱就买下了一个四合院，他相中的不是那几间破屋而是那块宽敞的地基。买过来不久，他就拆了中国人的平房，盖起一座典型的法式小楼。雪白的白瓷砖贴面的墙壁，连三尺高的大理石的楼基也是乳白色的。那时候白瓷砖只有欧洲有，他便用轮船把它们运来。法式楼房的典型特征在于顶子，它们的楼顶都是等腰三角形，且两条腰很长很陡，顶角很小很尖，铺着红色的石棉瓦。一幢小楼倒是有五个顶子，中间是最大的一个等腰三角形，东西南北各有一个小的等腰三角形。按照某个条约，这座古城归德国人租占。在这个城市里，除去大片大片中国人的平房和楼房以外，德国人盖的圆柱体的城堡还是很多的，而法式小楼仅此一座。这座法式小楼从盖成那天起就因其独特因其稀有而出名。在许多关于这座城市的历史、文学、史传类书籍中都有这座小白楼的一席之地，人们把它写得很神秘，很诡异。后来日本人占领了这座古城，法国人卢地称自己为“第二亡国奴”，作为一个工厂主和法兰西公民他无法忍受日本宪兵的敲诈勒索而决定出卖他的缫丝厂和小白楼，那时他的厂子有缫车二百六十台，最高年产丝五百担，在中国近代的丝绸发展史上，没有人敢删去卢地这个章节。低廉的价格吸引了他的年轻买办袭建业。袭建业知道这个工厂的利润，回到老家卖掉祖传良田五百亩，买下了法国人的爱丽缫丝厂和小白楼，把“爱丽”改名“建业”。他的这个卖地买厂的行动震惊了古老的齐鲁大地，他的老地主的爹爹因此而被活活的气死。可是他没有后退。小白楼换了主人以后仍旧是小白楼，围着小楼的仍旧是十几棵梧桐，小楼前面仍旧是四五公顷草坪，草坪上仍旧不时地落下一群洁白的鸽子。仍旧没有院墙只有一圈铁栅栏。不过，小白楼的新主人不再奉行老主人的法兰西式的“单身贵族”的生活方式，而是在小白楼里建筑起了他的中国式的封建大家庭，一妻三妾，七八个儿女，四五个壮年男子做护院，一位袭姓老人做管家，还有妻子收养的一个小姑娘一直做着妻的丫环。一个大家庭的兴起和衰亡有时候是很迅速的，很奇怪的，正当他的大家庭其乐融融的时候，解放A市的战争打响了。妻子害怕炮火，带领着许多儿女和两个小妾向乡下逃走。走到半路，一颗流弹把七八个人炸得血肉横飞。于是，小白楼里只剩下他和一个小妾，还有小妾生的儿子，最命大的是妻子的丫环，那颗流弹只剩下她的小命，她跑回小楼。后来，小妾又带上儿子跟着人家跑了，一幢小白楼可怜只剩下袭建业和那个叫小秋的丫环，小秋愈长愈大变成秋嫂，做起他的保姆来。他让她嫁人她也不嫁，他想辞掉她她也不走。在那个“红色恐怖”的岁月里，袭建业作为资本家理所当然被遣返老家，秋嫂也矢志不移地跟着他。秋嫂一辈子没结婚。造反派让她交代和袭建业的关系，她说人家是主人，俺是奴才。造反派问她袭建业几十年里有过不轨行为吗，她骂你们别将贼心比人心。人家可是正人君子。什么正人君子？造反派说三妻四妾的，你别美化资本家。她说人家那是明媒正娶。一九八一年落实政策，市委统战部搬出小白楼，袭建业又回到小白楼。老头问她秋嫂，你还跟着我吗？她说俺习惯了。于是，一幢小白楼便成为一个老男人和一个老女人生存的天地。早晨，启明星还在，老女人就挎起一个别致的竹篮到天桥下边排队买油条。从来都是买四根。有一天她买了五根，她有点饿，想多吃一根，这种情况是极其少见的。老头看见她多买来一根油条，有点生气，说，这一根油条也要二两白面、半两花生油，才能做出来，怎么愈大愈不会过日子了？老女人知道老头一天不和自己吵一架便难受。早晨不吵晚上必定吵。不是嫌她把菜买贵了，就是说她把地扫脏了。再不就是骂她把衣服补坏了，反正吵架已经成为老头每天的课程。其实，她也喜欢和他吵，不吵便觉得气闷，便觉得少了一件什么东西而心里吊牵牵的。她说，你是越老越古怪了。老头问，我头上长角了还是腚上长尾巴了？老女人说，都不是。老头问，那你说说，我怎么就古怪起来？老女人看他一眼，说，要是我，银行里存着几百万，又有楼房一大座，省长也不如你财主，不一天一顿水晶肘子也一天一顿粉皮炖排骨。老头说，一个礼拜一顿，营养也足够了。老女人嘿嘿冷笑，说，亏你还是丝绸大王，几千台机子，几万担银丝。老头急了，说，那不是我的了，我早就卖给了国家。老女人说，可是你还有小白楼，还有几百万存款，A 市谁有？老头说，秋嫂……我这个人犯毒是不是？一辈子七八个儿女命里只摊一个却还远在天边一辈子三四个老婆命里却是一个也剩不下……秋嫂说，东家，能人也能不过命。明天天阴，你还要转那两个十八里，不怕腿疼？他说，风雨无阻嘛。

一幢小白楼披挂着苍青的爬山虎，就像一个古代武士穿着全身的盔甲。爬山虎的每一根青藤都有几十米长都有人的胳膊一般粗细。一枚枚叶子像荷叶一样大，秋雨在上面凝结成一颗一颗的玉珠，玉珠滚来滚去的轻易不肯滑落。草坪中央那棵老铁树几十年里从来没有开花，连一次也没有。儿子第一次来的时候修理过它，还给它种上了什么激素，它却照旧不开花。对于女人来说，你就是这棵不开花的铁树。有一次著锦的母亲含情脉脉地看着他，站在铁树下边，说。他明白这个女人的心思，女人嫌他枯燥，就知道丝绸就会赚钱，很少把女人放在心上，他说我不是也有一妻三妾吗？女人哀怨地说，你是把女人当成财富，娶她们只是为了显示你的富有。把她们占为己有就不再去管她们了。他不能不承认这个女人说得对。也许，他注定了后半生孤苦伶仃地一个人过一辈子。儿子第一次来大陆的时候，曾经半开玩笑半认真地说老爷子，凭你的条件什么样的女人找不上？何苦要清苦几十年呢？守着一座小白楼，有什么意思？工厂又没有了。他说，可是我有存款，我有我的乐趣。他没有向儿子说出他的乐趣是什么，其实，他的乐趣说到底也很简单，就是用那架象牙算盘计算利息，计算本金。许多年里许多个阴雨天气，他呆在这幢发霉的楼房里干的事儿就是这个活动。另外，还有一个乐趣……

今天，儿子袭著锦把汪市长请到小白楼上，汪市长说小白楼我是熟悉的，十五年前，我做着统战部副部长的时候，曾经在这里办过公。儿子说那段光荣历史市长大人就不要提它了，强占民宅实在是不大光彩。市长哈哈大笑，说大哥，那不是人的过错。儿子笑了，说，对，是时代出了点毛病，哈哈。老头听着他们的说话看着他们的神态，感觉着儿子和市长确实很有交情，像哥儿们一样，看着他们，他想起了自己，那时候，我和秦市长也是朋友，却好像没大有什么私交。儿子和市长这样的朋友却有私交，并且非同一般。一年前，儿子来大陆旅游却不大去游山玩水，而是把大部分时间放在和党政官员交朋友上。他说儿子，你是商人，和当官的眉来眼去的有什么用处？儿子说，在大陆，干什么事情也离不开政治的。他看看儿子觉得儿子对大陆的事情相当熟悉，认识得相当深刻。儿子就是那一次和汪市长交成好朋友的，关系发展得很快。他发现，这位年纪仅仅三十七八的汪市长也很愿意和儿子交朋友。后来，他才看出来，愿意和外商交朋友的大陆官员决不仅仅汪市长一人，这几乎成为一股风气。有的地方甚至规定什么书记什么长要交几个外商做朋友才算完成一项政治任务。儿子快要回台湾的时候，汪市长和儿子达成一项协议，由儿子负责送汪市长的十六七岁的儿子到美国去读书。汪市长在宴请著锦的家宴上说大哥，我的儿子就是你的儿子，你是办也得办不办也得办。当然，花费我是会一文不少付给老兄的。著锦派场的面庞让过量的茅台染得成了大红布，他意味深长地看了汪市长一眼说兄弟，这点小事大哥我办了。汪市长问大哥，你有什么事让我办吗？儿子说以后也许有麻烦您的，眼下没有，什么也没有。那个家宴他也参加了。那时候他想，世道真的变了，过去，秦市长和我交朋友好像完全是为了公事，为了统战。照顾我，也是为了执行他们的政策。而今天汪市长和儿子交朋友，却好像“公私合营”，公中有私，私中有公，中午是市政府公宴，晚上便是市长的私宴。私宴上可以谈公事，公宴上也可以谈私事，对于汪市长来说也许就成了公事。

汪市长和儿子坐在一楼的客厅里，他也坐在那里。汪市长站起来，双手抬抬那个紫檀木的茶几，那茶几铁铸的一般一动不动。汪市长又去用细奶奶的润白的手摩挲着红木的沙发，说，袭老先生，我敢说，一个A市，纯真的红木、紫檀家具怕也只有小白楼这一套了，那些暴发户们做梦也想着这些东西，而您对它们却似乎并不太喜欢。

老头把脑袋靠在沙发上，说，这东西也是法国人卢地卖给我的，当时只值一亩地的钱。

紫檀红木经过一百多年的历史，愈发光泽照人，镜子一般，而小楼的那些墙壁却古旧得像老年人的皮肤，枯瘦如柴。儿子说，兄弟，侄子在美国还好吧？

汪市长说，小子挺有出息的，正在考哈佛。

儿子点点头，说，在台湾，一般人家的儿子也没有读哈佛的福气。当然，在大陆，几百万人中也许只有一两个人的儿子有此吉星高照。

汪市长说，大哥，小弟再一次感谢了。

儿子说，一家人别说两家人的话。再说，把大陆的孩子送出去深造，也是一种爱国嘛。

今天是怎么了，也许外面的绵绵秋雨容易让人怀旧，过去的一些事儿总是没头没脑地钻出来，干瘦的小脑壳都有点儿承受不下了……建业丝厂彩旗飘扬。他亲自背着一面牛皮鼓，两只手机械地打出一些节奏来，鼓槌子上的丝绸像炉中的火焰在脸前头上下地跳迸。他带着一支队伍去政府报喜。秦市长问你想通了吗？不要急嘛，可以慢慢来。他说通了。秦市长又问心里舍得吗？他说这、这厂子本来就是工人们的血汗干出来的，我凭什么舍不得？舍得，舍得，一边说着，他的鼻子却禁不住开始发酸。他急忙背过脸去。秦市长笑哈哈地看着他说，你是A市第一号大资本家，你带了头事情就好办了。他鼓足勇气问市长，是你负责清产核资吗？秦市长说是张副市长负责那项工作，不过，你放心，国家不会亏待你们的。他看看市长，想说什么又没有说出口来。……晚上，他揣着一个锦缎盒子敲开一扇门。开门的是张副市长。他有些不大自然，张副市长却笑容可掬地把他请进家门。坐下。倒茶。呷一口茶水，谈一些无所谓的事。张副市长问你来找我有事吗？他结结巴巴地说有，有一点小事。说着，他打开盒子。说一条小小的项链，送给小姐生日的礼物，请市长不要推辞。副市长笑了，说袭先生，你是一个有心人呀。他说市政府正在给建业丝厂清产核资，我有数，一千二百万是值的。我、我想汇报一下……他要详细地说给副市长听，这一千二百万是怎么得出来的。副市长却似乎没有那份耐心去听，打断他的话，说他们已经把表报上来了，只有一千万呀。他眼巴巴地看着这位负责全市“公私合营”清产核资的副市长，露出恳求的神态。副市长乜一眼盒子里的24K足金项链，项链又粗又长，起码也有五十克。副市长说我想想办法，想想办法……

儿子的脸庞渐渐在他的面前清晰起来。额头四四方方，鼻梁又挺又高。他知道这个脸庞是自己年轻时的翻版。儿子说他在台湾并不是纯粹的商人，他听了有点害怕。儿子笑了，说爸，你放心，我不是一个特务。我只是在一家学术机构里兼着研究员。

汪市长说如今哪有纯粹的商人？往往都是既官又商，又学又商。

老头子点点头，承认汪市长说得对。

儿子问，用设备来顶投资的美元，别人没有说什么话吧？汪市长说，大哥，此事你就不必担心了吧。

儿子说，我想做到心中有数。汪市长沉吟一会儿，说谢书记是有点那个……不过没什么，我给顶回去了，我说大部分外商投资都是用进口设备来顶的。设备即美元，美元也要买设备嘛。他不会太傻的，一下子投资一千七百万给A市，他又要捞到多大的政绩？说到家我是给他打工的。

儿子笑悠悠地，说大陆上的党政一把手关系很微妙呀。

汪市长似乎不想谈这个话题，赶忙岔开去，说，考察设备的专家已经给市委打出报告，说你提供的设备绝对是九十年代国际一流的。大哥，你在西德让他们玩得很快活吧？

儿子镜片后边的金鱼眼睛闪过一抹幽光来分析来体味，幽光却转瞬即逝。他听见儿子小声地对汪市长说他们哪能和兄弟比呢？他们在我心中的位置只能是你的一些打工的。

汪市长说，不过，也不能让他说咸道淡的。

儿子笑了，说哪能呢？还是那句老话，第一是爱国，第二才是做生意。

儿子和市长的谈话虽然并没有避讳自己，可是他听不大懂其中的内容，只是感觉着有些神秘，有些不大放心。

汪市长沉吟片刻，说，签字仪式十天以后举行如何？

儿子说，贵市的作风也真够“马拉松”的。

汪市长说，这件事就这么定了。大哥，汪市长看定了儿子——老头子再一次看到两个人的目光在交缠在流通——说，你侄子读哈佛的事你可是要上心呀。老头儿听见儿子小声说，那边来了报告，侄子怕是考不上，只有读自费喽。兄弟，小事一桩，一切有我嘛……这种谈话内容老头子是完完全全听懂了，听明白了。他迟钝的心灵有点儿害怕，他想劝劝儿子，他想了想又作罢了。他知道50岁的来自台湾的儿子是不会听从任何劝告的。也许……也许什么呢？他也说不出也许什么来。

八十年代初，小白楼的周围还是有一些居民楼的，当然都是一些破破烂烂灰不溜秋的火柴匣子，也还有一些年纪大的人指着小白楼说知道不，丝绸大王袭建业就住在里头。人家根本不用干活儿，几辈子也不用，共产党每年给人家的定息就有十万。有人哼一声，说早就给老小子冻结在银行里了，充公了，老小子早就被扫进历史垃圾堆里了。又有人说，那是“文化大革命”，如今人家可是又抖起来了，银行乖乖地开冻，利滚利五百万，统战部也乖乖地走人。有一个戴眼镜的学问人说，知道不，袭建业是A

市没有摘帽子的还活着的最后一个资本家，一九五六年，全国定了八十二万，一九七九年摘帽子划进工人堆里去了七十八万。剩下的活着的都是国宝了。过了几年，那些居民楼拆迁，小白楼周围矗起十几座摩天大厦。银行，电业局，大酒店，一家接一家地搬进去，袭建业便没有了邻居，再没有人知道小白楼里住着什么人，再也没有谁能够认出他来。有一次两个银行职员发生争执，一个说小白楼是国家安全机关，所以不挂牌子，一个说屁，里头什么人也没有，它的主人在台湾是个大官，人家让它闲着市里的官们便让它闲着。

他在人群里实在是个不惹眼的干瘦老头，老式的作派，老式的包装。夏天，一件乳白色的蚕丝大褂是秋嫂缝的，一条乳白色的蚕丝宽腿裤子也是秋嫂给缝的。拿着一把芭蕉扇到天桥下边乘凉打蚊子。家里根本没装空调，一台三十年代的华生电风扇老掉了牙，他不用，让给秋嫂去使唤。春天和秋天，十锦缎的夹裤夹袄也是老式的，也是秋嫂的针线活儿。他喜欢，不，是习惯了。到野外去看农人种庄稼，有时候兴头来了，还会耕一回地使一次牛，扬一回场，垛一次柴禾垛。冬天来了，他解下永远拴在裤腰上的钥匙，说秋嫂，到三楼上去撕一匹绸子下来，买二斤新棉花，给我制一件小棉袄。秋嫂接过钥匙上楼，找开中间的大房子，大房子是个八边形，顶上吊着一挂水晶石宫灯。过去它是小白楼的舞厅，袭建业就是在这间房子里认识了职业高中生马芬又把她拥进怀里，并且是在这间房子里让马芬怀上袭著锦的。后来，也是在这间房子里，他引狼入室让风骚的三姨太马芬认识了国民党的钟师长……如今大房子做着小白楼的仓库，准确地说是丝绸展览厅。秋嫂常进常出并不感到有什么出奇的地方，换个人进来却一定会被这间大房子惊奇得瞪大眼睛。儿子几十年后又进入这间房子，就发出一声很响的哇，说，简直是一部中国近代丝绸的历史。按照年代的顺序，八面墙上依次挂着建业丝厂、江北第一丝织厂的所有产品。一九三五年，是一束生丝，犹如老女人头的银发。一九三六年，是一匹白绫罗，建业丝厂的第一代产品。一九三七年，是一匹织锦，标签上注明出口日本、美国。一九三八年，是一匹十锦缎，标签上注明获巴拿马万国博览会金奖……截止到一九五五年，这些绸缎显然属于建业丝厂的产品。从一九五六年开始，墙上仍旧挂着第一年江北第一丝织厂出产的产品。没有一年的间断。甚至文化革命的十年，后来也补上了。如果说为着一根油条一棵葱一个鸡蛋袭建业不断地和秋嫂吵，嫌她不会买没有买出赢来，而对于秋嫂一次从工厂买来一匹绸缎有时难免买重复袭建业倒是从来没有说过一个不字。

可以说，这个仓库消磨了袭建业一九五五年以后大部分的时光。除去雷打不动的早、晚散步，除去偶尔的野外郊游和天桥下边的乘凉，老头儿基本上都在干着两件事情。第一件，在他老式的书房里从一台保险柜里拿出一摞账簿，那台象牙算盘，账簿用毛笔工工整整地记录着从一九五五年六月份开始的存款，第一个月增息多少，第一年增息多少，本金、利息到达了多少。每一次他都要用那台不大不小的象牙算盘核算一遍。他的算盘功夫很硬，连有名的曾在全省算盘比赛中拿过第一名的王四眼镜也佩服他，说老厂长是用心在打算盘子。这件事占去了三分之一的时光。第二件，倒背着双手，仰着脑瓜，一件一件地欣赏着墙上的展品。吊灯打开，角灯打开，所有的灯都打开，灯火通明。他从一九三一年看到一九九五年，又从一九五五年看到一九三一年，他反反复复地看，百看不厌。这件事毫无疑问占去三分之二的时光。秋嫂说有什么看头不就是几匹绸子吗？他嘿嘿笑着说看的是岁月是故事是命运哩。

没有人知道他的底细没有人做他的邻居更好，这样子可以让他充分享受那份清闲，那份孤独。

早晨五点，春夏秋冬，每天，他还有一门必修的功课。晴天阴天刮风下雨，飞雪飘霰，他都准确地不差一分一秒地从小白楼的那扇锈迹斑斑的大铁门走出来，一溜小跑来到江北第一丝织厂的西北角，开始十八华里的散步。十八点九华里恰好是工厂的周长，老头儿要走一万五千步。他目不斜视地、目中无人地、两条长臂垂直不弯来回做机械摆动地走着。全部的思维都变成算数的加法，一二三……晚上七点，按照早晨的模式再走一遭。这种习惯是从一九五五年六月十八日建业丝厂换成江北第一丝织厂的牌子开始的，那天晚上他一边走一边哭，走到一半，天下起了大雨，泪水和雨水掺和在一起流了他一头一脸。在老家的那十年他也没有停止这种散步，不过，他找到了和"江北"的周长相等的一个地方，那地方是一处监狱。

高墙。铁丝网。岗楼。哨兵和他都熟了，每当他在下边走过，哨兵都会向他招手致意。儿子问，老爸，你都是八十岁的人了，还健步如常，还能一天走三四十里路，且耳不聋，眼不花，头脑也不糊涂，你可有什么秘诀？他说，第一，为人不做亏心事。第二，散步，四十年，一万四千四百天，五十四万七千二百华里的散步，风雨无阻，雷打不动。

今天，绵绵秋雨仍旧没有停歇的意思。儿子要带着他去赴市政府的一次宴会。他看看相伴五十年的瑞士梅花表，离七点还差五十秒，他说，秋嫂，给我伞。儿子说，市长的专车在门口哩，要伞干什么？他说，我是去散步。儿子说，我要让袭家在A市东山再起。三十年河东，三十年河西，他幽幽地看儿子一眼，说，我不愿意做出土文物。儿子说，不是出土文物，是还乡团。当然，是红色……还乡团。儿子为自己的说法笑了。他说，我这一辈子最看不起的就是中国的地主，不管是白的，还是红的。虽然我也是地主出身。儿子说，你是中国的资本家，也许是最后一个。秋嫂拿来了油布黄伞，他撑开来，走进秋雨中。又停住脚步，回过头来，对儿子说《红楼梦》读得熟吗？里头有一句话，机关算尽太聪明，反误了卿卿性命。

儿子终于在小白楼里住了一夜，并且还是和老父亲住在一间卧室里。他对秋嫂说让我伺候老爷子，你回你的房子里去吧。他给老爷子灌好那把老式的磨得铿明瓦亮的锡壶试试温度然后把它放在绸缎表子粗布里子的被子里。他问你就不能买一床鸭绒被？老头儿说，那东西空有虚名不暖和。还是棉花好，还是粗布被里好。儿子笑了，说你还是个地主。老头儿说中国的地主活得仔细讲究哩。他把紫檀木枕头给老爷子安放好，他知道房子老了难免有蝎子长虫什么的，而这种云南产的名叫“蛇总管”的紫檀木是能够吓跑那些虫子什么的。他说我知道你有钱，你应该把房子装修装修，收拾收拾。太旧了太老了。可是，仍旧那么富贵。老头子说就你一个，你又不回来，我懒得动它。儿子说厂子买过来以后，我就要彻底翻修小白楼。作为袭家的象征它应该重放光彩了。老头儿问你打算长住大陆？儿子说大陆好做买卖，还有人情，还有官场。不过，也不能长住，台湾还有一大摊子事。老头儿听了就叹了一口气。

老爷子戴上水晶石花镜，躺进被窝开始翻看几十年从来没有间断过阅读的《新民晚报》。今天读完一版老爷子就把它放下了，以往可是要一字不落地读到第八版的，读完了就睡觉，电视是从来不看的，客厅里的大彩电只有秋嫂一个人打发。

老爷子问，锦儿，你真的要买“江北”百分之七十的股份？主意打定了？

两鬓业已斑白的儿子说，那才花几个小钱？

老爷子默默算了一下，说，怕要三四千万哩，你有多少钱？说实话，儿子的主意打动了他的心弦，他本来已经麻木的心灵又开始活动，可是，他又有点害怕，莫名的……

儿子笑了，说，爸，折本的董事长咱们不干。不要三四千万，有个千儿八百万足矣。

老爷子的一颗心往下沉去，沉去。他怯怯地问，怎么，“江北”才折一千万？

儿子说，瞧它那个破样，设备是一堆废铁，厂房是一片老屋，一千万就是很爱国很爱国的了。

老爷子掀开被子一个鲤鱼打挺坐起来，两只眼睛怔怔地看着儿子保养得极好的又白又红润的面孔，看上半天，才问，折价已经定了？儿子说基本上敲定了，就等十天后签字了。老头儿问谁定的？儿子说当然是他们定的。老头儿说是你，肯定是你，逼着人家折成这个样子？儿子笑了，说我哪有这么大本事，能够让共产党的市长局长厂长们乖乖地听我的。他说，我还不知道你？知子莫过父嘛……儿子又一次大笑，说，难哟，过五关斩六将的。他说，可是，你们会变法。不知道为什么老头儿突然想起了社会上流传的一些民谣，什么“小米加步枪，打跑国民党；大炮换金元，败将又风光”；什么“昔日你爹和我爹拼命战场，今天你儿和我儿痛饮酒浆”……心里头莫名其妙地涌上一些苍凉。老头儿问儿子，所有关口都同意了？儿子说厂长书记审计局长国有资产管理局长市长一关关一卡卡都很满意，他们称赞我是爱国典范哩，他们几乎众口一词，说“江北”顶多值一千万，袭先生出的价公平，公平。老头子情不自禁地叫起来，放屁，全是放屁。骂出这句话来他就伤心地落下眼泪，喃喃自语地说，我交、交出来的时候工厂折价一千万，四十年过去物价上涨了五十倍，折价还是一千万。不，我的工厂，我的工厂决不是这个贱样。它是江北第一大丝厂呀……土地，一千公顷，厂房，一万八千间，设备、缫丝机一千五百二十三台，动力设备一百零八万千瓦，还有……还有许多许多，你们骗不了我，谁也骗不了我，贱卖，贱到山南海北也要卖个二千万。不能再少了，说什么也不能再少了，再少就有点伤天害理了。

儿子奇怪地看着老父亲，他觉得老爷子疯了，迷了，他冷冷地问，老父，厂子还不是你的吧？老头儿怔住了，回答不出来。儿子又说，怎么，老爸，我发现你一个资本家比那些市长局长厂长的还共产党呀。人家根本就没有把工厂当成一回事。本来嘛，国家的，又不是哪一个人的。

老爷子痛苦地说，你不懂我的心，根本不懂我的心。

儿子尖刻地说老爷子我必须提醒你，一九五五年他们就把厂子“共”了“产”，几十年里你是拿了几十万的定息，可是那点小钱比起厂子的价值来只是九牛一毛。

老头子说，我、我不管那些政治，我只是觉得太不公平了。你们不是在做买卖吗？做买卖就要公平。儿子说老爸，要公平你儿子就必须多掏美元，上百万地掏，掏出来去买本来属于我们自己的东西。我不会那样子干的，再说……儿子似乎不想把什么事情都说出来，沉吟半天，憋不住，他还是把一些话说出来了，他们谁也没有让我轻松地过关，他们这些“山大王”一个一个都让我留下了买路钱。唉，那些个故事，还是不说了吧……老爷子干瘦的脑瓜猛地一颤，问，你，你干了一些什么？你肯定是干了一些……事情。儿子富态的面庞有点儿扭曲，他不想去搭理老头儿。老头儿却执拗起来，“抠”住儿子不放了，说锦儿，咱们袭家是大买卖人，和人家做生意，可不能干出那些小商小贩的鸡零狗碎。儿子显然叫老爷子戗坏了，瞪了老爷子一眼，说我鸡零狗碎？老爸，我这是入乡随俗。唉，真的是一言难尽。在欧洲、美国，商场和官场不大搭界，事情不好办，在亚洲，在大陆，商场和官场勾搭连环，事情也让人挠头。就、就说那位给工人七八个月开不出支来的陈大厂长吧，他几乎是“明火执仗”地问我要了一套三居室的房子。我把贵妃山庄的房产证和钥匙交给他的时候，他竟然还人五人六地说，谢谢袭先生挽救了“江北”，挽救了“江北”二千五百名工人。我逗他，说你不害怕？他哈哈大笑，笑得很开心很自信，确实一点点害怕的样子也没有。说我害怕什么？告诉你，袭先生，贵妃山庄的总经理是我哥儿们，他已经给我写出证明。陈厂长让我看了一张纸条，这张东西让我目瞪口呆自愧弗如。纸条上写着——兹证明一九九五年×月×日陈海华交来购房款壹拾肆万元。下边是那个总经理的签名。厉害呀，何等的厉害哟。老头子听了儿子的故事，感觉着眼前头幻出一张大网，这张大网经常出现，这张大网让他愤怒，无奈。但是聊以自慰的是他觉得自己和这张叫老百姓深恶痛绝的大网没有一点点勾连。想不到儿子却钻进了这张大网并且为它编扣加节。老头子的脑瓜开始索索发抖，他在心里长叹，历史为什么总要一次次轮回？儿子四十年以后为什么又要走我四十年以前走过的老路？他怯怯地问，那几个局长你、你也是用的这一招儿？儿子苦笑，说，老爸，你有点与世隔绝呀。其实，这种东西可是世界、起码是亚洲的通病。南韩、日本的政界商界丑闻不是一个接着一个吗？我们国民党当年不是被金钱、美女打了个落花流水吗？老头子听着儿子自以为很艺术的说话，不停地摇颤那颗核桃一样干瘦的小脑瓜，说你还不了解共产党你和共产党打交道还显得太嫩。你还不了解历史，国民党败就败在自己身上的毒瘤自己割不下来，只好任其腐烂。共产党胜就胜在自己的毒瘤自己可以毫不留情地割下来，比如张青山刘子善比如王宝森……这样慢慢地低诉着他似乎看见面前有一本厚厚的大书翻开了，四十年前的一些灰暗的日子重新流淌回来。一些事情没有忘记，还清清楚楚地贮存着。一天，他正坐在资方厂长的办公室里漫不经心地拨拉象牙算盘子，一队佩着红袖标的工人冲进来，不由分说便把一个铁牌子挂到他的脖子上。牌子上写着“不法资本家袭建业”。他的名字是颠倒着写，还划了红×。他说工友们、我是拥护公私合营的，我是带了一个好头的。领队的工人吼叫袭建业，你别装蒜了。我问你，张副市长的金项链是不是你送去的？那家伙已经下马了，供出受了你的贿，多给你折了两百万，好一个说人话办狗事吃人粮食不拉人屎的家伙，想着法子坑国家呀。他的脑袋一下子胀大如斗，他在心里说自作自受聪明反被聪明误。他晕晕乎乎地被拉到街上，大街上的阳光刺得他眼花缭乱。他被迫敲着一面破锣，一边敲一边喊，我是不法资本家，我拉干部下水，我……晚上，他打开小白楼北边阳台的门，他想跳下去。下边，是那棵从来没有开过花的铁树。他感觉着巨大的冤屈吞没了自己，他说厂子是我用心血、用生命一点一点搞起来的，我想多卖几个钱又有什么罪过？我是一个老老实实的人，"五反"的时候我守法是很好的，"抗美援朝"我也捐了大炮十门，我对待工人像对待家人一样，我当年买的是外国人开的厂子，我为国家是出了力的……月亮爬上屋顶，很大很圆，他却看到月亮有一个豁口，豁口流着一滴一滴的鲜红的血。他的心一阵一阵地绞疼。四周的天地变得黑暗起来，他喃喃自语没路了没路了。他闭上眼睛向楼下跳去，那时候却出现了一个男人把他拦腰抱住了。抱住他的男人高高的瘦瘦的弯着腰像个大虾米。他觉得很面熟，他记起来了，大虾米是秦市长，市里几次开会，他和秦市长碰过几回酒杯。那一夜秦市长没有走，就住在他的家里。秦市长的话让他想起老家秀江河的春水，舒缓平静清澈温暖。秦市长说，我说说陈仁先生的故事吧，也许能给你一些启发。周恩来总理在中央工作会议上说，陈仁是全国第一号的资本家，他在这个地方讲，他那个阶级应该消灭。可是，另外碰到一个人又跟他说，你祖宗三代辛辛苦苦地搞了这点工厂，在你手里送出去实在可惜呀。他也眼泪直流。这是很自然的，合乎情理。交出工厂如弃敝履，没有一点点痛苦，那就不是资产阶级了。他嗫嚅着，可是，我、我想多折两百万，就拿出对付国民党收税官的法子来对付你们……秦市长说，也情有可原。一辈子就搞了这么一个工厂，想多卖几个钱也是人之常情。再说，骨子里你是一个买卖人嘛，天下的买卖人哪一个不想赚钱呢?

他在秋雨绵绵的夜里说出了上面的故事，他的叙述像老家的一条小河。

儿子听着，自始至终，一脸冷漠。听完了，儿子说，老爸，如今秦市长那样的人你打着灯笼恐怕也找不到了。

他却没有听见儿子说什么，仍旧沉浸在回忆里，说好人呀。第二天，他走了又来了，还用吉普车拉来一棵爬山虎。他动手挖坑，把一个坑挖得又大又圆又深，还仔细地捡出土里的石头、瓦块，他把爬山虎栽到坑里扶正，偎好，放上带来的肥料，盖土，浇水，还用了一个上午的时间砌好一个花池子，砌得方方正正，一个一个砖牙子排列齐整有序。干完活儿，他说，小白楼是咱们A市一大景观，应该让它更加美丽。

江北第一丝织厂中外合资签字仪式如期举行。绵绵秋雨下了七天七夜，后来好歹停止了，天高气爽，大地洗得很干净。爬山虎青枝绿叶，有些水珠在叶子上滚来滚去。袭著锦说签字仪式就在黄河宾馆举行吧。汪市长有点不大乐意，说，大哥，这件事让我给你主持就在厂子里进行，你要想让书记办就到宾馆里去。袭著锦想了想同意市长的方案。不过，他说，要把调门儿吹高。市长笑了，说，这事大陆比你们会干。于是，在工厂办公楼前面扎起彩台，能来的官们都来了，能来的“传媒”都来了。汪市长西装革履，上衣口袋里插着一枝花，站在两位签字人的后边。汪市长很高兴，他的秘书已经和“传媒”说妥，要好好宣传宣传他引来的这项数额最大的投资。除了本市的传媒，一个记者还答应把文章发到中央一级报纸上去。他说可以活动活动。站在两位签字人后边的还有袭建业老先生，他没有穿西装，他几乎从没有穿过西装，却穿了一身丝绸大褂，大褂上用别针管着一枝花。签字人是袭著锦和厂长。镁光灯不停地闪烁。三四台摄像机黑洞洞的镜头也开始扫描。按照袭著锦的要求，传媒要突出袭建业和汪市长，于是，他们两个人便成为镜头的焦点人物。汪市长红光满面，神采奕奕，他悄悄地对袭建业说今天晚上许多五十岁以上的A城人又会记起丝绸大王的故事。袭建业的表现却似乎并不太热情，脸色也不太好看。他看到台前黑鸦鸦的人群，心头掠过一片阴影。他产生了一种要出事的预感。他知道这件事情有许多内幕，他也知道工厂里工人和厂长已经水火不容。按照程序，汪市长当然要发表演说，不外乎先讲A市的大好形势，A市出台对外商投资的优惠政策，然后便是大讲袭著锦先生雄厚的经济实力以及浓厚的爱国爱乡的赤子之情等等。汪市长讲完，袭著锦接着来。他说“江北”原来就是袭家的产业，后来由于众所周知的原因改变了产权关系。先是“公私合营”，继而“公营”，到了今天，“江北”已经奄奄一息啦。在这种情况下，我作为A市的一个海外游子，哪能见死不救呢？我在欧洲、美洲的工厂有七八个，赚的钞票够我用的啦，可是，我还是要投巨资来挽救“江北”，不为赚的啦，完全是出于爱国爱乡的赤子之情。为了救活“江北”，我要改变“江北”的产权关系，把它变成“私公合股”。按照合同，我们袭家已经占有百分之七十的股份。袭建业老先生将出山，担任董事长，我亲自任总经理，陈厂长只好屈驾副总啦。他的讲话整得全场鸦雀无声，人们的心头滚过一声声惊雷。袭建业那颗干瘦的脑瓜又摇颤起来，面庞也有点铁青。陈厂长被市长捅一下腰眼，慌忙站起来，说这、这是A市最大的一项外商投资，是汪市长交朋友引来的金凤凰。全套西德九十年代国际一流抽、纺、织、染一条龙设备价值人民币一千七百万，全部由袭著锦先生提供，袭著锦先生爱国爱乡之情令人感动，他充分理解“江北”的困境。同意“江北”以房产、设备折价入股，同意“江北”折价人民币一千万元。按照合同，一个月后进口设备将全部到位。一个月后，“江北”换牌，换成“建业丝厂”。朋友们，同志们，我们“江北”的春天来临了。从此，我们全体员工将变成台资企业的雇员，工资将全部上浮百分之七十。厂长讲到这里把目光投向台下，期望引起人们的掌声，他的期望却落了空，台下没有鼓掌，却出现了三五一伙的窃窃私语。汪市长带头鼓掌欢迎董事长袭建业老先生讲话。所有的镜头一齐对准袭建业，有一个记者叫丝绸大王卷土重来了，历史呀！袭建业不知道因为什么已是泪流满面，连连摆手，一句话也不讲。

咚。咚。咚。礼炮三声。

签字即将开始。礼仪小姐已经端来了高脚杯和金奖白兰地，汪市长笑容可掬地面对各种镜头。他想起“谢老”（市长对书记的戏称）有一次出丑，用手挖鼻孔被录了像放出来。因此，他每一次都很讲究。他要充分显示风度和气质，他经常说风度和气质乃是权威的外衣，看看人家毛主席那份讲究，空前绝后。

礼炮的声音在那个秋天里还没有完全消散，台下慢慢站起一个高高瘦瘦、弯腰像个大虾米的中年男人。他是“江北”的工会主席秦川，人称“三杠子”，是说他“三杠子砸不出个屁来”，天生木，不好说话。这不，这种场合大小也是个主席，未张口已先红脸。吭哧半天，才说出话来，那话又像温水一样，我想，这个合同是不是……厂长，慢慢地签。我、我说实话吧，工人们叫它卖厂条约哩。秦川的木讷让台下几十名性子火的老工人站了起来，几十双混浊的、苍黄的、板滞的目光投向主席台。一个“络腮胡子”说，厂子换主天大的事，也得让咱们工人合计合计呀。一个“独眼龙”说，不是叫俺主人吗，卖主人的家当不让主人说话是个什么理？一个“老花镜”说，我们是、是怕走上火柴厂的样子，到了那个天地惨的还是工人。

袭建业认识秦川，知道他就是当年秦市长的儿子。一些老工人他也认得，其中一个还是他的徒弟，他刚进法国人卢地的缫丝厂干的也是抽丝工，后来才做成的买办。市长有点恼火，小声问厂长，签字仪式让那么多工人参加干什么？厂长委屈地小声说你不是要求愈红火愈好吗？市长说工人再多也红火不了。厂长说，今天有点怪，也不知道一下子从哪儿钻出这么多工人，还净是些老家伙。市长压住火，说，去，晓之以理，动之以情，别把好事办砸了。厂长说好的，市长。几个工人翻不了船的，您放心。

厂长整整领带，站起来，像平常那样迈着四方步子走到台前，浮上一些笑容，说，大伙对厂子关心是好事，我谢了。唉，都是我没本事，不能让咱们厂在恶劣的大环境中挺住。你们也七八个月开不出工资来了，心里有火发出来好。天无绝人之路，咱们厂难受的关头，袭先生来投巨资了，救活了工厂，也救了大家。不是已经告诉大家了，下个月十五号，建业丝厂开饷，执行新的工资标准。秦川，你一个月就能拿到上千元了。这明明是天大的好事嘛，大伙说是不是？

这时候的秦川已经从激动中平静下来。平日的木讷竟然不见，倒是变得有板有眼起来，口才也不简单了。其实，这个六十年代末的工科大学生肚子里还是有货的，只是有的时候是“茶壶里煮饺子——倒不出来”，有的时候却口若悬河，十分雄辩。至于说什么时候表现前者什么时候表现后者截然不同的表现分别是什么因素诱发的，他自己也搞不清楚。反正，此时此刻他觉得自己一下子“理论”起来。他说，这样个合资法对我们个人也许暂时有点好处，甜头，可是，我们总觉得太亏国家、太亏“江北”了。而从长远处来看，肯定也不会有我们工人的好果子吃。火柴厂的情景我们是知道的，我们的合资法和他们一样。好日子没有几天，接着就是以种种理由辞退、劝退、下岗，一句话，老工人们由主人变成了打工的。是这些老师傅找了我，他们要求厂里和市里重新考虑一些事情。比如折价问题，不要让人家觉得国家的厂子是没娘的孩子，仨核桃俩枣的就能把厂子“捣鼓”了去。还有，工人特别是老工人今后在厂子里的地位问题，要事先有个说法有些条文才好。这位王会计大家都认识吧，大家叫他王四眼镜。王师傅干了一辈子会计。老厂长，他可是您的铁算盘子呀。咱们工厂的每一寸土地，每一间厂房，每一台机子，每一颗螺丝钉都装在他的脑子里。他第一个找到我，他哭了，他骂起娘来，说一千万，太缺德了。

这时候，那位身高不足一米六十、体重不过百斤的老头儿摘下啤酒瓶子底一样的眼镜，两只手抖索着撩起衣襟拭。他是南方人，几十年对人十分和气，说话从来细声慢语，几乎和别人没有红过脸吵过架。今天，他却有点儿反常，他站起来张口就带骂字，哪个河龟审的，算的，折的，他会小九九吗，他懂得审计法的条条框框吗，他明白这些都是国家资产半点也马虎不得吗？他糊涂头糊涂脑糊涂身子，他可以找我王四眼镜嘛。听说你们还请来了什么审计专家，狗屁，把“江北”折了个一千万，他们不是狗屁不通就是藏了猫腻黑了良心……老厂长，这厂子原来是你的，你心中有数，你说说，它到底值多少钱？

袭建业呆若木鸡，坐在台子上不知道说什么好。那个寒冷的冬天却不期而至，雪花似乎在眼前飞卷，西北风像野狗一样乱窜。好像也有一个市长，是的，日本人封的“伪市长”，还兼着A市的“伪警备司令”。他穿着一身黑军装，他带来的几十个兵也是一身黑皮。“伪市长”说，袭先生，兄弟是为公事而来，战时管制，对不住喽，你的工厂要做兵营，三个车间你必须给我腾出两个来，改造成兵营。他的脸盘子又青又灰，他被迫领着“伪市长”去查看车间，你要把一个大车间给我分割成三十八个小房间。他木头一样走进车间，车间的情景让他呆了。他的工人们似乎是突然地把家搬进了车间，大车间变成了一个一个的小家。有木床，铺板，有老婆孩子，有锅碗瓢盆，还有晾在机子上的尿布……那时候还十分年轻的王四眼镜说厂长，阿拉的家挨了飞机，无有办法，只好来车间住了。工人们七嘴八舌，说厂长，机子还是可以开的。厂长，你用机枪大炮也赶不走我们啦……他明白了工人们帮助自己的苦心。他知道，工人们和自己在一起保护着这个厂子。那时候，他想起了黄河边上发洪水的情景，佃农们和地主一起用命来保护不属于自己的土地……

王四眼镜显然动了感情，说，我在“江北”干了一辈子，不管“江北”是谁的，反正它让我成了家，混出了一大家子人口。如今“江北”遇上了困难，我们这些老家伙不能不管。我们老了，可是心里明镜似的。今天我们不管“江北”，明天“江北”就不会管我们了，怕是想管也管不了了。看看火柴厂就是个例子，叫香港老板占了大头，不几天就尿出了浑招，五十岁以上的普通工人一律退休，只发基本工资。惨呀。我可以吹句大牛，谁算，也不如我王四会算。谁审，也不如我王四会审。谁折，也不如我王四会折。“江北”，起码要值两千万。当然，这不是你们自个的东西，你们不会心疼的。一千万，人家多少一用劲，大头就占去了，厂子叫人家变变戏法就变去了。袭老板刚才也不避讳把话都说透了。惨呀，我们当了一辈子国家的工人，一转眼工夫却又成了人家老板的打工。

王四眼镜把一个会场说得半天没有一点动静。

厂长打破沉寂，苦笑，说，这样的烂厂子，一千万，谁要？也就是人家袭先生，对厂子有感情，才咬着牙接过来。是不是，袭先生？

袭著锦的样子有点儿尴尬，本来就有点歪斜的嘴巴这一刻吊得更厉害了，并且呈现一种僵止的状态。厂长的话倒是让他把吊着的嘴巴放正了，却又裂开来，露出几枚金牙。从王四眼镜对待“江北”的态度，他不由地想起了老爷子对待“江北”的态度。他认为，“江北”从来也不是王四眼镜他们的，可是他们却把“江北”视为自己的命根子。一九五五年以后应该说“江北”也不属于老爸了，可是老爸仍旧对“江北”一往情深。在这个问题上，想不到工人和资本家没有什么不一样。这种感情是一种什么样的东西呢？

厂长对王四眼镜攻起心来，说，王老头儿，我知道你一家七口人祖孙三代还挤在两间平房里，七口人就有四口人在“江北”做工，“江北”完了，你可就惨了。

王四眼镜看着厂长，两只鼓凸起来的眼睛幽幽地。他说，厂长，所以俺们才把“江北”看成命根子。俺们当然不能跟厂长比了，七八个月工人开不出一文钱，厂长照样坐皇冠。“江北”卖了废铁，厂长换换地方还是一个官。而俺们没有别的路，只有盼着“江北”好起来。

厂长叫哎，这就对头了。江北要好起来大家才有日月。江北怎么好，只有一条路，中外合资。王老头儿，下个月，你就阔了，一家四口，三四千元进家了。

把咱们工人当孩子哄不是？眼前头也许能拿个几千块，转眼老板一句话说不定会把咱们修理得一文不值。给国家当工人，主人不主人的不说，怎么着也是金饭碗。给老板打工，再好也是泥饭碗。袭老头儿是个好老板，一九五二年他为了自个的腰包还不是一口气辞了一百个老家伙？王四眼镜在心里嘀咕着，只拿眼睛去乜厂长。

厂长哭丧起脸，说，拜托了好不好？好像我成了卖国贼。

王四眼镜却不再去答理厂长，而是把脸膛朝向袭建业。他说，老厂长，今天是你儿子用“私”来“合”我们的厂子，当年，是共产党用“公”去“合”你的厂子，都要公平好不好？老厂长，你该说句话了，难道你忘了当年，忘了秦市长？

王老头儿的话像子弹击中了袭建业，他颤颤巍巍地走到台前，已是泪流满面。唉一声，沉重地唉一声，却又巍巍颤颤地退回到台后。他看见了那个灰色的夏天，那个工厂的民主会。他低着脑袋坐在一边。那天，秦市长也来了，坐在他旁边。秦市长哈哈笑着，说共产党讲究公平。大伙说说，建业丝厂应该折多少钱？也就是说，共产党应该出个什么价去买建业丝厂？一个工人叫，对袭建业这样的不法资本家……秦市长打断了那个工人的话，说，我在这里向大家宣布一下，市政府已经把袭建业先生定为守法的资本家，并任命他为江北第一丝织厂资方厂长。他看见那时候的他满面泪水，说我把厂子送给国家了，一文不要。秦市长爽朗地大笑，说老袭呀，你不能不说心里话呀！有一个工人说，袭建业的厂子按说值一千万，可他是靠剥削工人的血汗起家的。再说，他还拉干部下水，我看，折个五百万就很便宜他了。许多工人七嘴八舌地议论，说五百万，对就折五百万。说五百万就不少了，一年就拿5万，我们他娘的一辈子也休想挣走五万。说生个儿子还是让他当资本家呀……这样，不大公平吧，人家的厂子，确实值一千万哩，戴眼镜的苏州人王小四说。工人们拿眼去瞪王小四。秦市长看看袭建业，问老袭呀，你说心里话说实话说行话，你的厂子值多少钱？他看见自已豁一下站起来，说市长，我的厂子真真正正货真价实值一千万呀。秦市长说那好就折一千万。他看见那时候的他像个孩子一样地站在秦市长面前，任凭两行泪水在腮上流淌……他想，我应该说话了，应该说话了，看看儿子，他却又拖不动腿。

签字仪式卡壳显然出乎决策者的意料。

汪市长很生气。他把厂长拉到一边，问，这个工会主席有政治背景吗？他见厂长没明白他的问话，只好赤裸裸地说，他和谢书记有什么关系吗？

厂长说，他是五十年代秦市长的儿子。

汪市长在心里思虑开来。他知道那位秦市长是徐州人，而现在的谢书记是河北人，秦市长死于一九五九年，而谢书记那年才生人。他们好像搭不上界的。这位秦川只是一个小小的工会主席，和谢书记好像也挂不上钩的。不过也不敢大意粗心，如今民间通天的人物不少，官场通地的人物也不少，不能保证他们没有勾连。今天秦川的口气挺硬的。上纲上线也挺毒的。想到这里，他小声地对厂长说，快刀斩乱麻，快签，签完马上结束仪式。

厂长拧开笔帽，说，袭先生，我们签吧！

袭著锦说，民意可违？

厂长说，什么民意？完全是莫名其妙。

袭著锦说，那、那我们签啦？

秦川看到他们的合理阻挡在当权者眼里根本不算一回事，心里就着火了。刚才还是滔滔不绝，十分的雄辩，这时候却又变得不大会说话了，几乎是一个字一个字地叫出下面的话，你们要是硬签，我们就要到市委去反映，去告你们。

两位签字人同时怔住了。

汪市长心中掠过一道阴影。市委两个字让他产生了连锁的心理反应。他想，肯定又是那位谢某人嫉妒我，怕我功高压主。于是就要打出工人群众这张牌来阻止我干好此事。事到如今，退路是一点也没有了。传媒在看着我，A市的官场在看着我，这件事情办砸了，其后果决不仅仅是一件合资中途夭折，弄不好会“拔出萝卜带出泥”。这不单单是一桩买卖，这是政治。

他示意厂长快签。

这时候，台下那一片原来坐在地上的工人纷纷站起来。他们好像是一座沉默的黑松林，每一个人都是一棵树，四五百个工人四五百棵树。过去的岁月里，有的人也骂娘，说“厂子垮了鸟逑”。有的人甚至偷了工厂的三角铁去焊小卖部。有的人也公开怀恋袭建业当厂长的日子。有的人对工厂彻底灰了心天天用劣质白酒打发时光。可是，今天他们却不约而同地聚集在这里，说是来看看当官的如何唱完这台子戏。结果是越看越生气，越听越恼火。本来，他们对于其中的许多事情并不知道，只知道厂子被当官的不清不白地贱卖了，只知道有可能糊里糊涂变成打工的。他们都是一些老实的工人，他们还不大相信自己知道的这些事情，想，也许是瞎传吧。结果，那些事情全是真的，这样就深深地刺伤了他们的心。他们不约而同地站起来，眼里喷着火。秦川站在他们中间。今天他们觉得工会主席是自己的头头了，过去他们可是不大拿工会主席当一回事的。他们很佩服秦川的骨头，那一个字一个字组成的几句话更是点着了他们心中的干柴。他们大叫，对头，告他们去，不信市委也阴天。……秦川毕竟是秦川。他天生的有那么点政治头脑。他想，无论如何，我们也不会给国家添乱子的，哪怕好心也不行。他说，工人弟兄们注意了，这是工会举行的一次集体活动。谁也不许在外面惹事。到了市委，我和王师傅进去说，大伙呆在外面，谁也不许乱说乱动，大伙记住了吗？工人一齐喊，记住了。

厂长在市长的授意下，站到了台前，强扮笑容，说，有事咱们好商量，我们“江北”历来有民主的传统嘛。秦主席，厂里什么重大决策不都是经过职代会的吗？

秦川说，那好厂长，关于这件事，我们工人的态度也很明确，我们同意合资，但是要重新审计，重新折价，评审组要有工人参加。评审结果出来了，要交职代会讨论，通过了，你才能卖厂子。

还有，合资行，说什么国家也要占大股。国家拿不出占大股的钱，我们凑份子。砸锅卖铁，卖血，也要帮着国家占大头。二千五百名工人，一个人一千元，就是二百五十万。

厂长咽下一口唾沫，说，咱们再商量一下好不好？你先叫工人坐下，好不好？

厂长至此才明白了汪市长让他软泡的意图。汪市长的秘书走过来小声说，伙计再磨蹭一小会儿，公安局马上就来人。

厂长只好再去和秦川谈话。他慢慢地点上一支烟。慢慢地抽上一口，慢慢地用商量的口气，说，改革开放是国家的政策，袭先生来投资是利国利民的善举是不是，咱们可不能伤人家的心呀。兄弟们，先坐下，咱们可以讨论讨论这件事情怎么办才好。大家都有权利发表意见，谁都可以说话，一个一个地说，把心里话都说出来……

厂长磨蹭工人们的时候，袭建业也把儿子拉到一边，说，修改投资方案吧，锦儿。儿子阴沉着脸，说，我正在想，建业丝厂挂牌的第一天，我就要来一场清洗，把工人中的党员统统清洗出去。老头儿看着陌生的儿子，说，你要办好厂子，倒是应该重用他们。你应该小心的倒是那些贪官污吏。儿子突然问，老爸，一九五五年折价一千万，你心里好受吗？老头儿说我心服口服。儿子摇摇头，心想，你那是为了报恩，报答那位秦市长的救命之恩。儿子又问，爸，那位秦市长搞好了你的统战升官了吧？老头儿说，你根本不了解共产党的历史。后来，秦市长因为我，犯了右倾错误，又批又斗。批斗了一年，秦市长就死了。好人哪。你知道吗？这个秦川就是秦市长的儿子。秦市长死的那年他才七岁。我偷偷去给他娘儿俩送一点钱，那天夜很黑，下着雨。小秦川不要，说什么也不要。七岁的孩子说袭伯伯，我爸爸当市长就应该办事公道。我爸爸临死的时候说小川，做官也好，做民也好都是人，都应该办事公道。

袭著锦倒是有点被老父亲的故事感动了。

公安局长率领七八十名全副武装的干警急匆匆赶来并马上包围了会场。

汪市长这时候倒是出奇地冷静下来。他摘下金丝眼镜用绒布仔细地擦着，擦着。很平静地说，改革开放是一种经济秩序，是一种很脆弱的人文环境。大家要好好保护它，像保护自己的儿女一样。工人同志们，不要紧张，不用害怕，公安局的同志们来，纯粹为了保护改革开放，不是来干别的事情，大家坐下来，哎，这就对了，坐下来好嘛。字还是要签的，好事还是要办的，工人同志们，你们要相信政府，本届政府是用心的是负责的，是给大家谋福利的，关于“江北”折价问题，这种事情有程序有步骤决不是哪一个人定的，我市长没有这个权利，他厂长也没有这个权利。我们专门成立了一个评估班子。审计、国资局的领导都参加了。他们经过细致的工作，认为一千万是比较合理的。另外一件事大家普遍担心，怕工厂改变了产权关系会影响到工人、特别是老工人的地位，怎么会呢？建业丝厂还是在大陆嘛，还是在共产党的领导之下嘛，工人还是主人嘛。汪市长振振有词地说着。连袭著锦都觉得汪市长真是能说会道。他在想，也许汪市长仅是个例，那个谢书记好像就不大和汪市长一种讲究，我有过几次试探，不都被他谢拒了吗？不过，大陆的百姓也不大像西方说的那样“阿斗”了，当官的有点怵头他们了。看，那位王四眼镜就不大怕市长，来了公安局也不怕。听，他又说话了，袭著锦竖尖了耳朵去听。市长，你说什么呀，你就是把死人说活我也不信。你就是把我抓起来，判我死刑，“江北”一千万，我也不、不认这个账。

汪市长想发作，想骂你是老几凭什么非要你认这个账你把自己当成什么样的人了？笑话。他却还是把火气压下去，采取不屑一顾的态度避开王四眼镜，而是对两位签字人说，签。

秦川对于公安局的突然光顾心头不啻是火上浇油。汪市长的寸步不让更是激怒了他。虽然是“老九”出身，他却具有工人那股天不怕地不怕越压越硬的脾气。两眼瞪得牛大，话说出来像“杠子”了，你们肯定有交易，地下交易。要不，为什么非要往贱里折腾“江北”呢？

市长笑一笑，胸有成竹地说，你们在厂子里闹吧，怎么闹我也不管。可别上街，丑话在先，一上街，我就逮人。秦川说，市长，您说什么呀？我们哪闹了？我们只不过是准备到市委反映一下情况。市长铁青了脸，说，到市委说明情况是我的事，还轮不上你们。市长很自然地想起一个月前火柴厂老工人闹事的那天，二千名工人乱成一锅粥。紧急关头，他想出了这条妙计，他称之为“关起门来唱戏”。那天，他让武警把火柴厂圈了个水泄不通。工人们尽情地在厂子里头发泄，骂娘，喊口号，哭叫，他一概不予理睬，公安局长问，工人砸机器怎么办？他说蠢，主人嘛，怎么会砸自己的东西呢？工人们还真的叫他说准了，闹得沸沸扬扬，对工厂却秋毫未犯。他下令，出门一个逮一个。结果是A市依旧桃红柳绿，火柴厂子里头的“大闹天宫”一点点也没有影响A市的大好形势。后来，一个记者写了内参，据说许多地方效而仿之。

如法炮制。市长在心里说。

工人们乱嚷，吓唬谁哩，不信老百姓找市委也犯法？邪了。有本事把事情日鬼公道……

秦川说，你们死活要签？

市长说，你们要上街？

秦川说，市长，我们上街做什？我们是到市委去反映问题。

市长说，秦川，我说话可是一句顶一句的。市长在心里嘀咕，这个秦川，张口市委，闭口市委，说不定是真的有后台，后台说不定是真的在市委。我不能手软……反正你们上了街。

秦川说，那好。走到工人队伍的前面，只说了一个字，走。

市长对公安局长说，你下令吧！

局长一挥手，两名干警迅速跑到秦川的跟前，把秦川挟在中间。

空气变得紧张了，一刹间，场面好像变成一堆干柴，一颗火星即可酿成大火。秦川甩开膀子，在两名干警的挟持下，向工厂大门走去。

突然，那个干瘦的小老头儿站到了彩台的边缘，沙哑着嗓子说，工友们，大家不要上街，大家坐下来，听我说几句话好不好？工人们站住了，一齐回过头来看着台上的老头儿。老头儿似乎有某种魔力，工人们在那种魔力的作用下，慢慢地回到台前，重新坐下来。

老头儿说，这个字不能签，谁签了，谁就会成为千古罪人。

汪市长呆了，厂长呆了，那位台湾老板也呆了。

老头儿看着儿子，说，锦儿，你也满头白发了，白发人知天命，通古今，赚国家便宜、坑国家的人是不会有好结果的。你不要和我瞪眼。我老了，也许已经落伍。可是，我有种感觉，你用设备来顶投资，这不是一种公平的商业行为。锦儿，你那套设备——作为这个工厂的老主人，老工人——我说不能要。你要投资就来美元，起码是现钞，这样才公平。

这时候，有一个老工程师慢慢站起来了。老头儿认得他。当年，他是自己的一个挡车工。老工程师很窘迫的样子，停顿半天才说，我本来不想把这件事说出来的。不，不是不想，而是没有勇气，因为我在西德考察的时候拿了人家袭老板五百元美金。今天，老厂长的举动让我羞愧得无地自容。老厂长不亏是丝绸大王，他身体瘦小却是一个很高大的人，他有良知。他真心实意地爱着厂子，我得向老厂长学习。我要说出这件事情，袭老板的设备没说的，九十年代国际一流，我可以担保，我在西德做了考察，比较。大家不必担心，他会用一些破烂来坑“江北”？他是袭建业的儿子，他要振兴“江北”，他不能坑他自个。可是，他钻了我们的空子，利用我们对国际投资市场的一无所知而又把投资视为救星的心理。其实，任何投资都是生意，人家要赚钱，人家要算计，这里根本没有恩赐，也没有什么精神、主义。他实际上是替我们买了一套设备。那家公司规定，他可以拿到百分之三十的介绍费，五百一十万。这五百一十万袭先生肯定不想给我们，也不会给我们。他甚至把这种“国际回扣”作为一项秘密，用贿赂知情者的办法来保守这项秘密。可是，他的老父亲出于人格的惯性和一个老工厂主的敏感，把儿子卖了。我也把袭老板卖了，请他原谅。

老头儿站在台上向老机械工程师鞠躬致敬，说，伙计，“江北”有你们不会完蛋的，它还会爬起来，再度辉煌。锦儿，修改你的投资方案吧，这个工厂我最有数，不值两千万，也值一千九百九十九万。另外，你用设备来顶一千七百万，除去五百一十万的回扣，实际投资应该是一千二百万。

儿子沉重地说，让我想想，有许多事情我要想一想……

老头儿说，你是应该想一想。有些人也应该想一想。

秋天里，有一行大雁排成一队人字向南方飞去，掠过人们的头顶，天空很蓝，云彩洁白，大雁很黑。

秋嫂来了，爬上台子，把一个发黄的本子交给袭建业。袭建业掀开本子，看到了卢地当年的签名，还有后来A市人民政府的签章。他很激动，嘴巴子有点哆嗦。他说，我在这里宣布一件事情，这件事情在我的心中埋藏许久许久了。我从一九五五年开始拿共产党的定息，每年十万，拿到六十二年，一共拿了七十万。七十万存到今天连本加息已是五百一十二万五千六百七十三元。我一分也没有动。还有这幢小白楼，这是房产证。我决定把它们全部入股。不过，我的股份要算在国家的名下，也就是说，这个工厂不管谁来投资合营，国家都要争取做最大的股东。我要为这个争取做一点贡献。在这一点上，我和工人兄弟们一个立场。说完了，他看着儿子，那无声的眼光是在问，你同意吗？袭著锦陷在一种复杂的感情中还没有梳理出头绪来，他无法回答老爷子无声的询问，可是，他还是从心底里生出了对父亲的敬重。老爸，你是一个干大事的人，你有大气度，他在心里说，也许我并不同意你这样做。

台下几百双员工的目光一齐投向老头儿，目光里充盈着热辣辣的情义。

汪市长跑过来一把握住老先生的手，连声说感人，感人。他觉得自己是真心的，真心佩服这个被历史淘汰的人物。

老头儿摇颤着干瘦的脑袋，泪眼婆娑，说，作为这个工厂的资本家，我和工人师傅一样为它付出了一辈子的心血和汗水。它是工人的命根子，也是我这个八十岁老头儿的命根子。我入股后只有一个要求，“江北”换牌，换成“建业丝厂”。工人师傅们不知你们答应不答应？

王四眼镜的啤酒瓶子底儿一样的眼镜叫泪花蒙得花里胡哨，世界在王四眼镜的眼里似乎变成了一幅写意的水墨画儿。他又一次站起来，提高了他的苏州人的公鸭嗓子，用南腔北调说，老兄弟们，老厂长入股了，阿拉我们也来入呀。阿拉入、入一千元，娘的，“彩霸”先晚一点儿“彩”吧。秦川说我也入一千元。无数个工人叫嚷着，我入五百我入一千我入八百……王四眼镜摘下眼镜，看清了市长的脸庞，说，市长，你记下了，我们工人的股份一律码在国家的名下。

7

老家的九九大案

一

那个在白市的官场和民间沸沸扬扬许多日子引起了不大不小震动的“九九”事件虽然如今已经在我老家的土地上、空气里、官方和民间渐渐平息，一些倾斜亦已恢复平衡，一些凸凹亦已摆平，我却依旧无法释怀、忘却。事件出乎意料的结局某些官员莫名其妙的立场和态度，让我的思绪突然不由自主地向着某种深层次的领域开掘、触摸，并且由此引发了我很多的联想，这些意识领域里的东西确实是“九九”事件引发的，当然，没有在官场里多年生活的经验和感受、岁月和积累，这种引发也是不可能的。置身在不大不小的官场里也有不少日子了，原来一些日子发生的一些事情给予我的感受本来就像那些日子一样习以为常，总觉得生活的逻辑、官场的规律本来就是如此，这架机器的运转根本已经由最权威的理论、法规、政策、决策层、领袖人物规定得好好的了，大大小小的官员只不过是一些大大小小的螺丝钉罢了。“九九”事件却让我发现，官场里的许多事情，包括“九九”事件，其爆发的导火索、其发展的轨迹、其结局，往往不是由那一切所决定、也不是由官方有意识的运作所都能够左右、甚至也不是由民心和党心所决定，在这一切的一切的后边，在官场人群——包括大官，也包括了小官——的群体意识深层，还有一种“魔力”，它是那么无法无天，那么力大无穷，它让官场里的人群几乎是本能地产生冲动，从而形成一股不可抗拒的群体处世规则……我实在感觉着自己笨得很，我的叙事能力根本无法把我思考的东西梳理清楚，更不用说叙述得绘声绘色了。我想，我也许还是讲讲那个“九九”事件吧，故事本身也许比我高明。

我记得，我被迫介入老家的“九九”事件、或者叫大案是从那个天上没有星星的深夜开始的。当时我正在做着一个不错的梦，那个梦出奇的清晰，烦乱、平庸的日子已经让我很少能够在夜里做出这样的梦来了。老家的刘书记升到市里来了，柏县长也升到市里来了，他们来得都很体面，一下子又空出来了两个位子，这对于许多人来说，可是一件千载难逢的事，对于我来说则更是如此。一则，刘、柏两人拜托我许多日子的难题我根本就没有去做却意外地解决了，我完全可以故作神秘地含糊其词地说都是市委的重用和你们的政绩突出而又显示出弦外之音——我也是起了相当作用的，这样的语言我用得已经是相当的娴熟了，他们肯定也是会感激涕零的，干我们这一行的就是用这样的语言来联络感情网络和打发日子的，实际上，不用说我这样的干部处处长，就是一个常委部长也很难给一个人去独立解决一个乌纱帽的，因为人权绝大部分都攥在书记那里。二则，我多年来的心愿似乎也得以实现了，衣锦还乡。我一下子成了老家的县委书记。至今回想起那个梦来我还是觉得那么心猿意马，觉得那么真切。梦做得像生活、日子那么逼真是会在心灵上刻下痕迹的。它一反我过去做梦的常态——即使梦在流动、进展中我也恍然似乎知道自己在做梦——这个梦确实一点点也没有梦的样子（唉，我是多么不想从那个梦中走出来呀）……送我上任返乡的奥迪爬上了老家的天仓岭，想不到迎接我的竟然是她，周姑子戏《王小赶脚》中的二姑娘、我上初中时暗恋的那个青叶庄业余剧团的有名的

"醋坛子"，她还是那么一个青衣女，她站在那棵老柿子树下面。她冲我媚笑着，水袖一摆，竟然还唱出了她的拿手好戏——俺、俺得了那个病，阴阴阳阳的不想动弹，大口地吃醋不觉得酸……恰恰就在这当儿，一阵又急又火的电话铃声把我的好梦一拳头击碎了。说实话，那时候的我懵懂中第一个比较清醒的念头竟然是"地震"。由此可见人的意识是多么的不可思议。思绪本来就是一团乱麻你根本就无法理清它的来龙去脉。即使世界上最有学问的说梦大师弗洛依德虽然写了那么多关于梦的书，若是真叫他说清、说准哪怕一个活人的一个梦恐怕比登天还难。我看看"天达"语言报时钟的电子显示屏，时间已是深夜两点零三分，接还是不接？我的手伸到电话机子上，而主意却在飘忽不定。地震显然是没有影儿的事，那么是个什么电话呢？按说我这个组织部的"小婆婆"——上有部长老婆婆，下有科员小媳妇，半夜三更的一般情况下也没有什么火烧眉毛的事儿。这时候哪一个部长也不会下达什么指示交办什么任务，虽说考察老家柏县长的任务已经下达了一个多月而我还没有动身去操作任何程序，然而我知道这种事情有关部长是永远也不会追我的，而我也一再说要去却迟迟不做动身也不知道我的意识深层有什么东西在作梗。想一想，我的许多行动实在是一种潜意识在关键时候抵挡、阻碍了上头的指示，也让我不能按照有关精神去自觉行动，而是一些本能的动作——岂止我这样，许多官做得比我大得多的人和许多官做得比我小得多的人往往也是这样。那么到底是谁的电话呢？电话铃声依旧在那里执拗而尖利地响着，显示着对方的焦灼与企盼。又有一个念头冒出来，前妻虽说在我当小科员当得又乏又累的时候改嫁了一个老板日子并不像她想得那么金山银海，我熬到处长的时候她也来过三几个电话大有后悔的意思，不过现在这时候人家即使被大款丈夫抛弃也不会给我打电话来的。我想——刚才那个"想法"可不是想来的而是不期而至——那些官场里的有求于我的朋友，跑官的心情再猴急猴急的表面上却也都是沉得住气的，他们基本上都练就了“千年媳妇熬成婆”的耐性，这种时候也许夜不成寐碾转返侧却是绝对不会来打扰我的。大本，市委组织部，从干事熬到干部处处长，想想也有十几个年头了，夜里十一点至凌晨七点的电话，这还是第一个。我下意识地哆嗦了一下子，难道是老家七十多岁的老娘突发急病，妹妹一个人应付不了从她那情人矿长处打来的？我几乎要马上抓起电话，可是这种无意识做出的“判断”接着又被一种“有意识”排除了。老娘一辈子自称“泼驴”，几乎从没有吃过药打过针，前天还来过电话声若洪钟地大骂那个“吃人粮食拉狗屎的千刀刮万刀镟的，七十二个心眼子只管赚黑钱，把半个庄子开煤井都开塌了，仗着狗日的姐夫是刘老1，”我说，咱家的房子没有沾光吧？老娘说，亏你还是一个官儿，只看自个腚上的毛。我说，儿子自然没有老娘的觉悟高，您是老革命了。老娘骂鬼孙，我自个去找刘老1。我急忙说，老娘，你就别折腾了，刘老1在县委书记中绝对是人性最好的，他绝对不会叫他内弟只管开矿不管老百姓房子的。老娘说你懂个腿，亏你还是一个混官饭的，里头的道道你不懂。老娘当时那声音中可是没有一丝一毫的病兆。再说，老家大大小小的当权者从乡里到县里都是我认识的或不认识的朋友，他们没有不买我的账的。妹妹也很会利用这一招的，她知道与其给我打电话倒不如直接给柏县长打电话——鬼才知道怎么搞的她已经和柏县长很熟了——柏县长指使县人民医院比我管用一百倍。柏县长那里我敢说如今肯定正愁着没有机会向我“表示”呢。那么，这个让我有意识想出来或无意识冒出来一个又一个想法的旷日持久的电话到底是哪一位先生打来的呢？我多少有点恶作剧地又瞅了它半天见它依旧没有停下来的意思，我只好无可奈何地抓起那个红色听筒，听筒里传来的还真的是妹妹那“人、然、日、肉、热”没有儿化音的蹩脚的普通话。

二

妹妹说，……哥，就你一个人在……床上，没有女人？（如今城市里的各式各样的流行病业已传到乡村，妹妹很有点儿现代派的味儿了）别笑，过一会儿会有你哭的。

我问，小妹，你这是在哪里给我打的电话？又是在袭老板那里是不是？

妹妹说，是又怎么样？不是又怎么样？这事不能守着他说……用的可是他的手提。哥，出大事了，老家出了“九九”大案，就是昨日格，一百多号人冲击县公安局，逮了十四个。

我说领头的就是那位袭老板，是不是？

妹妹半天没有吭声，我不知道她在那边想的是什么，然后她说，哥我知道你不会帮他的……可是，这一回，人家是受害者。

及至写这篇东西的时候，我才冷静、富有理性地分析出当时下边的话我完全是“无意识”地“说”出口来的，有句古语云，三思而后云乃官场至宝耳。其实，我愈来愈认识到，一向奉行“三缄其口”、“沉默是金”、“君子木讷其表而锐利于内”、“君子无戏言”为做官一大堆准则的官场里，连最老道、最历练、最刀枪不入的老油子，有许多时候他们的言论也是无意识的产物，岂止言论耳，包括行，也往往如此。说实话，我之所以不务正业地很冲动地想写出“九九”大案来，也是因为它的起因、发展、结局似乎都与我的这一发现有关。我记得，当时我是这样冲口而出来回答小妹的，在古县，袭老板还用我帮？凭着他是刘老1的内弟，仅此一条，他就永远成不了受害者。

妹妹显然也是冲口而出，你算说对了，在古县，欺负俺们老袭的种儿至今还没有生下来。俺们就敢吹这份大牛。

我这个官儿和妹妹这个民儿的如此言论，真是一种积淀了上千年的群体无意识，而这种玩意儿，官场与民间又似乎是一脉相通的。随着我这个故事的叙述，你会愈来愈清楚这一点。

我说小妹，那、那你哪一根神经疼了，和我半夜三更的谝什么？

妹妹大叫，老娘叫公安局逮走了，大处长。

我的脑瓜在黑夜里嗡地一声胀大了，作为一个儿子，我最知道我的老娘，她虽然生在长在荒草野坡，是一个最标准的山里女人，生就的骨头长就的肉，却是一个天生爱管闲事的角色。她的一生颇富传奇故事。看来她老人家在“九九”大案中又本性难移地做了精彩表演。这一点丝毫也没有让我吃惊，她肯定能够做得出来，问题是再怎么爱管闲事也不能冲击公安局呀。下边的话，显然又是我无意识地“说”出来的，怎么，公安局的人就难道没有给一点面子？

妹妹说，你和大头熟，那些个小不豆粒大概不知道老娘还有一个管官的儿子。再说，老娘也从来不说有你这样一个当大官的儿子。

我觉得好像受了一些污辱似的，我大声说不可能根本不可能。他们局长，还有那个王品，会不买我的账？

妹妹冷笑一声说，这事就是那个王品干的。

我的心里咯噔一声，嘴上没有说出什么来。妹妹骂，这个傻帽。不过，听说他本来倒是不同意抓人的，上面压着他，他又非要抓老娘不可。

我的面前浮雕般地凸出一个黑煞神似的棱角分明尖刻的大盖帽形象。我沉吟片刻脑子里想了不少的事情，我说，事情是有点儿棘手，老娘怎么撞到了他的枪口上……不过，你不要着急，我给柏县长打一个电话看看再说。

妹妹又叫起来，哥，你别大意了去，“九九”大案，老娘可是主犯，主谋，又供认不讳。这事儿你想保咱老娘没事一个电话怕是不大行，还有，这事里头的道道不少，这事你怕是要去找刘老1，柏县长怕是管不了了。

我在心里不能不承认妹妹说得对。看来妹妹对官场的曲里拐弯并不陌生。我想起了考察柏县长的任务，我很快找到了回老家的冠冕堂皇的理由。为了稳妥起见，我还是向分管部长汇报了老娘的事情。事实证明我的做法是对头的，如今的官场已经不同于往日的官场了，它奇怪地有时候充满了温情，就看你会不会玩儿了。部长对这件事出乎意料地关心，他的表态虽然是不具体的却显然给予了我出面通融的社会空间和心理支撑。我的表态则是请部长放心，我这次回古县主要是去完成考察任务，其他的事情我会处理好的。要不，派另外的同志去？部长说，不，你必须亲自去，只带一个做记录的就行。我当然是很真诚地向部长表示了感谢和忠诚……

三

我必须暂时放下对“九九”大案的叙述，因为有一个人物让我不能不中断我的叙述，他对我的吸引力简直太大了，他就像春天的田野里的突然而至的大风刮得我不能不向后转。再说，这个人物对这个故事来说也太重要了，暂时把我的叙述让给他也决非亏事。他就是王品。我想拿出专门两章的篇幅来分析一下王品，因为我始终认为只有对王品的心理结构分析出一个头绪来，也许才能真正理解“九九”大案对于这篇小说的意义，也许才能找到打开“九九”大案出人意料的结局以及王品本人因为“九九”大案而产生的政治命运突变的一把大锁的钥匙，也许才能看透许多显然与王品迥异的另外许多官员的心理结构，也许才能真正理解我写这个东西的苦心。还有一个原因，那就是叙述的惯性，我对王品这个人物太了解了，我本人就亲自考察过他两次。其中一次，他是副县级公安局长的第一候选人。两次考察的情况对王品都是极其有利的，谁知道，两次的结果却都是因为官场的某种东西作祟而砸锅。本来我是打算把那两次考察以及后边令人啼笑皆非的结局写成一个故事的，“九九”大案的发生，让我觉得把它们合在一起一锅煮也许更好。

我记得王品引起市公安局局长的高度欣赏并且极力要提拔重用、一再向市委组织部推荐的根本原因是说他面对即将爆发的恶性、突发性事件时的“大将风度”、“举重若轻”，以及制止这类事件时所表现出来的天生的“大智大勇”、“尺寸有度”。请注意，这几个带引号的词儿决非杜撰而是均引自市公安局的报告。报告列举了王品以一个小小的县局治安科长的身份两年内竟然神奇地制止了五起恶性事件的发生，还非常出色地化解了、处理好了三起业已发生的恶性事件。这些事件只有两起是发生在古县，大多数则是发生在市郊县及其他地方，市公安局特令王品跨地区来支援的。我第一次来考察他，我记得他是作为市郊县副县级局长的候选人，那是一九九七年。考察他的时候，他的顶头上司、古县公安局副局长丰子仪（他也是一个代表性、标志性人物，在“九九”大案中他也是一个重要角色。他已经列入了我的业余小说写作的重量级人物画廊）非常动情、充溢着激赏的口吻介绍着王品。他说，我只是给你讲一个、只一个绝对真实的故事，你就会清楚王品这家伙有一手多么绝的活儿，而这一手又是公安系统目前最宝贵、最缺乏、最镇人的。如今这突发性、恶性事件是愈来愈多了。王品是个鬼才。绝对的。他一出场，那些个恶霸地痞硫硫球屎光棍帮派头子就怵就玩儿完。也他姐的真叫邪，处长，你不会不知道今年春天发生在市郊县的“三一八”事件吧？……丰副局长是大秘书出身，语言表达能力之强在公安系统实属罕见，他讲得绘声绘色，而我一旦记录下来却又融进了无法更改的重叙述、重心理分析、轻描绘的毛病，这也是没有法子的事情。丰说，一个法庭庭长喝醉了酒到水库去洗澡，玩耍，嬉闹，不经意把一个八九岁的男孩推进深水中去了，命该如此，男孩下水就叫呛了肺，当即死亡。那个庭长绝对没有杀人的故意却杀了人。典型的一个突发性事件，叫一个坐过十年大狱对公检法充满仇恨的贪污犯拿了过来发泄心中的仇恨，那人挑动了五千名手持大刀、土枪的农民包围了法庭，非要当场杀死法庭中的五名法官、法警不可，他们已经把五名法官法警打得遍体鳞伤，那个庭长业已奄奄一息。市郊县出动了数百名武警赶来，一场巨大的流血事件一触即发。市公安局长火速调去了王品。王品只身一人赶到现场的时候，那位劳改释放犯正在和市郊县公安局长对峙，那人叫嚣，你们开枪，我们老百姓就拼命。红了眼的老百姓一起叫拼命拼命！局长喊，你敢杀一个人我就下令开枪。劳改释放犯叫，叫我不杀人也可以，你局长放下枪走进圈子里做人质，写下保证书，枪毙杀人犯，不逮一个老百姓。局长说，庭长当然要依法严惩，你挑动流血事件也跑不了你。这时候，王品高大的个子拨开了局长，叫，我是市局的特派员，你的条件，我答应。说着解下枪支，脱下警服，上身只穿一件白衬衣，一个人向圈子里走去。他的从容不迫、神态自若似乎有一种神力，让那个包围圈自动地分开了一个口子，王品走进去了。他来到法庭的台阶上，说，我做人质，我写保证书。你们放走法官法警。劳改释放犯见王品什么武器也没带，便走了过来。他说，杀人犯要先留下来，你写完了保证书再放他走。王品说，你说错了，不是放他走。我现在宣布市公安局的逮捕令，马上逮捕他。王品一挥手两名警察抬着一副担架走来，王品亲自把手铐铐在庭长的手脖子上。群众见状激愤的情绪开始平息，男孩的父母本来是把两把菜刀架在庭长的脖子上的，此刻也拿开了。王品说，你们走吧。除去庭长躺上了担架，其余四名法官法警仓皇地离开了。王品站在台阶上大声说，兄弟爷们，干什么的都有坏人，干我们这一行的也不例外。不用劳动诸位，我们自己会收拾他们的，每一年我们都会自己扔掉自己锅里的老鼠。一个孩子好生生地淹死了，哪一个父母、爷爷、奶奶不心疼如焚，我的心里也刀子绞着一般疼啊。王品动情了，卧蚕眉下深陷的两颗黑黑的眸子蒙上了泪花花。他沙哑地说，兄弟爷们放心，政府绝对饶不了这个贼羔子，该毙就毙，该无期就无期，咱们不是有法吗？至于说兄弟爷们，我王品一命担保，谁也没有事。哪一个局子敢逮你们，我王品替你们去蹲大狱。大伙回去吧，在这里围着也不是个法。群众叫王品一席真掏心窝子的话感动了，一个跟着一个离开了法庭的门口，包围圈慢慢消失了。那个劳改释放犯也要走人，王品拉住了他，说，哥们，我看你这个人挺义气的，交个朋友，我请你喝两壶去如何？王品说得很真，那人也当了真，跟上王品向镇子里的一家酒馆走去。三杯酒下肚，王品说哥们，你怕是要跟着我走一遭。那人说去哪里？王品说你这种人还能去哪里？那人在大牢里练了五年功夫要和王品较量一番，说时迟那时快，王品的一只手早就一下子抓住那人的手腕子了，五根手指头像利爪杀进了那人的腕子里，那人可能被扼住了动脉，全身不能动弹一下子了……

四

（我分明是想喘口气，所以在这里分了段。离开写作间到小小的客厅里喝了一杯劣质茶又回来干这份挣不了多少钱却肯定会对我的仕途不会有好处的活儿）我曾经听说过市郊县的“三一八”，却不知道有这样一段神奇动人的故事。和丰副局长谈毕，我便去找王品。想不到，这位鬼才在我的面前却十分的即不鬼也不才，甚至还有点儿呆，有点儿木，尤其是那对眸子半点神采也谈不上。它们让我想起了老家冬天的“懒皮窝”里卧在地上晒太阳的老牛的眼珠子。两道传奇般的黑浓眉毛也是毫无威严可言。

他老兄的口头表达能力不用说和丰副局长媲美了，简直是让我特别失望。老家的人把这种嘴头子形象的称之为棉裤腰。我要他说说他的绝活，他说，扯……王八蛋子，我哪有什么绝活，咱只是以心换心，老百姓好哇，老实，到啥时节也不能欺负老百姓，欺负老百姓、伤、伤天害理。有权的、有势的、有钱的、拳头子大的，谁也别"黑虎"（可能是欺负的意思）老百姓，那天下一准就太平。我就认这个理。他不再去说什么了，只管去抽他的花椒木抠的特大烟斗。我怎么也不能把眼前头的王品和省警校的高才生、省公安系统的鬼才这样一些赞誉联系起来，然而，我在给王品整理考察材料的时候却还是情不自禁、不由自主地摈弃了过去的冷冰冰的公文气十足的文风而是充满了小说家的溢美之词。如今想起来，那份考察材料基本上是我用无意识的神力"写"出来的，显然，这种无意识是由一千多年来一个一个关于"包公"、"施公"，关于许多行侠仗义的故事沉淀在我们的祖先的血液中变成遗传基因然后又传给我们的。我有点担心考察材料通不过，没承想却在部里博了个满堂彩。分管部长还公开说，以后我们的考察材料也要改革，要写得感人、生动。看来，不光我的遗传基因中有那种玩意儿。我想，王品这一次肯定是会平步青云的了，全市公安系统也传开了王品马上就要出任市郊县公安局长的新闻。谁知道，这件事的结局竟是那样的出乎人的意料（写这篇小说的时候我想起来，这种事情出现这种结局在官场中是屡见不鲜的，要不，我就不会写出这篇小说来了）。在市委组织部、市公安局、市郊县常委的联席会上，王品砸了锅——未有获得通过。而且，我听说——当然是听说，我现在还没有资格与会——百分之八十的人都投了反对票。关于这件事的传说非常的耐人寻味，传说中，在还没有正式付诸表决的会议的前半部分，几乎所有的发言者都为王品唱赞歌，而到了表决的时候，却只有少数几个人投了赞成票。听说——这种事情，从来都是姑妄言之、姑妄听之的——连那位最激赏王品、最给予王品表现机会的大局长也没有投赞成票。散会的时候，人们却又一个一个的大摇其头，谁也不甘示弱地表现出一副吃惊、不理解、十分惋惜的样子，而且人人的样子都十分的真诚。我对这些事情百思不得其解，有一天，我偶尔翻到了一个叫沃拉斯的英国议员写于三十年代的一本书《政治中的人性》，书中的一句话让我似乎抓住了什么却又不能明晰其中的奥秘——大多数人的大多数政治见解并非是受正义、法则等的推理的结果而是习惯所确定的无意识本能冲动的结果。

最让我不可理喻的是上面的命运之神对于王品打击一次似乎还不解恨，一年以后，冥冥之中的怪力又宰了王品一刀。这一次古县县委常委和古县公安局党委向我们呈报来了王品的考察材料，准备提拔他为副县级公安局副局长，我的任务只是复查一下他们的考察材料而已。其实，他们的所谓考察材料只不过是抄了抄我的那份而已，也充满了对王品的推崇。我想，这一次是肯定没有问题的了，这一次决定王品命运的已不是那些陌生的大官，市委组织部对一个副县级，大多是向分管副书记汇报一下，便把材料批下去，让县委常委和公安局一把手去表决。表决的人全部是对王品知根知底的几个伙计，他们会好意思的……比如刘老1，比如柏县长，特别是柏县长，和王品是十几年的酒友了，三天不在一起喝酒就是咄咄怪事。那位已是正局长的丰子仪对王品更是没的说。然而，事情的结局又让我惊呆了。我憋不住和我的副部长说了这件事，副部长一副见怪不怪的样子笑了笑，说，你还是嫩了点。不过，这一次古县人似乎对王品不是特别的同情，人们大多数是这样子来评价这件事情的，“王品此人头脑不正常”。我的妹妹这样子说，“王品的脑瓜里少了一根弦”。我打电话问柏县长到底是怎么一回事柏不敢和我打官腔如实诉说，王品这个伙计吆……头脑有点不太正常，我们不大敢用。我继续追问他说的头脑不正常是怎么一回事，柏县长苦笑着说老伙计了，人又有本事，我能不想用？唉，一言难尽呀，处长老弟。后来，妹妹来市里，我才闹清了王品这一次又砸锅的根由。其实，这件事似乎和王品的提升并无因果关系说白了还是那个官场的“怪力”作的祟。离古县常委正式开会研究王品的副局长还有一个月的时候，神差鬼使，王品一网打住了七八个嫖娼的鱼，一律政府官员。最大的鱼是刘副县长，另外那几个人都是不上品位的芝麻粒儿。那时候，刘老1已经去了中央党校学习，柏县长是党政一肩挑。柏县长对这伙人当然是深恶痛绝，大会批，小会骂，声色俱厉地说一定要严办，要给老百姓一个说法，尤其对那位刘副县长更是骂了个狗血喷头。我知道，——也许有点儿以小人之心度君子之腹——老柏有点儿公报私仇，他和刘副县长尿不到一个壶里已非一日，在古县也是公开的秘密。刘副县长群众口碑又差，所以，柏县长声讨起刘副县长来可谓是又放心又痛心。他对王品则大力褒奖，说王品给古县立了一个大功。他对王品说，你管处罚，老婆领回去的，罚款六千，自己个回去的，一万。我管开除党籍，还有，该降的降，该撤的撤。王品问刘副县长怎么办，柏县长说，你只管处罚那几个小官，姓刘的你管不了，由我来管，我饶不了他。王品依了柏县长，他也知道柏县长与刘的关系。他当时也许是这样想的，姓刘的这种人就应该叫柏县长汹汹地收拾一顿。所以他放心地让柏县长从他的黑屋子里领走了刘副县长。二十多天过去了，那几个小官该罚的罚了该撤的撤了该开的开了该降的降了，而刘副县长却依旧以副县长的身份到省党校学习去了。一天，王品在一个酒场上骂了酒友柏县长，说他莫名其妙，说他包庇坏人一路货色云。柏县长大度地笑着说老弟，你不懂，你的不懂……王品越想越气，就去找了一位受到严厉处罚的副局长让他写信给市纪委告发刘副县长，因为他和刘副县长在一个钟头内共同睡了同一个女人。结果是，那人当即向柏县长汇报了此事。第二天，柏县长就找到了丰子仪，说，王品这个人头脑不大正常……这一次是微调，刘书记又不在家，你们公安局就不要动了吧。王品很快听说了此事，回家和老婆枝子诉苦，枝子却说，我要是县长也不会提你。王品问为什么，枝子说，你这个人头脑不正常，你天生的好像和当官的过不去。今天你专门抓住刘副县长不放，明天说不定也会抓住柏县长不放。官官相护，关系好的也护，关系不好的也护。这也是天生的。他们窝里斗可以，下边的斗上边的，不中。披着一身小官的黄皮，包着一颗老百姓的心，一辈子升不了官的。我看透了你。

五

下边，我必须坚决地拒绝王品这个人物的诱惑来叙述“九九”大案了，脱离了故事的正常的发展轨迹来进行小说我总觉得很累。再说，“九九”大案本身就具有让人欲探其究的魅力。它充满了内部的深层次的思想张力——我写小说，选择故事的标准与兴趣更多的是在这里。成也萧何败也萧何，可是，我只能如此。

那天，我趁着乡村的所有的男人和女人都去了田野里进行一年中最繁忙的秋收秋种的时候，一不和乡镇的头头打招呼，二不从县里要车，三不带一个随从，更不与妹妹说一声，还带上了一副墨镜，人不知鬼不觉地一个人坐公交车回到那个生我养我的小山庄。我的小山庄也从表面上脱胎换骨了，它洋了阔了牛了，茅舍几乎全部变成了大瓦房土路变成了柏油路还有几幢土不土洋不洋的二三层小楼鹤立鸡群。田野里传来了轰隆隆的拖拉机的工作声。可是，沙锅台子上那颗千年古槐却还是老样子，三十年前一声奇怪的炸雷劈去了它的半边树干，留存下来的那半边像古化石一样，那树冠依旧苍青，枝条油汪汪的硕长无比，纵纵横横地织成一张绿网。一串串槐豆子悠荡荡挂在枝条上。它在我的记忆中似乎永远是这个样子。人文环境变得太快了，而与之相比较，自然环境的变化则要缓慢得多。我突然产生了一个想法，还有一个东西的变化更慢，那就是人的意识……我下意识地去寻找什么，我想起来了，我是去寻找关爷庙。它原来只是一座鸡窝大小的石屋子。那年，“黑驴球蛋”仓子哥曾把七八岁的我扒光了填进石屋子，而他则在外面玩着我的“小鸡”……仓子哥如今也三十七八岁了，听说还是一条老光棍儿——不过，他说，我这条光棍是假的，我睡过的女人比谁都多。老的嫩的土的洋的，什么样的咱老仓没有尝过？——“九九”大案中，他是老娘的黑先锋，如今还和老娘一起关在县看守所里。我回到古县的当天晚上，柏县长当着我的面就给丰局长下了命令，你，开上我的车，把高大娘给我接出来。丰局长的线条清晰的嘴巴子张了半天也没有合得拢。我看出来了，他很为难。我想，难道丰局长是一个真正的坚持公检法独立办案的人，还真叫我开了眼界。柏县长又大叫去呀，你亲自去。丰局长的漂亮眉毛抖了抖，显然，他是下了很大的决心才说出来下面的话，王品他、他死活不干，这事，县长都下过三四回命令了，处长，九月十日，柏县长就让我去接高大娘（这称呼是我老娘的官称，全县从官到民一律称我的老娘为高大娘，而我的老爹姓孟，按规矩她应该被称之为孟大娘的。人们却按照她的娘家姓来称呼她了），九月十三日……我急忙说，柏县长，别。我来，来是有公事的。我说到这里看了柏县长一眼，我想，我的一眼是“眼外有眼”的。我顿了顿，又说，我可绝对不是为老娘的事情来的。柏县长也看了我一眼，说，我知道。请领导放心。唉，这个王品，就是和我们不是一类人呀……我终于找到了关爷庙。如今的关爷庙可是比过去阔气洋派上一千倍，它成了飞檐走壁的庑廊大殿，外墙贴了雪白的佛山瓷砖，两根立柱还镀了金粉。殿里的关爷像十分威风，一盏水银灯吊在屋顶。我扶着香案，沾了两手的香灰。我看到，十个大香炉里插满了香火，香烟袅袅。我想起来——当然，我也是听说的，当年，我的老娘领着土改队，把关爷像从小庙里拖出来扔进沟里，大笑，说，贡你也是白贡，滚你的蛋去吧。如今，我的老娘也不知道进不进庙烧不烧香。

突然，新关爷庙东山墙上的一条约宽二十公分长十几米的一波三折的裂缝刺入我的眼帘。我把一个拳头伸进裂缝中去，一条胳膊伸进去一半了还不到裂缝的尽头。我打了一个愣怔。我急忙奔出大殿。我跑进村子里。我轻而易举地就看见了村子中央街道上的一条塌陷，从东到西，弯弯曲曲，把平整光滑的水泥路从中间折断，一边高一边低。塌陷的曲线像一条黑蛇，粗粗的，断陷的样子充满了质感，撕裂感。我顺着曲线来到了伙地，那里过去是乡村广场，扎过戏台，开过大会，赶过大集，如今是小康宅的群落。大地的塌陷在这里表现得淋漓尽致，大瓦房的飞檐出现了波折、错落，坚固的青石方子墙壁裂断了一条条黑缝，一些小洋楼竟然把它们的东北角陷落了几十公分，裸露出楼房内里的景象。我从伙地折回来，找到了我家的老宅。那是地主的一幢老房子土改时候分给了积极分子高大脚，即还没有出嫁的我的老娘。它竟然完好无损。房顶上的一棵棵肥胖的瓦楞草在秋天的阳光里愈发青绿。我松了一口气，很快，却又怨气大发。唉，老娘，这事根本与你毫无关系，而你却成了主犯。你的儿子在官场上混得容易吗？一点靠山都没有，沾不上你的半点儿光，全凭自己的摸爬滚打混到了这般光景，你只顾一时痛快，也不怕给你的儿子惹事生非。你都七十八了，什么时候才能不“高大侠”了呢？一阵机器的轰隆把我从烂七八糟的思绪中拉了回来，我看见了村西头高高的井架，以及井架上的天轮。天轮正在飞转，它正在把一车车煤从地层深处拽出来变成票子源源不断地填充着那位袭老板的腰包。腰包越来越鼓，而地心越来越空。这一方的大自然承受不了重荷终于跨了下去。

其实，“九九”大案的起因十分的简单明了，袭老板一心赚钱狂采滥挖，引发了大地的陷落，给几十户老百姓的房子造成了程度不同的断裂、错落、陷落，老百姓没有到法院而是直接去找袭老板赔偿……

如果不是那个看不见、摸不着、说不清、道不白的“怪力”在官场里、在民间作怪，如果不是某些政治因素在悄悄地起着作用，如果……那么，“九九”大案就不会发生，恶化，最后引发出不好收拾的结果，我的老娘也不会成为主犯，仓子哥也不会落一个替老娘受过的下场，当然，王品的政治命运最后也不会出现喜剧性的变化。可是，没有如果。法律、法规、政策可以一夜一天出台然后在一天一夜之间又废止，而人的意识王国、或像英国人沃拉斯说的“心理地形图”的形成确是需要上千年的积淀才能够完成，要想废除、改变，那可不是一朝一夕、一场革命、两场革命就能奏效的。

六

血性难改。

这句古话在我老娘的身上表现得十分准确，屡试不爽。知其母莫过其子也。我的老娘的命运完全来自她的性格。虽然自家的老宅一点毛病也没有出现，而且事情的根子又是那位袭老板，按常人的一般做法，我的老娘绝对地应该回避这件事情，自己的闺女说这事谁管你也不能管，你犯忌。可是，我的老娘天生的爱犯忌，她老人家的行动是不能按照常人的思维方式来确定的。那天，她到底是横披着袭老板花钱、女儿出面孝敬的开襟羊绒衫，一点点也不觉得碍眼的裸吊着两个布口袋一样的、已经被我们兄妹几个早就抽得干瘪的奶子，出现在伙地的小康宅群落，阴沉沉黑森森着一张年轻时候显然很俊俏的面孔，很是个人物似的查看着一座座出了毛病的房子。那些早就胸中窝着一团火只是觉得“人家袭老板有根”因而敢怒不敢言的受害的庄户人见此情景马上把我老娘团团围了起来，像群星拱着北斗。他们显然很后悔，他们的心里也许正在这样子说唉怎么就忘了高大娘呢她……他们开始把我的老娘真正地当成“宋公明”、“包公”、“救世主”、“大侠”，开始了纷纷诉苦。高大娘，您老人家看看，把人糟践的。高大娘，这事您老得出面，得给我们做主，只有您能给我们做主。高大娘，袭老板他仗着有根，唉这世道……一些女人已经眼泪一把鼻涕一把了，一些男人已经可怜兮兮样子很悲惨了，我的老娘这一辈子最怕的就是这一手，她经常说，我做十八岁大闺女的时候，日本小鬼子的狼狗都不害怕，一辈子就怕老百姓的眼泪珠子。她大叫，你们这些倭瓜，卵子，抽了筋的牛鞭，你们不会去找袭老黑算账去，叫他赔，少一分割了他的脑瓜。那些老百姓已经习惯了老娘的痛骂，他们一个个在我的老娘的骂声中听到了希望。可是，他们还是不约而同地、无意识地、冲口而出地“说”，人家袭老板有根子，人家不怕咱们老百姓。老娘叫，吊根！不就是刘老1吗？不就是一个七品芝麻粒吗？这世上还有天理。走，我领大伙找袭老黑去要钱。我的老娘说这一席话的时候，她是不是又想起了当年的那个故事我不知道，反正，我听别人讲到这里的时候倒是实实在在地看到了一副历史图景：高高的石头围墙，中国式的城门楼子，拱门，一个小日本鬼子坐着太师椅子盘踞在镇子的门楼子上，他的两边是两队持枪的汉奸。那天，阴历十五，逢集。赶集的男人和女人从七庄八村的乡间小道上络绎不绝地来到镇子的大门口。中国人作稳了亡国奴便开始了正常的生活。他们似乎也有说有笑的，我那个二大娘——当然是年轻的岁月——前几天叫小日本人硬硬地扒了裤子睡了个三开加一开，今天也照旧来赶集了，似乎什么事情也没有发生。这种劣根性到了今天我发现也没有多少的变化。有人把这种民族性叫做人心上面插把刀——忍，充满了赞美之情，我却是怎么也赞美不起来。这是多余的话，打住。且说赶集的人一个跟着一个来到镇子门口，然后又一个跟着一个地给小日本鬼子鞠躬。没有人下令，却是人人都这样子干。突然，人流中出现一个大闺女，只见她梳一条长长的单辫子，穿一身天蓝色的衣衫，挎着一个大山提篮。她来到大门口，看了看楼台上的小日本人，根本就没有一点点鞠躬的表示就跨进了大门。汉奸们哗啦拉开了枪栓，要朝着大闺女开枪。小日本人却用戴着雪白手套的手制止了，用笨拙的中国话说有种。他下令把一匹日本洋布扔给了大闺女……当年的那个大闺女就是我的老娘。我从我的老娘的身上看到我们民族的种姓中也有血性的一面。而这种血性，在什么时候都是万分珍贵的。再说今天，我的老娘要领着他们去了，他们一个个却又不吱声了，那些男人和女人的大腿更是无人敢于迈出第一步。这时候，老光棍仓子跳出来了（其实，他住的茅舍也完好无损）叫，走，怕个鸟。有高大娘领着，怕个蛋？下边的故事开始了人与人、官与民、官与官的角逐，明里的暗里的，有意识的阴谋阳谋与无意识的本能的冲动，我写这篇故事的时候显然是集中了各色人等的各种说法以及我个人的了解，有意识无意识地进行了选择、过滤、筛漏，已经不可能作到真正的生活化、本色化，多么有本事的小说家只能进行平面的单一的写作，根本做不到拖泥带水、色香味俱全、犹如带溽鲜花。这是小说的悲哀。那位袭老板对乡亲根本不屑一顾，惟独对老娘摇尾乞怜又赔笑脸又说好话，老娘对他也是不屑一顾的样子，一杆子扎到底地说，别啰啰了，一幢房子拿出两万元来，什么事就没了，做小气鬼，黑心汉，到头来有你的难看。他开始干笑，苦笑，说，您这是抽我的筋扒我的皮，我如今手里一文钱也没有，几个钱都用于扩大再生产了。再说，……这事是过去的老井造成的，真的，是老井造的孽，我的新井没有什么关系……他变得十分可怜，一脸哭连连的菜样。

老百姓见此情景倒不知道说什么好了，他们一个个咧着嘴，歪着腮，呲着一嘴黄牙，却就是一句话也说不出来。老娘大叫去你娘的一把锤，你哭什么一个山穷㞞，看看你这一身的行头，看看你那一幢洋楼，看看你……你吃在锅里的看在碗里的，今日你不把这钱一分不少地赔了，我不叫你吃大官司就不是高大脚了。我老娘的一场劈头盖脸的臭骂，引来的却是那个男人的不动声色的哭相，然后，他又变戏法一般地变出了我的妹妹。妹妹对老娘百般哀求，请老娘莫管闲事，请老娘不要叫人当枪头子使唤，请老娘看在亲生闺女的份儿上离开这块是非之地。老娘见自己的闺女公开站出来为袭老板求情，气得可以说是七窍生烟，但是，我的老娘毕竟是经过了几十年岁月磨练、见过大场面、熬过人生酸甜苦辣的人了，她变得十分冷静，一点点也不失态。她知道今天不是解决自己闺女的私事的时候，今天她身兼重任。她来了一个绝的，干脆一屁股坐在了煤矿上下煤车的卷扬机上，什么话也不说了。她的行动一下子让矿井不能转动了，我妹妹也急了，从老娘肚子里带出来的牛劲上来了，叫，娘哎，你咋就亲、疏不分，香、臭不闻，是火是灰摸不出来呢？你都七老八十的了，还这样子二百五、半红砖。妹妹把农村最难听的话也骂出来了，我的老娘绝对的是一个顺毛驴，她要的是尊严是顺从，谁要是戗着她走，天老爷也不中，不用说自己的亲生闺女了。她腾一下竖起来那槐树桩子一样的身体，把指头戳到闺女的鼻子尖尖上，冷笑两声，呸地吐了一口黏痰，说，他，算哪一座林子里的花尾巴嘎嘎鸟，他，偷了我的闺女，我还没有和他算账。小篮子，我和你说个清清楚楚明明白白，你就是上泰山当了尼姑我也不许你嫁袭老黑，我就是把亲生闺女垫了猪圈也不给他袭老黑。我的妹妹也不是一个省油的灯，和亲娘来了一个针锋相对，你应许我是他的人，你不应许我也是他的人……

袭老板可不是一般人物，他显然是一个诡计多多的男人。他明明知道他的情人根本就不会、一点点也不可能说服她的老娘，然而还是要把情人推到前面来，分明是叫情人来当他的挡箭牌，他知道这娘俩一旦牛上劲来无疑是一场持久战，那样子肯定会给他创造出一定的时间和空间，好让他抽身去运作一些事情。事情的发展正是如此，他趁娘俩大战之机溜了出来，躲进一个小屋里给丰子仪局长打了一个电话。

电话的内容我无法知道，袭老板、丰局长他们永远不可能和我说，妹妹就是想对我说她也不会太清楚。可是，我能猜出一个八九不离十。人们关于这件事情的传说和我的猜测不谋而合。因为事情后来的发展轨道以及丰局长在这件事情中应该充当一个什么样的角色都能够显示出这个电话的大体内容。

我想袭老板是会这样子说的，哥们，兄弟碰上难了，老百姓封了我的井，你派几个人来吧，他们破坏私营经济的生产，犯法嘛。哥们，这种时候你不能不管，我信得着你。我那姐夫哥刘老1时常对我说，丰子仪是个好人，朋友，碰上难题，你尽管去找他，他不能不管。

我想，丰局长大概是会这样子回答他，这种时候大哥不帮兄弟什么时候帮？咱们都跟着刘书记干革命是不是，应该。兄弟的事情就是我的事情。

我的猜测当然只能是一种大概，可是它们的准确率是会很高的。因为否则事情的发展和结局就不会是后来的样子。

我之所以作出这样的判断实在是基于这样的事实，袭老板虽说只是一个私营矿长，却因为是县委书记的内弟而在古县炙手可热。包括柏县长在内的所有官儿，都有意识无意识地买袭老板的账。我想尤其是柏县长和丰局长。当然，柏县长的买账与丰局长的买账其实质是不一样的，这一点我十分清楚。柏县长对刘书记在内心是有怨恨的，这种怨恨非常有意思，完全是一种没有根由的、莫须有的东西，在如今的官场上表现得十分突出、普遍。在一二把手之间几乎都或多或少的存在。柏县长在外表愈谦恭在内心思就愈有一股莫名火左冲右突的。你没有本事都五六年书记了还升不上去压着我，我这个县长都“县长”他妈的五六年了还“书记”不起来。可是，你又那么“家光棍”，在古县牛×烘烘，人五人六的，有本事你明天早上飞上去呀，我在这里先给你磕头了，我的刘爷爷。如果你这位刘大书记再书记上五六年咱们就他奶的裂熊了。出于这种心理，他烦刘书记在内心里，宠着袭老板在外表。他怕得罪了裙带惹恼了腰身，他知道愈是在这种时候，第二把手和第一把手闹第一个砸锅的肯定是第二把手。他却在内心里盼着袭老板结刘老1的脸上抹黑，他甚至盼着袭老板给他姐夫惹出大祸让刘老1歪筐。所以，他对袭老板的买账是复杂的。而丰局长却是从里到外彻头彻尾地买袭老板的账，真心实意地把袭老板当成自己的哥们，并且以此为荣。在官场里持这种心态的大小官儿太多了，在民间有这种无意识的老百姓太多了，这也就是“一人得道，鸡犬升天”的群体无意识几千年香火不断的根本原因。虽说丰局长实在记不起来刘老1曾在他的面前有一次提起过这位内弟，更不用说托他关照了，可是，他还是有意识无意识地把袭老板当成自己通向县委常委的一把梯子。他肯定是这样子想的，人家刘书记愈是不明说叫咱关照他的内弟，咱们就愈是要多加关照事事小心。几年里，他没有少帮袭老板的忙，说实话，这些帮忙有几次都是出于一种本能，一种自然行动，很少有功利的考虑。他也没有问过袭老板，这事你和你姐夫说过没有？

七

反正，不管电话一个人如何去打一个人如何去接，半个钟头后，丰局长就亲自带着几十名公安干警开着警车呼啸而至。来到井口，二话没说，就给老百姓们扣上了破坏私营经济、破坏稳定的大帽子。那些个老百姓还真的叫局长给吓坏了，一个个大气不敢喘一声，木呆呆地种在了那里。这时候，惟独有我的老娘不知道是生来就不怕官，还是因为有我这个儿子（老百姓都这样子说，其实，这实在是冤枉了我的老娘，贬低了我的老娘。几十年前她创造那个故事的时候，我恐怕连一个细胞还没有形成呢。再说，据我所知，我的老娘在任何人的面前都没有夸耀过她的儿子，更没有打着儿子的旗号找过任何古县的大小官儿。儿子就是儿子，在她的心里根本就没有儿子大小是一个管官的官儿这根弦，这一点，她绝对没有我妹妹的聪明。所以，在古县，恐怕很少有几个官儿知道我的老娘就是有名的“高大脚”，“高大脚”那个又疯又侠的老女人还是我——白市市委组织部干部处长——的老娘。否则，下边丰局长不会那样子干了），依旧是卷扬机照坐，依旧是二郎腿照翘。她肯定是——我虽然不在场，但是描写我的老娘肯定不会走样——满不在乎地上下打量了打量丰局长，叫，你这是什么话，兴他狗仗人势欺压老百姓就不兴老百姓喊喊冤兴他赚黑钱坑老百姓就不兴老百姓索赔？如今你这公安还是共产党的公安不是咋就护起恶霸来了咋就黑虎起老百姓来了？后来，我听人传说，丰局长就像猛不丁叫人当头打了一闷棍，半天说不出话来。试想一下，咱们这些当官的猛不丁挨上这么一闷棍能有什么招？什么涵养什么威严什么架子肯定会跑得无影无踪，肯定也会半天不知所措。后来，丰局长单独到宾馆给我去道歉，他也憋不住冒出了一两句尴尬的实话，大娘、她她的火力实在也是太猛了，把我……一下子打懵了……我都不知道后边的事情是怎么一回事了……

所以，发生了下边的情况我也就一点点不觉得奇怪了。

第一，丰局长在古县什么时候遭遇过这种语言，在他听来肯定是对他的大羞辱。第二，他和他的手下人绝对不知道眼前的老女人是何许人也，而铁哥们袭老板出于私心肯定也没有提醒他，他虽然也知道我也多少认识我，但是肯定不知道这个老女人就是我的老娘（后来，他向我发誓，真的不知道，我相信）。

丰局长半天以后才说，你们想干什么是不是想造反？我的老娘冷笑了两声，说，你们这样子干活，老百姓逼急了也保不住。丰局长说，你，我数三下必须起来离开这里，要是不……我的老娘叫，要是不，你能怎么样？丰局长说，我逮捕你。我的老娘三角起她的一双老眼，用双手展展大襟，稳坐钓鱼台。丰局长大叫，一！二！三——我的老娘依旧稳坐钓鱼台。在这种情况下，丰局长只有一条路，强行带走我的老娘。

后来，丰局长知道了一切，肯定十分后悔，然而，已经晚了，因为他已经一步步地走了下去，和老百姓耍起阴谋，敞开公安局的大门，有意识地放红了眼的仓子和十几名胆子大的农民开着五六辆拖拉机冲进公安局要人，从而酿成了“九九”大案……

八

开门不开门，抓人不抓人，王品与丰局长产生了剧烈的冲突。虽然后来门是王品叫人开的人是王品叫人抓的，而命令却是丰局长亲口下达给王品的。那时候，公安局的大门口聚集了几十名村民，他们分别坐在四五辆拖拉机上。领头的不用说就是仓子。他的黑森森的瓦刀脸涨成了紫猪肝。显然，我的老娘被公安局强行带走激怒了这个天不怕地不怕的光棍汉，一方面他多次受过我母亲的恩惠，人家都说他是我老娘的干儿子，他也不反对，他也确实叫过干娘，我老娘也答应过当然没有正式认过。另一方面，我的老娘为大伙的行侠仗义真正地感动了多少也有点侠义性格的仓子，当时他哭了，他在井上叫，谁不去公安局要人谁就不是人揍的。俺干娘为大伙上刀山了，谁也别想当孬种。其实，老百姓中的孬种不少，当时就有几户想溜，是仓子把他们截住，骂住的。再说，被激怒被感动从而暂时放弃了怯懦本性的人也占了大多数。于是，这支要求放人的队伍就气势汹汹地来到了公安局的大门口。门卫见状马上把大铁门关上了。人们停在了大门口。仓子就领头喊，高大娘无罪，公安局必须放人。几十名村民也一起跟着喊，高大娘无罪，公安局必须放人。

王品作为治安科长看到事态被激化到这种程度很着急，他在心里说怎么会弄到这个样子呢，事情完全不应该这个样子的，唉，怎么能动不动就对老百姓来硬的呢？他凭直觉就可以断定，闹不好会发展成为恶性事件。他的这种心态是后来他亲口对我说的，他还说，稳定绝对不能以高压老百姓的合理要求来实现。他说，当时他真不明白丰局长为什么会亲自带人到一个小矿上去恫吓老百姓还要抓回一个老女人，他也知道袭老板与刘书记的关系可是这样子做就真的能讨好上司？显然，他应该说和我很熟却也不知道老女人的背景。他有点后悔，自己不该到黄河乡去，自己要是在家丰局长大概会叫他去处理这件事情的，那样子就绝对不会发展到这种地步。他想，我只有亡羊补牢了。他吩咐门卫务必关好大门，他站在办公室里，想，必须先让老百姓消消火我才好出去做工作。这种事情绝对不可以在火头子上交手的。至于那个老女人先看一天再说。那时候局长也许会心平气和了再放人也不迟。倒是应该劝劝老百姓去和那个袭老板打官司。他正想着，丰局长进来了。平心而论，丰局长亲自带人去矿上完全是做给袭老板的人情，他也许想得很简单，把人吓走了事。他绝对不会想到还能有一个老女人跳出来指着他的鼻子骂娘。他实在受不了这一口。另外，他也联想到最近到处都在冒火苗子的群众情绪，他也是无意识地凭着一种职业本能想压压这股歪风，他也就没有多考虑什么就把老女人带来了。他在路上还想关一天就放了她。想不到，一大群老百姓开着拖拉机冲进了县城封了公安局的大门。这一下想敷衍了事也不行了影响太大了，还没有等他汇报，柏县长的电话就打过来了。他向柏县长汇报了事情的全部，他显然也知道柏县长与刘书记的微妙关系，所以为了不让柏县长产生其他想法便加重了袭老板这方面的渲染比如说这位袭老板也有点狗仗人势啦等等。他原以为柏县长为了显示公平也肯定会说袭老板几句坏话的，他完全没有想到内心里对刘书记充满怨恨、对袭老板在县里经常摆谱施威的行径充满了厌恶的柏县长竟然一下子把情感的天平倒向了袭老板一边。柏县长说，保护私营经济可是县委、县政府的最新举措。如今老百姓的红眼病太厉害了，专门对着先富起来的人开刀。这又是一个例子。咱们必须保护人家。再说，刘书记又不在家，他的事，咱们可是必须得给他办好。到县里来闹事，简直胆大包天了。老丰呀，该抓就抓该关就关，他们又不是下岗工人，不必前怕狼后怕虎的。你可是不能手软。县长的话——他当然听不出县长话里的曲笔，后来，我听他们的自述和别人的传说，我一下子就听出来了县长的话说的高哇，事情闹大了，上边和下边都不会说刘老1好，是他纵容内弟啰啰的。事情平息了，百姓被压下去了，刘老1还会觉得他够意思，这是永远的高话——，正合丰局长的心意、心情，所以，他一进屋，他就说，王科长，开门，叫他们进来。王品的心里咯噔一声，局长这是张开口袋捉鳖呀。他是老治安了，当然明白冲进公安局是个什么性质的事情。他说，局长，这事，可以把他们劝走，让他们去和袭老板打官司，这是正道。丰局长说这伙人也太嚣张了，在井上几乎把我吃了。王品说老百姓盖座屋不易呀，拼命拼力拼钱的。他们心中有火，也是情有可原。那个袭老板也太他娘的黑了，太狗仗人势了，听说他和一个姑娘公开同居，他的原配到法院去告他，法院连状子都不接。说白了，还不是因为他有根。其实，刘书记是好人，听说也邪烦他的这位内弟。丰局长斜着眼睛看王品，他可能是很有点儿觉得王品在政治上太嫩了。他有点不屑一顾地说，打碟说碟打碗说碗。老百姓破坏私营经济的发展、破坏稳定，这是咱们该管的事。王品说，局长，老百姓有那么大的能耐有那么大的胆子？破坏的都是有权有势的人。丰局长说，老弟，你的思想怎么老是不到位？你不能事事、时时、处处都把自己当成老百姓呀，你在这方面吃的亏还少吗？王品苦笑了，说我有个作家朋友说我有百姓情结，我不明白是什么意思，他说，通俗一点，就是说你自觉不自觉地、意识不意识地把自己当成老百姓了，我说操，我就是一个老百姓嘛，人家那些大官不也说自己是老百姓吗？作家朋友说，人家说说而已，而你，是真正地把自己作为老百姓来生活的。局长，不说这些烂七八糟了，这件事你交我办好不好，我保证两个小时以内把他们劝走。丰局长说，开门。你不叫人去开门我去开了。王品说，局长，你这是什么意思？局长说你不要以老百姓的青天来自居。王品说，局长，干咱们这一行的，可不能专门出点子对付老百姓。局长急了，说，王品，他的小白脸由红变黄，你还不吸取教训，如今可是你的关键时刻。王品明白局长的话外之音，后来，他和我说，当时他的耳畔真的响起了老婆的千叮嘱万交代千万别逞能领导叫咱咋干咱就咋干，你这个人，不要老是觉得自己是老百姓，你要明白，你不是，你大小也是一个官，一个小官。干啥说啥，你总不能一辈子科长，科长一辈子吧？枝子的话属于理性的范畴，他在心里也说枝子说得对，可是，他的“百姓情结”这时候又冒出来了。它显然属于感情范畴。对于他这个有血性的男人来说，悲剧的成因大多是非理性往往战胜理性。他的调门本能地不由自主地提高了八度，一些话也无意识地冒了出来，局头，你甭拿那个副局长来梏我，我还有良心，我不能去坑老百姓。作为一个治安科长，我不能不告诉你，你这样做，是、是不对、的。丰局长显然是叫王品铳火了，他大叫，你也知道你只是一个治安科长。王科长，我命令你马上去执行，开门，进来一个抓一个。王品向我讲述这个故事的时候，讲到这个地方，大眼睛上又汪出了泪水，他说他是含着泪水去执行局长的命令的。他拉着我的手说，处长，你们可是要选好官呀，要不，老百姓苦了，丰局长他不是这个样子的，咋就“当了驴就白肚皮”呢？

九

丰子仪一个人专门到我住的宾馆里来向我致歉。我看得出来，他也是一个老实人。他显得很狼狈，很尴尬，在我面前又是搓着两只手又是不住地摇头。一眼就可以看出来他的悔恨的样子是真诚的，绝对不是做出来的。其实他的年龄比我大十岁，级别也仅仅比我矮半级而已。他的样子让我想起来有一次作砸了事自己在常委部长面前的窘态。看来他和我差不多，在官场上还都毛嫩的很。他嗫嚅着说我可以对天发誓柏县长、还有那个袭老板……谁也没有告诉我高大娘就是您、您处长、孟处长的老母……我倒是听说过大娘的传奇，唉，我这个人孤陋寡闻政治上极端幼稚，头脑不正常。我有点不好意思，我说，在古县，绝大多数人都不知道高大娘是我的老母，包括柏县长，王科长，还有你。丰局长，你对我老娘并没有什么不对的地方，我的老娘不能用那样的语言来对待执法机关。丰局长只是一个劲儿地摇头，说，大错已经铸成……眼下最需要办的，就是要赶紧把她老人家放、请出来，我去请了她老人家两次了，老人家非要叫我把那十几个人一起放了，她才走人。孟处长，您是不是去一趟……劝劝大娘，那十三个人冲击公安局，市局都知道了，不好……随便放人的。大娘不存在这个问题。我说我那老娘的脾气也不是我能够劝说得了的。不要紧，叫她在里边呆几天也不大要紧……（我至此已经了解了事情的大部，凭我的感觉，这事没甚大不了的。我很清楚，如今上头对待这种事情大都是雷声大雨点小，大都是大事化小小事化了。在这一点上，上头和王品一致。我可以做做姿态）。只是……丰局长急忙接过话去说，处长，这个您就不要操心了，柏县长一再指示，我亲自安排的，看守所里有单间，原来住警卫的，我叫我爱人送去了新鲜被褥。我说谢谢了。

及至妹妹来了大骂王品我才知道丰局长的话里也多少掺了点水分。妹妹说，丰局长是个好人，他也答应了老娘的要求十三个人和老娘一起放人，但是必须留下仓子一个人。咱们的老娘，唉，纯粹一个傻帽，非要带走仓子不可。人家丰局长的小轿车停在看守所门口半天，人家拉着我一起去的，人家就差一点点给老娘跪下了，老娘那里纹丝不动，泰山一样。哥，我下定了决心，将来和老袭生个孩子，一定让他作官。袭老板一百个赞成。他喜滋滋地说，县里大小官儿都买他的账，除了他姐夫以外，还有一个背景，你！他未来夫人的哥哥。更厉害，管官的官爻。老娘她牛什么，牛的是儿子。我说你就别胡扯了，你先说说王品怎不是一个东西？妹妹说，我看透了这头黑牛，他贼精。他不听丰局长的，坚持说，如果你们硬是给“九九”定个事件，那、那高大娘就是主犯，仓子只是一个胁从。你们一定要留一个人向上边交差，那就只能留下……高大娘，丝毫没有理由不放仓子。哥，王品好像也不是和咱们家有仇，他如今也知道了老娘的来历、根子，他和仓子也不沾亲带故，或者吃了仓子的黑食，我想，他是觉得老娘今日留下，明天就得放人，而仓子留下了就难说了，说不定要定个罪哩。我说，妹妹，你啥时候学得也会动脑筋了。人家王品的结论是公正的。妹妹说，那、那老娘就受难为了……说实话，我还是很喜欢这个泼辣、现代、俊俏的妹妹的，她和袭老板的事，是老娘的一块心病也是我的一块心病。我知道老娘的事情没有什么大不了的也就放了心，我的心便又转到了妹妹的身上。我说，你这个傻女子，痴心不改，可别叫大款要了。我见的大款多了，他们除了挣钱就是玩女人。挣钱动真心，玩女人从来是不动真心的。妹妹低下了脑瓜，我发现她似乎有许多话要和哥哥说却又一时不知从何说起。直到那双漂亮的大眼睛里泪花婆娑……我说，妹妹，他，怎么，和你玩的是假货？我饶不了他。妹妹颤声说道，哥哥，想不到我的哥哥也是这样子的水平……穷人中有坏人，大款中也有好人。我说我实在也看不出袭老板是不是一个好人。妹妹说，生意场上官场上他也许不是一个好人，情场上他绝对是一个好人。起码他对我好这就够了。他对我是真心的，我看得出来。我说，妹妹，他真的要和夫人离婚吗？妹妹说，他和他老婆分居已经三年了。我问，那他为什么不向法院提出离婚诉状，也许我不知道。妹妹说，我正是从这一点上看出他是一个好男人的……好丈夫。我明白他的意思，他在外面有几百万的债权，他要把钱都要回来，离婚的时候，给他原配一半实实在在的钱而不是一把借据。还有，他的原配有病，他不想再伤她，也不想放弃给她治病的责任。妹妹的话震动了我，多么复杂的人间，男人女人，好人坏人，有谁能够说的清楚？我却不由自主地说，他在社会上的影响太坏了，他严重地破坏了刘书记的威望声誉。妹妹说，我知道，他为了让供电局给他架专线，他指使一个副手砸了供电局的调度室，准备着让副手去坐几个月的大牢。我说，他这是什么讲究？妹妹说，哥，他这是闯光棍，在农村不这样子混不出来，混井的更要这样子。他还是一个农民。他猜对了，供电局怕他，不仅没有抓他的人，还乖乖地给他架了专线。为这事，我也和他吵过，我说你为什么非要唱黑脸呢？你不会去求姐夫？让他给供电局说说，一句话的事。他不吱一声。在我的面前，我一提起他的书记姐夫他一准不吭一声。我问为什么，妹妹看了我一眼，继续说她的，他仗着姐夫的势力，那次——就是王品大抓官员嫖娼那一次，他大骂柏县长是一个孬种只抓小鬼不抓阎王。他倒是邪佩服王品，说他是古县的一条汉子。他天天开着一辆林肯王，故意进进出出县里六大班子，他大声地鸣喇叭，他放肆地开野车。他有一次喝多了，眼泪汪汪地说我就是要向这些官老爷鸟官们示威，他们……是什么东西，我下一辈子要当大官……我说，他的这些事，他姐夫训过他没有？他打着他姐夫的旗号到处叫人家买他的账，和他姐夫说过没有？妹妹用白菁菁的上牙咬着白净的下颚，半天没有说话。我知道，我提出的问题让她为难了，我想，这些问题显然也是妹妹和袭老板之间很敏感的地带。可是，妹妹毕竟是妹妹，她还是向我说了实情。她说，哥，其实，他干的一些事情，一件也不敢和他姐夫说，有一次，他喝多了抱住我可怜兮兮地又哭又叫，说，我不是人，全县都把我当成一条仗着人势的狗，只有你拿着我当一个人物。姐夫，呸，狗屁，他当他的书记，我做我的生意，我仗他的什么势，他有什么势让我仗？他根本就是一个冷血动物，他从来就没拿正眼瞧一瞧我这个内弟。他只坐骂我，训我。他什么事也不给我办……可是，这世道，这官场，这商场也他娘的叫怪，一律向我开绿灯，好像我那姐夫都一一安排好了似的。呸，我清楚，他和谁也没有打过半句招呼，真的。

十

这也许也是一种无意识行为吧。我写到这个地方的时候，突然冒出一个念头，暂时中断对于“九九”大案的叙述，叉开去，先写一个虽说是我这几天住在宾馆里的亲身经历却与“九九”大案毫无挂连的小故事。我不能不这样做，因为不这样做，“九九”大案下边的故事我就没有情绪再叙述下去，而情绪对于一个写作者来说几乎就是生命线。

那天，我按照严格的程序和规范对柏县长进行了各个方面的很专业的考察，我把活儿干得无懈可击，这样做，我才能多少减轻这一次“假公营私”的内疚。傍晚时分，我一个人溜到宾馆后面的小公园里去欣赏老家那闻名天下的珍珠泉。珍珠泉可是闻名天下的，它与济南府的趵突泉齐名。曾任过济南府太守的北宋大文豪曾巩在他的《齐州二堂》中云：历下诸泉，皆岱阴伏流所发，西则趵突，为魁，东则珍珠为冠。故“珍珠寒泉玉串串”为老家的八大景之首。秋深看珍珠泉最佳，盖因为此时泉水最清最亮最旺最醇。我爬上珍珠泉人池中间的拱桥，但见池中一串串晶莹秀丽的珍珠从地底下摇曳而出，在水池中化为一个个小铃铛玲珑剔透却又不发一声。历代文人对珍珠泉咏赞不绝各有千秋，明初名宦洪汉云“孰知此地泻天兵”，明后七子领袖王士桢则称之为“百道清淙地底腾”。而我记忆中最深的还是李开先的“颗颗为玉碎，坛坛比镜平。不可容小艇，但可濯长缨。”我正沉潜在闲情逸致中，一个银髯飘拂气度不凡的老先生来到了我的面前。开头，我并没有太在意他，只是觉得他又是一个发思古之幽情的文化人来此一游罢了，谁知道他来到我的面前便对我发出谦恭的微笑且表现出很窘迫很局促与他的风度不太相称。我不能够不对他回报以微笑，笑的意思是说咱们彼此彼此，都是来玩玩的。他却对我抱起了双拳，说，十分冒昧，敢问先生就是孟处长否？我说我鄙人正是孟某。老者又说实在太唐突了，实在不好意思。然而，老夫也是实在不得已而为之。我说老先生，您找我有事？我我不……老者说，我也是受了高人指点迷津，斗胆才来惊扰先生的。我急忙说，老先生，您叫我小孟好了，老先生高姓大名？老者说免高姓端木，单字一个云。我赶紧抱拳向老先生还礼，说久仰久仰。原来他就是老家的“第一只笔”大书家端木云。此人可是小县名流，岂止小县，就是在齐鲁，他的书名也是很响的。他可谓老家的一条卧龙呀。我赶紧挽着老先生回到了我下榻的宾馆。我亲自为老先生泡上一杯香茗，又到卫生间冲了一条热毛巾供老先生嫩面。我看到，我在做这一切的时候，老头儿始终局促地尴尬地笑着。我看得出他是一个清高不求人的角色而此刻却是有事求我。我知道求人的“第一口”对这种人来说太难了难于教师第一次登讲台医生第一次为病人开刀……我实在也觉得不好受便善解人意地说，老先生来找我，要我效力，我肯定会不遗余力的。我知道我的这种表态犯了组织工作的大忌，干这一行的，第一要义便是拒绝任何人求你的任何事。否则将后患无穷。我后来检省自己，我发现自己的表态实质上也是处于骨子里我是一个文化人的下意识。老头儿搓着修长白皙的两只手，说，唉，一言难尽呀。为了我的孙子，我这老脸也不要了……唉，其实，孟处长，如今之社会，文化人哪里还有脸面？别看人家当领导的，一口一个老师叫着你，大小宴席上，人家都把你推为上宾，那是人家在附庸风雅，人家拿你当人待承。到了关键时候，你在人家眼里还是一介草民，一个平民百姓而已。你在人家心目中如同草芥。啊，孟处长，我知道您是一个文化人，才敢如此放肆。说实话，老头儿的话让我左边耳朵听着非常刺耳，而右边耳朵听着又多少有点心酸。我知道左边耳朵是理性是后天，而右边耳朵是先天是本能。我说，你有什么事你就说吧。老头儿自知失言显然很后悔，他一再尴尬地笑着，分明是想道歉却又说不出口。我的恻隐之心却又上来了，说，老先生，你不必有什么想法，我也是一个文化人这是骨子里的，永远的。而官，则是表面的，暂时的。老头儿这才定下心来，说，我……有一事相求乡党……我说，能办的，我会尽力的。老头儿说，我的孙子今年夏天从山东艺术学院大本毕业，学国画的，想到县文化馆工作。那地方虽说清贫，却能养人才。我说，要求并不过分呀。凭老先生在古县的名分，威望，该没有什么问题的。老先生说，不怕处长笑话，当初我也是这么想的，我就去找文化局长了。局长说，端老，咱们文化局如今最缺的是米，下锅，叫几百号人吃饭。人才，咱们实在没法子要呀。可是，他又不好彻底驳我的面子，他还经常有求于我，问我要个字什么的……他推了推又说，如今这社会你还不明白，任何单位进人，不管是大学生分配还是招工招干，都是县长书记的条子说了算。口封的死死的单位，只要有刘老1，柏老2的三寸宽的条子，照进不误。端老，柏老2是你的学生呀，县二中的，你忘了？唉，局长这一点拨，我还真的想起来了，柏县长还真的是我教高中时的学生。可是，多年来，人家认过我这位先生，我也就把人家这位学生给忘了。然而，师生情谊毕竟在。老师去求学生还是不太怵的，我第二天就去了。我说，那更没有什么问题了，柏县长一句话，什么事都结了。端木云老头清呷香茗一口，润润嗓子，又开始了他的故事。人呀真的是血性难改，老先生干了大半生教师，求人办事也要讲成一个动人的故事，来一番起承转合抑扬顿挫，而又让你听着不厌不烦。他说，柏县长人家给了我老朽面子，大面子爻。专门在珍珠楼宴请老师，推我坐上首，又敬我三杯，作陪的就有三个副县长。对我求他的事更是一口应允。说马上就办。我说孩子如今上班了吗？老先生此时的情绪突然一落千丈，似乎是在自言自语自谓自叹又似乎是在向我诉苦，端木呀端木你以为你是一个什么人物一介布衣一个书生一名老朽而已你有什么用处人家给你办有什么用不给你办又有什么不妥呢？你一介等呀盼呀一日如三秋望穿秋水几次想登门又觉不好，好不容易你又给人家打了一个电话，人家说哎呀呀端木老师学生罪该万死，把这事给忘了，太忙了，马上办。你又释然了县长学生毕竟不是一般学生日理万机全县八十万之众等着他去办呀，你也太不理解你的学生了。你又在平静焦灼中等待了几个月，却依旧不见消息。你去问文化局长，局长摊摊双手说柏县长既无只言片语又无半寸纸条给我……你如雷轰顶心焦如焚小孙三日汤水未进全家一片惶然。恰逢一高人，他开导老朽，说，端公，如今是商业社会，权利社会，你这秀才人情只有半张纸钱，分量太轻。师生那玩意儿，只是存在于文章中，酒宴上，庆典之际。到了官场上，商场上，它就变得可有可无了。正常。绝对正常。你那个学生在政治上，官场上成熟了。什么钥匙开什么锁，打开柏老2目前正好有一个人……说到这个地方，老先生已经是老泪纵横，他竟然推开椅子，给我跪下了半条腿。他叫，孟处长，老夫求你了。我万般慌乱地拉起老先生，我承认，老先生的一席话已经点燃了我心中潜存的文人情怀，我禁不住心潮起伏，思绪跌宕，我已经不能自已。我忘记了自己的政治身份，使命，禁忌，一切的一切（写到这个地方的时候，我真的为自己在政治上的不成熟感到脸红，我真的想不起来当时的我是怎么一回事），我一把抓起了电话机，叫，总机，给我接柏县长。我是市委组织部的孟处长。几秒钟，柏县长的电话来了，我说，老柏呀，有一件事我求你。你办不办？柏县长说孟处长，什么事？我说，你办不办，不办，我马上给刘老1挂电话，他中央党校的电话我知道。柏县长说老弟，我办，叫大哥跳油锅也跳。我说，没有那么严重，小菜一碟，小酒一壶。端木云的孙子是我的小哥们，你明天叫他到文化馆去报到。柏县长说没问题。一点问题也没有。这个事我马上给老弟办。

端木老人喜不自禁。

我从骨子里感到一种悲凉。

十一

老娘和丰局长较上了劲一个就是不出来一个则非要用小车请出来不可。我知道，柏县长在他的命运关键时刻自然而然地对丰局长加大了压力的砝码，虽然我一再向老柏暗示刘书记的升迁一成定局，你的由县长而书记也不会有多大问题的了。你们对我的老娘已经尽力了千万不要有别的想法。然而柏县长却仍旧惴惴不安如果不是碍于身份——可是没有了这种身份他又不是他了——他说不定会跪下来求老娘出来。丰局长个人我觉得尚还没有多么迫切的理由对我表示出现下这种态度。而王品，似乎也和丰局长拗上了，你要放高大娘可以，那么，十三个农民一起放人。要不，谁也不能放。世上的公安局没有只放主犯而不放胁从的道理。老太婆对于主犯供认不讳，而你又是亲自把她带来的，“九九”大案又是你亲自定的性——破坏私营经济，破坏社会稳定。丰局长给王品都赔了笑脸，王品仍不表态。丰局长最后打出了我的牌，说，你没有到宾馆里去看看？王品故做不懂地说我到那里去做甚？丰局长说，你他妈的别装蒜了，高大娘就是孟处长的亲娘。人家孟处长待你不薄。王品说那是两码事。

王品算是把丰局长给将住了。

“九九”大案就这样僵在了那里。

当然，之所以丰局长不敢强行放出我的老娘，全是自己聪明反被聪明误的结果——为了表功，他给市局打上了一个报告……

妹妹和我说了这一切，她不住劲地在骂王品，而我不知道怎么一回事，却总是觉得能够理解王品其人。我说，我不是叫你再去劝劝老娘吗？你告诉她，仓子也不会有大事的，过不了几天也会出来的。妹妹说，老娘她根本就信不着你，我说，为什么，我……妹妹说，老娘是说的你们这些当官的，她说你们一口白牙不说人话披一张人皮不办人事。你哥哥良心的也大大的坏了。我说，老娘这种情绪在看守所里待几天也不亏。

这时候，丰局长最怕的就是打上市局的摆功报告被批下来。那份报告经秀才出身的他一润色，一拔高，一画龙点睛，一下子变成了白市公安系统的最新举措——市委市府响应落实六中全会精神，大力发展私营经济，为私营经济创造一个平等，公正，宽松，和谐，安全的时空。在这一场大的战略行动中，公安系统决心为私营经济的发展保驾护航，坚决打击犯罪分子破坏、干扰私营经济发展的各种动向云云。古县分安局在这一战略部署的指引下，坚决果断地制止了一起严重破坏私营经济的恶性事件，“九九”大案迅速破获，一干犯罪嫌疑人——全部羁押在案。如果市局在报告上批一个“严办”，丰子仪将如何收场呢？王品在这时候第一次到宾馆来看我了。这个男人见了我也十分地不好受，他颠三倒四地说，我对不起处长，我想，处长和……是一个好人，高大娘对老百姓这么好，处长也差不了，我其实最对不起大娘了……以后，我去给她磕头。处长，你骂我一顿吧……你妹妹她骂得好，我心里轻松了一些。我说，王科长，我理解你。王品只听了这三个字，就双手紧紧地攥住了我。说，处长，然后，他向我合盘托出了事情的僵局以及事情有可能变得很坏的担心，他说，处长，为了古县的老百姓，为了仓子，也为了高大娘，还有丰局长，你无论如何也得通过各种渠道，把事情的真相让市局清楚。或者不问不闻，或者反其道而批之。说到丰局长的时候，我发现王品是和他有交情的，是真心的，王品说，丰局头是个好人，也有本事，就是升官的心情猴急了一点……这样子往往会让一个人骨头软了一点，连上头放个屁也是香的。其实，刘书记对他并没有什么恩情，他的“转正”是柏县长办的。他的副局长也是刘书记的前任给的。他老兄也不知道犯了哪门子神经，把刘书记的周周围围远亲近邻七姑八大姨都看成刘书记了。他不光对袭老板如此，他干的这种傻事多了，叫我看是傻事，刘老1也不一定买他的账。凭丰局头的本事，资历，政绩，县级是早晚的事。火急了，弄不好会烤糊的。这一次就挺玄，如果市局一批，大娘放不好放，柏县长绝对不会饶他，处长……

我急忙说我只是一个小官，对丰局长我就是想怎么样也不能怎么样。

王品说，处长您的水平我是知道的。端木老先生那件事已经在全县传为美谈。我只是说，处长，算我求您，市局那里您一定通融一下。我是替那十三个农民来求您的。我知道，大娘那里是不会有事的，到时候，倒霉的还是那十三个农民。尤其是那个仓子，我看出来了，丰局长已经对他动起了脑筋。

原来，我对所谓的“九九”大案有我自己的看法和对结局的估计，我认为会不了了之。我也没有想到丰局长会打上去那样子的一个报告，我推翻了我过去的看法，我开始同意王品对结局的分析了。我说，我会的，我一定尽力而为。

可是，当我正在搜肠刮肚找路子寻门子的时候，市局的批示下来了，上边批了局长四个朱红大字——严惩主犯。

我的脑袋一下子胀大如斗。

十二

我听到这个消息的当天下午，我的老娘却由王品亲自开着小车送到了宾馆。老娘一点点也看不出来是刚刚从看守所里出来的“主犯”，面色红润，衣裳干净得不见一点油污尘渍。见了我，老娘似乎有点儿不好意思，她说，儿子，你老娘可不是那种敢做不敢当的主儿。这事是我挑起来的。我才是主犯。我觉得有理。如果你们当官的硬说没理，硬说袭老黑怎么糟践老百姓都不能吭一声，吭一声就犯法，那么，好，这个法我犯了，与那十三个兄弟爷们一点关系也没有。更与黑仓子一点关系也没有。我更不会求你给老娘说情让他们放我。这世道我有点烦了，你们咋也一心护着富人，有权势的人呢，咋也欺负起老百姓来了？这是国民党那一套呀。

王品竟然叫老娘的一席话说得热泪盈眶，他是一个脆弱的男人，也许是他的“百姓情结”太重了。他说，大娘，你说得太好了，把王品的心说亮堂了。如果说这也成了王法，王品也不干这一行了，回家种二亩地瓜去。

老娘显然很喜欢这个黑煞神，虽然他叫她多在看守所里呆了十几天。老娘说，嗳，这话俺喜听。儿子，这次俺出来，是受了王科长的劝。他说，大娘，看来这事麻烦了，你出去吧，你出去了，也许能救那十三个老乡，他们惨了，房子毁了没人赔一个子儿，弄不好，还得蹲几天大牢。你出去，叫孟处长想法子疏通疏通。儿子，俺出来了，就是为了告状去，找市公安局，找市委，省委，俺还是信共产党的大官，他们真正知道王法，你们这些小和尚不行，都把经念歪了。救不出来那十三个兄弟爷们，我高大脚就再进去，俺出来的时候就是和他们这样子说的。是不是，王科长？

我当然知道我的老娘敢说敢做的血性，我更能够估计出老娘那样子干的后果。我有点不寒而栗。与其说是为了那十三位乡亲，倒不如说是为了我自己，我想，我必须把我的老娘稳住，我说，娘，儿子求你了。这事你交给我去办好不好，市委市府，还有市公安局，我总比你熟吧？我想起来了，市公安局局长是我校同班同学，我去找他们去说总比你去有力量吧？儿子大小也是一个官吧？（为了稳住老娘我什么都不顾了，什么话也敢说了，其实，我根本就不认识什么局长，但是，我觉得我还是有法子的）想不到，我一向认为身上很少有着“官本位情结”的老娘却也被我的几句官话说服了，看来，中国的官与民，人人身上都同时存在着两种情结只是孰多孰少而已。老娘笑了，说，是哇，黏鱼向黏鱼，噶鱼向着噶鱼，老龟专门向着王八。这事就交给你了。不过，老娘有言在先，十天，他们要是还不放出来，老娘还是要上阵的。老娘对着我说完了，又去给王品下令了，大侄子，我看得出来，你是个拿着老百姓当人待承的官，大娘有一件事求你了，王品说，大娘你有事尽管说，老娘说，那十三个兄弟爷们叫我辛酸，惨哪。你可不能难为他们。王品说，大娘，这事你不用说，这事是咱王品做人的本。好人坏人咱一眼就可以看得出来。对坏人，咱王品是凶神，好人倒霉，咱王品是兄弟。我那些个哥们、朋友大都是犯法的好人，出去后，不但和咱无怨无仇，还和咱们成了“桃园”。更不用说这十三个乡亲了，从一开头我就不同意抓他们。我已和手下人说清楚了，下了死命令，谁敢动他们一指头，我就砍他一只手，丰局长给你开了单间，我也给他们安排了专门的房子，被褥，饭菜，开水，我都一一做了安排。

老娘这位出身山里贫穷人家的没有文化的老女人，竟然给王品鞠了一个躬。我知道我的老娘是见过大世面的人物，她干过十年的省人大代表，粗是粗了一点，却识情达礼懂礼数。

老娘出来的第三天市公安局就来了“九九”大案的调查组。我知道我的工作迅速见效了。我绝对地是拼上了全身的力气去干的这件事，天地良心。我搬出了市公安局长目前最需要也最害怕的一位领导，这位领导很赏识我，已经托人要把他的其丑无比的女儿许给我。我迟迟不予表态，拖了好多日子了。这次我却提着五瓶茅台五条中华烟走进了老头的家里。在老头喜不自禁的时候老老实实地说了事情的全部，特别地说了是为了我的老娘。如今的领导已经很难听到下属的实话了，而实话是最动人的，尤其是说了我的老娘。老头说，你的老娘应该表扬嘛，敢于仗义执言，你的孝心也很可贵。老头当场就拨通了公安局长的家里的秘密电话，说，屁，什么“九九”大案，全是你的下属为了出风头好大喜功在糟践老百姓。真正的主犯你还要严办？她是反腐败的英雄，她是我的一个亲戚。局长显然在电话里大气也不敢喘一声，他一定是在说我立即纠正。老头说，别搞得太陡了嘛，还是要维护你局长的威望的，派个调查组去嘛……下边的事情你会干的，不用我教你……如今对付这些事，就要大事化小小事化了不了了之。你懂吗，这就叫稳定。我是彻头彻尾彻里彻外地服了老头了，人家这才是水平，老辣，历练，恩威兼施，又绝对地知道当今之天下事到底是怎么一回事。我都有点儿爱爹及女了。

我是借回市里向分管部长汇报考察事项的机会去找这位领导的。等我再回到古县把考察的一小截尾巴搞完的时候，王品气急败坏地找到了我，说，丰子仪真是一个疯子了，他一定是对仓子动了电……我奇怪他为什么非要单独关押仓子，如今我明白了，他这是非要创造出一个“主犯”来不可呀。这回他如愿以偿了，又臭又硬的仓子垮了，市局调查组一提审他，他就熊了，一口承认自己是主犯。说他眼红袭老板的钱，又挣不来，就动了治他的心……

王品还没有离开我，老娘又来了，她是和妹妹一块儿来的。显然，老娘是从看守所里来的，老泪婆娑。见了我劈头就是一顿臭骂，你这个吃人粮食拉白屎的狼羔子和老娘玩起哩格儿楞来了，你找的那大官呢？看看他们把小仓子给我收拾的那个惨呀见了我抱住就大哭，说干娘你救救我，他们不住地给他过电。贼狼羔子，你去找姓丰的，整一个小仓算哪门子英雄，整整我高大脚那才叫有种。叫他们放出小仓子，我进去。你就算是孝敬了你娘。你若是连这个事也办不成，我同意你妹妹死等袭老黑，叫他去求姓柏的姓丰的。

这个姓丰的太他妈的白痴了连市局调查组的真实来意都弄不懂你还当的什么局长……我在心里骂着姓丰的，却也倒吸了一口冷气，事情如果真的叫这位白痴给弄砸了可如何是好？想到这里，一个更可怕的估计涌上心头，姓丰的这是为了自己的面子为了自己下台阶宁可不顾市局的意图也要弄出一个“主犯”来呀。这样的官场犟种是有的……只是过了一小会儿我就释然了，孟处长呀孟处长，你也是一个白痴。你的官场修炼也太不到家了，你把老根——“九九”大案的最后定性人——都给扳倒了，你还怕下边几个小鬼在蹦达？即使姓丰的弄出一个“主犯”，最后定乾坤的还是局长呀。局长他有天胆，他敢不听老头子的？他也太神经脆弱了……

我彻底地放了心。

可是，我面对他们的群情激昂能说什么呢，显然，我致死也不能说出老领导的名字和他的表态，我只好说，老娘，王科长，任何事情都需要一个过程，我担保，请你们耐心等几天。我想，“九九”大案的结局是会令人满意的。

十三

第二天，我还在宾馆里睡懒觉就被急促的电话铃声吓醒了。太阳金花花的撒满一屋，我抓起听筒，想不到，竟是柏县长第一个用非常轻松，非常愉快，似乎刚刚卸下千斤重担一样的心态来向我报告早在我的预料中的“九九”大案的结局。他说，处长老弟，事情终于圆满地解决了，我找了三次市局调查组的同志，为群众说情。嘻嘻，结论出来了，调查组的定性是“有点过火的群众上访事件，全部放人，不再追查此事，宣扬此事。”第二个报告的是丰局长，他说，处长，人都放了，包括仓子。唉，这样子好哇，方方面面都好。他说了几句话就放下了电话。显然，他感到有点失落，有点牢骚。但是毫无办法。我也和他打了几句官腔，不冷不热地说了几句话。

我实实在在地以为“九九”大案至此该了结了吧，它除了给仓子留下一点恐怖的阴影对于其他的人恐怕很快就会从记忆中消失，倒是我，恐怕要动动脑筋想想怎么去和那位老头子作交代……谁知道，犹如一场海浪退潮会留下许多贝壳，破船，烂帆，无名尸给沙滩，“九九”大案肯定还会给几位当事人的命运带来某种转机……

十四

这天，老娘破天荒地给我打电话来了，这可是从来没有过的事。她说，你们这世道还有真事不？王科长，好人哇。他咋办一回好事就倒霉一回呢？这一回，他又倒霉了。

我急忙问，老娘，他的副局长又没有当上？

老娘叫，还副局长个锤？人家要把他赶出局子来了，说他不，不怎么……那个词怎么个说来着？对，不适应。

我也愤怒了。我问这事是谁干的？

还能有谁，柏老2，丰疯子呗。老娘叫，儿子，老娘不求你宅子不求你地，也不求我死后你上坟拜土，只求你当官，你大小也算是一个官吧，主持一点公道。（唉，我在心里说，老娘你一辈子不求官不怕官，如今这是怎么了。求和怕几乎是一回事呀，可是，你的儿子算是一个多大的官呢？他又能够办成多大的事呢？）你，去求求刘老1，行不行？

我怕老娘听见风就是雨，情况不准，我立即给王品挂了个电话。他说，大娘说的是实情。我的心里很平静，一点点风波都没有。我有点看透了，处长。我准备去当那个防空办主任。我终于明白了，我在老柏，丰头的眼里是个危险人物。他们的鼻子特灵，他们闻出了我的危险。他们……你经常说那个本能，对，他们本能地觉得我不正常，和他们不是一类人。就是我那个作家朋友说的，我的身上有“百姓情结”。我也明白了你们文化人说的是一个什么意思。你看着吧，这是一条规律。哪一个执法者敢拿当官的，或者背后有当官的后台的人真正开刀，那些个当官的就会认为你这小子不大地道。说不定哪一天就会咬你一口。……唉，最要命的是老百姓也不理解你，也说你不正常。连自己的老婆也是这样子。但是，老百姓出了事，他又最盼着能有一个这样的人出来给他主持公道。让人寒心哪。在这种情况下，我王品还有什么干头？甭说干副局长了，就是干治安科长，也不好干。其实，我和柏县长，丰局长在私人交情上没有什么不好，我们还是哥们，酒友，以后会更好。我在电话里说，王品你太绝对化，太悲观了，事情好像还没有你想的那么严重。你给刘书记打个电话不行？我这里有他的电话。王品说我不打，我能说什么呢？我放下电话，心情久久不能平静。我觉得我触摸到了官场，社会的一根敏感神经，感受到了一种深而又深，幽而又幽，顽而又固的千年病毒，还在侵蚀着共和国的官场与民间的最深厚的潜意识层面，形成了一股现代而又古老的官场无意识和民间无意识……

我抓起了电话，我给刘书记要通了。我向他讲述了刚刚发生的刚刚平息的古县的“九九”大案，问他知道不？他非常真诚地说，我以人格担保，我一点点也不知道。我来上学不久，我就和柏县长说死了，我要安心学习。你和任何人都不要和我说古县的任何事，我绝对不遥控指挥。我不会把党校搞成第二官场。他们做得很好。唉，其实，我的这个内弟，唉，一言难尽，也不知道他哪里来的如此之大的本事，能量。他卖煤掺矸子石，我让工商局罚他，工商局表面上应的我很好，却就是不罚他一个子儿。我让煤炭局封过他的井，他申请开采的是七层煤八九层都让他开光了，煤炭局反倒找我为他说情。我训那个局长，你吃了他的黑？他个局长拍着胸脯子说，我和他是哥们，全凭感情，唉，真的是不能在老家作官呀……我请假回去一趟吧。

一个月以后，我终于听到了这样一个结果：王品不但没有离开公安局，还升上了副局长。而那位袭老板，和老娘等十三人的官司打输了，法院判罚三十八万元给受害人。袭老板要跳山崖，我的妹妹冲上去救了情人，同时上山的还有刘书记。袭老板的原配神差鬼使主动提出和丈夫离婚，且不要一文……

结果之结果，实在是我始料不及的。虽然有大团圆之俗套，却也不能不实录。因为我喜欢。我知道，这样子写会伤着小说的，人家那些年轻的高手肯定没有我这样子傻帽。然而，我却不由自主地这样子写了，这也是一种古老的无意识吧。

8 选举

毕四海

随着百脉县九届一次人代会召开的日子愈来愈近，他心中的那种预感也愈来愈鲜明，一种莫名的担心和复杂的兴奋日甚一日地强烈起来……百脉县的人代会开到第九届，看来是一定要开出一些故事来了。虽然人代会五年一届，届届都要大换班子，选举“两院一府”的权力机构；虽然这种政治运作被老百姓干脆称为“分官”；虽然在这些平淡的春天的日子里肯定会有人哭有人笑有人亢奋有人疲软有人上台有人下台有人进步有人原地踏步，从第一届到第八届的人代会却也开得风平浪静，一切似乎都是“例行公事”，也就实在没有什么故事可以流传下来，以至于老百姓用这样的语言来说人代会——上头来定调，代表来投票，人人都画勾，不问谁好孬。第九届人代会注定是要“风雨满楼”的，好像一个女人，悄悄怀胎，九个月里不声不响，到了第十个月，注定要有一个娃娃呱呱坠地，故事肯定就是这样子发生的。有这种预感的，似乎不仅仅是他一个人，似乎也不仅仅是那些选举者与被选举者，广大的百姓也一反常态，对第九届人代会表现出了空前的兴奋，各种传说，小道消息，政治笑料，街谈巷议，在人代会召开前的一两个月就充斥在每一立升空气里，他每天呼吸着这种“火药

味”，真有一种如品陈酿的微醉。大大小小的“民间组织部长”一个比一个活跃，他们为县政府规划了起码有五套之多的“领导班子”，光县长人选就有五人次之多。非常有意思，他的表弟、县委办公室主任陈刚一个人就占了两人次，也就是说，他在两套班子中均为“县长”。甚至连老天爷似乎也要为九届人代会添加一道独特的风景线，农历正月里就打起了春雷。雷声是正月十三从远方滚滚而来的，雷声低沉而空旷，不是一条线似的动静，而是连成一大片的响声，不是一支队伍的行进，而是千军万马并驾齐驱。那动静虽说不那么干脆，却响得底气十足饱满生动。看不见一条闪电，天空也不大见有多么黑多么浓的乌云，有的，只是均匀而深厚的铅色的天幕。但是，雷声从远方滚滚而来又向远方滚滚而去的时候，天上就飘落下来了纷纷扬扬的雪花。这样的雪花肯定也不完全是属于冬天的，它很湿润、很肥厚、很温柔，落到离地面两三米的地方就无声地溶化了。……大雪一直不紧不慢、不松不散地飘落着，从人代会前夕一直落到人代会的实质性——投票选举——阶段。街上流起了一条一条蚯蚓般的小溪，杨柳枝条也开始了柔软的扭动。一些时髦的女人甚至都穿出了格呢短裙。人代会上，他对这场大雪有过如此评价，他说，这是一场好雪呀，下得及时，它给百脉县这架运转起来吱嘎作响的政治机器注入了润滑剂。和他同住一个套间、那位神秘的不是正式代表也不是列席代表却在大会上担任着幕后重要角色的县委组织部部长林深，对他的评价有一点不以为然，他说，只怕是水做润滑剂会让机器生锈的。当然这是后话。

雷声让整座县城微微抖动的日子里，他收到了第二十八封铅印的匿名信。如今什么都高级了，升格了，用一句商业用语则叫做“更新换代”了。如今的匿名信，该是第几代了呢？他想，怕有“七八代”了吧，这也是中国的一份特产。啧啧，一律铅印，标题醒目，格式讲究，文字生动，再也不是过去那种“小学生模式”了——故意把字写得歪歪扭扭屎壳郎爬一般，故意把文字整得不通不顺缺胳膊短腿的，炮制者不得不如此，怕查出笔迹，怕看出文化水平。如今，电脑一动，就是美国进口的“字迹辨析机”也查不出个子丑寅卯来了；文化人也再不是凤毛麟角，几乎人人都有大专以上文凭，匿名信的炮制者也不必担心文通字顺会让人揪出来。他还发现，除了形式上的“更新换代”之外，匿名信的内容也与过去有了质的不同，“文革”年代的匿名信，大多是说×××一直对社会主义、无产阶级专政怀着刻骨仇恨，因为他的爷爷是三青团员，他的“三反”言论如下云云。三中全会前后，匿名信变了，大多数是告×××“文革”时期犯有“三种人”罪行等等。八十年代初期，匿名信又变了，大多是说×××思想极左，对改革开放不满，言行如下……到了世纪末，他想不到匿名信的内容也变得如此“物质化”、“黄色化”，不论告什么人，或大官或小官，或洋官或土官，或商人或文化人，差不离都是说×××利用职权，收受巨额贿赂，×××侵吞公款，金屋藏娇，×××巨额财产来历不明，……不外乎一个钱，一个色而已。他突然萌生了一个念头，中国的匿名信，真是时代风云的晴雨表，应该抽出时间来写一本《中国匿名信编年史》，这肯定是一个闪光的创见，是一件值得干的事儿。

不知道为什么，他这位省级人大代表，在百脉县的九届一次人代会上显然是只有被选举权而无选举权的列席代表，最近一段日子里，倒是接二连三收到了这种信件。显然，人们误解了他的作用，人们是想借他的手在县人代会上“宰”某人一刀。这些信件，不外乎是攻击某某人的小字报。被攻击者，显然是县长或者副县长、法院院长、检察长的“准候选人”。这些名单，其实只是一种民间流传，并无官方的文件确认，所以，只能是一个“准”字。然而，“准”又很准，“民”而不民，民间流传的每每都是真的。他发现，被攻击的频率最高的，恰恰是小道消息传得最厉害的县长候选人——县委副书记龚彬。其实——他猛地记起

了邵燕祥先生的一首打油诗中的两句：中国自古无“小道”，“小道”历来出深宫——龚彬正是官方钦定的县长人选。这一点，还是老弟陈刚证实的。那天，他打电话向表弟表示祝贺。他说，外面都在传，我想是真的，得先贺贺呀。表弟说，你没打电话问问王老板？他说，这是一号绝密，问，不大合适吧？再说，人家怕是也未必会说的。表弟说，你是懒得开口，怕掉身价。其实，凭你和王老板的交情，凭你的社会地位，他敢和你摆谱？他说，那咱就给你问问。说了这句话。他马上就后悔了。我这是装的哪门子“相”呀？陈刚在百脉，乃是老“一”和老“二”之间的角色，他什么事会不知道？尤其是这种事儿……果然，表弟笑了，说，谢谢，我敢劳动大哥？我没戏，我说的是大戏，小戏吗，还是有一点点的了。大戏是县长，是人家龚彬。他松了一口气，说，排队也排到人家了。表弟说，王老板办事还算公道。最后一班岗了，该提的该挪的该有个说法的，他心里明镜儿似的。他叹了一口气，说，怕只怕这一届人代会要开出一些故事来，王老板的战略方针也未必能百分之百地兑现……我都收到了几十封匿名信了。连黄河乡的崔杆子都不放过。表弟说，如今这世道人心也他姐姐的太坏了，上边准备提提谁，谁一准变得“十恶不赦”，第一“贪污受贿”，第二“流氓成性”。可是骂人家崔杆子那就有点太损了。我敢说，天下还有一个好人，那只能是崔杆子；世上还有一个清官，那也只能是崔杆子。单凭人家心甘情愿地在黄河边上一呆就是十二年，连老婆都跟别人跑了，也应该叫人家当一回副县长的候选人。他说，王老板办事还行。表弟嘿嘿笑了，那笑声有点儿意味深长。说，不让崔杆子当当候选人，谁还接受发配去那鬼地方？至于选上选不上，那可就要看他的命了。听出表弟话中有话，他急忙问，他排在第几位？表弟笑而不答。他又问难道是排在最后一位？表弟答非所问地说，我看了代表的房号，你和林部长住一屋，你去问他吧。他们已经为崔杆子找好了最妙的去处。他很生气，他说，这不公平，他们不能欺负老实人。这是明摆着的，叫人家老崔去当“差额”的靶子。我要去找王云……表弟说，市委都批完了，你找王老板还有什么用？再说，不叫老崔当“差额”又叫谁当呢？难道叫我去当不成？他说，当然不能叫你这……去当“差额”了，你是百脉的“桥梁”呀。表弟说，不谈这些事儿了。表哥，收到我的匿名信没有？他说还没有。表弟说，我想，百脉县还没有人好意思。

三天以后，表弟的匿名信却不期而至。

那是他收到的第二十八封匿名信。

陈　刚

他经常到表哥家里来喝茶。

他用拇指和食指捏住“断梅泥壶”的把儿，把心中的浮躁、欲念用清苦的青檀茶轻轻地冲下去，冲到肠子里去。他平心静气地品味着山茶的清淡、苦涩，玩味着表哥自炒的这种文人茶的“不入流”，他感受到了一种脱离尘俗的清净、无为……

这一回，他却实在是无法进入那种茶境了。

表哥叫他来品茶，给他的却是一封匿名信。

匿名信里，有两项罪名也不外乎说他把公家的钱装错了口袋，把自个儿的身子上错了床，倒是有一项还是比较新鲜的，属于他专有的：“三，陈刚是百脉县有名的政客，王、张之间的‘桥’。他脚踩王、张两只船，左右逢源。利用王、张相争，坐收渔人之利。百脉县有句家喻户晓的顺口溜——电视天天开，王云日日来。不见张青影，县长空头牌。可见王云之霸道，张青影之无奈。在这种权力斗争的风口浪尖上，陈刚真会玩，玩得王云喜欢，玩得张青影高兴，于是，他大学毕业才三年就当上了县委办副主任，两年半后即转正，又过两年就成了第一副县长候选人。

足见其人之政客嘴脸、之权术手腕……”

他看着信，苦笑着，自言自语，真抬举我了。姐姐的，百脉县，你是庙小妖风大，池浅王八多呀。

表哥问，你说，这劳什子是谁炮制出来的？

仅凭这些文字，他就敢断定，这封寄自黄河乡邮政所的匿名信出自两个大院，或者是县委大院，或者是县府大院，并且，作者还应该是权力场中人，他对百脉县的政治格局以及我在这个格局的位置是清楚的。那么，是谁写了这封匿名信抑或说是谁策划了这封匿名信呢？是县长张青影？好像不大是。他想，没有我的工作，你能在最近两年内采取正确的“送神升天”策略，你能安全升格——或者叫“软到位”吗？你应该感激我，你嘴上不说，其实心里也是佩服我的。更主要的，我对你毫无威胁，你没有任何理由向我“出手”。是黄河乡党委书记崔大干？好像更不是。那位人称崔杆子的好人无论人品还是官品都不会玩这种政治把戏。再说，我和他的私人交情也不错，他是副县长候选人的“绝密”就是我和他说的，甚至我还告诉了他排在什么位置，劝他在人大代表中动作动作。

他好像没有听见表哥的问话，他一手捏着泥壶，一手拿着匿名信，一脸浑茫……

毕四海

外面，雷声不时从远方滚来，又向远方滚去。雪花一片一片地从天上飘落，又悄悄地一片一片地消融。在这个似冬非冬、似春非春的日子里，他看着人称“白面秀士”的表弟，心中产生了一种复杂莫名的感慨，权力对于人性来说，到底是一种什么东西呢？看看表弟镜片下深藏不露但毕竟偶尔闪现的阴鸷、刚愎、忧伤的目光，看看他那梳理得纹丝不乱、油光水滑的头发，每一根发梢似乎都充满着自信却也有一两根白发刺眼地生出来，他想，这个三十多岁的男人把心力熬煎到了什么程度呀……

他提醒表弟，有一个人很有这种可能。

表弟问谁？

他说，城关镇的左森。

表弟说那个“萝卜花”？

他说，不管是谁，都提醒你不要大意，要疏导疏导政治河床上的“堵塞”，免得万一翻船。

表弟终于喝下了那壶凉了的山茶，努力稳住心神，淡淡一笑，说，左森，不大至于吧？用他的口头禅，我和他的关系是“非常很好”的。

他看了表弟一眼，说，左森的牢骚和冤屈也是“非常很大”的……听说，他在白云湖边的一家宾馆包了房间，天天宴请人大代表，看样子是横下一条心，要背水一战哩。你是第一名，他当然要视之为眼中钉，肉中刺了。

表弟想，我还是一个文化人，要不，我不会对表哥说出下边这些心里话的。

表弟说，唉，“百脉”九届一次人代会要是出了差错，肯定是出在左森身上。说实话，连左森的敌人也应该承认，凭人家的政绩，凭人家的资历，凭城关镇在全县的政治、经济地位，你没有理由不让人家上，仕途……险恶哟。就是不让你上，一点点道理都不讲的。说你行，你就行，不行也行。说你不行，你就不行，行也不行。唉，我也是很为左森打不平的。可惜，我是圈子中人，要不，我会去找王老板为左森说个一二三的。所以，大哥，我和你说心里话，我是真心支持左森的竞选的。不搞，反正你也没戏；搞，说不定还能搞上去。

他问：左森知道你的态度不？

表弟说，我当然会向他表白的。我刚从那个宾馆回来……左

森很感激我，我利用关系从外县给他搞了一点经费。竞选要花钱呀。表哥，这一点是一种进步呢还是一种退步。

他说，我现在才品出一点味来，什么叫中国的民主。

表弟摇摇头，没有说什么。

他晃着那封匿名信，说，左森，似乎应该排除……可是，到底是谁把它炮制出来的呢？

表弟说，张青影，崔杆子，左森，甚至……还有两个大院大大小小的官儿，人人都有可能。而且，最有可能的，恐怕仍旧是前边三个人。

他担心地问，你，你不会歪筐吧？

表弟踱到他庞大的书架前面，抽出马尔库塞的《爱欲与文明》说，这是一本好书，里边说各种文明诞生的前提都是压抑。性文明必须由性压抑来实现，商业文明必须由商业规范来完成，同样，官场文明必须由人性的综合压抑来实现。

他说，如果你不便出面，我可以去找找代表……说一下总比不说的好，作家评职称也是要说一说的。

表弟很自信地在他的客厅里转了一个漂亮的舞步，说，不必了。我敢说，百脉县第九届一次人代会，只有两个候选人可以稳坐钓鱼台，动与不动，结局都一个样，一个是崔杆子，动也选不上，不动也选不上；一个是本人，动也选得上，不动也选得上。

他看着表弟。

表弟说，人是差异巨大的动物。有的，秋天才想起来耕耘，他收获的只能是失败。有的，冬天就开始了冬耕，施肥，到了秋天，还用得着发烧上火吗？

金饼子

其实，百脉县九届一次人代会开幕前的一两个月里，围绕着选举者与被选举者，就有一些故事流传开了。其中，一个很精彩的就是老羊倌金饼子争掉了县人大主任“杨过江”的代表资格，“杨过江”成了金饼子的手下败将。这个故事成了百脉县春节里很有兴味的话题。从官场到民间，从官儿到百姓，人们异乎寻常地喜欢谈论这个故事，以至于金饼子迅速成了百脉县的名人。这个故事虽说有七八种版本，基本事实却只有一个：官庄乡选举县九届人大代表，同为代表候选人的金饼子、“杨过江”一人上马一个下马。前去督选的县委组织部林部长事先一再强调，杨主任这个代表名额是县里戴帽下达的，是必须死保的。然后，他又详尽地历数了杨主任的历史和功绩，对于“杨过江”只有三十八天（离人代会召开那天）就要“到点”的事实也进行了淡化处理，说什么杨主任年事多多少少是高了一点但是很健康一顿还能吃三个白面馒头上头有意让他再干一届主任云云，然而，票数是无情的，一双双粗糙的选民的手填写的选票是无情的——它足以让一个堂堂的县人大主任连个人大代表都选不上从而从根本上失去当主任的资格，中国的法律在这种时候绝对是铁面无私的，至高无上的——“杨过江”的票数未过半，而金饼子离满票只差一票——他还没有学会自个投自个一票。他在画选票的时候只记住了两件事，第一，候选人中有很多兄弟爷们，可是，他只认识他们的面孔而不认识他们的名字因而只好默叨着“画十个√号多画一个也不中”按顺序从第一名画√画到第十名，下边的，他一律画了×，而杨主任的大名按姓氏笔画排在第七位，也就是说，金饼子也投了“杨过江”的赞成票。好在选上的兄弟爷们不会感激他而选不上的兄弟爷们也不会骂他的娘。那时节他们还不知道当上县人大代表有多么吃香，如果他们能够预见到一个月后发生在金饼子身上的故事那肯定就是另一番情景了。第二，金饼子虽说大字不识，自个儿的名字还是知道的，他记住了三十年前军代表和他说的一句话，老饼同志，你是三代金字牌贫农，要谦虚，要

让着别的阶级弟兄，咱们选贫协代表，你不能在自个儿名下画√。军代表的话可以说已经溶进了他的血液中，所以，三十年后的一九九八年元月二十三日上午，他几乎是本能地就在自己的名字下画了一个×。

上边就是那个故事的基本事实。

至于说林部长那天是一个什么样的面孔，林部长又是怎么熊的官庄乡的书记和乡长，那位书记是吓得尿了裤子还是没尿裤子，林部长是说过——选代表选了四十年从来就没有出现过这种异常——这句话，还是说——官庄乡搞独立王国，与上边不保持一致——那句话，各种版本的传说就大相径庭了。

反正，这个事实是铁的："杨过江"得票率只有百分之三十八，而金饼子的得票率却高达百分之九十九点九。还有一件事在各种版本中都是一个样的，那天，金饼子站起来，慌得带倒了椅子，说俺、俺不认字让给人家杨主任好不？有人叫，老饼你瞎嘞个屁，代表也能让？金饼子摇摇头，问林部长，去县里选、选贫协主席（下边哄堂大笑）说，啊、不，是选县长管饭不？林部长显然正在又气又急又恼又无可奈何的关头，说出来的话也就有失水准：看看，你这素质，这届人代会，瞧吧，有好戏看了。

毕四海

这个故事是王云告诉他的。

那天晚上，王云把他请到了常委楼，说是要送他几条"大中华"，他欣然应允，在电话里和父母官开着玩笑，好呀，那可是多多益善，官送民，不叫行贿受贿，叫美德。父母官在电话里笑了，说，任何朝代的官场，都有一些贤达名流充当说客、纵横家。多大的官儿也不敢得罪这一批人呀。他说，我只是一个闲散文人，书记大人休要损我。书记说玩笑，完全是玩笑。

等到了书记的府上，他才知道，书记是真的把他当成官场上的说客了。不过，书记说得很有义气，让他不好推辞。书记说大哥，有一件事得帮帮小弟。他说，你马上就要走马上任市委副书记了，我一个无聊文人，还能帮你什么忙？书记说大哥，百脉是一个小县，我能走到这一步，全靠市委金书记了，恩重如山呀。他说，本人和金增之倒有点泛泛之交，他那个人我略知一二，爱来点风花雪月。他还是爱才的，你有才，他当然会赏识的。王云的脸盘子有点红，语气也失去了往日的清爽。我知、知道金书记年轻时候是文学爱好者，当年还是你的作者。我想，你能不能领着我到、到他家里拜访一下。他的门是很难进的，听说，他不许下级进家。他笑了，说官大了，穷毛病就多了。这是小菜一碟，金老一的门对我还是随时敞开的。王云顿时感动得不知如何是好。平日里绷得已成习惯的面孔努力地笑着，那笑容也就实在不雅。在百脉县从来没有给人斟过茶的两只肥胖白皙的手端起南泥壶为他倒茶的时候竟有点抖，他倒是有点变得居高临下，很随便地抽着书记的大中华喝着书记的特好龙井，和书记开着一些粗俗的玩笑。当气氛随便起来的时候，他和书记提起了官庄乡选人大代表的话题。

王云说，“杨过江”，不就是打过美国佬吗？唉，也太不自重了。三十八天，只有三十八天，就硬要再赖一届。民心不可欺，让你连个代表也当不上，还当什么人大主任。

他从书记的态度上感受到了一种更深层次的神秘。他故意轻描淡写地问，你打算如何处置官庄乡的书记呀，他可是没有和县委保持一致，听说林部长大为光火。

王云说，为什么要处置人家，凭什么处置人家？民主也会有错？

他又问，有人说官庄乡的书记是你的心腹？

王云哈哈大笑，说，百脉县十三个乡镇书记，个个都是

我的人。

他说，“杨过江”不会把账记到你的头上吧，书记大人？

王云说，已经记到我的头上了，说我借刀杀人，说我把他放到官庄乡去选举是有意坑他……我当然不能把他放到城关镇去选，左森是他的干儿子。

不过，让一个放羊的干掉也太惨了点吧。他说。

王云又一次大笑，笑得十分开心。

他猛古丁问，左森是怎么一回事？难道就是因为他是“杨过江”的人？

我还不至于如此狭隘，王云说。王云说完这半句话，却不愿意再往下说了，轻轻呷着茶不去看他。他正想不顾一切地追问下去，电话铃却不知好歹地响了。王云走过去接电话。

他的注意力被电话吸引了过去，虽然电话里的声音一点也听不见，但是仅仅凭着王云的一些支离破碎的话他也能猜出这个电话与左森有关，估计是有人从白云湖边的那家宾馆告发了左森，说他正在请客，客人就是一些人大代表。王云很生气，说左森心术不正，说左森迟早要搬起石头砸自己的脚……

王云放下电话，却有意岔开了话头，不再去说左森、“杨过江”，倒是主动谈起了那个金饼子。书记是用调侃的语气谈论这位人大代表的，书记的语调、神情，使他想起了某些官员对人代会的态度。后来，他尘封已久的记忆之门渐渐打开，他看见了那个年轻的羊倌，永远弓着腰怀抱着一根羊鞭，卓别林式的鹅步，胸前挂着一块马蹄表……尘封了三十年的往事浊流涌上来，他想，我真的应该去看看这位老朋友。三十年前，我下乡来到官庄，喂了几只羊，认识了放羊的贫协代表金饼子……

第二天，远方的雷声又响起来。雷声开始是微弱的，徐缓的，宛如秋风吹过水面，这样的声音圆环一个接着一个触动着人的耳膜。继而，雷声变大，变成古代巨大的木头车轮滚过青石板铺砌的小街所发出的沉哑、潮湿、滞重的动静。声波宛如大河里的波涛，一浪连着一浪，涌进人的耳房，灌满、震动。雷声越过浩瀚的天际来到这个县城，断断续续，一会儿大一会儿小，一会儿强一会儿弱，拍打着人的耳鼓，让人接受它，感受到一种生命的颤抖。

他是从市人大要的车。

听说他要去拜访金饼子，表弟陈刚说你顺便帮帮左森好不好？他说，我很乐意，我一定让金饼子届时投左森一票。表弟说这种赤裸裸的话怎么能让你去说呢？只是劳你的大驾，带去一个人，让她去做做金饼子的工作。他说，就为了一票？表弟说，金饼子还有别的用项。他又说，表弟，你对左森好热心呀……表弟说我不过是顺应民意。我明白了，老弟，他说。

及至左森的说客上了他的车，他才知道是一个女人，而且是百脉县大名鼎鼎的人物，民盟头头郝秀秀。他认识这个女人，她是百脉县的七八届人大代表，又是老常委了。他很高兴带着这个女人一块儿到官庄乡。但他的高兴绝非来自桃色心理，尽管郝秀秀是一个性感十足的女人，又处在三十五岁这个女人最危险的人生阶段，而且还是开放型女性——关于她的绯闻人们早已充耳不闻、习以为常了，然而也正是这些经久不衰的绯闻让她距人大副主任只有一步之遥却又似乎永远不可企及——他的高兴主要因为她是公认的百脉县“第一民间组织部长”，几乎没有她不知道的官场新闻，而且从她的口中传出来的官场新闻其准确率高达百分之九十五。他想，我根本不用问什么，她一定会主动向我倾吐许多价值不菲的东西。总是有一些倾诉欲很强的人，而她一定是其中的一个。

黏稠的雪花让世界变得一片迷茫。小车走得极慢，司机是个四十多岁的人，他开的车子平稳得像是秋天的田野里慢慢走动的

老牛破车。

郝秀秀

她知道，这个文化人几次想开口问一些事儿，碍着司机，没问。憋不住，她还是自个儿向人家说开了。她在心里头对自己说，我这个人肚子里存不住一点点东西，不说出来，心里难受，尤其是那种不公平的事儿。她说，我是毛遂自荐当上左书记的竞选主任的，“路见不平一声吼，该出手时就出手”嘛。王老板办事不挡兔子眼，人大都支持左森搞竞选，是不是，师傅？司机憨厚地笑了，说，如今没正事，该上的不让上，不该上的竖梯子爬。她瞄了毕四海一眼，心想，文化人就是小心眼子，如今，该放心了吧？毕四海说，看来左森没有当上副县长候选人引起了一些民愤哟，这种情况也不知道王云知道不知道？女人挑起柳叶眉，问，毕先生，我知道你是王云的座上客，你评评这个理，王云涮了左森，是出于公心还是出于私心？文化人显然不好说什么，只是干笑。女人摇了摇头，那意思就有点为作家悲哀了。她说，王皇帝在的时候，本姑奶奶没有怕过他，更没有向他献过殷勤……咱是有些个绯闻，但咱和官场可是一清二白，咱瞧不上那几个官儿，一个个那份小样。是不是这样子，毕先生？她想，我敢说，作家心底里也不能不承认我的表白是不争的事实。我那些传说中的情人都是厂长、总经理、画家、演员者流，还真的没有几个官儿……女人停了停又说，如今王皇帝要走了，我更不怕他了。王云真是小肚鸡肠。百脉县十三个乡镇，十二个书记，哪一个敢与左森比？大本，三十八岁，在城关镇搞起了全省最大的乡镇企业——山东红木家具集团，让城关镇一下子富甲A市。按理，百脉县就算只选一名副县长，惟一的候选人就应该是左森。这回几个候选人倒是还有一点良心，一个个都为左森抱屈。连你那位老表陈刚，王云的掌上明珠也实心实意地帮左森的忙。百脉县八十万百姓对此事怎么一个看法，你知道不，作家先生？

毕四海笑了，说，百姓哪能知道这种事儿？

她说，我的省人大代表，你可是不能小看今天的百姓，不得了哇，他们都编出了顺口溜，在全县传开了——王云小心眼子，左森糊涂虫子，一包茶叶面子，县长白了脸子。

毕四海说，什么意思呀？还来了一个“四子登科”。

女人斜他一眼，有些可怜这文化人太木了一点，说，毕先生，我告诉你，多好的小说呀，它溜出了一个故事，说的是几年前王云当县长的时候，左森舔腚眼子，给书记、县长送茶叶。送就送呗，左森太精了一点儿，分了分档次。书记是特二龙井，五百元一斤，县长是特一龙井，二百五十元一斤。这事也不知道让哪个家伙奏了左森一本，就让王云记住了，要不咋说他是小人呢。后来，有一回王云、左森喝酒碰到一块，两人都喝多了，左森说，王书记——那时节，王云又升了一格——你咋就不常到城关镇跑跑？我有好酒等您哩。王云的小脸雪白，他喝酒八九成就唱白脸。说，左森，你有好酒我信，可是你没有好茶叶。左森说书记，特一、特二龙井，狮峰，我样样都有，你能喝多少？王云说你有，我也信，却不是招待我的，你是留着招待咱们孙副市长的，“杨过江”也凑合……王云说的孙副市长就是当年的县委书记。左森再木也听出了王云的话外之音，左森也是个倔种，是条汉子，借着酒意，说，王书记，我知道你对那件小事耿耿于怀，我说王书记呀，你也应该理解当时我的做法，咱们都是官场中人嘛。如今我送茶叶，您的不是也比张县长的高一个档次？王云嘿嘿笑着，说，左森左萝卜花你瞎说什么呀醉了你醉了我也醉了……这个小肚鸡肠，终于三年之后宰了左森一刀。

毕四海沉浸在女人的故事中，半天，才说，写小说挺妙，官场上的事，好像也不这么简单……

她说，官场上的事本来就是姑妄言之，姑妄听之。不过，王云这一次给左森做的“饭”确实不公平。

毕四海说，王云也许有他的难处。

她说，他是有难处。六个候选人，陈刚，他想提、也不敢不提，陈刚不光是他的心腹，也是他那些杂七碎八的见证人。崔杆子，是为了向混官场的人们有个交待，好好干，好好吃苦，总会有个说法的，或者说王老板还有一点良心，不让崔杆子当候选人于心不忍。另外四个人，有一个是张县长死保的，为了平衡，安定，他必须向张县长作出一点妥协。剩下的三个，据我所知，市里都有一杆子插到底的根子，王云不敢不提……

金饼子

爷爷是放羊的，爹爹是放羊的，孙子还是放羊的。爷爷给地主放羊，爹爹给合作社、人民公社放羊，孙子先是给人民公社、后来给兄弟爷们放羊。再后来，放着放着，一群羊里有了老饼自个儿的三十只羊。十只山羊，七白三黑。十只绵羊，全是白的。十只羊羔，有白有黑有花。爷爷在四季山上盖的那间大石屋，如今老饼还在里头躲风避雨。午间歇晌，嘿嘿，也隔三差五地在里头睡睡老相好。她是胡山的一个老寡妇，比老饼小三岁，属羊的，对老饼那叫贴心贴肉，老饼对她也够意思。想合到一个锅里抡勺子的时候老饼穷得没有自个儿的一根羊腿，如今老饼阔了有了三十只羊了老相好的又说别去丢那份人现那份眼了，反正又没有几两水水了，啥意思？看来，老饼想，这一辈子十有八九打光棍了，不过，咱们也尝了女人的滋味，不是真光棍是假光棍。嘿嘿，如今世道好归好，就是假货多，咱们这光棍也成了假的。这不，乡长代表龚副书记送来的那块手表好像也是假的，不像能值百八十块，走了一天就不走了，远不如咱们胸前头挂的三十年前的马蹄表，一溜小跑那个准哟。这是三十年前到县里开贫下中农代表大会时发的。贫协代表光荣呀，贫协代表吃香呀，要不是咱们立场坚定，地主的千金早叫咱们睡了……

外面的雪花没头没尾、没边没沿地落着。老饼在石屋里铺上破羊皮大袄，枕着鞭杆，悠悠乎乎地似睡非睡，想事。他的羊群在山上撒欢，这样的雪花，带来了湿润，带来了春情。公羊和母羊一对儿一对儿的，可儿性儿欢。有一只羊犊子闹不懂大“人”们在干什么，呆呆地看着一幕幕怪乎乎的情景。

老饼很自然地由贫协代表想到了人大代表，时代的转换在老饼的身上表现得异常清晰。

老饼想，如今这人大代表好像不多么光荣了，兄弟爷们叫咱们是当官的狗腿子，年轻人嘴上叫咱们金代表，咱们听得出来，那叫声里有点“羊骚”。不过，如今这人大代表好像也挺吃香的，看看选代表的那天，当官的那份认真劲儿。那位林什么部长看到咱们选上了“杨过江”选下了，看咱们的眼神那个邪乎。咱们才不稀罕，咱们让给姓杨的算毬。众人都说咱们傻×。后来咱们还真的抖了起来，亏着当时没让出去。啧啧，一辆辆小车开到四季山底下，又是书记又是主任的一个个人五人六，见了咱们老饼，像是当年的地、富、反、坏，低头哈腰，一脸子笑。叫咱们关照，叫咱们帮助。咱们明白这个，不就是到时候在他的名字下边画个√吗？这事咱们会干，咱们三十年前就干过。咱们是老实人，咱们有良心，咱们记住了爹爹教训的话，别人给你一瓢凉水喝，你要想法子还人家一根黄瓜。咱们不认字，咱们收了人家的礼，咱们叫人家一笔一画在咱们专门备好的小本本上写下名字。咱们到时候按着人家名字的模样找票票上的名字，对上头的就画√，不对上头的就画×。当上代表才个把月，咱们就收到了十件小白褂，十块小手表，还有小烟小酒。咱们小本本上写上了十个

人名。他们有的是自个儿来的，有的是让乡里的头头陪着来的。看，那个老骚胡真有点不要脸，一个人占着三个母的，人家青毛梢子想和小花玩玩，老骚胡还吃醋，出去给它一鞭。嘿，咱们这鞭子才叫四季山一绝。年轻的时候，一鞭甩过去，羊身上的小蝇子没一个跑号的。如今这烂眼角不中用了，不中用归不中用，甩出去那还是要打左耳朵一保打不了右耳朵，要抽尾巴根子一保抽不着腚蛋子。如今世道真是变了，过去当贫协代表谁会给咱们送礼？顶多吃三天不花钱的粉条豆腐，黑面馍馍，喝几顿地瓜干子小酒。地主闺女巴结你，那可是美女蛇、白骨精，她没安好心，是想拉贫下中农下水哩。听说如今到县里开会，一去就是十天，住高楼，吃大席，喝大酒。每个日子还补四十块钱，比放羊一个天上一个地下。要紧的是当官的拿着咱们当人待承了，一辆辆小车开到山下头，到石屋里来找咱们老饼，那是来求咱们。那叫什么风光？乡长还说，老饼，如今你犯了王法，局子也不敢逮毬你了。只是兄弟爷们不大拿咱们当块咸菜，一口一个金代表叫得酸溜巴巴。

山下又有小车的鸣叫了。

金饼子披了破羊皮袄走出石屋子。他看到，山下真的又开来一辆小车。上来了，一男一女，还提了一个大包。嘿嘿，又是……老饼想，一保又是给咱们老饼来进贡的。咱们当不了嘴巴的家了，它想哼一段羊腔羊调——

羊咩咩，水哗哗，
妹子上山采韭花……

毕四海

他十分肯定，这就是那座石屋。青石板，干插缝，宝塔尖，石缝缝里长着青苔，宝塔尖尖长着一些瓦楞草。东西南北各有一个四四方方的小窗户，沙石棂子。它孤零零地站在四季山顶，离着几十里地就能隐约约地看到它。他当农民的时候并不是一个良民，偷偷地贩运过小猪、麻，还有粮食。而这些勾当在那时候足以让他去蹲大牢。有一回，他赶夜路——地下的小商小贩在那时只能做黑暗里的动物——被一只瘸腿老狼跟踪了十几里。这时候，他碰上了那座石屋，便钻了进去，用火柴点着了衣裳，才把老狼吓跑，吓跑了狼，他也被石屋里的情景吓坏了。他在火光中看见一个男人和一个女人正赤身裸体地躺在一起。石屋外面传来的羊叫声才让他知道男人是金饼子，女的后来他才听说是胡山的一个寡妇。饼子慌乱地穿好破衣裳，挂上那块马蹄表。女人则缩成一团，躺到石屋的一个角角上。他并不太讨厌这一幕，况且，他这个右派的儿子觉得也正好借这件事巴结巴结贫协代表金饼子。他说金代表，你放心，我会为你们绝对保密的。他记得，当时年轻的饼子说，她也是血贫农，这事不算个鸟毬。可是从那件事发生以后，金代表对他比对别人好了不少。每天，饼子怀抱羊鞭，迈着鹅步，胸口挂着马蹄表，赶羊上山路过他的家门，总会把一句“上山喽”喊得更响 。有时候他“投机倒把”回不了家，饼子会为他打开羊圈，赶出他的羊。有一次，老饼从县里开会回来，竟然很信任地和他说了一些阶级阵营里的秘密。他记得，老饼说县贫协主席搞破鞋，少得了十几票，不得了哇，有几个代表生了狼胆。

如今的老饼，成了一个标准的干巴老头儿。枣木疙瘩的小脸，烂了一圈的小眼，浊黄的小眼珠子，黑漆漆的小蒜头鼻子。脸口的那块马蹄表终于不见了，鸡皮斑斑的手腕箍上了一块石英表。显然，老饼穿的这件“大富豪”衬衣是候选人送的，僵硬的衣领已经黑乎乎的赛过铁片子，再细不过的脖子像一根黑木棍插在衣领里。衬衣外面的毛衣也很高档，不过穿在老饼的身上实在

有点冤枉。

老饼还认识他。

老饼说，你当了大官了吧，忘了藏在我的石屋子里躲“红箍子”?

他说，没忘，咱们是朋友嘛。

老饼说，不是朋友，我是代表贫下中农改改你的脑子，我下不了狠招儿。

他只好报以干笑。

这当儿，郝秀秀抖开了包袱，拿出了一件皮衣。黑的，中档。

老饼掏出了一个小本子，打开，说，你把谁谁的名字写上，写得规矩一点，到火候上认不得把人家漏了多不好意思。女人按照老饼的吩咐认真地在小本子上写出了左森的名字。

老饼说，这个名字前头有，是咱们乡长写上去的。说着，往前翻了几页，用手指蘸着唾沫，马上，白纸上出现了一个污点。

毕四海在上面还真的看见了左森二字。

老饼又说，乡长给人家捎来了小白褂，这皮衣咱们不要了，画一个哪有收两个玩意儿的理儿?

女人把皮衣披在老饼的身上，干巴老头儿顷刻精神了不少。女人说，到时候你还要给我干点事。老饼问啥耗子事，犯王法可不中。女人笑了，说，我叫你干的那点事是一个代表的权利。老饼听说这话才把小胳膊伸进皮衣袖子里。穿好皮衣，还从石窗户上拿下一面小镜子照了照。

老饼突然问，毕兄弟，咱们这人民代表能干几、几届?

他说，干两届，十年。

老饼显然从心里高兴了，他穿着皮衣钻出石屋，在山顶甩出一串响鞭。接着，又哼出了羊腔羊调——

……采花花，遇哥哥。

抱进石屋过家家。

崔大干

黄河南岸有一个水库，水库呈葫芦状。他修它的时候，干脆给它取了一个名字——葫芦湾。别人说怪，他觉得很正常。他的老家，百脉县铁路以南的丘陵地带，大大小小，自然形成或者人工开凿而成的水库都叫湾，什么沙湾、旱湾、杏林湾，真是十庄八九湾。他的庄子南坡就有一个小水洼叫葫芦湾，他八九岁就是葫芦湾里的泥猴子了。所以，他很喜欢自己亲手修起来的引黄水库葫芦湾。夏天，春天，秋天，他都是在葫芦湾里洗澡，镇政府招待所虽说不上档次却也有淋浴、盆浴什么的，他从来不在那种地方洗澡，他说"憋屈"。即便是冬日，葫芦湾冰封雪飘不能洗澡了，他也不去那里，他叫人用柳木做了一个大桶，学日本鬼子的样子在木桶里泡热水，直到泡得满头大汗、遍体通红才罢休。

今天是大年初二，约定俗成，是这一带闺女、女婿回娘家的好日子。崔大干没有丈母娘家好走了，又不愿听一些朋友的劝告去活动活动——拜年是假，拉选票是真，说不准会感动上帝，把"老六"换成"老一"。他苦笑着说我有贼心也无贼钱，有贼钱也无贼空儿呀。朋友问你忙什么呀，大年下的。他说我给你去找个嫂子。放下电话，他便戴上草帽，披了件蓑衣，拿出钓鱼的家什，还提了一个木桶，只身来到了葫芦湾。

似冬非冬、说春不春的日子来到黄河岸畔那就变成了货真价实的冬天了。这里的气温比县城一般要低个十度八度的。雪花不再温柔，落在冰封的湾面上，沙沙沙一片。西北风从黄河上顺河边吹来又粗硬又凌厉，把一片片雪花也吹得成了小刀片子。白茫茫原野上阒无人迹，只有不远处的黄河，依旧黄浪滚滚。

他搬来一块大石头，砸开冰面，砸出一个直径约一米的圆圈。然后，便坐在石头上，把渔竿高高挑起，把渔线垂进水中。一会儿，便变成了一个雪人，与天地融为一体了。

他专心致志地在风雪中钓鱼，他根本不知道——也懒得去想——此刻，百脉县成千上万桌春节宴席上，他已经成为人们谈论的焦点人物，崔杆子这个名字的出现率居高不下。

已经接到调令荣升市委副书记的原县委书记王云设家宴款待几个朋友。这种宴会名曰贺官，一般是由下僚提议、操办，由被贺者出面做东——其实，这“东”做得实在划算，绝对不会赔钱的，其中“猫腻”不言自明。王云的宴席上，毕四海成为坐第一把椅子的角色。他虽然什么官也不是，但是他有名，又是省人大代表。再说，毕四海又是一个当仁不让的主儿，他坐“第一把”坐得心安理得。惯例，开场几巡酒是贺官，一瓶茅台转眼间空了瓶子，恭贺书记荣升的金玉良言实在无法再说得更多更圆了，连最会拍马屁的龚副书记也哑了壳——辞尽言穷。这时候，毕四海却猛古丁说出了崔杆子。几天来，他愈想愈不是味儿憋住不说出来觉得有失良心骨气，他说王大书记，你是以公正著称于A市的，这一点咱们的市委书记金增之也极为赏识，可是，我认为百脉县对崔大干不公。作家说得“非常很高明”——先捧后攻，还打出金书记的旗子来，却还是让在座的几个副县大吃一惊。王云毕竟是王云，他微微笑着，一副刀枪不入的样子。龚副书记首先“救驾”，说，王书记对崔大干仁至义尽呀。他老婆死活不去黄河，在县城里傍上了大款，王书记亲自为崔大干说媒，虽说没有成功，用心良苦呀。另一个副县说，不错了，他也是六大候选人之一嘛。毕四海说，你们是让人家垫背，当“差额”。龚副书记说话也不大客气了，毕作家，有多少人想当“差额”还当不上哩。十三个乡镇书记，能当上候选人的才有几个？崔大干，他应该知足了。再者，他也不一定选不上呀。选不上的，绝对选不上的。毕四海说，十三个乡镇书记不假，可是够副县候选人份儿的并不多，崔大干够。另外，论实力，在六个候选人中，崔大干绝对不应该排在第六位。王云自斟自饮了一杯酒，说，说实话，崔大干选上的可能性只有百分之五，被“差”掉的可能性百分之九十五，因为按法律程序，还必须有一个代表自由提名的候选人，七选五。可是，候选人还是必须让大干来当的。毕四海说，那就不能把他排在第三，第四，第五？王云定定地看着他，叹了一口气，说作家呀，个中甘苦，你不知道呀。毕四海说，他是好人，好官，少有的。王云说，所以，我让他当了第六名候选人，对于大干来说，这回当候选人不过是调出黄河乡的一个机遇。毕老师，我对大干已经尽心尽力了……

几乎也就在同一时刻，崔大干过去的老岳丈、百脉县八十年代的老县长款待新女婿——当然，崔大干的离婚夫人和这个男人同居已经没有一点新鲜了，但是老县长允许他上门却是第一次——家宴上，也谈起了这个理应最犯忌的名字，打头的竟是大干的“接班人”。他说，如今中国没有真事。按本事，城关镇的左萝卜花应该当县长，却是连个副的候选人也当不上。还有个崔、崔大干，要找一个清官，就是他了，候选人当是当上了。却又是个老六，摆设。夫人看了他一眼，说你还有一点正义感。崔大杆子杆是杆了点，咱不能说他不是一个好官。单说一件事，年年三十，他都要拿出两个月的工资请最穷的老百姓喝酒吃肉。傻帽儿一个。老爹还有余威的时节，要调他来当财政局长，他一天拖一天不来上班，说是要等着接班的。后来，人家接班的死活不去黄河乡，他就又留下来。一呆十几年，四十五了，没戏了。男人说，他真的没戏了，除非他一个一个去拜那些人大代表，送礼。女人说如今这人大代表鸡毛上天了……她不敢再说下去了，她看见一脸血红的老爹，两只老眼里汪着泪花。

也是在差不多这个时候，黄河岸边的葫芦湾，开来了一辆桑塔纳。车门打开，一个披着皮大衣的男人向一身雪白的崔大干走来。来到眼前，他双手拉起了崔大干，不容崔大干去拿家什就把书记推进了车。车子里，崔大干迷惑不解地问，黄百万，你这个大款要劫我这个穷光蛋做甚？黄百万说，书记，咱们到了最要命的关头了。人家不讲公平，咱们自个儿去争公平，把老六搞成老一。崔大干哈哈大笑，说黄百万你疯了还是魔了，你是县委书记还是组织部长？黄百万说《国际歌》里唱，不靠神仙皇帝，全靠咱们自己。如今在百脉，神仙昏了头，皇帝瞎了眼，咱们自个儿把理扳过来。崔大干迷惘地看着黄百万，黄百万说，崔书记，我身上带了十万，车后头盛了三箱茅台，一箱大中华，一百件羊绒衫，我还搞来了全县一百九十八名人大代表的名单和地址。咱们一个一个地拜，一个一个地送，一个一个地说、求，我就不信凭您的官品和人品，不能感动那些代表老爷。崔大干显然被黄百万的真诚打动了，半天没有说出什么话来，半天也没有点着那支不带把的白莲烟。黄百万要给他一支大中华，他摆摆手，让黄百万去点那支“白莲”。烟点着了，他凶狠地抽了一大口，叫，热，开窗。黄百万打开窗子，崔大干把脑袋伸出车子，让黄河上粗砺的冷风吹着他那一头又短又硬的黑发。他说，老黄，你小子想把我坑了。黄百万说，书记，我一分一厘都是私人的，送谁也不犯法，我又不用钱为自己办事。再说，没有您崔书记的心血，扶持，十年呀，我这个黄河上的混混 ，能有今天……那年，我因为欠债叫人家扣在黄河的木船上，五天五夜绳捆索绑。书记，是您带人救了我的命，又给我借钱还债。崔大干说，你这人有了钱也没有变坏，还有良心。这样吧，我叫你把车开到哪里你就开到哪里。黄百万脆生生地回答，好嘞。

黄百万却没有想到，书记让他把车开进了乡办锻压厂。

书记说，卸货。

他只好乖乖地把东西卸到了厂办公室。他怯怯地问，书记，钱，还卸不？

书记说，钱，就免了吧。

书记叫过厂长，喜形于色，说，黄百万要来扶贫。你们拿上这些好烟好酒什么的，给我去拜客户，请能人，疏通门子，春节正好办这种事。

左　森

他是章丘人。康熙年间，章丘出过一个大官名叫李慎修，官拜刑部尚书，人称“白面包公”。后来，不知道为了什么得罪了皇帝被削职回乡。闲居岁月里，写下了一篇《归田赋》，左森念大学的时候读过，只是觉得如此质朴的文字出自一名进士之手很有点意思，并无更深的感受。走上仕途当了一名小官，那年老书记把他“发配”到论贫穷、荒凉、偏僻与黄河乡绝无二致的党山当书记的时候，这篇《归田赋》却从心底里冒了出来，让心中充满了失落与凄凉。但是，那次毕竟是一种提拔——从一个大乡乡长提为一个小乡书记。他很快就平静下来，杀下身子苦干了三年，硬是把党山搞成了全县第二富乡，也因此得到了老书记的赞赏，把他提到了城关镇的位置上。老书记说，凭你的才干，能力，素质，好好干，三年两年的，我就给你一个说法。他对老书记的知遇之恩报以一流的工作，很快，城关镇成了百脉县的经济龙头、精神文明建设的龙头，连卫生这种事儿，也成了全县的一颗明珠。这当儿，老书记升了，走了，当副市长去了。临走，老书记和他说了一句话，左森呀，弄不好是我坑了你。他明白老书记的深意，好心，王云上台后，他努力用谦恭、真诚、忠心、工作来表明心迹：我是干活儿的，谁来当书记，我就是谁的人，我就会给谁效犬马之力。应该说，这几年，城关镇的工作又上了一

个台阶，跻身全省一流乡镇的行列。然而，他想，我的一切努力好像都是枉然。到了关键时刻，人家还是把你当成了异己，把你排斥在外了，尽管什么奖励人家都给你了，尽管什么表扬人家也都说给你了，尽管多少掏心窝的话人家也都掏给你了……他苦思冥想了几天几夜，他实在想不出无论公、私有什么对不住书记的事。要说，也只有那二斤茶叶，可能让书记有点吃味。不过，那时候你还是县长呀，你应该理解呀。况且，你当了书记后，我也加倍地补偿了。如果那点小事你也会来一个“君子报仇十年不晚”那你也太不风度了……他还是否定了这种推测，尽管社会上把那件事传得沸沸扬扬说成是他落马的直接原因。他想，王云还不至于偏狭到这种地步。那到底是什么原因让他遭此大劫呢？他实在想不出来，看来，只能有一种让他感到无可奈何、冤哉枉也的解释——不管你如何的卧薪尝胆如何的鞠躬尽瘁，也无法改变你在王云心中的政治属性。这种事儿在如今的官场上你见的还少吗？怎么轮到你的头上你就百思不得其解了呢？还是老书记在的时候任常务副县长、对自己也很好的杨主任老到，他说左森呀，你也甭蹦跶了，没用。你是孙书记和我当年提起来的，就这一条，你就在王云那里没戏了。

外面，那场无休无止的大雪还在不紧不慢地下着，一枚一枚铜钱大的雪花落在碧青的白云湖中，湖面出现了一个一个极小的圆圈，曲线头发丝一样，颤抖着，波动着。棉绒一样的芦花在大雪中像北极狐的尾巴，一枝一枝摇曳不定，飘忽有致。它们一片一片的，一棵连着一棵，在并不严厉的风中壮丽地舞蹈。

神差鬼使，左森要写字。

他是省书法家协会会员，他的怪草号称“百脉一支笔”。宾馆里，文房四宝并不难找，一会儿工夫就伺候全了。郝秀秀亲自为他研墨，镇长亲自为他镇纸。他根本没思考，自然而然地写起了《归田赋》。书为心声，一点不假——

清闲最无价，隐向山林罢。邻舍四五家，种几亩田禾稼；葫芦接茅檐，受用无冬夏，自在有谁家？出门去随处安插，松荫石畔，茅蒿草榻。枣杏盈山谷，桃李绕周匝。稚子提壶酒，山妻戏藤花。野调歌论不得板眼错打，信口诗哪管它字韵讹差。菜畦儿紧靠葡萄架，棉花地边接上伏瓜。到春来，芳草不必远寻踏；到夏来，涧溪水涨震山峡；到秋来，蝉声不住闹喳喳；到冬来，梅雪逍遥把酒喝。说不迭你请我来我请他，啦不尽阴阴晴晴樵夫话。石底摸螃蟹，山窝扑蚂蚱，钓的鱼儿四指大。面里拖，油里炸，客来有啥咱吃啥。不必东啰嗦，西刮锸，随时待承莫矜夸。养一群花凤鸡，叽叽嘎嘎。喂两只看家犬，汪汪嚓嚓；短途车不住的滚滚楞楞，琴棋悠悠响乒乓。李杜诗千首，圣贤书半榻。四时无烦恼，逐日笑哈哈，后代儿孙咱不挂，世态炎凉亦任它。不管朝廷有多大，不犯王法咱不怕他。山穷尽有无限乐，不是神仙是什么？

书毕，左森仍了毛笔，哈哈大笑。笑着笑着，却有几颗清泪滚落到纸上，濡湿了一片。墨和泪相互浸淫，形成了一种境界。

郝秀秀把左森扶到沙发上坐下，又给他倒了一杯茶，双手捧给他，说兄弟，凡事要想开一点。不就是一个小小的副县吗？看看人家你那老乡，正部，都不稀罕。兄弟，老姐陪你回老家种地去，也来一首《新归田赋》，哈哈哈。

这时候，呼啦啦涌进十几个人来，镇长说，书记，城关镇代表团从团长到团员都来了，咱兄弟们不造反不行了，这才叫逼上梁山。我豁出来了，我带头签名……代表中有几个人跟着叫，书记，我也签各……书记，上头不认真人，我们认，我签名……书记，明日个，我们东阳村全村八十名党员要集合起来到县委上访，问问县委还有没有真事？

左森的眼皮子湿了。

他看着众人，两只手攥住镇长的手，说，谢谢，谢谢兄弟们的厚爱。

他外表很激动，内心却很冷静。他知道镇长的心，镇长为他打抱不平、义愤填膺都不假，因为他上不去，镇长也上不去。然而，到了关键时候，镇长说不准会出卖他的。镇长这个人，不大可靠。他也看到了郝秀秀向他使来的眼神，他说，镇长，这事，咱兄弟们坚决不能干。我住到这个宾馆里来，只是为了散散心，你的心意我领了，可是，你犯不着为我掉了乌纱，你要和组织上保持一致。镇长说，八品小官，这鸟乌纱值几个钱？左森面向众人，郑重其事地说，我宣布一条纪律，我们城关镇人大代表团一定和县委保持一致，决不搞联名推荐那一套，更不允许搞联名推荐左森的事儿。大伙回去吧。

众人依依不舍地离开了宾馆，镇长留下来，说左书记，你是信不过小弟？左森说兄弟，咱们一个汉子一个老婆，我会信不过你？你千万不能牵头，那样子害了你也害了我……

镇长也就不再说什么，他看看书记、郝秀秀，很知趣地退了出去。

镇长前脚走，郝秀秀后头就格格笑起来，小子，她叫，你好精明呀，你知道，城关镇的票根本就不用拉，他们天生地会同情自家落难的书记。不用拉，一张票也少不了的，拉了，说不定会拉响地雷的。

左森笑了。

郝秀秀也坐下来，恢复了正儿八经的神态。她说，书记，咱们的工作很有效果，因为它是建立在民心基础上的。你的事在百脉县已经引起了一场不大不小的政治地震。

左森呆呆地看着女人，猛古丁地问她，你为什么要帮我？

女人叹口气，说，我也说不上为什么，唉，也许是我前世欠你的，今世来还债。

男人苦笑了，说，总应该有一种理由吧？

女人挑起柳叶眉，说，什么理由？钱，我个人没花你一文。我找情人，也不会找你这样的。指望你日后提拔？即便你选上了副县，你也没有权力让我当上人大副主任……想来想去，只有一条，你比我小三岁，是我兄弟，大姐看见你受王云的欺负，难受，不平，捺不住性子想争一下……

陈　刚

别人在百脉县不大不小的官场里小心谨慎，如履薄冰，惟恐爆响了某一角落里的地雷。而他，却游刃有余、举重若轻。他谈笑风声，他不拘小节，他潇洒自如。别人面对王、张两驾马车无所适从，悻悻然不知如何是好，而他却左右逢源，乐在其中。

别人把他吹得很神，说他是官场奇才，说他具有平衡的天赋。

他淡淡一笑，他明白自己，他对自己说你不过是摸准了王云、张青影的人性特点，如此而已。尽管他对他的本事轻描淡写，公正地说，他确实是给百脉县干了一件大事。他的表哥毕四海对此有过恰如其分的评价，老毕说，是谁把王、张两驾马车搞到一条路线上来，给他们排好先后？不是上级，而是陈刚，不得了哇，这本事，一般人没有。仅凭这一点，陈刚前途不可限量。百脉县官场上许多人对此评价大多持相同的看法，因为王、张两驾马车的故事并不是秘密。

一九九七年春天的一次常委会，县长张青影公开向王云发难。为确定县政府一些局级头头，张青影把矛盾公开了。他说书记，你的手也太长了，太宽了，成了如来佛的手掌心了，我张青影一个跟头十万八千里也跳不出去了。王云说张县长，如今就是这个规矩，政府口的人权也归党委。张青影苦笑着说我的大书

记，十二名正局，你就提了六对——多少你也装装样子，留一两个给咱。王云毫不客气地说这不是过年分大白菜。

张青影住进了县医院，不理“朝政”了。

王云买了水果、鲜花亲自来看张县长。那样关切，那样真诚，让张青影都有点不好意思了。张青影几乎想把那样的话说出口，书记，我没什么大病，我马上回去上班。书记却把他未出口而想出口的话堵了回去，说张县长，你就安心养病吧，政府那一筐烂杏你就甭操心了。张青影气得差一点晕了过去。

书记前脚走，陈刚就来了。

张青影根本不理陈刚。他想，你这个小狗腿子来干什么？你的主子还叫你再来烦我？他把后背给了年轻人。陈刚却一点不恼。陈刚默默地给县长收拾着床头柜上的东西。张青影要起床小解，陈刚赶忙把便盂递了上去。张青影也不客气，甚至还产生了一种报复的快感。他解完手，看着陈刚把便盂端了出去，心想，这小子倒是厚脸皮。陈刚回来后，张县长还是把身子翻了过来。陈刚给张青影仔细地削着苹果，一边削着，一边说县长，当年，孙、王也是两驾马车不走一条道。后来，王听了高人指点，调整了自己的心态，乐得做起逍遥县长来。张青影说，他那样干是糟践百脉县，在其位不谋其政，算什么东西？陈刚说，王书记，那时候是王县长，有一句名言，不知县长知道不知道？张青影说他也有名言？陈刚说是名言，在A市广为流传。张青影的生硬口气变得调侃了，说说，咱们也学习学习王云语录。陈刚说，那时候王县长说，“县长越管，书记越烦；累死活该，人大接班”。王县长看透了，不好好配合书记的县长，到头来只有一个去处，人大。所以，王县长当了三年县长，写了一千天的大字，字写好了，书记也到位了。陈刚把张县长说得哑口无言，他闭上了眼睛，陷入沉思中……

后来，人们看到，县委陈主任时常陪着张县长又是深圳、又是黑河地考察，学习。而王云书记呢，则两副重担一肩挑，县委的事，县政府的事，事事过问。有人告陈刚的状了，说他不务正业，工作不到位。王云说陈刚明白应该干什么，不应该干什么。有人也给张县长吹风，说陈刚是王云的心腹，王云专门派他来拉县长投降的。张县长听了开心地大笑，说共产党的县长投降共产党的书记有什么不好？我这驾马车就应该跟在王书记的后边走……陈刚有学问呀，听君一席话，胜读十年书哟。在这个关头，陈刚组织秀才班子，适时地在省报头版重要位置推出了一篇文章——百脉县党政一把手团结如一人，双文明红花朵朵——轰动A市。王云夸赞陈刚是百脉县第一大功臣，张县长在接到书记任命的那天晚上也专门宴请了陈刚，说，选举过后，王书记推荐你任常务副县长的事，我去办。兄弟，大哥谢谢你了，你是高人。

在这样的大背景下，当别的候选人都在忙着四外活动的时候，只有两个人按兵不动。一个是崔大干，他按兵不动是因为绝望、愤懑，还有一点“冷眼向洋看世界”的味道。再一个，就是陈刚，他的按兵不动是因为绝对的自信。百脉县关于陈刚的舆论出奇地一律——陈刚百分之百，一点问题也没有。每一位领导都这么说，许多代表也都如此表态——陈刚有点儿飘飘然，他甚至对那些个代表团团长、代表都产生了点儿不屑一顾的潜意识。在他眼里，人代会不过是县委的表决器而已，按表决器的是常委，是书记，而不是代表。他都已经开始谋划常务副县长的几着棋了，他甚至还用胜券在手、居高临下的口吻对左森说，（当然，他的话里充满了关切、同情）六名副县候选人起码有五人不如老兄。你的事我一定打招呼，让几个团长做做代表的工作。几个团长还是很铁的。我给你从邻县拉的赞助马上到位……老兄工作要抓紧，抓细，心理却要放松。左森对他自然是感激涕零，左眼里的萝卜花都叫泪水蒙住了。

毕四海

正月十六，农历，县九届一次人代会报到的日子。一座不大的县城拉出了一百多条横幅，传媒铺天盖地地报道的也几乎全是各地、各级人代会、政协会的消息。他当了十年省人大代表了，今年又是第十一个年头了，三届了。过去，他的不开会是很出名的，十年代表，只开过两次省人代会。市、县的列席会，他更是从来也没有去过。今年，他一反常态，变成了积极分子，省人代会，他是要去的，市人代会，他是要列席的，县人代会，他也乐颠颠地跑来了。

同住一屋的林部长却比他来得更早。

他说，部长，你来得好早呀。

部长笑了，说我住进来快一个月了，春节就是在这里过的，组织部十七八号人，一个也没跑，常驻"沙家浜"了。

他问，半年前不是就定好了一府两院的候选人吗？

部长神神秘秘地说，定好了一种方案，又有另一种方案冒出来推翻了前一种方案。前前后后折腾了三四遍，今天才算竣工，不再变了。你们写小说不是也要一遍一遍地修改吗？

他说也是。前几届人大会你们也是这样子忙活吗？

问完了这句话，他马上就后悔了，还用问吗？人大会年年开，年年都是没有故事没有戏，组织部有什么好忙活的？

他猜得很对。部长说哪能呢？我干这个活十多年了，前几届再简单不过了，一个常委会，向上一报，批下来就万事大吉了。今年有点异常，常委会就一遍一遍地折腾，上头也一遍一遍地考察，如今管人也不那么容易了，人家"人大"厉害了，说让你翻船就让你翻船……啊，这场贼雪看样子是没有停下来的意思了，大冬天里就雷声滚滚，老天爷也非要折腾出一点花样来……毕四海说，这场风雪是大好兆头，它给这架有些紧张的机器加了一些润滑，也许运转起来会轻松点儿吧？部长不以为然地摇头，说，老兄，你是一个好作家，却不见得是一个好议员。我有一种感觉，这次人代会要开出一些故事来的。作家听到部长也说出这样的话，心中很高兴，嘴上却故意逗他，老弟，中国的人代会能有什么故事？故事都叫你们写完了。部长说，我给你提供一点小说材料如何？作家说我请部长大人的客。部长从酒瓶子底似的眼镜片的上方看着他，像是看着一个天外来客，问，你真的不知道？作家说你说什么呀，神秘兮兮的。部长压低了声音，说，你难道不知道水上县三天前发生的事？惊天动地哟。作家一片茫然的样子。部长说，一员女将拉选票选上了县长把我们组织部推荐、市委批准的候选人干掉了，省委来了加急传真电报，要各级党委密切关注人大会动向……老兄，把你的大作给咱一本如何？毕四海的胃口被吊到了天上的关口，人家不说了，却说起了顶让作家腻歪的事。他被部长的卖关子弄得很不自在，说，我那些书都是狗屁文章。部长笑笑，走了。作家却被这有头无尾的故事深深地吸引了，马上去了一些熟人的房间。他们和作家一样对水上县的事儿一无所闻。毕四海想起来了，他的熟人和他一样大都是一些纯粹的或半纯粹的文化人，对政治上的新闻有一种先天性的麻木、迟钝。

左　森

雷声从远方滚来，似乎停驻在白云湖的上空不再走了，那些厚厚的云层好像变成了吸收声音的海绵。然后，它们又继继续续地从云层中钻出来，发出或沉闷或滞重或单细或短促的响动。

农历正月十六这天中午，左森在湖畔宾馆的雅间里宴请郝秀秀等十名人大代表。一辆日本丰田面包车停在宾馆门前，宴会结

束，代表们将到人代会报到。出席宴会作陪的只有一个人，即城关镇“经济王国”的“国王”、红木集团董事长万福。他亲自从自己的车子上搬来一箱五粮液。他是一个瘸子，右腿又细又短，小时得过小儿麻痹症。他辞退了服务小姐，给每一位来宾敬酒，斟酒，态度谦恭，话一句句说得实在、动情。他是一边敬酒叙着友情一边自然而然地说出必须说的话，因而一点也不讨人厌，看得出他是经过大场的油子。他说城关镇五万名百姓，如今存款五个亿，人均一万元，在全国也是独一无二的。谁的功劳，百姓说得好，“花钱找左森，吃鱼找白云”。听说没有俺书记的戏，全镇的百姓不服呀，要不是书记压着，求着，俺们五万百姓要到市委门前请愿去。各位领导，拜托了，五万百姓拜托了。

左森说万福，叫诸位喝酒。

万福于是又挨个儿敬大家酒，他两杯，大家一人一杯。

郝秀秀请来的这十位人大代表，一个个可是人物。她是民盟主委，另外两个女人，一个是民革的头儿。一个是九三学社的头儿。那位白发飘拂的老者，则是伊斯兰教的大阿訇。几个戴眼镜的，有画家，有特教，还有体育教练。只有金饼子是农民。这是她从水上县得到的启示。水上县人代会刚刚结束，真是天翻地覆呀，一员女将竞选县长成功，把组织部门的“钦定”干掉了。女人对左森说，我的“地毯式轰炸”、“全方位”、“立体化”很到位，代表平均谈话率百分之八十八点八，百分之五十既有广度又有深度，该意思的都意思了，我想应该是没有问题了。当然，我还是要伺机行事，随事态的变化而改变方针。从今天开始，你给我的专用手机一天二十四小时都开着，随时向你汇报情况，也随时听你的意见。左森挥挥手说，你全权办理吧……我觉得有点乏味，一个小小的副县长值得我这个样子吗？女人瞟了他一眼，说这可不是左森说的话。左森看了她一眼，从怀里掏出一个紫绒盒子，递给女人。他说我知道这样做有点对不住你，可是，我实在是过意不去，总要表示表示心意吧。女人打开盒子，一条粗重的金光闪闪的手链呈现出来。女人笑了，是那种不被理解的苦笑，她说，我有七八条手链哩，你、你也知道，我的情人中还是有个把大老板的。女人盖上盒子，放到左森的床头上。左森说那、那你总要叫我干点什么，我心里才好受一些。女人用一排晶莹的细密的白牙咬住鲜红的下唇，半天，她才说我恨王云……左森说，我知道你有两个机会，都没有成功，是不是王云的事？女人说你甭问了，我也不全是为了那个小小的未到手的人大副主任。我干这件事，就是因为我想干，想给王云一记耳光，政治上的，这事与你无关。我不帮你，也会去帮别人。

宴会上那些代表一个个都说左书记放心，我们的良心还没有喂狗，我们要主持公道的……

万福的一张瓦刀脸喝成了大红布，他这个人义气归义气，三杯酒下肚什么话都存不住。他扯旗放炮地喊，左书记，没有你，绝对没有城关镇的富甲天下，更没有我万福。他姓王的太不是东西了，在他手里掏不出公道，咱们从民主里往外掏。书记，那十万够不够？左森赶忙截住话头，说，万福，你的红木集团在这种时候可不能给我滑坡，我要你再上一层楼，由仿变真，由国内到国外，由民间到官方，红遍天下。万福却没有明白书记的意思，固执地按原本的意思说下去，书记，不够，我再拿出十万。我就不信水多了泡不倒墙？

这当儿，民革的那个头头儿起身到卫生间去了。她在厕所里用手机打了一个电话。这是她第二次在这里打这种电话了……

崔大干

书记坐奥迪，乡长桑塔纳。十三个乡镇，只有黄河乡是个例外，书记、乡长都是“北京 212”吉普。这天，一辆辆奥迪，一

辆辆桑塔纳，从百脉县的东西南北，前前后后驶进县城的百脉宾馆。书记、乡长们都是来开人代会的。这一届人代会很有意思，很耐人寻味。前些年，书记是不屑于开这个人代会的，掉价；乡长来开是没办法，谁叫你是政府口呢？谁叫你比书记低一个档次呢？虽说级别相同，你那个级比人家那个级“含金量”差得远了。

这天，倒是有一辆吉普，里头也坐着一位乡党委书记，却和绝大多数乡镇党委书记反其道而行之，他的吉普车是从城里向乡下开的，车上除了他，还有他的七十八岁的老母。

老母问，杆儿，你要拉我到哪儿去呀？大干说，娘，我给您在黄河乡安了家。把你一个人留在城里，我不放心。

老娘拉起大襟褂擦泪，说杆儿，你回不了城里来了？

儿说，娘，哪能呢？我到了五十岁，自己就跑回城里来。

一脸秀才相的司机闷不住气了，说书记，叫咱到防空办更好，清闲，你能好好地伺候伺候大娘，也好办办自己的私事……书记，你都在黄河乡呆了十好几年了，该换换位了，该叫别人来尝尝那个滋味了。

崔大干没去答理司机，却在心里对自个儿说，谁来？那年我等了十个月，不是也没等到有人来吗？即便是来了，也一个个飞蝗一样，三年两年就飞走，我来之前不都这样，才把一个“黄河”给耽误了？把我干了十好几年的“黄河”让给一个飞蝗，我还真的揪心。就是真心叫我去干副县长，我也想常驻“黄河”，兼着这儿的书记。叫我去干那个享清福的防空办，笑话，好像还是大恩大德。喝酒吃菜，各有所爱。咱们老崔杆惯了，杆上瘾来了。今年我们锻压厂有利了，八十八万，好吉利的数。在别的乡镇八十八万也许牛毛一根，在我“黄河”，可是惊天动地的事。为了这个厂子，我崔大干受的那份洋罪刻骨铭心。用一个破防空办套走我，让我放下这个好不容易才养到十七八的“儿子”，我再杆，也杆不到这个份上。今年四十五了，我再扎下根子在“黄河”干上十年，干出五六个厂子来，干出几万亩良田来，那时候，上头不让我回去，我就辞职。

吉普车在干硬的黄土路上跑了几个钟头，进了黄河乡。还不到乡政府的时候，锻压厂的厂长领着七八十名工人挡住了书记的车子。

崔大干跳下吉普车。

厂长两片又厚又紫的嘴唇哆嗦半天，一张国字型脸盘整得赤红，才说出几句不大连贯的话。书记，副县长，人家是诓你的。防空办，狗屁……我们不放你，你一走，厂子就完了……

崔大干冷笑着说，好哇，你们给我挖好坑，把我埋在黄河吧。为了这个鬼地方，老婆都跑了。

厂长说，那、那你把锻压厂也带到防空办去吧。

胡敲梆子乱弹琴，崔大干哈哈大笑，说我到那种贼羔子地方去干啥子？我哪儿也不去。就呆在“黄河”，再呆十年。厂长和一些工人高兴了，七嘴八舌地想说出一些意思来，还是厂长说明白了，书记，俺们知道你不放心大娘，你把大娘接来吧，我们把旧接待室收拾好了，冬天有暖气，夏天有空调，叫大娘来厂里住，我派人伺候她。

崔大干说，我正要为这事儿找你哩。看来老娘是要搞搞这个特殊了，乡政府啥也没有，老人受不了。我按月交房租、水电费。

厂长说书记，行。

众人簇拥着吉普车进了工厂。

厂长要去扶老人，书记推开他，打开车门，在老人面前蹲好马步。娘，我背您。书记说。老人伏到儿子的背上，让儿子把她背进了旧接待室。

旧接待室变成了两居室，老人用的东西应有尽有，包括一根

花椒木手杖。老人盘腿坐在床上，用手拍拍床边，儿子乖乖地坐在老娘的身边。老人掏出老花镜戴上，抖动着鸡爪似的手，搬过儿子的头来，去摸儿子的耳根，问这是什么东西？儿子说黄土，这里就是不缺黄土。老人又抖索着手掏出一块手帕，去给儿子擦拭。擦着儿子的耳根，老人眯缝起老眼，说啧啧，看看这一把一把的白头发。老人要去给儿子拔，儿子说娘，儿子都四十五了，你能拔净吗？老人叹口气不去拔头发，却说你还不傻，还识数，还知道你四十五了，我一个老婆子到哪里都中，你不回城，你在这地方呆着，打一辈子光棍呀。儿子笑了，说哪能呢？娘，儿子准备在这里找一个，“黄河”也有好女人呀。老娘半晌默默叹了一口气，才问，杆儿，你犯事了？儿子大笑，说娘，儿子是有贼心也无贼胆，有贼胆也无贼钱呀。甭贫嘴，娘说，那人家上边咋就不提你？儿子说儿子干得不好。娘又叹了一口气，说你恨芝子不？儿子低垂了四方脑袋，说，不。人家一个县长的千金，何苦跟着我受土罪呢？

这时候，一个女孩子端进一盆热水，蘸了一块白毛巾，要去给老人擦脸。书记接过来，说我来。儿子给老娘轻轻地擦着皱纹密布的脸。擦完了，他又把老人的两只小脚抱在怀里，脱了袜子，他说娘，来，我给你洗脚。老娘自己把小脚伸进水里，说我行，我不用你。儿子蹲下来，坚持着为老娘洗……儿子说娘，你都快八十了，儿子才第一次给你洗脚，儿子不孝呀。

金饼子

来到人大会上，金饼子自个儿也奇怪，那猪脑子那木头脑子那锈了几十年的脑子突然灵光起来开动起来，各种想法念头纷至沓来……一时间，他觉得自个儿的脑子变成了一个大山筐，什么东西都装了进来……

有一个词叫什么来咱们老饼那时候也学会了，谁不会说呀，有墨水的没墨水的都一个个天天挂在嘴上哩。想起来了，叫彻头彻尾彻里彻外。咱们不认得它也不会写它可是会说它会估摸它的意思。如今这世道，是彻头彻尾彻里彻外地变了。主席台上那么多官干什么呀，三十好几个，一个人前头还摆着一个牌牌。那时节咱们开贫协代表大会，台子上就只有一个官。虱子多了不咬人，头羊多了乱羊群。看看台子下边，这时节和那时节，都叫代表，代表和代表可就差海了。那时候一个个和咱们饼子差不离儿黑杆草瘦的披一件破棉袄脖子上一圈老灰一张一张的枣木疙瘩脸老棉裤腰扎到胸口上。女人穿得好一点点，收拾得干净一点点，可是最扎眼的也就是穿一件花格子棉袄。人人都有一本血泪账，开三天大会，两天里忆苦思甜，斗私批修，后来发一张票主任叫画√大家就画√，后来一齐唱《大海航行靠舵手》，散会。如今看看台子下的这些个代表，差不多一个一个大肚子一个一个油红粉白，一人一身西什么装。一个一个的女代表，姐，全是一个一个的白骨精。啧啧，见了当官的，腰那个扭哟，贴上去，钩子眼把当官的七魂勾去三对半。那贼羔子舞会咱们去瞧了瞧，男的女的搂着抱着上头人五人六的下头能不哩格儿楞登？和咱们放的那群羊差不离儿谁也不背谁各不要各的脸，老骚胡爬上了青毛梢子大尖子和老寡妇欢得猴急。那时候的女代表多么本分，多么贫下中农，见了官儿都离得老远，只会唱革命歌曲。

会上，那些长长的报告金饼子一个字也听不懂。他打了一会儿瞌睡，胡思乱想一阵子。他的旁边有一个大肚子好像也听不懂，或者根本就没有听。进了会场，金饼子手腕上的电子表才跑了两个小格，金饼子就听见他开始了“喝糊涂”。

没有什么事可以干，他便开始百无聊赖地四下撒摸，不能光撒摸女代表，那样太不革命了。去看屋子吧，好大呀，顶子蓝天一般，大白天里还有满天星星，一根一根金柱子明光光。这个大

会场比当年县委大礼堂高级多了。大礼堂哪去了，他找了好几天也没有找见一点影子。他记得，大礼堂里从南到北一排十个大铁炉子，开起会来炉火熊熊把铁皮烧得通红。一会儿一个服务员来添进一桶块煤，炉子呼一声喷出一股浓烟，把大礼堂搞得烟火腾腾。如今在这个大礼堂里头——老饼还是喜欢叫它大礼堂而不叫它百脉会堂——找不见一个炉子却热得叫人只想扒光膀子。饭菜，嘿，那才真叫“地主”，地主富农阔的时候也吃不上这么好的饭菜吧。饼子除了放羊，除了和相好的欢爱，还有一个嗜好，喜吃。在吃上，饼子是绝对不含糊的。当然，他的吃也是以羊为中心的。他一个月一准杀一只羊，扒了皮，掏出粪，放进大铁锅里煮，一煮煮上一天。倒进一水瓢盐，切上一捆葱，完工。把白乎乎、肥嘟嘟、颤巍巍的一大铁锅羊肉放进一只大木桶，然后把木桶背进四季山的一处阴洞里藏起来。阴洞冬暖夏凉，保鲜。每天早一顿晚一顿，饼子喜欢提一瓶子高粱酒来到山洞里，滋滋润润地享受人生。如果相好的能来陪他，那就更美了。如今，饼子不得不承认，自个儿的美餐比起人大会上的，可就是一个“贫雇农”一个“大地主”了。那份讲究那份排场那份阔气……

“意识流”流久了也没什么意思，金饼子又不敢离开会场，至今他还记得当年大会宣布的一条铁的纪律——随便离开会场，一律开除贫协。那可是比杀头还可怕的罪呀。于是，他就想干件事情，他终于想起来了一件应该干的事，他从怀中掏出那个小本子，翻开，一个人名一个人名去看，去记。到时候画√画错了地方，咱们老饼可就不叫人了，他想。

陈 刚

当——丧——当——凉……远方不断滚来的雷声今天让陈刚听起来，就会没来由得唤起他少年时的记忆。十六岁那年，他患上了一种疾病，来到南方一座大都市医治。他住在舅舅家里，舅舅的家离一幢天主教堂很近。黄昏，他躺在陌生的小阁楼上，教堂里传来阴森森、幽沉沉的钟声，当——丧——当——凉……他害怕那钟声，那钟声总是引起他的病痛，还会让他的心底涌起绝望的潮水。难道，我真的要经历一次从政治的巅峰跌入低谷的悲剧吗？难道林部长的“杞人忧天”会变成现实吗？难道我真的像表哥说的那样太顺了总要来一下挫折早来比晚来好吗？他想。今天上午，分组讨论政府工作报告，林部长拍拍他的肩头，在众人神经兮兮的目光中，他跟着林部长来到了“301”。

部长一个人在房间里，表哥不在。

他还没有坐下来，部长的金鱼眼睛就从啤酒瓶子底似的镜片下面射来一束阴幽幽的光。光打在他的脸上，让他禁不住打了一个寒噤。他怯怯地问出事了？部长神秘兮兮地说伙计，怕要黄。说完这几个字，部长就去抽他的大中华，一口连一口，好不容易才让他插上一嘴，谁要黄？部长定定地瞅着他，不说话。他说老兄怎么一回事你快说呀咱哥们儿还用保密？他连珠炮一般巴巴地求着林部长。部长把一棵大中华抽去三分之二，才说，第一，今天上午八点四十三分，市委来了急电，百脉县的副县长人选中要空出一个名额，市委要下派一名干部来当副县长，不用说，是常务的。现在，书记们正在开紧急会，王书记说一级保密，大会结束宣布结果时再传达市委指示。六选五变成了六选四，如果再闹出一名“联名”来，有好戏看了。伙计，你的常务看来飞了。第二，我打电话问了一下水上县的组织部长，他说，今年的人大会邪了，最有把握的最危险，党委死保的人人大代表死不投票，他们的县长候选人就这个命……伙计，我的意思你懂不懂？我也许是在杞人忧天。他的面孔一时间变成了冬天里的弯月，冰冷苍白。他当然明白部长的意思。恰巧这当儿，远方滚来了一阵雷声，他猛丁有一种听到丧钟的感觉。他说我、我去找王书记，张

县长、不、张书记……部长说伙计，找他们又有什么用？他们也不过是一人一票。并且，愈找愈坏事，代表们看在眼里，本来想画√说不定会来一点逆反心理画×。他说，总会有四个选上吧？我在四个人中也是第一位的。部长摇摇头，说伙计，你表哥很担心你，他虽说不是官场中人，却对官场倍儿清。他说你开顺风船开惯了老天迟早要给你一点挫折……他还说陈刚搞政治如今看来不如左森，看看人家反败为胜的力度不屈不挠的斗志，我们都看好左森。咱们是老伙计了，你可不要大意失荆州呀。部长的话像是一瓢冷水把陈刚从头一直浇到尾，每一根血管里都感到了冷。林部长说中了要害，把他击倒了。他用几乎是哀求的调子向林部长求救，林部长，我太嫩了，你说得太对了，现在想想，人家见了我说的那些恭维话多么苍白多么言不由衷。我太笨了，我还停留在过去党委包揽一切的思路上。林部长，老大哥，我不想放弃，也许，事情还会有转机……部长，你帮帮我，离投票还有两天，四十八个小时。你最有权威，各个代表团团长都买你的账，你又超脱，你可以随时找任何一个人随便到任何一个人的房间。只有你能帮我，我会好好感谢你的，报答你的。部长关切地笑着，对陈刚说，这还用说吗？大哥能不帮你？在百脉县，大哥不帮谁也会帮你的。你也要自己活动活动，你还是有你的优势。部长在心里却对自己说小子，看到你今天这副德性，我很受用。过去看看把你小子宠的，你眼里就只有王云、张青影。在百脉县，你以为只有两个爷爷，其余都是孙子。小子，你嫩了点儿。你比人家左森，狗屁。看看人家，那才叫拿咱老林当神供。你一句好听的话一副可怜相就好使唤咱老林？小子，林某人当管官的官十几年了，天天听的都是好听的话，腻了。天天看到的都是求官的可怜相，烦。

陈刚轻飘飘、荡悠悠走出了林部长的房间，他觉得很闷，有一种透不过气来的感觉。他下了楼，来到院子里的风雪中。一枚枚雪花落到他的脸上，脖子里，立即溶化了，一丝丝冰凉刺激着他热昏、紧张的神经。很快，他就归于平静了。他仰起脸来去迎接那纷纷扬扬的雪花，他感到了一丝放松。事情肯定不会像林部长描绘的那样子悲观，他那个人有一种怪癖，喜欢看别人在官场上遭逢厄运，这一点人人皆知，所以他的组织部长快干到头了。这也许是一种职业病吧？干组织部长的最不喜欢看到的就是别人升官了，好像那些官是他自己的——一位退了休的老组织部长如是说。当然，姓林的报忧对于我来说是及时的，是一件好事，事情的突变确实给我的绝对把握蒙上了一层阴影，我必须认真对付这件事。笑话，作为一个政治——家，我当然不会把宝押在一个人、尤其是林这样的一个人身上。我当然有着别人可望不可及的优势，王、张都可以为我说话，他们只要向各个代表团团长打个招呼，事情就会好转。中国的官场，权力决定一切。

他又恢复了自信。

他径直走进了王云的大套间。

王书记刚刚开完书记会，对于他的到来似乎是意料之中。王书记笑眯眯地看着他，甚至还动手给他剥了一个橘子。哈哈，有点儿紧张了是不是？王书记说，你是没有问题的，要相信县委的导向还是起绝对作用的，把你排在第一嘛。不要说六选四，六选二也不会有什么问题的。要相信代表中的广大干部、党员，他们是会和县委保持一致的……当然喽，我还要向各个代表团的头头打个招呼。

他只有感激涕零。

郝秀秀

这样的宾馆，每个标准间里当然有卫生间。可是，郝秀秀还是来到了楼层的女厕，从里头插死，蹲下来，拿出一个小小的掌中宝“全球通”，显然还不是那么运用自如地拨号。拨通了，接

电话的就在她的下方，三楼的一个房间里，他和她的距离最多有十米。他是一个男人。

女人：房间里没人吧？

男人：伙伴是齐村乡的书记，他很识趣，来的那天就搬走了。就我一个人，闭门谢客，谁也不找，谁也不见。看小说，毕作家的《官场》。

女人：你很聪明……我都几乎被你迷住了。

男人：你在哪里？

女人：一个男人不许进出的地方。

男人：（哈哈大笑）有什么动静吗？

女人：一喜一忧。先报忧，刚才林部长告诉我，市委来了传真，上边要派一名副县长下来，这样一来，七选四，难度加大三成。喜也可以，林叫咱们喂好了，他天天盯着代表团团长，要他们不放过一个死角。

男人：有你，我一切都放心了。只是，后天联名推荐的时间表可万万不能出错。

女人：你放心读小说好了。我都叫金饼子演习过好几次了。

崔大干

报到那天晚上，崔大干坐着他那辆吉普车来到大会上。他报了到，然后来到大会服务处，要了一张红纸和笔、墨，还有一瓶糨糊。服务人员问崔书记，你要这些东西干什么？他说写表扬信。会还没开你表扬谁呀，服务人员又问。他笑笑，说明天早晨餐厅门口你们就看见了。

他来到住的308房间。齐村乡的书记正躺在床上。见他来了，齐村书记说我还以为你不来了呢。他说有些事顺便办办。齐村书记说，把我和左森安排在一个房间，我知道人家这一回要捣鼓捣鼓，怕掺和人家，就搬到你的房间里来了……我走，干脆自己花钱去登记个房间。崔大干急忙拦住他，说我没有背人的事，你和我做伴更好，有人唠嗑。齐村书记说你是主席团成员，怕不好挤你的单间。崔大干说，嗨，我这个主席团是摆设。如果你觉得我不碍你的事，你就留下。如果碍事，请便。说到这个份上，齐村书记就留下了。晚饭时，各位领导、候选人不约而同地挨桌敬酒。崔大干假装不懂，他谁也不敬，埋头吃了十几只大虾，喝了两瓶啤酒，回到房间，铺开红纸，只穿一件汗衫，拿起毛笔就写。他是老三届，功底不浅，字写得有骨头有肉。他几乎是不假思索地写下去——

公开的提案——黄河乡贫穷到了极限，呼吁政府给予特殊优惠政策

尊敬的人民代表：

黄河乡地处百脉边缘，百分之八十三点七的土地都是黄泛区，十年八不收，平均亩产一百七十八斤，低于全省平均亩产三百六十九斤。近五年，人均收入有所提高，也只有区区一百零一元。全乡勒紧裤腰带才办起了一个锻压厂又适逢经济不景气，连年亏损，近乎资不抵债。至今，黄河乡仍有一万人处在温饱线以下，因家贫儿童失学率高达百分之三十五点七。已经走向富庶文明的百脉县八十四万人民，不应该忘记还有三万老乡挣扎在贫穷线。为此，黄河乡党委、政府恳请政府给予黄河乡特殊优惠政策：

一、五年内，全部减免黄河乡的农业税；三年内，黄河乡办企业一律免征营业税。

二、黄河乡籍学生入县中，一律免收学杂费。

三、各级所有官员到黄河乡公干，吃饭一律交钱。

有同情黄河乡的代表，敬请签名，以期形成三十人的提案。

黄河乡党委书记崔大干

一九九八年二月七日

他写完了，把一支毛笔扔在一旁，点上一棵不带嘴的白莲，凶狠地抽着。

齐村书记在房间里来回踱步。崔大干专心致志写的时候，他一直站在一边，一个字一个字地看着。有几次他的嘴唇蠕动着显然想说什么话却终于没有说出来。长时间的踱步之后，他说伙计，为公，为黄河乡，你写得好哇。为私，我劝你，作为一个同行真心劝你，不要把它拿出来。

崔大干很快抽完了一棵白莲，他问兄弟，为什么？

齐村书记说，伙计，如今人人都往自己脸上贴金，包括比你我不知大多少级的官儿。这叫表扬与自我表扬相结合嘛。尤其是在这种时候，你这样一亮丑，本来百分之十六点六的希望一点儿也没有了。伙计，咱们辛辛苦苦、夹着尾巴、又当老爷又当孙子，容易吗？谁不想再升升？

崔大干苦笑。他说兄弟，我主意已定。我无所谓了，为了黄河乡三万百姓积点德吧。红纸上的字太重，一会儿半会儿干不了，崔大干便脱了衣服，到卫生间去洗澡。他在卫生间里大叫没有凉水吗？齐村书记说顺着蓝箭头方向扭。一会儿，卫生间里传来了哗啦啦的声音，还有崔大干的骂娘，现代化也不是样样都好，比咱的大木桶差远了，凉水也不像凉水。却没有人答话，齐村书记走出了房间。一会儿工夫，他领来了王云书记还有林部长、毕作家等人。这时候，光着屁股的崔大干也从卫生间出来了，一看见来了好几个人，骂一声操，跳进卫生间，穿上裤子。

王云书记坐在沙发椅上，一句话也不说。几个官员当然也不好先说什么。倒是那位毕作家快嘴快舌有嘴无心，叫，好！绝对是空前绝后的提案。王书记沉默了半天，也只好说话了，大干，把它收起来，听我的。你还是很有希望的，群众都说你好。见书记发话定调，林部长也出来笑脸相劝，伙计，听王书记的，他不会坑你的。你这么一干，谁还投你的票呢？咱兄弟再杆也不能杆到自个儿头上呀。齐村书记说，咱连个候选人也不是，不是也没干这事吗？毕作家却想，说不定崔大干会歪打正着。可是，想归想，他没有说出来，他明白王云是不喜欢他那样说的。崔大干很平静，说，书记，诸位弟兄，你们对我好，我懂。可是，这提案我必须拿出来。几天来，我思前想后，心绪很乱。后来，逐渐理出一条头绪来，咱们混官场的人，除了讲政治、党性以外，还必须讲良心。我的良心告诉我，崔大干，升官不升官无所谓了，让黄河乡老百姓过上好日子才是你做人的根本。书记，对不起。王云说大干，你好固执呀。我已经为你安排好了退路。崔大干的面庞上写出了苦涩，他说书记，黄河乡一天不脱贫，我一天不离开。我没有大本事，可总比那些飞蝗蝗强。王云说，崔大干，我不许你胡来。崔大干低声说书记，我是一名人大代表，写提案是我的权利。他给王云鞠了一个躬，拿起红纸和糨糊走出去了。

第二天，大雪变成了毛毛细雨。餐厅门口，贴出了崔大干的红纸。红纸下面围了很多人，却没有一个人说话。毕作家挤过来，拿起小桌上的毛笔，签上：省人大代表毕四海。接着，毛笔被一位白发老人接过去了，老人也签上了他的名字。很快，半张空余的红纸签上了三十八位代表的名字。

崔大干和黄河乡十二名代表站在一边，他们的眼睛里都有泪。

毕四海

大会开到第六天的时候，那场说冬非冬似春非春的大雪变成

了毛毛细雨。说雨其实也不太准确，应该是雨粉，雨沫，雨雾。天地间，一刹间被白茫茫灰蒙蒙一团一团的大雾填充，什么都变得如梦似幻不明不白，好像一切都消失了好像一切又都存在。置身其间，感受不到一个雨滴、雨点、雨珠，一会儿，却又会变得头发湿漉漉的，衣裳湿漉漉的，面庞湿漉漉的。那远方的雷声也停止了，天地重新归于平静安宁。

他觉得会议开始前后产生的"故事预感"闹不好是一种文人的病态心理，这一届人大会可能不会有什么故事发生了，更不会发生一些人所说的政治地震。百脉县这架政治机器的操纵者又把它调整、修复、保养好了，不会再出现什么故障了。如果说崔大干的那份提案还算一个故事的话，那么大会开始以后的六天里起码是表面上再也没有让人看到什么故事。他有点失望，有点后悔来列席这种一年一度的会议。他不再去参加什么小组讨论什么主席团会议，他躲在房间里看一本杂志，杂志却又看不进去。往往是眼睛在书行里游走而大脑却在另外的地方胡思乱想。如果不是那个约法三章，什么第一不许串联，第二不许到外面或在会上参加宴请或宴请别人，第三，原则上不允许会客……那么，大会还会开得如此沉闷、单调、乏味吗？人人都在说着一些言不由衷的话，个个都在扮出一副一派升平的面孔，这样的人大会不开也罢。他似乎也学会了言不由衷，好像还很真诚地对林部长说，老兄，你的功劳大大的，这个大会一定会顺利实现县委的意图。那位神秘的部长（他不是代表也不是列席人员，却可以置身在约法三章之外，随便进入任何人的房间约见任何人谈话而不犯忌）笑笑，说，我们可不是白吃干饭的……部长的金鱼眼睛眨巴了几眨巴，眸子幽幽地闪动着，似乎下边还有什么话说，过了半天，才叹一口气，说，时代毕竟不同了，如来佛也不能一手遮天了，此时无声胜有声呀。毕四海被部长的这几句话震惊了，他怔怔地看着部长。部长说，作家先生，你毕竟是圈子外面的人呀，你根本看不见圈子里的蛇出洞、猫上树、小老鼠跳灯台。作家说崔大干不是就写了一份公开的是案吗？左森闭门谢客似乎也没有什么动向。今天下午五点，联名推荐候选人就要一刀截止了，到现在——下午四点零五分了，还不见一个联名候选人提上来，是不？隔壁就是大会组织处，他们的幕后总指挥又和我住在同一房间。我看，没戏了。部长哈哈大笑，他笑得很开心，很放松。他说谢谢你的吉言。

四点四十五分，楼道里却发生了一阵喧哗骚动。奔跑的脚步声，杂七杂八的问话声：金代表跑的啥了呀，饼子……去抢镜头呀……金代表，手里拿着什么呀……

毕四海推门而出。

他看到金饼子张口气喘一脸大汗手里拿着一张纸径直推开了组织处的门。一会儿的工夫，组织处长拿着那张纸领着金饼子来到了林部长和毕四海的房间。

处长把那张纸呈给部长。

饼子想趁机溜走，被处长一把拉住了。

部长问，金代表，你们十一个人联名推荐左森为副县长候选人？

饼子说，提案上明白写着哩。

部长问，你不是不会写字吗？

饼子说，上面有咱们的红手印哩。

部长问，你是自愿在上边按手印吗？

饼子说，咱们是一名人大代表哩。

部长又问，谁派你把这东西送来的？

饼子说，咱们自个儿抢着送来的，你们不是叫大家积极吗？

处长还要问金代表什么，却被林部长用手制止了。部长又问，你刚才说的这些话可都记住了？

饼子说，咱们在心里头背得滚瓜烂熟了。

部长再问，别人问你，你怎么说？

饼子说，老天爷来问，也是这些话。

处长焦急地看表，处长说，部长，叫他走吧。现在是五点整了，要紧的是火速去找那十个人谈心，做工作。老饼嘿嘿笑了，露出一口黄牙，他说领导，你甭费心了。你是谁也找不见的。有回家的，有出去逛大街的，郝秀秀到医院看病去了，她头疼。

处长给了金饼子一拳，当然是玩笑式的。说，老贫协代表，你们当年也搞这一套吗？饼子咧咧嘴，说，那时候领导叫咱们选谁咱们就选谁。部长向他挥挥手，说没你的事了，你走吧。金代表笑模悠悠地出去了。

处长问，部长，这？

部长说，生米煮成了熟饭，毫无办法了。按程序来，我去向王、张两位书记汇报，你们连夜整理出左森作为候选人的材料。

事态的突变让毕四海兴奋不已。他看着林部长，心头袭来一个灵感，他想玩笑式地戳穿一点什么，想了想又打消了这个念头。写小说讲究曲笔，看来政治运作也要讲究曲笔。尤其是一棵幼苗，面对头顶的冻土层，不曲线生长又将如何？

第七天，才是大会的实质性阶段。

今天，终于要“刺刀见红”了。

毕四海坚持不上主席台，但是他选了一个好地方，这个位置既可以看清主席台上每一个成员的表情，又离电子大屏幕最近。他要用一个作家的视角摄下这一幕，他觉得这是具有历史意义的一幕，他无法不去关注。他的写作只对两点有兴趣，一是政治化的人物或者人物的政治化，一是贫穷的富人或者富人的贫穷。

他看见了主席台一角的崔大干，蜷缩着，两只手抱着脑袋，脑袋还在不住地垂下去，垂下去。终于，崔大干悄悄地溜下了主席台，来到了离作家不远的一个位子上。随即，林部长不知从什么地方出来了——他总是神出鬼没的，有时候毕四海半夜醒来，会发现他不见了，直到第二天早上，才在餐桌上发现了笑眯眯的他——轻轻走过去，显然是在劝说崔大干重新上台。但是他没有成功，崔大干说什么也不上去。

投票很快就进行完毕。

进行过程中，只有两点让作家动心。一、当大会工作人员念到第七名候选人左森的时候，会场上突然响起了一阵热烈的掌声。作家急忙去看台子上的王云的面孔，却什么表现也看不出来。二、主席台上竟然也有七八个人为左森鼓掌。

中间计票的时间是三十分钟，按规定，人们是可以出去放放风、透透气的，却少见有人出去。台子上的人们更是正襟危坐，目光早早地集中到了那块冷漠的电子屏幕上。这时候，作家看到，不远处的崔大干却沉入了梦乡。他上半个身子仰在座位上，那颗大脑瓜枕着椅背向后甩去。两个嘴角呈八字形向下撇着，有一串涎水从左边嘴角垂落下来，像槐树上的“吊死鬼”一样悠悠荡荡。他还打起了呼噜，但是那呼噜不太响，均匀而舒畅，显示着他虽身在梦乡却无梦，而无梦的睡眠才是真正的睡眠。

漫长的三十分钟。

其间，作家看到，主席台上有两个人表现异常。一个是龚彬，只见他两腿并紧，还用一只手按压在两条腿中间的那个地方。面部表情异常痛苦，五官都有一点扭曲。他是叫一泡尿憋坏了。哎，何必呢？你出去放放水，难道马上就要到手的县长乌纱还能叫尿冲跑了不成？另一个就是陈刚，他有点可怜表弟了，表弟终于暴露出了致命的政治弱点。自信没有了，潇洒没有了，一

张小白脸失去了全部血色。服务员去给倒水，表弟竟然还把一杯水碰倒了，手忙脚乱地去帮助服务员收拾，一起身却又碰倒了椅子……

电子屏幕终于随着工作人员标准的唱票打出了一个个人名和票数：

龚彬：一百票赞成，九十票反对，八票弃权。

全场哗然。

福将！有人大叫。

作家明白，他以超过半数仅一票的险局当选。

作家看到，龚彬夹着双腿按着那个地方从主席台的小门急慌慌地出去了。

后边是副县长的选举情况：

陈刚：五十八票赞成，一百票反对，四十票弃权；

全场又是一片哗然。

作家担心地去看台上的表弟，只见他泥塑一般一动不动，小白脸上倒是凝结了一朵惨笑。而王云的表现让作家不解，他笑眯眯地看着电子屏幕，好像一切与他无关。

×××：一百零八票赞成，四十五票反对，四十五票弃权；

×××：一百一十二票赞成，八十票反对，六票弃权；

×××：五十票赞成，一百票反对，四十八票弃权；

×××：五十六票赞成，五十票反对，九十二票弃权；

崔大干：一百九十六票赞成，零票反对，两票弃权。

全场掌声雷动，势如大海波涛。有人狂叫民心不死！有人大喊党性还在！有人哭喊人气不灭！！有人推醒了梦乡中的崔大干，突如其来的事态把他打蒙了，他似乎不相信一切是真的，他木头一般站着，好半天才向代表们鞠了三个大躬。

掌声还没有停下来，左森的名字就在电子屏幕上出现了。

左森：一百五十票赞成，八票反对，四十票弃权。

掌声又从低落转向高潮。

人们和作家一齐用目光去寻找左森，主席台上显然没有，台下好像也没有……

左　森

此刻，左森正在房间里写着一封信。

市委、县委：

我知道，按照民主程序，你们是会承认我这个民选的副县长的，尽管你们中也许有人对这个结果相当不高兴。我也知道，已经有人要查究我的“贿选”了。为此，我决定辞去这个副县长的职务。我心满意足了，民心不死，民意难违，人民在心中还是认可了我。至于说到“贿选”，我郑重声明，绝对没有这么一回事。

左　森

一九九八年二月十三日

（一点补充：市委承认了左森的任职资格，选举有效。半月后，市检察院却又进驻百脉县，立案侦查左森“破坏选举”一案。随即，左森停职检查……万福被传讯，拒不承认向左森提供贿选赃款十万元。郝秀秀只承认喝过左森的酒，其他事一概不认账。想不到，金饼子是一条汉子，说什么也没有要左森的，只是把那天对部长说的话又背了一遍。因为查无铁证，不好给左森定性，左森便“停职检查”下去，也不知道“检查”到什么时候？作家去看左森，左森说，现阶

段出现的所谓贿选，实在是对我们选拔官吏体制根深蒂固的封建性的一种反动。我也许会丢官，却无疑给管官的官提了一个醒，也丢得值了。）

图书在版编目（CIP）数据

政治“荷尔蒙”：毕四海作品集/毕四海著．—西安：陕西师范大学出版社，2002.4

ISBN 7－5613－2427－8

Ⅰ．政…　Ⅱ．毕…　Ⅲ．中篇小说-作品集-中国-当代

Ⅳ．I247.5

中国版本图书馆 CIP 数据核字（2002）第 023763 号

图书代号：　SK230700

政治“荷尔蒙”

作　　者：毕四海　　　**责任编辑：**周　宏

封面设计：蒋宏工作室

版式设计：李牧阳

出版发行：陕西师范大学出版社

（西安市陕西师大 120 信箱　邮编：710062）

印　　刷：一二零一工厂

开　　本：850×1168　1/32

印　　张：12

版　　次：2002 年 5 月第一版

印　　次：2002 年 5 月第一次印刷

ISBN 7－5613－2427－8/I·251

定　　价：20.00 元